UMA SOMBRA NA ESCURIDÃO

ROBERT BRYNDZA

UMA SOMBRA NA ESCURIDÃO

TRADUÇÃO DE **Marcelo Hauck**

1ª reimpressão

Copyright © 2016 Robert Bryndza
Copyright © 2017 Editora Gutenberg

Título original: *The Night Stalker*

Todos os direitos reservados pela Editora Gutenberg. Nenhuma parte desta publicação poderá ser reproduzida, seja por meios mecânicos, eletrônicos, seja via cópia xerográfica, sem a autorização prévia da Editora.

EDITORA
Silvia Tocci Masini

EDITORAS ASSISTENTES
Carol Christo
Nilce Xavier

ASSISTENTE EDITORIAL
Andresa Vidal Vilchenski

PREPARAÇÃO
Silvia Tocci Masini

REVISÃO FINAL
Carla Neves
Denis Cesar

CAPA
Henry Steadman

ADAPTAÇÃO DE CAPA
E DIAGRAMAÇÃO
Carol Oliveira

Dados Internacionais de Catalogação na Publicação (CIP)
(Câmara Brasileira do Livro, SP, Brasil)

Bryndza, Robert

    Uma sombra na escuridão / Robert Bryndza ; tradução Marcelo Hauck. -- 1. ed.; 1. reimp. -- Belo Horizonte : Editora Gutenberg, 2023.

    Título original: The Night Stalker

    ISBN 978-85-8235-430-8

    1. Ficção 2. Ficção inglesa I. Título.

17-02599   CDD-823

Índices para catálogo sistemático:
1. Ficção : Literatura inglesa 823

A **GUTENBERG** É UMA EDITORA DO **GRUPO AUTÊNTICA**

São Paulo
Av. Paulista, 2.073,
Horsa I Sala 309 . Bela Vista
01311-940 . São Paulo . SP
Tel.: (55 11) 3034-4468

Belo Horizonte
Rua Carlos Turner, 420
Silveira . 31140-520
Belo Horizonte . MG
Tel.: (55 31) 3465 4500

www.editoragutenberg.com.br
SAC: atendimentoleitor@grupoautentica.com.br

Para Ján, Riky e Lola

As coisas boas do dia começam a enlanguescer e a dormitar,
Enquanto os agentes negros da noite caçam suas presas.

William Shakespeare, *Macbeth*.

CAPÍTULO 1

Era uma sufocante noite de verão no final de junho. A figura vestida de preto corria despreocupadamente, deixando seu rastro na escuridão. Os pés mal faziam barulho no estreito caminho de terra e, com muita agilidade, ela se abaixava e se contorcia para evitar o contato com as densas árvores e arbustos ao seu redor. Era como se uma sombra roçasse as folhas de forma silenciosa.

O céu noturno não passava de uma tira fina entre as copas das árvores; as luzes da cidade lançavam tons sombrios na vegetação rasteira. Como uma sombra, a pequena figura chegou a uma abertura no matagal à direita e parou abruptamente: segura de si, ofegante, com o coração disparado.

Uma luz estroboscópica com um tom azul esbranquiçado iluminou os arredores no momento em que o trem das 7h39 para a London Bridge trocou o diesel e suspendeu seus braços de metal até os cabos elétricos. A sombra ficou abaixada enquanto os vagões brilhantes passavam ruidosamente. Resplandeceram mais dois flashes e o trem foi embora, mergulhando a estreita fila de arbustos de volta na escuridão.

A sombra voltou a movimentar-se mais rápido, deslizando silenciosamente, afastando-se dos trilhos, pelo caminho que fazia uma leve curva. As árvores começaram a escassear à esquerda, deixando exposta uma fileira de casas geminadas. Ela via as rápidas imagens dos quintais que ia deixando para trás: terreninhos elegantes com mobília de jardim, barracões de ferramentas, um balanço – tudo imóvel no denso ar da noite.

E então a casa ficou à vista. Em estilo vitoriano como as outras na comprida fileira de residências – três andares de tijolo claro –, o proprietário tinha feito uma ampliação em vidro na parte de trás que projetava-se do térreo. A pequena sombra conhecia tudo: sabia a planta da casa, os horários do proprietário e, o mais importante, que naquela noite ele estava sozinho.

A sombra parou abruptamente na ponta do jardim. Uma árvore grande cresceu contra a cerca de arame que ficava junto a um caminho de terra. Parte do tronco tinha crescido ao redor do metal, e as dobras da madeira mordiam o poste enferrujado como uma bocarra sem lábios. Uma pesada auréola de folhas subiu rodopiando em todas as direções, obscurecendo a vista que a casa tinha dos trilhos do trem. Algumas noites antes, a sombra fez esse mesmo percurso e cortou cuidadosamente as bordas da cerca de arame, mas deixando-a no mesmo lugar. Por isso foi fácil puxá-la. A sombra se agachou e se arrastou pela abertura. A grama estava seca e o solo debaixo dela, quebradiço devido às semanas sem chuva. A sombra se ergueu, ficou em pé debaixo da árvore e com um movimento rápido e fluido, atravessou o gramado como se não passasse de uma mancha preta.

Havia um ar-condicionado instalado na parede de trás da casa. Ele zumbia alto, mascarando o tênue ruído dos pés que esmagavam o cascalho que contornava o estreito caminho entre a extensão de vidro e a casa vizinha. A sombra chegou a uma janela-guilhotina baixa e parou sob o largo peitoril. A luz brilhava para o lado de fora, moldando um quadrado amarelo na parede de alvenaria da casa vizinha. Puxando o capuz da blusa, a sombra levantou-se lentamente e olhou por cima do largo peitoril da janela.

O homem lá dentro tinha quarenta e poucos anos, era alto e forte, estava de calça bege e camisa branca com as mangas dobradas. Ele movia-se de um lado para o outro na cozinha ampla e aberta, pegou uma taça em um dos armários, serviu vinho tinto, deu uma longa golada e encheu-a novamente. Ele pegou uma embalagem de comida congelada no balcão, retirou o invólucro de papel e furou a tampa de plástico com o saca-rolhas.

O ódio avolumou-se dentro da sombra. Era inebriante ver o homem lá dentro, sabendo o que estava prestes a acontecer.

O homem na cozinha programou o micro-ondas e colocou a comida lá dentro. Depois de um bipe, foi iniciada a contagem regressiva.

Seis minutos.

O homem deu mais um gole no vinho e saiu da cozinha. Momentos depois, uma luz foi acesa na janela do banheiro, exatamente em cima de onde a sombra estava agachada. A janela abriu alguns centímetros e um rangido ressoou quando o chuveiro foi ligado.

Com o coração às marteladas, a sombra trabalhou rápido: abriu o zíper da fina pochete de dinheiro, retirou uma pequena chave de fenda e a enfiou na pequena abertura onde a janela se encontrava com o peitoril.

Com pouca pressão, ela cedeu. A janela-guilhotina moveu-se suavemente e a sombra entrou. Pronto. Todo o planejamento, os anos de angústia e dor...

Quatro minutos.

A figura caminhou até a cozinha e, com movimentos rápidos, pegou uma pequena seringa de plástico e esguichou seu líquido transparente dentro da taça de vinho tinto, misturando tudo antes de recolocá-la delicadamente na bancada de granito preto.

A sombra ficou parada por um momento, escutando, desfrutando das ondas de frescor do ar-condicionado. A bancada de granito preto cintilava debaixo das luzes.

Três minutos.

A sombra atravessou a cozinha rapidamente, passou pelo corrimão de madeira na base da escada e deslizou para dentro de um poço de escuridão atrás da porta da sala. Um momento depois, o homem desceu a escada só de toalha. O micro-ondas apitou alto três vezes, avisando que a comida estava pronta. Quando o homem passou descalço, o cheiro de pele limpa flutuou pelo ar. A sombra escutou o som de talheres sendo retirados da gaveta e o barulho de um banco arrastando no chão de madeira antes de o homem se sentar para comer.

A sombra respirou fundo, saiu da escuridão e subiu as escadas silenciosamente.

Para observar.

Para aguardar.

Para colocar em prática a vingança que há tanto tempo planejava.

CAPÍTULO 2

Quatro dias depois

O ar da noite estava abafado e úmido na tranquila rua de South London. Mariposas chiavam e trombavam no arco alaranjado de luz do poste que iluminava uma fileira de casas geminadas. Estelle Munro caminhava com dificuldade pela calçada, com a artrite tornando seu andar mais vagaroso. Quando chegou perto da luz, ela pisou na rua. O esforço para descer o meio-fio a fez gemer, mas o medo que tinha de mariposas era maior do que a dor da artrite nos joelhos.

Estelle passou num espaço entre dois carros estacionados, deu uma grande volta para evitar a luz do poste, sentindo o calor do sol do dia irradiar do asfalto. A onda de calor estava na segunda semana e oprimia os moradores de Londres e do sudeste da Inglaterra. Juntamente com milhares de outras pessoas idosas, o coração de Estelle estava protestando. A sirene de uma ambulância distante berrava como se ecoasse seus pensamentos. Ela ficou aliviada ao ver que as lâmpadas dos dois postes seguintes estavam quebradas e, lenta e dolorosamente, passou pelo pequeno espaço entre dois carros estacionados, voltando para a calçada.

Estelle tinha se oferecido para alimentar o gato do filho Gregory enquanto ele estava viajando. Ela não gostava de gatos. Só se ofereceu porque queria dar uma boa xeretada pela casa e ver como o filho estava se saindo desde que a esposa, Penny, o havia deixado, levando consigo seu neto de 5 anos, Peter.

Estelle estava sem fôlego e encharcada de suor quando chegou ao portão da elegante casa geminada do filho. Na opinião dela, era a casa mais bonita de toda a rua. Tirando da alça do sutiã um lenço grande, ela limpou o suor do rosto.

A luz alaranjada do poste da rua ondulava no vidro da porta da frente enquanto Estelle pegava a chave. Quando abriu a porta, foi golpeada por uma massa sufocante de calor e, relutantemente, entrou pisando nas cartas sobre o capacho. Ela apertou o interruptor ao lado da porta, mas o corredor permaneceu na escuridão.

– Porcaria dos infernos, de novo não – resmungou ela, fechando a porta depois de entrar. Enquanto tentava recolher a correspondência, se deu conta de que era a terceira vez que a energia havia acabado desde que Gregory tinha viajado. Isso aconteceu uma vez com a luz do aquário, e outra quando Penny havia deixado a luz do banheiro acesa e a lâmpada explodiu.

Estelle pegou o celular dentro da bolsa e, tateando desajeitada com seus dedos nodosos, destravou a tela, que lançou uma auréola de luz um pouco à frente, iluminando o carpete claro e as paredes estreitas. Ela deu um pulo ao ver seu fantasmagórico reflexo no espelho grande do lado esquerdo. A meia-luz dava aos lírios de sua camisa sem manga um aspecto negro e peçonhento. Ela apontou a luz do telefone para o carpete e seguiu arrastando os pés na direção da porta que levava à sala, apalpando o outro lado da parede em busca do interruptor, para conferir se não era apenas a lâmpada do corredor que tinha queimado. Ligou e desligou o interruptor, mas não aconteceu nada.

Em seguida a tela do telefone apagou e ela foi mergulhada numa total escuridão. Somente o som de sua respiração ofegante preenchia o silêncio. Ela entrou em pânico tentando destravar o telefone. A princípio, seus dedos com artrite não se moviam com a rapidez necessária, mas por fim ela conseguiu fazer a luz acender novamente, lançando no cômodo em frente um turvo círculo azul.

O lugar estava sufocante: o calor a oprimia, chegando a tampar seus ouvidos. Era como se ela estivesse debaixo d'água. Partículas de poeira rodopiavam no ar; uma nuvem de moscas minúsculas flutuava silenciosamente acima de um prato de porcelana chinesa cheio de bolas de madeira sobre a mesinha de centro.

– É só uma queda de energia! – zangou-se com a voz tão alta, que ressoou na lareira de ferro. Estava aborrecida por ter entrado em pânico. Era só o disjuntor, nada mais. Para provar que não havia por que ficar com medo, ela primeiro tomaria um copo de água gelada, depois iria religar a eletricidade. Virou-se e caminhou com determinação na direção da cozinha segurando o telefone com o braço estendido.

A cozinha de vidro tinha um aspecto cavernoso à meia-luz do telefone, que se estendia até o jardim. Estelle se sentiu vulnerável e exposta. Um tremor... e um som distantes ressoaram quando o trem passou pelos trilhos no terreno atrás da casa. Estelle foi até um armário e pegou um copo. Ela sentia ferroadas quando o suor pingava dentro dos olhos; enxugou o rosto com o braço nu. Foi até a pia, encheu o copo e estremeceu ao beber a água morna.

A luz do telefone apagou novamente e um estalo no andar de cima quebrou o silêncio. Estelle deixou o copo cair. Ele espatifou e o vidro se espalhou pelo assoalho de madeira. Seu coração começou a palpitar e a dar solavancos. Ela ficou escutando na escuridão e ouviu outra barulheira vir lá em cima. Pegou um rolo para massa num pote de utensílios sobre a bancada e foi até à base da escada.

— Quem está aí? Tenho spray de pimenta e estou ligando para a polícia! — gritou ela escuridão adentro.

Silêncio. O calor era opressivo. A ideia de xeretar a casa do filho tinha desaparecido. Estelle só queria ir para a sua aconchegante e iluminada casa e assistir aos melhores momentos do Torneio de Wimbledon.

Algo se lançou de dentro da sombra no alto da escada bem na direção dela. Estelle deu um passo para trás em choque e quase deixou o telefone cair. Só então viu que era o gato. Ele parou e começou a roçar em suas pernas.

— Porcaria dos infernos! Que susto você me deu! — xingou ela, aliviada, com o coração diminuindo a velocidade dos solavancos. Um fedor repugnante vindo do patamar da escada flutuou até lá embaixo. — Era só o que me faltava. Você fez alguma nojeira lá em cima? Você tem caixinha de areia e uma portinha para entrar e sair quando quiser.

O gato levantou o olhar para Estelle com indiferença. Dessa vez, ela sentiu-se contente com a presença dele.

— Vem, vou colocar comida para você.

Estelle ficou aliviada pelo gato a ter seguido até o armário debaixo da escada; ela o deixou roçar nas suas pernas enquanto procurava a caixa de distribuição de energia. Ao abrir a capinha de plástico, viu que os fios tinham sido desconectados. *Estranho*. Ela ligou e o corredor se encheu de luz. Estelle escutou um bipe distante e o ar-condicionado ganhou vida e começou a zumbir.

Ela voltou à cozinha e acendeu a luz. O cômodo e o reflexo de Estelle na enorme janela ricochetearam em sua direção. O gato saltou na bancada e a observou com um olhar zombeteiro enquanto ela varria o copo quebrado. Depois de recolher os cacos, Estelle abriu um sachê de comida para gatos, espremeu o conteúdo em um pires e o colocou no chão de pedra da cozinha. O ar-condicionado estava funcionando no máximo. Ela ficou parada por um momento e deixou o ar fresco passar pelo corpo, observando o gato lamber e mordiscar com delicadeza o quadrado de comida gelatinosa com sua linguinha rosa.

O fedor estava se intensificando e avançava cozinha adentro enquanto o ar-condicionado chupava o ar da casa. O pires retiniu quando o gato lambeu o restinho da comida; depois ele disparou na direção da parede de vidro e desapareceu pela portinha por onde entrava e saía.

– Comida no papinho, pé no caminho. E me deixa aqui sozinha para limpar tudo – disse Estelle. Pegando um pano e um jornal velho, seguiu na direção da escada e subiu lentamente, com os joelhos reclamando. O calor e o fedor pioravam à medida que subia. Quando chegou lá em cima, movimentou-se pelo patamar bem-iluminado, conferindo, metodicamente, o banheiro vazio, o quarto vago, debaixo da mesa no pequeno escritório... Não havia nem sinal de algum *presente* deixado pelo gato.

O fedor ficou insuportável quando ela chegou à porta do quarto principal. Ele ficou agarrado na garganta de Estelle, que teve ânsia de vômito. *De todos os cheiros repulsivos, o de porcaria de gato é o pior,* pensou ela.

Quando entrou no quarto, acendeu a luz. Mosquitos zumbiam e lamuriavam no ar. O edredom azul-escuro estava jogado para trás na cama de casal e sobre ela havia um homem nu deitado de barriga para cima, com um saco plástico amarrado com força sobre a cabeça e os braços atados à cabeceira. Seus olhos abertos abaulavam o plástico de modo grotesco. Ela levou um tempo para identificar o corpo.

Era Gregory.

Seu filho.

E então, Estelle fez algo que não fazia há anos.

Ela gritou.

CAPÍTULO 3

Aquele foi o jantar menos agradável de que a Detetive Inspetora Chefe Erika Foster tinha participado em muito tempo. Quando o anfitrião, Isaac Strong, abriu a lava-louça e começou a enchê-la de pratos e talheres, houve um silêncio constrangedor, interrompido apenas pelo zumbido baixinho de um ventilador ligado a uma tomada num canto e que não conseguia fazer quase nada para diminuir o calor. Em vez disso, espalhava ondas de ar quente pela cozinha.

– Obrigada, a lasanha estava deliciosa – elogiou ela, quando Isaac se aproximou para pegar o prato.

– Eu usei creme de leite semidesnatado para fazer o molho bechamel – comentou ele. – Dá para perceber?

– Não.

Isaac voltou para a lava-louça e Erika deu uma olhada geral na cozinha. Era elegante e tinha um estilo francês rústico: armários pintados à mão, bancadas de madeira clara e uma espaçosa pia Butler branca de cerâmica. Erika questionou se, como patologista forense, Isaac tinha evitado de propósito usar aço inoxidável. Seus olhos acabaram pousando sobre o ex-namorado de Isaac, Stephen Linley, que estava sentado diante dela à grande mesa da cozinha, olhando-a com desconfiança e com os lábios contraídos. Era mais jovem do que Erika e Isaac: tinha uns 35 anos. Parecia um Adônis robusto de rosto bonito, mas fazia expressões dissimuladas de que ela não gostava. Erika se esforçou para neutralizar a atitude dele com um sorriso, depois deu um golinho no vinho e se esforçou para pensar em alguma coisa para dizer. O silêncio estava se estendendo a ponto de ficar desconfortável.

Isso geralmente não acontecia quando ela jantava com Isaac. Ao longo do último ano, tinham jantado juntos várias vezes naquela aconchegante cozinha francesa. Eles riam, revelavam alguns segredos e Erika sentia o desabrochar de uma forte amizade. Ela tinha conseguido se abrir com

Isaac sobre a morte de seu marido Mark, menos de dois anos antes, mais do que com qualquer outra pessoa. E, em troca, Isaac tinha contado sobre a perda do grande amor de sua vida, Stephen.

Bem... apesar de as situações serem completamente diferentes. Mark morreu tragicamente no cumprimento do dever durante uma batida policial e Stephen partiu o coração de Isaac ao abandoná-lo por outro homem.

Por isso foi uma surpresa tão grande para Erika, quando chegou mais cedo naquela noite e encontrou Stephen. Na verdade, não foi uma surpresa assim tão grande... Aquilo mais parecia um estratagema.

Ainda que ela morasse na Inglaterra há mais de vinte anos, Erika desejou que o jantar estivesse acontecendo na sua terra natal, a Eslováquia, pois lá as pessoas eram diretas.

O que está acontecendo? Você podia ter me avisado! Por que não me contou que o idiota do seu ex-namorado estaria aqui? Para deixar esse sujeito voltar para a sua vida depois do que ele fez, você só pode estar ficando louco!

Ela quis gritar quando entrou na cozinha e viu Stephen sentado languidamente de short e camiseta. Mas sentiu-se constrangida, e os costumes britânicos de educação ditavam que fizesse vista grossa e fingisse estar tudo normal.

— Alguém quer café? — perguntou Isaac, fechando a lava-louças e virando-se para eles. Era um homem alto e bonito, tinha uma testa grande e penteava para trás seu volumoso cabelo escuro. Seus enormes olhos castanhos eram emoldurados por finas sobrancelhas pinçadas, que podiam ser arqueadas ou contraídas para comunicar todo tipo de sarcasmo. Nessa noite, entretanto, ele não passava de alguém que parecia constrangido. Stephen girava a taça de vinho branco fazendo o líquido rodar lá dentro, e olhava de Erika para Isaac.

— Café... *já*? Não são nem 8 horas direito, Isaac, e está fazendo um calor do cacete. Abra mais vinho.

— Não, café está ótimo, obrigada — aceitou Erika.

— Se você tem mesmo que fazer café, pelo menos use a máquina — disse Stephen, antes de marcar território — Isaac te contou? Comprei uma Nespresso para ele. Custou uma fortuna. Usei parte do adiantamento que recebi do último livro.

Erika deu um sorriso delicado e pegou uma amêndoa assada num prato no centro da mesa. Os estalos ao mastigá-la pareciam cortar o silêncio.

Durante o embaraçoso jantar, praticamente só Stephen falou, contando com muitos detalhes o novo romance policial que estava escrevendo. Ele também se encarregou de falar tudo sobre perícia forense, o que Erika achou um pouco ridículo, levando em consideração que Isaac era um dos mais importantes patologistas forenses do país e que ela própria, como detetive inspetora chefe da Polícia Metropolitana de Londres, tinha solucionado uma série de casos de assassinato no mundo real.

Isaac começou a fazer café e ligou o rádio. "Like a Prayer", da Madonna, cortou o silêncio.

— Aumenta! Amo a Madge – disse Stephen.

— Vamos colocar alguma coisa mais suave – disse Isaac, passando pelas rádios até que as doces e pesarosas cordas de um violino substituíram a voz estridente de Madonna.

— *Supostamente*, ele é um homem gay – disse Stephen, revirando os olhos.

— Eu só acho que um som mais suave ia ser melhor agora, Stevie.

— Jesus. A gente não tem 80 anos! Vamos nos divertir. O que você quer fazer, Erika? O que você faz para se divertir?

Aos olhos de Erika, Stephen era um poço de contradições. Ele se vestia de um jeito muito heterossexual, como um atleta da American Ivy League, mas seus movimentos eram de uma leveza bem afeminada. Ele tinha acabado de cruzar as pernas e fazer biquinho, aguardando por uma resposta.

— Eu acho que... eu vou fumar um cigarro – disse ela esticando o braço na direção de sua bolsa.

— A porta lá em cima está destrancada – disse Isaac, fazendo um sinal de aprovação. Ela forçou um sorriso e saiu da cozinha.

Isaac morava numa casa em Blackheath, perto de Greenwich. O quarto de hóspedes no andar de cima tinha uma pequena varanda. Erika abriu a porta de vidro, saiu e acendeu um cigarro. Ela soprou a fumaça no céu escuro, sentindo a intensidade do calor. A noite de verão estava clara, mas as estrelas fraquejavam contra a névoa das luzes da cidade que flutuavam e estendiam-se diante dela. Erika seguiu o caminho do laser do Greenwich Observatory e ergueu a cabeça até onde ele desaparecia em meio às estrelas. Deu mais um grande trago no cigarro e ouviu os grilos cantando no quintal escuro lá embaixo, misturados com o zumbido do trânsito vindo da movimentada rua de trás.

Ela estava sendo dura demais na avaliação que fazia sobre Isaac permitir que Stephen voltasse para a sua vida? Ou estava apenas com ciúmes por seu amigo solteiro não estar mais solteiro? Não... ela queria o melhor para Isaac, e Stephen Linley era um indivíduo tóxico. Ela chegou à conclusão, com tristeza, de que talvez não houvesse espaço na vida de Isaac para ela e Stephen.

Erika pensou no pequeno e escassamente mobiliado apartamento que pelejava para chamar de lar e nas noites solitárias que passava na cama olhando para a escuridão. Erika e Mark tinham compartilhado suas vidas de diversas maneiras que iam além da relação de marido e mulher. Foram colegas, entraram para a Polícia da Grande Manchester com pouco mais de 20 anos. Erika tinha se tornado uma estrela em ascensão e foi promovida rapidamente a Detetive Inspetora Chefe, patente superior à de Mark, que a amava ainda mais por causa disso. Então, quase dois anos antes, Erika tinha comandado a desastrosa batida policial que resultou na morte de Mark e quatro colegas.

Depois disso, a tristeza e o fardo da culpa às vezes pareciam pesados demais, e ela lutava para encontrar seu lugar no mundo sem o marido. O recomeço em Londres tinha sido difícil, e o trabalho no Comando de Homicídios e Crimes Graves, da Polícia Metropolitana, era a única coisa em que ela conseguia despejar sua energia. Mas se no passado ela tinha sido uma estrela em ascensão, agora estava desacreditada, e a progressão na carreira tinha empacado completamente. Ela era uma policial objetiva, dedicada, brilhante e que não brincava em serviço – mas que também não tinha tempo para a politicagem na polícia e que entrava frequentemente em conflito com seus superiores, o que lhe gerou alguns inimigos poderosos.

Erika acendeu outro cigarro e estava decidindo se daria uma desculpa para ir embora quando a porta de vidro foi aberta atrás dela. Isaac enfiou a cabeça pela lateral da porta e foi à varanda.

— Acho que vou aceitar um desses aí – disse ele fechando a porta e movendo-se na direção da grade de ferro onde ela estava. A detetive sorriu e entregou-lhe o maço. Isaac tirou um com sua mão grande e elegante e inclinou-se na direção de Erika para que ela o acendesse. – Desculpe, eu estraguei tudo hoje – disse ele, endireitando o corpo e soprando fumaça.

— É a sua vida. Mas você podia ter me dado um toque.

— Aconteceu tudo tão rápido. Ele apareceu hoje de manhã aqui na porta, a gente ficou conversando o dia todo e... você sabe. Ficou muito tarde para cancelar... não que eu quisesse cancelar.

Erika conseguia enxergar a angústia tomando conta do rosto dele.

— Isaac, você não precisa se explicar para mim. Aliás, se eu fosse você, escolheria a luxúria como explicação. Você foi dominado pela luxúria. É muito mais perdoável.

— Sei que ele é uma pessoa complicada, mas Stephen é diferente quando estamos juntos sozinhos. Ele é vulnerável. Você acha que se eu abordar isso do jeito certo, se eu estabelecer limites, pode dar certo desta vez?

— É possível... E pelo menos ele não tem como te matar de novo.

Stephen se baseou em Isaac para fazer um patologista forense de seus livros e depois simplesmente matou o personagem em um ataque homofóbico bem detalhado.

— Estou falando sério. O que você acha que eu devo fazer? – perguntou Isaac, com os olhos cheios de angústia. Erika suspirou e segurou a mão dele.

— Você não vai querer escutar o que eu acho. Gosto de ser sua amiga.

— Eu valorizo a sua opinião, Erika. Por favor, me fale o que eu devo fazer...

A porta rangeu ao ser aberta. Stephen apareceu descalço com um copo cheio de uísque e gelo.

— Falar o que você tem que fazer? Sobre o quê? – perguntou ele com aspereza.

O silêncio constrangedor foi quebrado pelo barulhinho, das profundezas da bolsa de Erika, avisando que havia chegado uma mensagem. Ela pegou o celular e leu a mensagem, franzindo a testa.

— Está tudo bem? – perguntou Isaac.

— O corpo de um homem branco foi descoberto numa casa na Laurel Road, em Honor Oak Park. Parece suspeito – disse Erika antes de acrescentar. – Merda, não estou de carro. Vim para cá de táxi.

— Você vai precisar de um patologista forense. Posso te levar no meu carro – ofereceu Isaac.

— Achei que você estivesse de folga hoje à noite – reclamou Stephen, indignado.

— Estou sempre de plantão, Stevie – disse Isaac, dando a impressão de estar ansioso para sair.

— Está bem, então vamos nessa – aceitou Erika, que não resistiu e falou para Stephen – Parece que o café da sua máquina vai ter que esperar.

CAPÍTULO 4

Erika e Isaac chegaram à Laurel Road meia hora depois e esqueceram rapidamente do jantar constrangedor. A fita de isolamento da polícia fechava a rua em ambas as direções e veículos de apoio estavam parados do lado de dentro dela: uma van da polícia, quatro viaturas e uma ambulância. As luzes azuis dos veículos pulsavam ao longo da comprida fileira de casas. Em várias das janelas e portas, vizinhos olhavam a cena boquiabertos.

A Detetive Moss, uma das colegas em quem Erika mais confiava, aproximou-se para encontrá-los perto do carro quando estavam parando em uma vaga a 100 metros do cordão de isolamento. Ela era uma mulher baixa e pesada e suava muito naquele calor, apesar de sua saia na altura do joelho e da blusa fina. O cabelo estava penteado para trás, deixando exposto seu rosto coberto de sardas – um conjunto pequeno delas aglomerava-se debaixo do olho da detetive, formando o que parecia uma lágrima. No entanto, para contrastar com isso, ela era animada e deu um sorrisão para Erika e Isaac assim que saíram do carro.

– Boa noite, chefe, Dr. Strong.

– Boa noite, Moss – cumprimentou Isaac.

– Boa noite. Quem é esse pessoal todo? – perguntou Erika, quando se aproximaram da fita de isolamento da polícia, onde um grupo de homens e mulheres com aparência cansada estava em pé observando a cena.

– Gente que chegou do centro de Londres e descobriu que a rua deles é uma cena de crime – respondeu Moss.

– Mas eu moro logo ali – um homem estava dizendo, apontando com a maleta para uma porta a duas casas para baixo. Seu rosto estava ruborizado e fatigado, seu cabelo ralo grudado na cabeça. Quando Moss, Erika e Isaac aproximaram-se da fita de isolamento, o homem olhou para eles, na esperança de que lhe dessem uma notícia diferente.

— Sou a Detetive Inspetora Chefe Foster, a investigadora chefe, e este é o Dr. Strong, nosso patologista forense — informou Erika mostrando sua identidade para o guarda. — Entre em contato com a prefeitura e organize acomodação para essas pessoas passarem a noite.

— Tudo bem, senhora — disse o guarda, deixando todos entrarem. Eles se enfiaram por baixo da fita de isolamento antes que os moradores protestassem contra a ideia de terem que passar a noite em camas dobráveis.

A porta do número quatorze da Laurel Road estava aberta e as luzes do corredor de entrada brilhavam. Ele estava movimentado pela presença de peritos usando macacões azul-escuro e máscaras. Deram macacões a Erika, Isaac e Moss e eles se vestiram em um canteiro de cascalhos no jardim minúsculo.

— O corpo está lá em cima, no quarto da frente — disse Moss. — A mãe da vítima veio dar comida para o gato. Ela achou que o filho estava de férias no sul da França, mas, como vocês verão, ele não chegou a ir para o aeroporto.

— Cadê a mãe dele? — perguntou Erika, colocando o pé dentro do macacão.

— O choque e o calor a derrubaram. Alguns guardas acabaram de levá-la para o Hospital Universitário, em Lewisham. Nós vamos precisar do depoimento dela quando estiver recuperada — disse Moss fechando o zíper do macacão.

— Me dá uns minutos para examinar a cena — disse Isaac, ao mesmo tempo em que colocava o capuz do macacão. Erika concordou com um gesto de cabeça e ele saiu na direção da casa.

O calor, a quantidade de pessoas e as luzes acesas ajudavam a temperatura no quarto do andar de cima a chegar aos 40 graus centígrados. Isaac com uma equipe de três assistentes e um fotógrafo trabalharam num eficiente e respeitoso silêncio.

A vítima estava deitada de barriga para cima na cama de casal. Ele era alto e tinha um corpo atlético. Os braços estavam levantados e abertos, amarrados à cabeceira com uma corda fina que lhe rasgava a carne dos pulsos. As pernas estavam estendidas, os pés separados. Um plástico transparente moldava-se à cabeça dele, deixando seu rosto distorcido ali debaixo.

Erika sempre achou muito mais difícil lidar com cadáveres nus. A morte já era indigna o bastante sem que fosse exposta dessa maneira. Ela resistiu à vontade de pôr o lençol sobre a parte inferior do corpo.

— A vítima é o Dr. Gregory Munro, 46 anos — informou Moss, ao ficarem em pé ao redor da cama. Os olhos castanhos dele estavam arregalados e surpreendentemente claros por baixo do plástico, mas a língua começava a inchar e vazar por entre os dentes.

— Doutor? — perguntou Erika.

— Ele é o clínico geral da região. É proprietário da Hilltop Medical Practice, na Crofton Park Road, e também administra a empresa — respondeu Moss. Erika olhou para Isaac, que estava em pé do outro lado da cama, examinando o corpo.

— Você pode me dizer qual foi a causa da morte? — perguntou Erika.
— Estou presumindo que foi asfixia, mas...

Isaac soltou a cabeça da vítima, o queixo descansou sobre o peito nu e Isaac explicou:

— As evidências apontam para asfixia, mas vou precisar confirmar se o saco plástico não foi colocado na cabeça dele *post-mortem*.

— Um joguinho sexual deu errado? Autoasfixia? — perguntou Moss.

— Hipoteticamente, sim. Mas não podemos descartar a possibilidade de crime.

— Horário da morte? — perguntou Erika, esperançosa. Ela estava suando muito debaixo do macacão de cena de crime.

— Não força — disse Isaac. — Não vou poder te falar qual foi a hora da morte até conseguir dar uma olhada mais de perto e abri-lo. Calor ou frio extremos retardam a putrefação: o calor deste quarto está secando o corpo. Você pode ver que a carne está começando a descolorir. — Ele apontou para partes do abdômen onde formas esverdeadas começavam a vicejar. — Isso pode indicar que ele está aqui há dias, mas, como eu disse, preciso fazer a autópsia.

Erika lançou o olhar para o quarto. Havia um guarda-roupa de madeira pesada na parede ao lado da porta, e no vão da janela, uma penteadeira com espelho que combinava com ele. À esquerda da janela ficava uma cômoda alta. Todas as superfícies estavam limpas: não havia livros, nem enfeites, nem detritos que geralmente se acumulam num quarto. Estava muito arrumado. Quase arrumado *demais*.

— Ele era casado? — perguntou Erika.

— Era. A esposa não está mais em cena. Estão separados há alguns meses — respondeu Moss.

— Está muito arrumadinho para um homem que acabou de ficar solteiro — disse Erika. — A não ser que o agressor tenha feito uma faxina — completou ela.

— O quê? Dar uma limpada com o aspirador de pó por aí antes de fugir? Ele devia me fazer uma visitinha. Você tem que ver como está a minha casa.

Apesar do calor, Erika viu dois peritos que trabalhavam no corpo esforçarem-se para não rir.

— Moss, não é hora disso.

— Desculpe, chefe.

— Eu acho que os braços foram amarrados *post-mortem* — disse Isaac, apontando com o dedo coberto por uma luva de látex para a área do pulso. A pele ao redor das axilas estava esticada e possuía linhas brancas sobre os tons pálidos da pele. — Há muito pouca escoriação nos pulsos.

— Então ele já estava na cama quando foi agredido? — perguntou Erika.

— É possível — respondeu Isaac.

— Não tem roupa espalhada. Ele pode ter se despido normalmente, arrumando-as — disse Moss.

— Alguém pode ter ficado escondido debaixo da cama ou no guarda-roupa ou pode ter entrado pela janela? — perguntou Erika, piscando por causa do suor que escorria de sua testa e lhe caía nos olhos.

— Isso são vocês quem têm que descobrir.

— É mesmo. Que sorte a minha — respondeu Erika.

Erika e Moss desceram para a sala no andar de baixo, onde uma equipe de peritos criminais trabalhava no restante da casa. Um deles se aproximou das detetives. Erika não o conhecia. Ele tinha trinta e poucos anos, rosto bonito e testa nórdica. O suor cintilava entre seus cabelos louros. Quando ficou de frente para Erika, olhou para cima, se dando conta do quanto ela era alta, mais de um metro e oitenta.

— Detetive Foster? Sou Nils Åkerman, responsável pela cena do crime — apresentou-se, com um leve sotaque sueco por baixo de seu inglês perfeito.

— Você é novo? — perguntou Moss.

— Em Londres? Sou. No universo do assassinato e da brutalidade, não. — Nils tinha um rosto agradável e bonito que, como muitas pessoas que lidam com a morte e o horror cotidianamente, dava a impressão de ter uma imparcialidade respeitosa e um senso de humor sombrio.

– Prazer em conhecê-lo – cumprimentou Erika. As luvas de látex crepitaram quando deram um aperto de mão.

– O que já te contaram? – perguntou ele.

– Conte tudo pra gente, desde o início – disse Erika.

– Okay. A mãe aparece por volta das 7h30 para dar comida ao gato. Ela tem a chave e entra. Os fios de energia tinham sido desconectados quando ela chegou. E parece que já estavam assim há alguns dias. O conteúdo da geladeira e do freezer estava estragando.

Erika olhou para a grande geladeira de inox onde algumas pinturas muito coloridas feitas por dedos de criança estavam grudadas com ímãs.

– A conexão de internet e telefone também foi cortada – acrescentou Nils.

– Cortada por falta de pagamento? – perguntou Erika.

– Não, o cabo da internet foi cortado – respondeu Nils, movendo-se na direção da bancada da cozinha segurando um saco plástico de evidências que continha dois pedaços de cabo. Um deles estava conectado a um pequeno modem. Ele levantou outro envelope. – Este é o celular da vítima. O chip e a bateria estão desaparecidos.

– Onde o encontraram? – perguntou Erika.

– Na mesinha de cabeceira. Ele ainda estava conectado ao carregador.

– Não tem mais nenhum telefone na casa?

– Só o telefone fixo no andar de baixo.

– Então quem quer que tenha feito isso tirou o chip e a bateria do celular depois de ele ter sido colocado na mesinha de cabeceira para carregar? – questionou Moss.

Nils fez que sim com um gesto de cabeça e completou:

– É uma possibilidade.

– Espera aí, espera aí – disse Erika. – Havia mais alguma coisa na mesinha de cabeceira? O quarto estava vazio demais.

– Com exceção do telefone, não havia mais nada – disse Nils. – Só que nós encontramos isto na gaveta da mesinha de cabeceira – acrescentou ele, suspendendo outro saco plástico de evidências que continha quatro revistas pornô gay: *Black Inches*, *Ebony* e *Latino Males*.

– Ele era gay? – perguntou Erika.

– E casado – acrescentou Moss.

– Quantos anos ele tinha mesmo?

– Quarenta e seis – respondeu Moss. – Ele estava separado da esposa. Mas essas revistas são velhas. Olha, são de 2001. Por que ele as guardaria aqui?

– Então elas estavam escondidas, e ele era um gay não assumido? – perguntou Erika.

– Talvez elas estivessem guardadas há anos. Talvez tenha tirado as revistas do sótão quando o casamento acabou – palpitou Nils.

– É muito *talvez* para o meu gosto – disse Erika.

– Nós achamos uma embalagem individual de lasanha de micro-ondas na bancada da cozinha. Estava num prato, e ao lado dele havia uma taça vazia e meia garrafa de vinho tinto. Nós já estamos mandando tudo para o laboratório – informou Nils. – Vocês também têm que ver isso.

Ele os conduziu pela espaçosa cozinha, passando por um grande sofá velho coberto de marcas de canetinha e com uma enorme mancha de chá. Entre a ponta do sofá e a parede de vidro que dava vista para o quintal, havia uma caixa abarrotada de brinquedos. Abriram a porta de vidro e os três saíram até o deck de madeira. Erika saboreou a queda de temperatura. Tinham colocado holofotes no quintal, o que permitia a Erika enxergar além de uma sombria aglomeração de árvores, um local onde várias figuras de macacão estavam agachadas, examinando a grama.

Eles retornaram por um estreito caminho de cascalho ao longo da parede de vidro e chegaram a uma janela-guilhotina que tinha a mesma altura da pia da cozinha. Um ralo soltava um cheiro diabólico parecido com o de vômito.

– Nós procuramos digitais na janela, nos canos das calhas, na janela da casa ao lado – informou Nils. – Nada. Mas achamos isto.

Ele mostrou a base da janela.

– Está vendo isto na madeira? – perguntou ele com o dedo coberto pela luva de látex pairando sobre uma pequena impressão quadrada na tinta óleo, com menos de meio centímetro. – Forçaram a janela usando algum instrumento achatado sem corte, provavelmente uma chave de fenda.

– Esta janela estava fechada quando você chegou à cena? – perguntou Erika.

– Sim.

– Bom trabalho – disse ela, voltando a olhar para a pequenina impressão na pintura. – Conseguiu identificar alguma pegada aqui no cascalho?

– Uma mistura de impressões indefinidas, podem ser de pés pequenos, só que não temos como identificar. Mas vamos voltar lá para dentro – chamou Nils. Eles deram a volta na casa com ele novamente, entraram pela porta de vidro, foram até a cozinha e se aproximaram da janela-guilhotina pelo lado de dentro.

– Deem uma olhada aqui, devia haver trava-guilhotina – disse Nils, apontando para dois buracos quadrados em ambos os lados da janela.

– O que é trava-guilhotina? – perguntou Moss.

– Dois pequenos ganchos de plástico que trabalham com molas, saem de dentro da armação superior da janela e impedem que a armação inferior seja forçada para cima. Elas foram removidas.

– Será que foi o Gregory mesmo quem as removeu? – perguntou Erika.

– Não se ele estivesse preocupado com a possibilidade de que arrombassem a casa, e eu acho que estava. A casa tinha um sistema de segurança de primeira linha, com sensores de movimento no quintal. Quando a energia foi cortada, o alarme devia ter disparado. É para isso que ele serve... mas nada.

– Então quem quer que tenha feito isso, removeu as travas-guilhotina desta janela e sabia a senha do alarme? – perguntou Erika.

– Sim, é uma teoria – concordou Nils. – Tem mais uma coisa. – Ele os levou lá para fora de novo, passando pela porta de vidro. Quando chegaram ao fundo do quintal, se abaixaram para olhar por baixo da árvore e viram que a cerca de arame tinha sido cortada.

– O quintal fica virado para os trilhos do trem e a reserva natural Honor Oak – informou Nils. – Eu acho que este foi o ponto de acesso. A cerca foi cortada com alicate para cortar arame.

– Merda – xingou Moss. – Quem diabos você acha que fez isso?

– A gente tem que descobrir mais coisas sobre esse Dr. Gregory Munro – disse Erika, levantando o olhar na direção da casa. – É *aí* que a gente vai encontrar respostas.

CAPÍTULO 5

Era um PC velho em uma bancada de metal com rodinhas que não parava de ranger, enfiada debaixo da escada de uma casa modesta. A tela inicial da sala de bate-papo apareceu. Ela era simples, não tinha gráficos sofisticados. As salas de bate-papo convencionais tinham moderadores, mas aquela ali ocupava os remansos da internet, onde a escória dessas águas podia prosperar.

Depois de um bipe, o nome de um usuário chamado DUKE surgiu na tela e começou a digitar.

DUKE: Tem alguém aí?

As mãos movimentaram-se depressa pelo teclado, ávidas por conversar.

NIGHT OWL: Estou sempre aqui, Duke.
DUKE: Night Owl, por onde você andava?
NIGHT OWL: Muita coisa para fazer. Fiquei três dias direto sem dormir. Quase o meu recorde.
DUKE: O meu recorde são quatro. As viagens malucas e alucinantes quase fazem valer a pena. Mulheres peladas. Tão real ***mordendo os nós dos dedos***
NIGHT OWL: Ha! Quem dera as minhas alucinações fossem tão camaradas. Não consigo ficar com as luzes acesas, elas me fazem sentir dor... Mas aí as sombras parecem ganhar vida. Rostos inexpressivos sem olhos me observam pelo canto dos meus olhos. E eu o vejo.
DUKE: Está passando por um momento difícil por causa disso?
NIGHT OWL: Já me acostumei... Você sabe.
DUKE: É. Sei mesmo.
DUKE: Então? Fez?

NIGHT OWL: Fiz.

DUKE: Sério?

NIGHT OWL: Sério.

DUKE: Usou o saco de suicídio?

NIGHT OWL: Usei.

DUKE: Quanto tempo levou?

NIGHT OWL: Quase quatro minutos. Ele lutou, mesmo com a droga.

Houve uma pausa. Um balão apareceu, dizendo "DUKE está digitando...". Depois a tela ficou sem movimento por um momento.

NIGHT OWL: C ainda tá aí?

DUKE: Estou. Nunca achei que você fosse fazer isso.

NIGHT OWL: Você achou que eu falava tudo da boca pra fora, igual à maioria das pessoas na internet?

DUKE: Não.

NIGHT OWL: Você acha que eu não sou forte o bastante?

DUKE: NÃO!

NIGHT OWL: Acho bom, porque eu falo sério. Passei anos demais com os outros me subestimando, achando que eu era uma pessoa fraca, pisando em mim, abusando de mim. Eu NÃO SOU UMA PESSOA FRACA. Eu tenho PODER. PODER mental e físico, e eu o libertei.

DUKE: Eu não duvido de você.

NIGHT OWL: Nem se atreva.

DUKE: Desculpe. Nunca duvidei de você. Jamais.

DUKE: Como você se sentiu?

NIGHT OWL: Igual a Deus.

DUKE: A gente não acredita em Deus.

NIGHT OWL: E se EU for Deus?

Alguns minutos se passaram, depois DUKE escreveu:

DUKE: E o que acontece agora?

NIGHT OWL: Isso é só o começo. O médico foi só o primeiro na minha lista. Já estou de olho no segundo.

CAPÍTULO 6

Erika parou o carro no estacionamento da delegacia Lewisham Row um pouco antes das 8 horas na manhã seguinte. O trabalho na cena do crime tinha prosseguido até a madrugada e ela só teve tempo para dormir algumas horas e tomar um banho antes de ir trabalhar. Quando saiu do carro, sentiu que o ar quente estava carregado por causa da fumaça do escapamento, e caminhões trituravam as marchas ao se arrastarem pelo anel viário. Ouviam-se zumbidos e estalos metálicos vindos dos guindastes trabalhando nos altos prédios, em vários estágios de construção, que salpicavam os arredores — o atarracado edifício de concreto da delegacia parecia um anão em comparação a eles. Erika trancou o carro e atravessou o estacionamento até a entrada principal, já suada e precisando de uma bebida gelada, de mau humor por ter dormido pouco.

Estava mais fresco na área da recepção, mas o calor, misturado com um asqueroso coquetel de vômito e desinfetante, não melhorava a atmosfera. Sentado, o Sargento Woolf estava curvado sobre sua mesa preenchendo um formulário. A barriga ficava pendurada por cima da calça, seu rosto redondo e papudo estava vermelho e cintilava de suor. Um rapaz alto e magro com um moletom imundo aguardava em pé ali perto, olhando para seus pertences aninhados em uma bacia de plástico sobre a mesa: um iPhone novinho e dois maços de cigarro ainda lacrados com plástico. O rosto esquelético e faminto do rapaz não combinava com os pertences caros pelos quais estava aguardando, e Erika teve a sensação de que ele não esperaria muito.

— Bom dia. Alguma chance de conseguir um café gelado lá na cantina? — perguntou Erika.

— Não — respondeu Woolf, esfregando o rosto com o antebraço cabeludo. — Parece que eles não têm problema nenhum para servir a comida praticamente congelada; não vejo porque não conseguem fazer a mesma coisa com o café.

Erika abriu um sorriso. O rapaz magro revirou os olhos e reclamou:

– Beleza, troca uma ideia aí, eu *num* tenho que ir pra lugar nenhum mesmo, só quero meu iPhone de volta. É meu.

– Isso foi encontrado na cena do crime quatro meses atrás, você pode esperar mais dez minutos – disse Woolf, encarando-o com a cara fechada. Ele largou a caneta e apertou o interfone para abrir a porta e deixar Erika entrar na parte principal da delegacia. – O Marsh já está aqui, disse que queria te ver assim que chegasse.

– Certo – disse Erika. Ela passou pela porta e o zumbido do interfone parou assim que a fechou depois de entrar. Erika andou por salas vazias no corredor iluminado por lâmpadas fluorescentes. Ainda era cedo, porém muitos policiais tinham tirado férias e a atmosfera parecia ser mais tranquila do que de costume.

Ela pegou o elevador até a sala do chefe no último andar. Bateu na porta e, ao escutar uma resposta abafada, entrou. O Superintendente Chefe Marsh estava em pé de costas para ela, em frente à janela, olhando para a extensão de concreto, para os guindastes e o trânsito. Ele era alto, largo e seu cabelo bem curto agrisalhava-se. Quando se virou, Erika viu que os lábios dele estavam travados ao redor de um canudo verde claro que levava até um grande café gelado da Starbucks. Ele era bonito, apesar da aparência cansada. Marsh suspendeu as sobrancelhas e engoliu.

– Bom dia, senhor – cumprimentou ela.

– Bom dia, Erika. Pegue, achei que você ia querer um também.

Marsh aproximou-se de sua mesa bagunçada, pegou outro café gelado e o entregou à detetive junto com um canudo embrulhado num papel. O copo deixou um grande anel molhado no relatório preliminar sobre o assassinato de Gregory Munro, que Erika tinha lhe enviado por e-mail de madrugada.

– Obrigada, senhor.

Erika pegou o copo e, enquanto abria o canudo embrulhado com papel, passou os olhos pela sala. Estava uma bagunça; a detetive sempre achou que aquele lugar parecia uma mistura de sala de uma autoridade importante com quarto de garoto adolescente. Havia certificados na parede, um móvel grande e bagunçado cujas prateleiras estavam abarrotadas de pastas, e pontas de papéis saíam pelas gavetas superlotadas. A lata de lixo estava transbordando, mas, em vez de fazer algo a respeito, Marsh tinha simplesmente colocado algumas caixas plásticas de sanduíche e copos de café no alto do lixo, de modo que agora eles estavam equilibrados 30 centímetros acima da borda. Havia plantas mortas esparramadas pelo peitoril e um cabideiro aos pedaços caído ao longo de uma parede. Erika não tinha certeza se ele tinha quebrado sob o peso das coisas empilhadas em cima dele ou se Marsh o tinha partido em dois num ataque de fúria que ela teve o prazer de não presenciar.

Ela tirou o papel fino do canudo vermelho, o enfiou no buraco na tampa de plástico do copo e tomou um golinho, desfrutando do delicioso frescor do café gelado.

– Okay, senhor, por que isto aqui, o café decente? É por que o senhor vai sair de férias?

Ele sorriu, sentou-se e acenou para que ela fizesse o mesmo.

– Isso, duas semanas no sul da França, e mal posso esperar. Certo, bom, eu li o seu relatório. Ataque homofóbico ontem à noite, coisa sórdida.

– Eu não sei se *foi* ataque homofóbico, senhor...

– Tudo no relatório aponta para ataque homofóbico: vítima do sexo masculino, pornografia gay, asfixia. Ele é médico e tem uma boa renda. Meu palpite é que ele contratou um garoto de programa, as coisas saíram do controle e o cara aprontou pra cima dele. Alguma coisa foi roubada?

– Não. Senhor, como eu disse, não acho que dá para categorizar como ataque homofóbico. Eu não o classifiquei assim no meu relatório preliminar – disse ela, vendo a expressão confusa no rosto de Marsh. – Superintendente, o senhor leu o meu relatório?

– É claro que li! – vociferou ele.

Erika pegou o relatório em cima da mesa, as letras no círculo molhado estavam borrando. Ela viu que só tinha uma página. A detetive se levantou, foi até a impressora de Marsh, abriu o compartimento de papel, pegou um maço, colocou na impressora e fechou.

– O que você está fazendo? – perguntou ele.

Depois de um clique e um zumbido, uma segunda folha foi impressa, ela a entregou ao chefe e sentou-se novamente. Marsh leu e empalideceu.

– Senhor, há sinais de que isso foi planejado com antecedência. O alarme foi desativado, as linhas telefônicas cortadas e não encontramos nenhuma impressão digital nem fluidos corporais, com exceção dos da vítima.

– Que inferno! *Essas* são as informações de que precisamos. Eu achei que fosse só um ataque homofóbico.

– *Só* um ataque homofóbico, senhor?

– Você sabe o que eu quis dizer. Ataques homofóbicos são... bom, eles não chamam tanta atenção da mídia.

Marsh analisou o relatório novamente e reclamou:

– Gregory Munro era o clínico geral da região, um homem de família. Qual é mesmo o endereço?

– Laurel Road. Honor Oak Park.

– É um endereço bom também. Me desculpe, Erika. Está sendo uma semana longa... Você podia ter numerado as páginas.

– Elas *estão* numeradas, senhor. Estou esperando os resultados da autópsia e da perícia forense do Isaac Strong. Vamos fazer uma busca no HD do computador da vítima e no telefone. Posso me reunir com minha equipe agora?

– Okay, me mantenha informado. Quero ficar sabendo de qualquer novidade que aparecer. Estou com um mau pressentimento em relação a isso, Erika. Quanto antes a gente pegar esse escroto, melhor.

CAPÍTULO 7

A sala de investigação na Lewisham Row era um local grande, abafado e coletivo. As fortes lâmpadas fluorescentes lançavam nos policiais um brilho implacável. Divisórias de vidro de ambos os lados davam vista para corredores e ao longo de uma dessas divisórias havia uma bancada com impressoras e copiadoras. Erika ficou diante de uma das impressoras, sentindo o familiar formigamento causado pela mistura de expectativa, horror e empolgação ao ler as descobertas preliminares que tinham sido enviadas sobre a autópsia de Gregory Munro. As páginas, quentes, emergiam uma a uma.

Sua equipe já estava trabalhando duro, e muitos daqueles policiais tinham dormido poucas horas depois que saíram da cena do crime. O Sargento Crane — um loiro que funcionava como o incessante motor da sala de investigação — movia-se entre as mesas carregando uma pilha de papéis impressos, deixando tudo preparado para a reunião. Moss estava atendendo os telefonemas com a Detetive Singh, uma pequena e bonita policial de raciocínio afiado. Um membro novo da equipe, o Detetive Warren, colava as evidências do caso que tinham recolhido até então nos enormes quadros-brancos que cobriam a parede do fundo. Era um rapaz empolgado e bonito.

O Detetive Inspetor Peterson entrou e reparou a movimentação na sala de investigação. Ele era um policial alto, bonito, negro e tinha *dreads* curtos. Juntamente com Moss, tinha se tornado um dos colegas em quem Erika mais confiava. Além disso, a sofisticação descolada e elegante dele era um bom equilíbrio para a crueza realista de Moss.

— Foram boas as férias, Peterson? — perguntou Erika, tirando os olhos do relatório.

— Muito boas! Barbados. Paz, tranquilidade, praias de areias fininhas... Isto aqui é o oposto — respondeu ele com saudosismo, mas a atenção de

Erika já tinha retornado para o relatório. Peterson sentou-se à sua mesa e deu uma olhada para a completa deterioração da sala de investigação ao seu redor.

Moss pôs a mão sobre o telefone e perguntou:

– Você tem certeza que viajou? Não está muito bronzeado...

– Ha, ha. A tigela de mingau que tomei hoje de manhã estava com uma corzinha melhor do que a sua – brincou Peterson abrindo um sorrisão.

– Que bom que voltou – disse ela, dando uma piscadinha antes de voltar para a ligação.

– Okay, bom dia para todo mundo – cumprimentou Erika, movendo-se para a frente da sala. Ela pegou uma série de fotos da cena do crime e começou a colá-las no quadro-branco. – A vítima é Gregory Munro, de 46 anos. Clínico geral da região. – A sala de investigação ficou em silêncio enquanto absorviam as fotos. – Sei que alguns de vocês estiveram na cena ontem à noite, mas, para dar todas as informações àqueles que não estavam, vou repassar o que aconteceu.

Os policiais permaneceram em silêncio, enquanto Erika recapitulava os acontecimentos da noite anterior:

– A perícia forense acabou de enviar a análise toxicológica e os resultados preliminares da autópsia. Havia uma pequena quantidade de álcool no sangue da vítima, mas uma taxa alta de flunitrazepam: 98 microgramas por litro. Flunitrazepam é o nome genérico de Rohypnol, ou Boa Noite Cinderela.

– A droga do estupro favorita de todo mundo – disse Peterson, com frieza.

– Isso. Encontraram resíduo da droga numa taça de vinho, na cozinha – continuou Erika.

– A bebida deve ter sido batizada. A não ser que ele quisesse se matar... Como médico, ele devia saber que uma dosagem tão alta podia matá-lo – comentou Moss.

– Podia, mas não matou. Ele morreu por asfixia. Vocês podem ver o saco plástico transparente amarrado ao redor da cabeça dele com um pedaço de cordão branco – informou Erika apontando para uma foto de Gregory Munro olhando inexpressivamente através do plástico. – As mãos dele foram amarradas *post-mortem*. Revistas pornô gay também foram encontradas na gaveta da mesinha de cabeceira. Mesmo com as revistas, a asfixia com saco e a droga do estupro, temos que descartar qualquer elemento sexual. Não há sinal algum de que ele foi estuprado, nenhum vestígio de cabelo, nem de fluidos corporais a não ser dele mesmo...

Erika parou para que os policiais voltassem a olhar para ela e prosseguiu:

— Quero que a gente trabalhe com a hipótese de que alguém invadiu a casa, e que Gregory Munro foi drogado, depois asfixiado. Eu também queria dizer que isso não foi algo feito ao acaso. Não roubaram nada, nem dinheiro nem coisas valiosas. As linhas telefônicas e a energia foram cortadas, o que indica que houve um certo grau de planejamento, e quem quer que tenha feito isso precisou desativar o alarme *antes* de cortar a energia.

— Agora, eu quero que façam a sondagem habitual: um porta a porta na Laurel Road e nas ruas ao redor. Alguns policiais já fizeram progresso nesse sentido, mas eu quero que interroguem todo mundo que mora naquela rua ou que estava na área. Puxem todos os registros do Gregory Munro: banco, telefone, e-mail, redes sociais, amigos e família. Ele estava separado da esposa, então imagino que tenha contratado um advogado: descubram. Descubram se ele estava cadastrado em sites de encontros gays. Além disso, confiram o celular dele e verifiquem se não há nenhum aplicativo de encontro gay. Ele pode ter contratado um garoto de programa. Ele também é o clínico geral da região; descubram tudo o que conseguirem sobre o trabalho do Dr. Munro; ele tinha problemas com colegas de trabalho ou pacientes?

Erika foi até o quadro-branco e apontou para fotos do quintal.

— O assassino teve acesso à casa pela cerca, que dá para as linhas do trem e uma pequena reserva natural. Recolham qualquer gravação de câmera de segurança que puderem encontrar nas linhas de trem e ao redor delas, além de material das estações mais próximas e das ruas ao redor.

— Sim, chefe — disse Crane.

— Acho que Gregory Munro conhecia quem fez isso, e abrir a vida pessoal dele vai nos ajudar a descobrir o paradeiro do assassino. Okay, vamos trabalhar. A gente se encontra aqui de novo às 6 horas para compartilhar o que descobrimos.

Os policiais na sala de investigação começaram a agir.

— Alguma novidade sobre a mãe do Gregory Munro? — perguntou Erika, movimentando-se para onde Moss e Peterson estavam sentados.

– Ela ainda está no hospital em Lewisham. Deu uma boa recuperada, mas estão esperando um médico para dar alta – informou Moss.

– Okay. Vamos fazer uma visita a ela... você também, Peterson.

– Você não está achando que ela é suspeita, acha? – perguntou Moss.

– Não, mas as mães geralmente são uma excelente fonte de informação – respondeu Erika.

– Entendi o que você está querendo dizer. A minha mete o nariz na vida de todo mundo – disse Peterson, levantando e pegando o blazer.

– Então, tomara que a Estelle Munro seja igual – disse Erika.

CAPÍTULO 8

O Hospital Universitário Lewisham era uma mistura extensa de prédios de tijolos antigos e vidro futurista, com uma ala nova de *plástico* azul e amarelo. O estacionamento estava movimentado, e um fluxo constante de ambulâncias parava no Pronto-Socorro e Emergência. Erika, Moss e Peterson estacionaram o carro e seguiram a pé até a entrada principal, uma caixa grande de metal e vidro em frente à Emergência. Quando estavam se aproximando, viram uma senhora idosa parada do lado de fora em uma cadeira de rodas, gritando com uma enfermeira agachada ao lado dela.

— Isso é nojento! – dizia ela, cutucando a enfermeira com um dedo nodoso e a unha pintada de esmalte vermelho. – Vocês me deixaram esperando, e quando finalmente me dão alta, me largam sentada aqui por mais de uma hora no calor! Estou sem a minha bolsa, meu celular e vocês não fazem nada!

Várias pessoas que saíam pela entrada principal prestavam atenção naquilo, mas um grupo de enfermeiras que estava entrando não deu a mínima.

— É ela... Estelle Munro, a mãe do Gregory Munro – disse Moss. Quando se aproximaram, a enfermeira se levantou. Ela estava beirando os 50 anos e tinha um rosto gentil, porém cansado. Erika, Moss e Peterson se apresentaram, mostrando os documentos de identificação.

— Tudo bem por aqui? – perguntou Erika.

Sentada na cadeira de rodas, Estelle deu uma olhada na direção deles. Ela aparentava uns sessenta e poucos anos e parecia gostar de se vestir com elegância, mas depois de uma noite no hospital a calça clara e a blusa floral estavam amarrotadas, boa parte da maquiagem tinha saído com o suor e seu cabelo avermelhado emaranhava-se em tufos espetados. No colo dela, havia uma sacola plástica com um sapato preto de verniz.

— Não! Não tem nada bem *aqui*... – começou Estelle.

A enfermeira colocou as mãos em suas ancas largas e interrompeu:

– Os policiais que vieram pegar o depoimento da Estelle se ofereceram para levá-la para a casa, mas ela recusou.

– É claro que recusei! Não vou parar na frente de casa num carro de polícia! Eu queria ir embora de táxi... sei como as coisas funcionam. Tenho direito a um táxi. Esse seu pessoal só quer fazer o trabalho pela metade...

De acordo com a experiência de Erika, a tristeza e o choque afetavam as pessoas de maneiras diferentes. Algumas desmoronavam num mar de lágrimas, outras ficavam estarrecidas, e outras, furiosas. Ela viu que Estelle Munro se encaixava na terceira categoria.

– Me fizeram de prisioneira a noite inteira naquele tenebroso buraco infernal que chamam de Pronto-Socorro. Eu tive um *piripaque*, só isso. Mas não... eu tive que entrar na fila, e os bêbados e viciados em drogas foram atendidos primeiro! – reclamou Estelle, voltando-se para Erika, Moss e Peterson. – Aí o seu pessoal vem e fica me fazendo perguntas intermináveis. Vocês estão achando que eu sou o criminoso! O que vocês três estão fazendo aqui, afinal de contas? O meu menino está morto... ele foi assassinado!

Nesse momento, Estelle desabou. Ela agarrou os braços da cadeira de rodas e cerrou os dentes.

– Parem de ficar se amontoando em volta de mim, todos vocês! – berrou ela.

– Nós não estamos com um carro oficial. Podemos te levar para casa agora, Sra. Munro – disse Peterson com gentileza, se agachando e tirando um lenço do pacotinho que tinha no bolso e o ofereceu a ela.

Ela levantou o rosto coberto de lágrimas na direção dele.

– Podem mesmo?

Peterson fez que sim.

– Então, por favor, me levem para casa. Só quero ficar em casa, sozinha – pediu ela, pegando um lenço e o segurando contra o rosto.

Obrigada, agradeceu a enfermeira movimentando a boca sem emitir som algum.

Peterson soltou o freio da cadeira de rodas e começou a empurrar Estelle na direção do estacionamento.

– Ela estava muito mal quando foi internada, muito desidratada e em choque – disse a enfermeira para Moss e Erika. – Ela não quis ligar para ninguém. Eu não sei se ela tem um vizinho, uma filha talvez. Ela precisa ficar calma e descansar quando chegar em casa.

— Peterson vai usar sua mágica. Ele sempre se dá bem com as senhorinhas idosas — disse Moss, olhando para ele descendo a cadeira no meio-fio e atravessando o estacionamento. A enfermeira sorriu e voltou para dentro pela entrada principal.

— Merda, estou com as chaves do carro, vamos nessa! — disse Erika. Elas se apressaram para alcançar Peterson.

— Oh, esse calor... — reclamou Estelle, desesperada, quando estavam todos dentro do carro. — Está assim há dias!

Ela estava na frente com Erika. Moss e Peterson sentaram atrás.

Erika inclinou-se e ajudou Estelle a colocar o cinto de segurança, depois ligou o carro e disse:

— O ar-condicionado vai fazer efeito já, já.

— Há quanto tempo vocês estão estacionados aqui? — perguntou Estelle, quando Erika mostrou o distintivo ao homem que trabalhava na portaria. Ele gesticulou para que saíssem.

— Quinze minutos — respondeu Erika.

— Se não fossem policiais, teriam que pagar uma libra e cinquenta, mesmo sem usar a hora inteira. Eu vivia perguntando ao Gregory se ele não podia fazer alguma coisa sobre os pacientes terem que pagar. Ele dizia que ia escrever para uma conhecida, membro do Parlamento. Já tinha se encontrado com ela, sabe, várias vezes, em almoços oficiais... — a voz de Estelle desvaneceu, ela pegou o lenço no colo e deu cutucadinhas nos olhos.

— Você quer beber uma água, Estelle? — ofereceu Moss, que tinha comprado algumas garrafas na máquina automática da Lewisham Row.

— Quero, sim, por favor. E é *senhora* Munro, se você não se importar.

— É claro, Sra. Munro — disse Moss, passando uma garrafinha de água, que pingava por causa da condensação, pelo vão entre os bancos. Estelle conseguiu destampar a garrafa e deu uma longa golada. Eles seguiram pela Ladywell, passaram pelo grande parque ao lado do hospital, onde um grupo de rapazes jogava futebol sob o sol quente da manhã.

— Graças a Deus, assim está muito melhor — disse Estelle, recostando-se quando o ar-condicionado começou a refrescá-los.

— Eu poderia, por favor, fazer algumas perguntas? — pediu Erika.

— Não dá para esperar?

– Nós precisamos fazer uma declaração oficial mais tarde, mas, como eu disse, gostaria de te fazer algumas perguntas... por favor, Sra. Munro, isso é importante.

– Vai em frente, então.

– Gregory ia viajar de férias?

– Ia, sim, para a França. Ele ia fazer um discurso na conferência da Associação Médica Britânica.

– Ele não ligou para avisar que tinha chegado?

– Obviamente que não.

– Isso foi algo incomum?

– Não. A gente não ficava agarrado um no outro. Eu sabia que ele ia me telefonar em algum momento durante a viagem.

– Gregory estava separado da esposa?

– Estava. *Penny* – disse Estelle, contraindo os lábios ao pronunciar o nome.

– Posso perguntar por quê?

– *Você pode perguntar por quê...* Você está perguntando o porquê, não está? A Penny provocou isso. Ela pediu o divórcio, mas Gregory é que devia ter feito isso – disse Estelle, abanando a cabeça.

– Por quê?

– Ela transformou a vida dele num tormento. E no final das contas ele morreu por causa dela. Meu filho deu qualidade de vida para ela. Até se casarem, Penny ainda morava com a mãe, aos 35 anos. Ela tinha muito pouco futuro. Não passava de uma recepcionista na clínica do Gregory. Logo que começaram a sair, Penny ficou grávida. Ela fez pressão e ele teve que se casar.

– Por que ele teve que se casar com ela? – perguntou Moss.

– Eu sei que está na moda hoje em dia trazer bastardos ao mundo, mas o meu neto não ia ser um bastardo!

– Então a senhora obrigou os dois a se casarem? – perguntou Moss. Estelle se virou para ela e disse:

– Não. Foi Gregory. Ele fez o que era decente.

– Ele já tinha sido casado? – perguntou Erika.

– É claro que não!

– Penny e Gregory eram casados há quatro anos. Então ele tinha 42 quando eles se casaram? – perguntou Moss.

– Tinha – confirmou Estelle.

— Ele teve muitas namoradas nos anos anteriores ao casamento? – perguntou Peterson.

— Algumas. Nada que eu pudesse ter chamado de namoro sério. Ele era muito determinado, sabe, na faculdade de medicina, depois no trabalho do consultório. Algumas garotas eram legais. Ele podia ter escolhido uma delas, mas acabou ficando com aquela recepcionista gananciosa...

— A senhora não gostava dela? – perguntou Peterson.

— O que você acha? – disse Estelle, encarando-o pelo retrovisor. – Ela não amava meu filho, só queria o dinheiro dele. Falei isso para ele no início, mas Gregory não me escutou. Depois, foi acontecendo uma coisa atrás da outra, o que provou que eu estava certa.

— O que aconteceu? – perguntou Erika.

— A tinta mal tinha secado na certidão de casamento e ela já começou a pressionar Gregory para colocar coisas no nome dela. Ele tem... tinha... várias propriedades alugadas. Ele se deu bem por esforço próprio, sabe, trabalhou duro para conseguir aquilo tudo. Uma das propriedades estava no meu nome, para me dar um pouquinho de segurança, e ela queria que ele a passasse para ela! É claro que ele se recusou. Penny então envolveu o irmão dela na história... – Estelle abanou a cabeça indignada e continuou – Vou te falar uma coisa, a expressão "malcriada" é perfeita para aquela família... Penny, Gary, irmão dela. Ele é um *skinhead* vil, sempre tem problema com a polícia. Só que Penny gosta muito dele. Estou surpresa por vocês não o conhecerem. Gary Wilmslow.

Erika trocou um olhar com Moss e Peterson.

Estelle prosseguiu:

— O negócio ficou feio mesmo no ano passado, quando Gary ameaçou Gregory.

— Como ele ameaçou Gregory? – perguntou Erika.

— Foi tudo por causa da escolha da escola para o Peter. Gregory queria que ele fosse para um internato, o que significava que ele teria que ir embora. Penny mandou Gary intimidar Gregory. Mas meu filho o enfrentou, e não são muitas as pessoas que enfrentam Gary Wilmslow. Gregory deu uma boa de uma coça nele – disse Estelle, orgulhosa.

— E o que aconteceu depois?

— Depois a coisa começou a feder. Gregory não queria se envolver com Gary de jeito nenhum, mas Penny não tirava o irmão da vida dela. E Gary não engoliu muito bem a história de perder uma briga. A notícia se espalhou, tenho certeza. Penny e Gary tinham muito a ganhar se Gregory desaparecesse. Ela agora é herdeira. Vou te contar uma coisa, vocês vão economizar muito dinheiro dos contribuintes se prenderem o irmão dela. Gary Wilmslow. Ele é capaz de cometer assassinato, tenho certeza disso. Na semana passada mesmo, ele ameaçou Gregory de novo. Invadiu o consultório na clínica, cheio de pacientes, ainda por cima...

— Por que ele o ameaçou?

— Nunca descobri. Só fiquei sabendo disso porque o gerente da clínica me contou. Eu ia perguntar para o Gregory quando ele voltasse das férias, mas... — Estelle começou a chorar novamente. Ela levantou o olhar quando o pub Forest Hill Tavern ficou visível na esquina.

— É só virar à esquerda, aqui, a minha casa é no final — explicou ela.

Erika parou em frente a uma casa de esquina. Ela queria que o percurso tivesse sido mais longo.

— Gostaria que entrássemos com a senhora? — perguntou Erika.

— Não gostaria, não. Preciso de um tempo e de espaço, obrigada. Eu passei por uma situação muito complicada, tenho certeza de que vocês reconhecem isso... Se eu fosse vocês, iria direto prender o irmão dela. É o Gary, estou te falando — disse Estelle balançando um dedo torto. Ela soltou o cinto de segurança com dificuldade e retirou o sapato da sacola de plástico.

— Sra. Munro, vamos precisar mandar policiais aqui para colherem um depoimento oficial, e precisamos que alguém vá identificar o corpo — disse Erika suavemente.

— Já o vi uma vez, daquele jeito... Não quero fazer isso de novo. Peça a *ela*, peça à Penny — disse Estelle.

— É claro — concordou Erika.

Peterson saiu do carro e deu a volta até o lado do passageiro. Ele pegou os sapatos de Estelle e os colocou nos pés dela, depois ajudou-a a sair e a acompanhou até a porta de casa.

— Parece que isso está ficando interessante — comentou Moss em voz baixa com Erika. — Dinheiro, propriedades, famílias em guerra: isso nunca dá certo.

Elas observavam Peterson ajudá-la a subir a escada. Ela abriu a porta e desapareceu lá dentro.

— Não mesmo — concordou Erika. — Quero falar com Penny. E quero falar com esse tal de Gary Wilmslow.

CAPÍTULO 9

A casa de Penny Munro era em Shirley, uma área em South-East London a apenas alguns quilômetros de onde haviam deixado Estelle. Era uma daquelas casas populares de programa de governo, mas havia sido reformada. Possuía paredes coloridas e treliça nas janelas novas de PVC. O jardim era impecável, tinha uma faixa de grama viçosa, apesar da falta de chuva. Havia um laguinho coberto com uma rede e, debaixo dela uma explosão de lírios aquáticos florescia. Paralisada com uma pata levantada, uma grande garça de plástico era rodeada por um conjunto de gnomos de cara rosada.

Quando apertaram a campainha, uma versão eletrônica de "Land of Hope And Glory" tocou. Moss suspendeu uma sobrancelha para Erika e Peterson. Ficaram aguardando durante um bom tempo, o suficiente para que mais uma estrofe inteira fosse tocada, depois a campainha ficou em silêncio. A maçaneta balançou e a porta foi aberta lentamente – apenas alguns centímetros. Um menino miudinho de cabelo escuro deu uma espiada neles com acanhados olhos castanhos. Erika conseguia enxergar muito de Gregory Munro naquele rostinho – os olhos e a suntuosa testa alta –, o que era bem sinistro. Uma televisão fazia muito barulho atrás de uma porta no corredor.

– Oi, você é o Peter? – perguntou Erika. O garoto fez que sim com um gesto de cabeça. – Oi, Peter, a sua mãe está em casa?

– Está. Ela está chorando lá em cima – respondeu ele.

– Oh, eu sinto muito por isso. Você pergunta se ela pode vir conversar com a gente, por favor?

Os olhos dele viajaram por Erika, Moss e, finalmente, Peterson. Ele fez que sim, depois jogou a cabeça para trás e gritou:

– Mamãe, tem gente na porta!

Depois de um retinir e do som de descarga, uma mulher jovem com olhos vermelhos e inchados desceu a escada. Ela era magra e atraente, tinha o cabelo louro levemente avermelhado na altura dos ombros e um pequeno nariz pontudo.

— Penny Munro? – perguntou Erika. A mulher fez que sim com um gesto de cabeça. – Oi. Eu sou a Detetive Inspetora Chefe Foster, estes são os Detetives Peterson e Moss. Nós sentimos muito sobre o seu ma...

Penny começou a abanar a cabeça freneticamente.

— Não. Ele não sabe... Eu não... – sussurrou ela, apontando para o garotinho, que estava rindo, porque Peterson tinha colocado a língua para fora e deixando vesgos seus grandes olhos castanhos.

— Nós podemos trocar uma palavrinha sozinhos, por favor? – disse Erika.

— Eu já falei com alguns policiais.

— Sra. Munro, é muito importante.

Penny assoou o nariz, concordou e gritou:

— Mãe! Mããães! Jesus, ela aumentou a televisão de novo... – Penny abriu a porta do cômodo e o som da TV se intensificou. O tema de abertura de *This Morning* retumbou, chacoalhando a moldura fina de um espelho numa parede ao lado da porta. Alguns momentos depois, uma mulher idosa grande com uma nuvem de cabelo grisalho oleoso e óculos de armação grossa quase cômicos apareceu à porta. Ela estava com um casaco verde andrógino e calça com as pernas curtas demais. Elas balançavam acima de seus tornozelos inchados, que escorriam pelas beiradas dos chinelos xadrez. A mulher espiou com olhos míopes através das lentes embaçadas.

— O QUE É QUE ELES QUEREM AGORA? – berrou ela, com uma expressão irritada.

— NADA, SÓ PEGA O PETER – gritou Penny.

A velha lançou um olhar suspeito para os policiais.

— VEM, PETEY – concordou ela, com a voz alta e esganiçada. Peter pegou a mão gorducha da avó e escapuliu para a sala, virando a cabeça para trás para olhá-los por mais um momento. O som altíssimo da televisão diminuiu quando a porta foi fechada.

— Minha mãe é surda e vive no mundo dela – disse Penny. A explosão de um cano de descarga lá fora na rua a fez dar um pulo e começar a tremer. Ela ergueu a cabeça, olhou para cima e para baixo na rua enquanto um Fiat velho passava ruidoso com um homem jovem de óculos escuros e sem camisa ao volante.

— O que foi, Sra. Munro? – perguntou Erika.

— Nada... não é nada – disse ela, de modo pouco convincente. – Vamos lá para a cozinha.

CAPÍTULO 10

Eles se sentaram em uma pequena cozinha abafada, abarrotada de enfeites e panos de prato com babado. A janela dava vista para um quintal ainda mais infestado de gnomos do que o jardim. Erika achava seus rostos rosados sinistros e teve curiosidade de saber se eram em tamanho grande para que a mãe de Penny conseguisse identificar quem era quem.

— A última vez que falei com ele, Gregory, foi três dias atrás – disse Penny. Ela permaneceu em pé, apoiada na pia com uma expressão de descrença no rosto. Acendeu um cigarro e pegou um cinzeiro transbordando no peitoril de uma janela.

— Sobre o que vocês conversaram? – perguntou Erika.

— Não foi muita coisa... Ele estava indo pra França, para uma conferência.

— Da Associação Médica Britânica? – perguntou Moss.

— Ele era um dos membros do alto escalão.

— E você não achou estranho ele não ter ligado para avisar que tinha chegado bem? – perguntou Erika.

— A gente estava se divorciando. Só ligávamos um para o outro quando precisávamos... Eu liguei para conferir se ele ainda ia e se eu podia ficar com o Peter; nós temos... *tínhamos* um acordo de que ele ficava com o pai nas noites de sábado.

— O que mais ele disse?

— Nada de mais.

— Você consegue pensar em alguém que pode ter feito aquilo com o seu marido?

Penny desviou o olhar para o quintal e bateu a cinza do cigarro na pia.

— Não... Ele se desentendeu com algumas pessoas, mas isso acontece com todo mundo. Não consigo pensar em ninguém que o odiasse tanto a ponto de invadir a casa dele e... sufocar Gregory.

Ela começou a chorar. Moss pegou uma caixa de lenços na mesa da cozinha e ofereceu a ela.

– Obrigada – disse Penny.

– A casa tinha sistema de segurança. Quando ele foi instalado? – perguntou Erika.

– Alguns anos atrás, depois que terminamos a reforma.

– Vocês o usavam sempre?

– Usávamos. Gregory sempre ligava quando a gente saía. Ele costumava ligar à noite também, mas quando Peter começou a andar, algumas vezes quando ele descia no escuro para beber alguma coisa, o alarme disparava, aí a gente parou... Mas instalamos mais trancas nas janelas e portas.

– Você se lembra do nome da empresa de segurança?

– Não. Foi Greg quem providenciou tudo. Como... quem fez aquilo... invadiu a casa?

– É isso que estamos tentando descobrir – disse Erika. – Posso perguntar por que você e Gregory se separaram?

– Ele começou a odiar tudo em mim: o jeito que eu me vestia, o jeito que eu falava, o meu jeito com as pessoas. Ele falava que eu flertava demais com homens em lojas, ele achava que os meus amigos não eram bons o bastante. Ele tentou me isolar da minha mãe, só que a mãe dele era sempre bem-vinda, estava sempre lá. E ele não se dava bem com meu irmão Gary.

– Alguma vez ele foi violento?

– Gary não foi violento – retrucou Penny, às pressas.

– Eu estava falando do Gregory – corrigiu Erika.

Peterson e Moss trocaram um olhar, e Penny percebeu.

– Desculpe, estou confusa. Não... Gregory não era violento. Ele podia ser ameaçador, sim, mas nunca me bateu... não sou burra. O relacionamento nem sempre foi ruim. Quando me conheceu, ele achou que eu era como uma brisa de ar fresco: empolgada, meio tagarela e divertida.

Erika olhou para Penny e viu porque os homens a achavam atraente; ela era bonita e simples.

Penny continuou:

– Mas os homens só querem um *rolinho* com esse tipo de moça. Quando a gente se casou, ele esperava que eu mudasse. Eu era a sua mulher, o representava, era isso que ele falava. Eu o representava na sociedade! Mas eu não ia ser aquele tipo de esposa. Acho que ele só percebeu isso depois...

— E a mãe de Gregory?

— Quanto tempo vocês têm? O relacionamento deles faz *Édipo Rei* parecer um seriadinho de comédia. Ela me odeia desde o primeiro minuto. Foi ela que encontrou Gregory, não foi?

Erika confirmou com um gesto de cabeça.

O rosto de Penny se anuviou:

— Ela não me ligou. Descobri por um policial que veio bater na minha porta. Isso diz muito a respeito dela, não diz?

— Não era responsabilidade dela te informar. Ela foi levada em choque para o hospital — disse Moss.

— Ela mencionou que houve um incidente entre Gregory e o seu irmão, Gary — comentou Peterson.

Ao mencionarem Gary, Penny ficou mais tensa e se apressou em dizer:

— Foi só uma briga, coisa de família.

— Ela disse que foi uma briga física.

— É, bom, meninos se comportam como meninos.

— Só que eles eram adultos. O seu irmão já teve problemas com a polícia antes — acrescentou Peterson.

Os olhos de Penny saltavam de um policial para o outro. Ela apagou o cigarro em um cinzeiro lotado de guimbas e disse soprando fumaça para o teto:

— Meu irmão está em condicional por agredir um camarada em New Cross. Ele é segurança numa boate. O cara estava louco por causa de drogas, então foi legítima defesa. Mas Gary... ele foi longe demais. Deixem o meu irmão fora disso. Sei que ele não é santo, mas não existe a menor chance de Gary ter alguma coisa a ver com isso, vocês me ouviram?

— Foi isso que fez você estremecer lá na porta? Achou que era Gary? — perguntou Erika.

— Olha só, por que diabos vocês estão aqui? — questionou Penny cruzando os braços e apertando os olhos. — Outros policiais já vieram aqui me contar o que aconteceu e fazer perguntas. Vocês não deviam estar lá fora tentando pegar esse cara?

— Nunca dissemos que era um cara — cutucou Moss.

— Não venham dar uma de espertinhos. Vocês sabem que a maioria dos assassinos são homens — disse Penny.

Erika disparou o olhar na direção de Moss: ela conseguia ver que Penny estava se fechando.

– Okay, okay, Sra. Munro. Desculpe. Não estamos investigando o seu irmão. Temos que fazer essas perguntas para construir uma imagem do que aconteceu e que nos ajude a pegar quem fez aquilo – justificou Erika.

Penny acendeu outro cigarro e ofereceu:

– Vocês querem um? – perguntou ela. Moss e Peterson abanaram a cabeça, mas Erika pegou um no maço. Penny o acendeu para ela.

– Gregory queria mandar Peter para o internato – disse Penny. – Mandá-lo embora, um menininho! Bati o pé e disse que não. No fim de semana antes do Peter começar a estudar na escola daqui, descobri que Gregory tinha cancelado a matrícula dele e reservado a vaga no internato!

– Quando foi isso?

– Na páscoa. Liguei para Gregory, mas ele me disse que Peter ia naquela segunda-feira, e que eu não ia impedir que o nosso filho tivesse uma boa educação. Aquilo era como um sequestro! Então Gary foi até lá para buscar Peter. Ele abriu a porta no chute, mas... Ele não foi violento, tá? A Estelle estava lá. Ela partiu pra cima do Gary com um cinzeiro de vidro, e foi aí que a coisa toda começou. Aposto que ela não te contou essa parte, contou?

– Então você diria que a sua relação com Estelle não é boa?

Penny riu contrariada e disse:

– Ela é uma puta. Cria fantasias para desculpar o comportamento do filho. Quando a gente ficou junto, ela me odiou de cara... arruinou tudo: nossa festa de noivado, o casamento. O pai do Gregory morreu quando ele era pequeno; Gregory era filho único e isso fez com que os dois dependessem um do outro, ele e a mãe. Qual é o nome disso? *Codependentes*. Eu achei no início do nosso casamento que eu conseguiria conquistar o apoio dele, ou pelo menos me tornar a pessoa mais próxima, mas ela fazia de tudo para me deixar sempre em segundo plano. Parece patético pra cacete, não parece? Eu me escuto contando tudo isso pra vocês e vejo o quanto é patético.

Erika olhou para Moss e Peterson, se dando conta de que havia mais uma pergunta a ser feita.

– Sra. Munro, sinto muito por ter que lhe perguntar isso, mas você sabia alguma coisa em relação ao seu marido se relacionar com outros homens?

– O que você quer dizer? Amigos? Ele não tinha muitos amigos.

– Estou me referindo a relacionamentos sexuais com homens.

Penny olhou para eles. O relógio tiquetaqueava ao fundo. A porta da cozinha abriu de repente e bateu na geladeira. Um homem pequeno, compacto e careca entrou dando passos largos. Estava de calça jeans, camiseta e bota preta de cano alto. O suor cintilava na cabeça dele, manchas floresciam nas axilas e salpicavam seu peito. Ele carregava um úmido e suado cheiro de agressão. Seu rosto era uma mistura de confusão e fúria.

— Relacionamento sexual com homens? Que porra é essa? – questionou ele.

— Você é Gary Wilmslow? – perguntou Erika.

— Sou. Quem são vocês?

— Senhor, sou a Detetive Inspetora Chefe Foster. Estes são os Detetives Moss e Peterson – apresentou Erika. Eles se levantaram e mostraram os distintivos.

— Que porra é essa, Penny?

— Eles só estão me fazendo perguntas sobre Greg... perguntas de rotina, Okay? – explicou Penny cansada, como se apaziguar o irmão fosse uma tarefa constante.

— E vocês estão perguntando se o cara era bicha? – questionou Gary. – Isso é o melhor que gente do seu tipo consegue fazer? Greg pode até ter sido um mané...

— Gary!

— Mas ele não era bicha. Vocês escutaram? – disse Gary, levantando o dedo para o ar, dando mais ênfase ao que estava falando.

— Senhor, podemos lhe pedir para que aguarde lá fora enquanto terminamos? – começou Peterson.

— Não me chama de "senhor". Você só está falando isso da boca pra fora! – disse Gary. Ele abriu a geladeira e enfiou a cabeça lá dentro, resmungando: *Neguinho filho da mãe*.

— O que foi que você falou? – perguntou Peterson. Erika percebeu que ele estava ofegante.

Gary se levantou, segurando uma lata de cerveja, fechou a porta da geladeira e disse:

— Não falei nada.

— Eu ouvi – disse Erika.

— Eu também – falou Moss. – Você chamou o meu colega de *"Neguinho, filho da mãe"*.

— Não chamei, não. Mesmo que tivesse chamado, esta casa é minha, e eu posso *falar* o que quiser. E se não gostam do que estão escutando, podem ir se foder... voltem com um mandado.

– Sr. Wilmslow, estamos fazendo perguntas de rotina sobre uma investigação de assassinato... – começou Erika.

– Gente da sua laia é mesmo imprestável. É mais fácil para vocês três ficarem sentados aqui perturbando a gente quando tivemos uma morte na família do que ir lá fora procurar quem fez isso.

– Devo lembrá-lo de que ofensa racial a um policial é crime – disse Peterson, aproximando-se de Gary e encarando seus olhos.

– Assim como assassinato, mas tenho direito de me defender se você for agressivo na minha propriedade.

– GARY! – gritou Penny. – Deixa disso. Vai ver se a mãe e o Peter estão bem... Agora!

Gary levantou a lata e a abriu, borrifando cerveja no rosto de Peterson. Foi um momento tenso. Em seguida, Gary deu uma golada barulhenta e saiu, batendo a porta atrás de si.

– Sinto muito, sinto muito mesmo... Ele não gosta da polícia – disse Penny. Ela tirou uma toalha de papel de um rolo e a passou para Peterson com a mão trêmula.

– Você está bem para continuar? Estamos quase terminando – disse Erika enquanto Peterson enxugava o rosto. Penny fez que sim com um gesto de cabeça. – Nós não fizemos essa pergunta levianamente. Achamos algumas revistas pornográficas gay na gaveta da mesinha de cabeceira do seu marido.

– Acharam?

– Achamos. Precisamos saber porque elas estavam lá. Provavelmente não são nada, e ele só estava curioso. Mas tenho que te perguntar se você sabia se Gregory era bissexual ou se tinha vontade de se encontrar com outros homens... Isso vai ajudar na nossa investigação. Se o seu marido estava vivendo uma vida secreta e se encontrando com homens, ou convidando homens...

– Está certo, okay, já entendi! – estourou Penny. – Já entendi, cacete!

Ela acendeu outro cigarro, soltou a fumaça e largou o isqueiro ruidosamente no escorredor de prato. A impressão que dava era de que não sabia como processar a informação. Houve um longo silêncio e então ela disse:

– Sei lá... uma vez... Numa das raras ocasiões em que ficamos bêbados juntos, Gregory falou sobre querer tentar fazer um *ménage à trois*. A gente estava de férias na Grécia, estava se divertindo... achei que ele estivesse falando de mais uma garota, mas ele queria... ele queria que outro cara participasse.

— Isso te surpreendeu? – perguntou Erika.

— É claro que me surpreendi, cacete! Ele sempre foi tão convencional, só papai e mamãe e tal.

— O que aconteceu?

— Não aconteceu nada. Ele voltou atrás, disse que estava brincando, que só queria ver qual seria a minha reação.

Penny cruzou os braços.

— Qual foi a *sua* reação quando ele te propôs isso?

— Sei lá. Era uma ilha maravilhosa, a gente estava se divertindo. Tinha uns gregos bem gostosos. Eu achei que podia ter sido legal, uma coisa louca e legal. A gente nunca se divertia.

— E você ficou perturbada com essa sugestão dele?

— Não. Eu o amava... na época eu amava... e ele era tão careta, achei legal ele compartilhar alguma coisa comigo...

Ela desabou e começou a chorar.

— Então, você acha que o seu marido podia ser gay?

— Não, não acho – respondeu Penny, erguendo a cabeça e olhando Erika com a cara fechada. – Pronto... vocês já terminaram?

— Terminamos, obrigada. Gostaríamos de mandar um policial aqui mais tarde para te levar ao local onde será a identificação do corpo do seu marido – disse Erika.

Penny fez que sim, com lágrimas nos olhos. Ela olhou para o quintal, que era de uma alegria desesperadora.

— Caso vocês descubram mais alguma coisa sobre Greg, sobre ele ser gay... eu não quero saber. Entenderam?

— Nós entendemos – respondeu Erika.

Quando chegaram ao carro estacionado à calçada, o sol estava de matar, então eles deixaram as portas abertas por um momento para resfriá-lo. Erika vasculhou a bolsa, pegou o celular e ligou para a Lewisham Row.

— Oi, Crane, é a Detetive Foster. Você pode consultar um nome no sistema para mim? Gary Wilmslow, Hereford Street, número 14, Shirley. É só isso que a gente tem. Ele é irmão da Penny Munro, esposa da vítima. Além disso, agende um interrogatório formal com Estelle Munro e providencie oficiais para intermediar a família e a polícia, tanto para ela como pra Penny?

No momento em que estavam entrando no carro, Gary apareceu à porta da casa, segurando a mão de Peter.

— Sr. Wilmslow — chamou Erika, voltando até o portão da casa —, o senhor pode me dizer onde estava na noite de quinta-feira entre as 6 da tarde e 1 da madrugada?

Gary foi até uma mangueira enrolada numa torneira debaixo da janela da sala e começou a desenrolá-la. Ele entregou a mangueira para o garotinho.

— Eu estava aqui, vendo *Game of Thrones* com Penny e a mãe.

— E fizeram isso a noite toda?

— É, a noite toda. A gente tem a porra da série.

Peter pegou a mangueira e se preparou, apontando-a para a grama. Ele levantou o olhar e deu um sorriso banguela. Gary abriu a torneira e Peter apontou a mangueira para a grama.

— E elas podem confirmar isso?

— Podem — disse ele, com um olhar gelado. — Elas podem *confirmar* isso.

— Obrigada.

Erika voltou até o carro, e ela, Moss e Peterson entraram. Ela ligou o carro e o ar-condicionado.

— A gente podia prender o sujeito agora. Ele está infringindo a lei que proíbe o uso da água daquele jeito — disse Peterson.

— É, mas ele colocou a criança para segurar a mangueira — falou Moss.

— O cara é daqueles filhos da mãe escorregadios, não é mesmo? — reclamou Peterson, com pesar.

— É — concordou Erika.

Eles o observaram fumar um cigarro enquanto Peter aguava a grama.

— Vamos deixar o sujeito de lado por enquanto — disse Erika. — Ver o que ele faz. É um possível suspeito, mas precisamos de muito mais.

CAPÍTULO 11

Era final de tarde na ala geriátrica do Queen Anne Hospital, em Londres. A enfermeira Simone Matthews estava sentada em um dos poucos quartos individuais daquela ala. Ao seu lado, deitada numa cama de hospital, encontrava-se uma senhora idosa chamada Mary. O volume de seu corpo magro mal era perceptível por baixo do cobertor azul impecavelmente preso debaixo do colchão. Seu rosto era esquelético e ictérico, e pela boca frouxa ela respirava mal.

Não vai durar muito tempo.

O Queen Anne Hospital ficava em um decadente prédio de tijolos vermelhos e a ala geriátrica podia ser um lugar sombrio e desafiador. Observar as pessoas desnudarem-se mental e psicologicamente pode afetar o nosso juízo. Duas noites anteriores, Simone recebeu a tarefa de dar banho em um idoso que até então tinha sido um paciente exemplar. Sem avisar, ele deu um soco no rosto dela. Mandaram-na tirar um raio-X, mas por sorte ela não fraturou o maxilar. A chefe das enfermeiras disse para ela tirar alguns dias de folga, descansar e superar o trauma, porém Simone estava impassível e insistiu para voltar no próximo turno.

O trabalho era tudo para Simone e ela queria ficar com Mary, estar ao seu lado até o fim. As duas mulheres nunca tinham conversado. Mary estava na ala há 10 dias e oscilava entre a consciência e a inconsciência. Seus órgãos falhavam e, lentamente, o corpo parava de funcionar. Nenhum familiar nem amigo a tinha visitado, mas Simone havia construído uma imagem dela a partir dos pertences armazenados no armarinho ao lado da cama.

Mary desmaiou em um supermercado e, quando foi internada, usava um vestido puído e um sapato velho para jardinagem. Ela carregava uma pequena bolsa preta. Não havia muita coisa dentro, só uma latinha de bala de menta e um bilhete de ônibus, mas em um dos bolsinhos do forro, Simone encontrou uma pequena e amarrotada foto em preto e branco.

Ela tinha sido tirada em um parque num dia ensolarado. Debaixo de uma árvore, uma mulher bonita e jovem estava sentada em um pano xadrez, com uma saia comprida cobrindo-lhe as pernas. Sua cintura era fina e o volume dos seios debaixo da blusa branca impecável deixavam à vista um invejável corpinho de violão. Mesmo em preto e branco, Simone supôs que Mary era ruiva – algo na maneira com que o sol brilhava em seu cabelo longo e cacheado. Ao lado de Mary, havia um homem de cabelo escuro. Ele era bonito e com uma pitada de perigo e excitação. Estava com os olhos semicerrados devido ao sol, com um de seus braços ao redor da cinturinha de Mary, agarrando-a de modo protetor. Atrás da foto estava escrito:

Com meu querido George, em Bromley, verão de 1961.

Havia mais uma foto de Mary, a do bilhete de ônibus. Tinha sido tirada três anos antes. Mary olhava timidamente para a câmera com um pano de fundo totalmente branco, estava com a expressão de um animal assustado: cabelo grisalho opaco, rosto amarrotado e enrugado.

O que aconteceu com Mary entre 1961 e 2013? Pensava Simone. E onde estaria George? Pelo que soube, não tinham vivido o *felizes para sempre*. De acordo com os registros médicos, descobriu que Mary nunca tinha se casado, não tinha filhos, nem dependentes.

Na cama, Mary balbuciou. A boca encovada se abriu lentamente, se fechou e a respiração dela parou por um momento, antes de voltar ao ritmo irregular.

– Tudo bem, Mary, estou aqui – disse Simone, esticando o braço e pegando a mão dela. O braço de Mary era fino, a pele, flácida e coberta por ferimentos que se transformavam em manchas escuras devido a reiteradas tentativas de encontrar uma veia para enfiar a agulha.

Simone olhou o reloginho prata alfinetado na frente de seu uniforme e viu que seu turno estava chegando ao fim. Ela pegou uma escova de cabelo no armarinho ao lado da cama e começou a pentear o cabelo de Mary, tirando-o da testa, depois suspendeu a cabeça da idosa para conseguir alcançar o restante com compridas carícias. Enquanto a escova movimentava-se, os finos fios prateados brilhavam à luz do sol que penetrava pela pequena janela.

Enquanto penteava, Simone desejava que Mary tivesse sido sua mãe, que abrisse os olhos e dissesse que a amava. Ela amou George, Simone conseguia enxergar isso na foto, e tinha certeza de que também poderia amá-la. Um tipo diferente de amor, é claro. O amor de uma mãe pela filha.

O rosto da mãe de Simone lampejou em sua memória, fazendo suas mãos tremerem tanto que ela deixou a escova cair. **UM DOS PIORES CASOS DE ABANDONO DE MENORES JÁ VISTO!** Berravam as manchetes dos jornais. Aos 10 anos, Simone foi encontrada por uma vizinha, depois que a mãe viajou num feriado, deixando a menina acorrentada ao aquecedor do banheiro. A vizinha e o jornalista com quem ela entrou em contato acharam que tinham salvado a criança, mas a vida no orfanato tinha sido pior. Quando a mãe finalmente voltou de viagem, apareceu no orfanato sem avisar e chamaram a polícia. A mãe de Simone fugiu antes que conseguissem prendê-la. Mais tarde naquela noite, ela pulou da Tower Bridge e se afogou no Tâmisa. Simone gostava de pensar que a mãe tinha morrido por se sentir culpada, mas não tinha certeza.

Simone pegou a escova de cabelo e forçou a mão trêmula a relaxar.

– Pronto, você está linda, Mary – disse ela, dando um passo para trás para admirar seu trabalho. O cabelo fino de Mary estava impecável, os fios prateados esparramavam-se pelo travesseiro branquíssimo. Simone pôs a escova de volta no armarinho.

– Agora eu vou ler para você – informou Simone, esticando o braço atrás da cadeira de plástico, mexendo na sua bolsa em busca do jornal local.

Começou com o horóscopo – ela sabia, por causa dos registros médicos, que Mary era de Leão –, depois leu o próprio signo. Simone era de Libra. Em seguida, foi para a primeira página e leu a história do médico de South London que foi encontrado estrangulado em sua cama. Quando terminou, Simone colocou o jornal no colo.

– Mary, eu nunca fui capaz de entender os homens. Nunca sei o que o meu marido, o Stan, está pensando... Stan é apelido de Stanley. Ele parece um livro fechado. Isso faz com que eu me sinta sozinha. Fico feliz por ter você. Você me entende, não é?

Mary continuou dormindo. Ela estava longe, de volta ao parque ensolarado, sentada no cobertor com George, o homem que tinha partido seu coração.

CAPÍTULO 12

Erika, Moss e Peterson chegaram à delegacia Lewisham Row um pouco antes das 6 horas da tarde e se reuniram na sala de investigação.

– Então, parece que Gregory Munro está nos escapando – disse Erika, dirigindo-se aos policiais em frente aos quadros-brancos. – A mãe acha que ele é um santo; a esposa percebia algo estranho nele. Fomos ao consultório e conversamos com dois de seus pacientes, que têm opiniões totalmente diferentes sobre a forma como ele os tratava... Eu também passei meia hora no telefone com a gerente da clínica, que, depois de ouvir que o chefe estava morto, partiu pra Brighton e foi fazer uma via sacra pelos bares e curtir o sol. Ela trabalhava para ele há 15 anos, e não sabia de nada a respeito do divórcio nem que a mulher o tinha deixado há três meses.

– Ele compartimentalizava a vida, então? – perguntou Crane.

– Essa é uma maneira de ver as coisas – respondeu Erika. – Nós solicitamos detalhes sobre qualquer feedback ou reclamação dos pacientes sobre ele. A gerente da clínica não foi muito solícita, mas mencionei um mandado e ela mudou o tom. Vai mandar a informação para nós até amanhã de manhã.

Erika se virou e adicionou algo novo ao quadro-branco. Uma foto do rosto de Gary Wilmslow. Nela, ele tinha um pouco mais de cabelo e encarava a câmera com olheiras e um olhar furioso.

– Então, o mais próximo que temos de um suspeito até agora é o cunhado da vítima, Gary Wilmslow. Há um motivo: ele odiava Gregory e eles tiveram várias brigas. Além disso, a irmã dele vai herdar um patrimônio considerável do Gregory. Como família, Gary, Penny e a mãe deles se protegem como uma quadrilha de ladrões. O que conseguimos sobre Gary?

A atmosfera na sala de investigação mudou quando o Superintendente Chefe Marsh entrou. Os policiais endireitaram-se nas cadeiras e demonstraram estar mais alertas. Marsh empoleirou na comprida mesa de impressoras e gesticulou para que Erika prosseguisse.

Crane levantou e começou:

– Okay, Gary Wilmslow, 37 anos. Nasceu em Shirley, South London. Atualmente trabalha dezesseis horas como segurança numa boate em Peckham... só o suficiente para ainda ter direito aos benefícios. Ele é um sujeito encantador e tem uma ficha tão grossa quanto a de uma candidata a Miss Universo – disse friamente. Colocando a caneta entre os dentes, revolveu sua mesa, encontrou um arquivo grande e o abriu. – Wilmslow foi condenado como menor infrator em 1993, pelo ataque a um senhor idoso numa estação de trem na Neasden High Street. O senhor ficou em coma por três dias, mas se recuperou para dar seu depoimento. Gary passou três anos na Feltham Young Offender Institution por isso. Depois, em 1999, foi julgado e condenado por lesão corporal e por agressão corporal e passou 18 meses preso. Pegou mais dois anos de 2004 a 2006 por tráfico de drogas.

Crane folheou as páginas no grosso arquivo e continuou:

– Pegou mais 18 meses em 2006 por agredir um homem num salão de bilhar com um taco de sinuca. Ele foi acusado de estupro em 2008, mas as acusações foram retiradas por insuficiência de provas. E no ano passado ele foi a julgamento por homicídio culposo.

– Isso foi quando ele estava trabalhando como segurança? – perguntou Erika.

– Foi, ele trabalha na boate H2O em Peckham, ou *Haitch Twenty*, como é conhecida... e odiada... pelos policiais nos fins de semana. O advogado de Gary Wilmslow alegou que ele estava agindo em legítima defesa, e foi condenado a dois anos. Ele saiu depois de um ano e está atualmente em condicional... O interessante é que esse advogado foi pago por ninguém menos do que Gregory Munro.

Erika voltou para o quadro-branco e olhou para a foto de Gary. Os policiais recostaram-se nas cadeiras e houve silêncio enquanto digeriam aquilo.

– Okay. Então, Gary Wilmslow é um escroto. Ele tem uma ficha mais longa do que suspiro em velório, mas ele fez isto? – perguntou Erika, dando tapinhas nas fotos da cena do crime de Gregory Munro deitado na cama, com os braços amarrados na cabeceira e a cabeça desfigurada no saco plástico.

– Gary Wilmslow também nos deu um álibi – disse Crane.

– Ele está zoando a gente com um álibi desses: todo mundo ficou lá assistindo TV! – disse Peterson, mal disfarçando seu ódio.

– Okay, mas lembrem-se de que ele está em liberdade condicional e que Penny é muito protetora. Por favor, não vamos tirar conclusões precipitadas – orientou Erika.

– Chefe! Olha a ficha dele, ele é mais do que capaz. Sugiro que a gente o traga para interrogatório.

– Eu te entendo, Peterson, mas esse assassinato foi planejado com bastante cuidado e executado com muita habilidade, sem deixar praticamente nenhuma evidência forense. Gary Wilmslow é um bandidinho nervoso – afirmou Erika ao pegar e folhear o arquivo de Crane. – Todos esses crimes foram cometidos no calor do momento... são ataques de raiva violentos e impetuosos.

– Herdar o dinheiro de Gregory é um motivo muito forte – argumentou Peterson. – Três propriedades em Londres, uma clínica médica. Já conferimos se ele tinha seguro de vida? Muito provavelmente Gregory Munro devia ter uma cobertura boa pra cacete. E ainda existia o ódio pessoal contra ele. O arrombamento pode ter sido *encenado* – alegou Peterson.

– Okay, eu te entendo – disse Erika. – Só que a gente precisa de mais provas para trazê-lo para interrogatório.

O Detetive Warren levantou-se.

– Sim. O que nós temos? – perguntou Erika.

– Chefe, chegou mais coisa do laboratório. Recolheram quatro fibras da cerca de arame no fundo do quintal; são todas de uma roupa preta, uma mistura de algodão e lycra. Só que não conseguiram recolher nenhum fluido corporal.

– E atrás da casa? No trilho do trem?

– Hum, é uma reserva natural – gaguejou Warren, enervado pela presença silenciosa de Marsh no fundo da sala de investigação. – É pequena, mas foi criada há sete anos por alguns moradores da região. Ela se estende por 400 metros ao longo das linhas de trem na direção que leva para fora de Londres e acaba na Honor Oak Road antes da estação... Já pedi para a South West Trains as fitas das câmeras de segurança da noite do assassinato.

– Qual é o tamanho da reserva natural na outra direção? – perguntou Erika.

– Cem metros depois da casa de Munro, e é num beco sem saída. Solicitei as imagens dos sistemas de segurança dos arredores, embora tenham desativado várias câmeras na área.

– Me deixe adivinhar, cortes de verba do governo? – disse Erika.

O Detetive Warren mais uma vez gaguejou a resposta:

– Hum, não tenho certeza de qual é o motivo exato...

– Eu não entendo como os idiotas do governo acham que se livrar de câmeras de segurança pode de alguma maneira ajudar a economizar dinheiro... – começou Erika.

Marsh interrompeu:

– Detetive Foster, isso é algo que está acontecendo em Londres inteira. Simplesmente não há recursos para manter as milhares de câmeras de TV espalhadas pela capital.

– É, e essas mesmas câmeras de segurança estavam desligadas 18 meses atrás, quando tentávamos localizar um assassino. Isso teria economizado milhares de horas do tempo da polícia e recursos se tivéssemos acesso às imagens de uma câmera só...

– Eu te entendo, mas não é isso que está em pauta – disse Marsh. – Acho que você deve continuar.

Houve um silêncio embaraçoso. Policiais olharam para o chão. Em seguida, Erika prosseguiu:

– Okay. Faça o levantamento de todas as câmeras de segurança que puder. Veja se há alguma figura de aparência suspeita perambulando por ali. Qualquer coisa: altura, peso... se chegou de trem, bicicleta, ônibus, carro...

– Sim, chefe – disse Warren.

– Como está o porta a porta e a investigação nos registros do telefone da vítima? – perguntou Erika.

A Detetive Singh levantou-se:

– Muita gente na Laurel Road está viajando de férias, e muitas outras saíram na noite do assassinato. Com esse clima, as pessoas têm ido para pubs e parques depois do trabalho e só chegam em casa tarde. Além disso, os vizinhos de Gregory Munro dos dois lados estão de férias até o próximo fim de semana.

– Então o que você está dizendo é que ninguém viu nada? – ralhou Erika com impaciência.

– É... não...

– Que droga! O que mais?

– George Munro tinha uma renda anual de £200.000. Isso em parte por administrar uma das mais lucrativas clínicas médicas do sul da Inglaterra. Não possuía dívidas, com exceção do financiamento de oitenta mil da residência na Laurel Road. Ele também tem uma casa em New Cross Gate, que aluga para estudantes, e a casa em Shirley, onde Penny Munro está morando agora.

Registros telefônicos são bastante simples, nada incomum. Ele telefonou para a esposa três dias antes da data em que viajaria, como ela mesma disse. E toda a documentação dele está correta. Ele ia pegar um voo para Nice e participar de uma conferência da Associação Britânica de Medicina.

– Ele era cadastrado em algum site ou aplicativo gay?

– Ele baixou o Grindr um mês atrás. Encontraram esse aplicativo no celular, mas ele não terminou de preencher o perfil.

– E o advogado? Quem está responsável pelo divórcio?

– Deixei várias mensagens hoje. Só que ele ainda não respondeu.

– Okay, continue tentando.

– Sim, chefe – disse Singh, voltando a se sentar, aparentando desânimo.

Os policiais observavam Erika andar de um lado para o outro em frente aos quadros-brancos.

– É Gary Wilmslow, chefe. Acho que a gente tem que arregaçar as mangas e trazer o escroto para interrogatório – insistiu Peterson.

– Não. Não temos o suficiente. Por enquanto ele é só um escroto.

– Chefe!

– Não, Peterson. *Se* e quando nós o trouxermos para interrogatório, quero ter certeza, quero provas que me respaldem.

Peterson recostou-se, balançando a cabeça negativamente.

– Você pode balançar a cabeça o quanto quiser. Não deixe os seus sentimentos pessoais embaçarem o seu julgamento. Quando for o momento certo, se chegarmos ao momento certo, aí a gente vai pegar Gary. Okay?

Peterson concordou com um gesto de cabeça.

– Bom. Alguém tem mais alguma coisa pra mim?

Houve silêncio. Erika conferiu o relógio.

– Okay... Vamos focar em Gary Wilmslow, com a mente aberta. Alguém dê uma checada no patrão dele, investiguem. Trabalhem com os seus contatos.

O barulho do falatório tomou conta da sala de investigação, e Marsh se aproximou:

– Erika, você tem tempo para dar uma palavrinha quando acabar aqui?

– Tenho, sim. Acho que a gente vai ficar aqui mais algumas horas, senhor.

– Não se preocupe, dá um grito quando acabar, aí a gente toma um café – disse Marsh, antes de se mover na direção da porta.

– Você quer me pagar *dois* cafés no mesmo dia? – murmurou Erika desconfiada. – O que você está querendo com isso?

CAPÍTULO 13

Para surpresa de Erika, Marsh a levou a um estabelecimento que servia frozen iogurte e que ficava no final da mesma rua da delegacia Lewisham Row. Tinha aberto alguns dias antes e estava movimentado.

— Prometi à Marcie que viria aqui – disse Marsh, ao entrarem na fila no extravagante interior neon rosa e amarelo.

— Isso é para me animar? Ou você está tentando me mostrar que o orçamento da polícia não vai ser cortado? – perguntou Erika.

— A minha sala é no topo do prédio. Preciso me refrescar – disse Marsh. Eles chegaram a uma garota em frente a uma máquina de servir iogurte que zumbia sem parar e Marsh pediu dois grandes. Ela entregou um pote de papelão cheio de frozen para cada um e eles seguiram na direção de uma bancada self-service com uma série de pratinhos contendo balas, frutas e chocolate. Erika observava Marsh, concentrado, contemplar sua escolha e optar por balas de goma de ursinhos. Ela reprimiu um riso e escolheu frutas frescas.

— Então, o que é que você está achando do apartamento novo? – perguntou Marsh assim que encontraram um lugar em meio ao falatório e empoleiraram-se em bancos altos ao lado de uma grande janela panorâmica. O trânsito deslizava lá fora enquanto o calor tremeluzia do asfalto mole. Do outro lado da rua, passageiros saíam aos montes da estação de trem.

— Estou lá há seis meses. É tranquilo, o que me agrada – respondeu Erika, enfiando uma colherada de iogurte na boca.

— Você não está pensando em comprar alguma coisa em Londres? – perguntou Marsh.

— Não sei. Estou começando a me acostumar com a cidade e com o trabalho, mas os preços são uma loucura. Qualquer buraco aqui custa uma fortuna.

– Você está jogando dinheiro fora com aluguel, e os preços vão continuar a subir, Erika. Se vai optar por comprar, faça isso rápido. Você tem a sua propriedade lá em Manchester, dispense os seus inquilinos e venda aquilo lá. Compre um imóvel pequeno aqui, depois vai trocando.

– Está dando conselhos sobre mercado imobiliário também, senhor? – sorriu Erika.

Marsh não riu. Ele deu mais uma bela colherada de iogurte. Os ursinhos de várias cores no pote cintilaram ao sol.

– Eu quero que você evite Gary Wilmslow – afirmou ele, mudando bruscamente de assunto.

Erika ficou surpresa e disse:

– O senhor estava lá na sala de investigação. Não vou atrás dele até ter provas suficientes.

– Estou te falando para não ir atrás dele. De jeito nenhum. Ele é inacessível.

Marsh abaixou a cabeça e olhou para ela por cima dos óculos escuros.

– Posso perguntar por que, senhor?

– Não. Como seu superior, estou te dando uma ordem.

– O senhor sabe que esse tipo de coisa não funciona comigo. Se me deixar no escuro, eu encontro o interruptor.

Marsh deu mais uma grande colherada de iogurte e o rolou pela boca durante um momento antes de engolir.

– Jesus Cristo. Okay. Você já ouviu falar da Operação Hemslow?

– Não.

– A Operação Hemslow está focada em patrocinadores e distribuidores de pornografia infantil. Gary Wilmslow está envolvido até o pescoço num círculo de pedofilia pornográfica, e estamos falando de um esquema de grande escala: distribuição digital por sites e, em menor proporção, produção de DVDs. Estamos de olho nele nos últimos 18 meses, mas ele é um filho da mãe escorregadio. O sujeito está sendo vigiado 24 horas por dia há cinco semanas.

– E você precisa dele solto no mundo, fazendo negócios, para que consiga pegá-lo com a mão na massa?

– Exatamente.

– Mas Peter, o sobrinho! Eles estão morando sob o mesmo teto!

– Está tudo bem. Temos quase certeza de que o Wilmslow não está diretamente envolvido na seleção de crianças para os vídeos.

— Vocês têm *quase certeza*?
— Estamos seguros.
— Jesus – disse Erika, empurrando o iogurte para longe.
— Estou confiando em você, Erika. Estou compartilhando um segredo.
— Okay, okay. Mas não podemos tirar Peter de lá, e Penny também?
— Você sabe o quanto nós levamos a sério os riscos que envolvem segurança em casos desse tipo, mas ainda não temos provas concretas suficientes que nos deem motivos para tirar Peter de lá. Como eu disse, Gary está sendo vigiado 24 horas por dia. Nós vamos saber se ele levar o garoto para algum lugar.
— Ou seja, porque ele está sendo vigiado, você sabe que ele não matou Gregory Munro?
— Isso. O álibi dele é verdadeiro. Ele ficou em casa a noite inteira.
— E o senhor tem certeza de que o assassinato do Gregory Munro não tem nada a ver com Gary Wilmslow nem com a Operação Hemslow?
— Absoluta. Gregory Munro nem é um dos nossos suspeitos. Espero, então, que você ache uma maneira de conduzir sua equipe numa direção diferente. Se o caso fosse meu, eu seguiria o caminho de ataque homofóbico. Redirecionaria o caso para uma das Equipes de Investigação de Homicídio especializada em assassinatos com motivação sexual.
— Eu não sei se o assassinato de Gregory Munro *teve* motivação sexual. Até agora, só temos evidências circunstanciais.
— Só que são evidências circunstanciais muito evidentes, Erika. É claro, o caso é seu, mas você poderia fazer um favor a você mesma e redirecioná-lo.
— Eles já não estão lidando com muita coisa, senhor?
— Todos nós estamos, não é? – argumentou ele, raspando o resto do iogurte do pote.
— Isso me põe de volta na estaca zero – disse Erika, antes de ficar sentada num silêncio melancólico por um momento. Ela observava o fluxo de pessoas que passava em frente à janela, felizes ao sol de verão.
— E também vai surgir uma vaga de superintendente – revelou Marsh, engolindo.
Erika se virou para ele:
— Espero, caso o senhor não tenha feito isso ainda, que me indique. Já sou detetive inspetora chefe há bastante tempo, eu mereço...
— Espera aí... espera aí, você nem sabe onde é – disse Marsh.
— Não interessa onde é.

– Você acabou de me dizer que está começando a se acostumar!
– E estou, mas acho que não estão me valorizando como deveriam. Abriu uma vaga para superintendente no ano passado e o senhor não...
– Eu não achava que você estava pronta.
– E o que te dá o direito de tomar essa decisão, Paul? – soltou Erika.
As sobrancelhas de Marsh saltaram.
– Erika, você tinha acabado de voltar para o serviço depois de se recuperar de ferimentos resultantes de uma cirurgia importante, para não mencionar o trauma...
– Eu também tinha acabado de prender o assassino de quatro pessoas e entreguei à Polícia Metropolitana, de bandeja, o chefe de uma gangue de romenos que traficava mulheres do Leste Europeu para a Inglaterra, para trabalharem como prostitutas!
– Erika, ninguém te apoia mais do que eu, mas você precisa aprender a ser estratégica. Para progredir na força policial, não é necessário apenas ser uma ótima inspetora chefe, você precisa ser um pouco política. Você não vai se machucar se melhorar o seu relacionamento com o Comissário Assistente Oakley.
– O meu histórico devia ser o suficiente, e eu não tenho nem tempo, nem inclinação para começar a investir em puxação de saco do pessoal do alto escalão.
– Isso não tem nada a ver com investir em puxação de saco. Você só tem que ser mais... simpática com eles.
– Então, onde ela é, a vaga de superintendente?
– Aqui na Polícia Metropolitana, no prédio da New Scotland Yard, na Equipe de Investigação de Casos Especializados.
– O senhor vai me indicar, não vai? – insistiu Erika.
– Vou.
Erika o encarou.
– Estou falando sério, vou te indicar – repetiu Marsh.
– Obrigada. Então, mais um motivo para que eu evite Gary Wilmslow?
– Isso mesmo – disse Marsh, batendo a colher no fundo do pote vazio. – Embora, por razões egoístas, eu odiaria perder você.
– Tenho certeza de que vai superar – disse Erika com um sorrisão.
O telefone de Marsh tocou no fundo de um de seus bolsos, ele limpou a boca e o pegou. Quando atendeu, na mesma hora ficou claro que era a esposa, Marcie.

– Merda – xingou ele, quando desligou o telefone. – Nem vi a hora passar. Hoje é dia da gente sair. A mãe da Marcie vai ficar com as crianças.

– Claro, dá um oi para a Marcie. Eu também tenho que sair – mentiu Erika.

– A gente se fala amanhã – disse Marsh.

Ele saiu, e Erika o observou acenar da calçada para um táxi que passava por ali. Ele entrou e já estava totalmente entretido com seu celular quando o táxi arrancou.

Para todos os lugares que Erika olhava, as pessoas curtiam o sol, caminhando aos pares, amigos e casais. Ela deu uma grande colherada de iogurte e recostou-se por um momento. Ficou se perguntando se Marsh a tinha enganado, ou se a promessa de promoção tinha sido verdadeira. Ela pensou no caso de Gregory Munro e em como ela tinha voltado para a estaca zero.

– Merda! – reclamou em voz alta.

Algumas garotas sentadas ao lado de Erika à janela entreolharam-se, pegaram o iogurte, e foram se sentar em outra mesa.

CAPÍTULO 14

NIGHT OWL: Oi, Duke.
DUKE: Nossa. Você desapareceu. Estava preocupado.
NIGHT OWL: Preocupado?
DUKE: É. Não tive notícia nenhuma sua. Achei que tivessem...
NIGHT OWL: Tivessem o quê?
DUKE: Você sabe. Não quero digitar isso.
NIGHT OWL: Que tivessem me prendido?
DUKE: Porra! Toma cuidado.
NIGHT OWL: É criptografado. Tá tranquilo.
DUKE: Nunca se sabe quem está observando.
NIGHT OWL: Você é paranoico.
DUKE: Consigo imaginar ser coisas piores.
NIGHT OWL: O que isso significa?
DUKE: Nada. Significa que sou cuidadoso. O que você também deveria ser.
NIGHT OWL: Tenho lido os jornais, assistido aos noticiários. Eles não sabem de nada.
DUKE: Vamos esperar que continue assim.
NIGHT OWL: Preciso de mais um.
DUKE: Já?
NIGHT OWL: Já. O tempo passa rápido. Estou observando o próximo da lista. Quero fazer isso em breve.
DUKE: Tem certeza?
NIGHT OWL: Sim. Posso contar com vc pra organizar as coisas?

Houve uma pausa. Uma bolha apareceu, dizendo "DUKE digitando...". Depois desapareceu.

NIGHT OWL: Vc ainda está aí?
DUKE: Estou. Vou organizar tudo.
NIGHT OWL: Bom. Vou ficar aguardando. Este não vai saber o que o atingiu.

CAPÍTULO 15

A escuridão caía quando Erika estava saindo do banho. Enrolou-se em uma toalha, caminhou pelo banheiro pisando de leve e acendeu a luz. Ela tinha alugado um pequeno apartamento no térreo de um imóvel que tinha sido uma mansão senhorial, em Forest Hill. Ficava enfiada de costas para uma avenida principal em uma rua arborizada. Morava no apartamento há seis meses, mas ele ainda estava vazio, como se Erika tivesse acabado de se mudar. O banheiro era simples, mas decente.

Erika foi até uma cômoda e olhou para seu reflexo no espelho com moldura dourada apoiado em cima dela. O rosto que a encarava de volta não inspirava confiança. Seu cabelo loiro com partes grisalhas saía da cabeça aos tufos. Quando jovem, ela não se preocupava com a aparência. Tinha sido abençoada com atraentes feições eslavas: altas maçãs do rosto, pele macia e olhos verdes amendoados. Mas esses mesmos olhos estavam enrugando nos cantos, a testa tinha muitas linhas de expressão e seu rosto começava a perder firmeza.

Ela olhou para um porta-retratos posicionado perto do espelho. Um homem bonito de cabelo escuro sorria para ela – seu falecido marido Mark. Sua morte era algo que achava que jamais superaria, e isso, juntamente com a culpa de ter sido a responsável, espetava seu coração muitas vezes por dia. Mas o que ela não esperava era ter que lidar com o que sentia à medida que ia envelhecendo. Era como se os dois estivessem se distanciando ainda mais. A imagem dele estava congelada em suas memórias e nas fotos. Mas à medida que o tempo passava, ela se transformava em uma senhora, e Mark permaneceria jovem e bonito.

Uns dias antes, enquanto ia de carro para o trabalho, ela escutou a música "Forever Young", do Alphaville, no rádio, e teve que estacionar para tentar controlar suas emoções.

Erika passou os dedos pela moldura por um momento, seguindo o contorno do forte maxilar de Mark, seu nariz e afetuosos olhos castanhos. Pegou a foto, sentindo o peso da moldura na mão, abriu a gaveta de cima, olhou para suas roupas íntimas dobradas impecavelmente, suspendeu a primeira pilha e enfiou a foto ali debaixo. Ela hesitou e puxou a mão de volta, fechando a gaveta e colocando o porta-retratos novamente sobre a superfície de madeira polida.

Em algumas semanas, a morte de Mark completaria dois anos. Uma lágrima se formou no olho dela, depois caiu sobre a madeira, fazendo um suave som. Erika não estava preparada para se distanciar dele, e tinha pavor do dia em que estivesse.

Ela enxugou o rosto com as costas da mão e caminhou até a sala. Era como o quarto: arrumada e funcional. Um sofá e uma mesinha de centro, ambos de frente para uma pequena televisão. Uma prateleira na parede à esquerda das janelas que davam para o pátio servia de local para largar panfletos de delivery de comida, listas telefônicas e uma cópia em capa dura de *Cinquenta Tons de Cinza* deixada ali pelo último inquilino. Cópias das pastas dos casos de Gary Wilmslow e Gregory Munro estavam abertas no sofá, e a tela do notebook de Erika brilhava sobre a mesinha de centro. Quanto mais ela lia sobre Gary Wilmslow, mais frustrada se sentia. Peterson estava certo: Gary tinha um motivo forte para matar Gregory Munro, mas ela tinha recebido ordens para não chegar perto dele.

Erika pegou o maço de cigarro e abriu a porta para o pátio. A lua brilhava no pequeno jardim coletivo do lado de fora: um quadrado de grama bem-cuidada, com a silhueta de uma macieira ao fundo. Os vizinhos, profissionais ocupados como ela, eram reservados. Erika tirou um cigarro do maço e suspendeu o rosto para ver se havia alguma luz acesa nas janelas dos andares de cima. A parede de alvenaria estendia-se por quatro andares e irradiava calor em seu rosto. Quando acendeu o cigarro, por um momento ficou paralisada ao notar a grande caixa branca presa ao prédio, em que estava estampado em letras vermelhas SEGURANÇA HOMESTEAD.

Algo se acendeu no fundo da mente de Erika. Ela entrou novamente apressada. Com o cigarro preso entre os dentes, pegou o arquivo de Gregory Munro e começou a folheá-lo, passando por declarações de testemunhas, fotos... O telefone tocou e ela atendeu, prendendo-o debaixo do queixo para que pudesse continuar a olhar o arquivo.

– Oi, Erika, sou eu, Isaac.

– E? – disse Erika, com a mente mais na pasta do caso do que no telefonema. – Vocês já conseguiram mais alguma coisa sobre o assassinato do Gregory Munro?

– Não. Não estou ligando a trabalho. Só estou querendo pedir desculpa por aquela noite... Eu devia ter te contado que Stephen estaria lá no jantar. Sei que te convidei, e você achou...

– Isaac, o que você faz com a sua vida não é da minha conta – disse Erika, só com metade dos pensamentos na conversa, pois também estava remexendo em fotos dos cômodos da casa de Gregory Munro: imagens da cozinha, a comida congelada na bancada... Ela *sabia* que tinha visto alguma coisa em uma das fotos, mas não conseguia lembrar o que era.

– Sim... Mas eu gostaria de me redimir com você – disse Isaac. – Quer vir jantar comigo na quinta-feira?

Erika virou uma página, parou e fixou o olhar na foto.

– Você ainda está aí? – perguntou Isaac.

– Estou, e quero, jantar aí vai ser ótimo. Tenho que ir – disse ela, e antes de Isaac ter a chance de responder, ela desligou.

Em seguida, correu para o quarto e começou a se vestir.

CAPÍTULO 16

Isaac estava conversando com Erika pelo telefone ao lado da cama. Quando ela desligou, ele recostou-se e ficou olhando para o aparelho por um momento.

— Ela meio que desligou na minha cara. Bom, talvez ela não tenha feito isso, só desligou abruptamente – disse ele.

Stephen estava ao seu lado, trabalhando no notebook e disse, enquanto digitava:

— Eu te falei. Ela é uma pessoa fria.

Por um momento, Isaac ficou olhando as palavras riscando a tela brilhante e contestou:

— Isso não é justo, Stevie. Ela está abalada. Ainda está sofrendo por causa do marido e, para piorar, carrega a culpa pela morte dele. Ela não trabalha no tipo de ambiente que encoraja a pessoa a demonstrar os sentimentos.

— Que previsível. Que clichê. A detetive inspetora chefe perturbada, ocupada demais para se preocupar com qualquer outra pessoa a não ser o trabalho – comentou Stephen ainda digitando.

— Isso é muito cruel, Stevie.

— A *vida* é cruel.

— E os livros que você escreve? O seu personagem Detetive Inspetor Chefe Bartholomew é perturbado.

Stephen tirou os olhos do notebook.

— Sim, mas o Detetive Inspetor Chefe Bartholomew está longe de ser clichê. Ele tem muito mais camadas do que a... qual é o nome dela mesmo?

— Erika.

— Ele é um anti-herói. Fui elogiado pela originalidade e pela genialidade imperfeita dele. Fui indicado para ganhar a porcaria do Prêmio Dagger!

— Okay, eu não estava criticando, Stevie.

– Bom, não compare o meu trabalho com a sua amiga *policialzinha* trágica.

Houve um silêncio constrangedor. Isaac começou a recolher os papéis de barra de chocolate que estavam começando a se aglomerar sobre o edredom ao redor de Stephen.

– Eu gostaria que você a conhecesse – disse Isaac. – Ela não é assim fora do trabalho. Queria que fossem amigos. Você viu que a convidei para jantar.

– Isaac, eu trabalho com prazo. Quando eu finalizar o trabalho, com certeza, acho que posso tomar um café com ela – disse Stephen, ainda digitando. – Sua amiga não foi assim tão legal comigo quando veio aqui. Ela é que devia se esforçar, não eu.

Isaac fez um gesto de cabeça, em seguida ficou observando o belo rosto e o torso nu de Stephen. A pele dele era tão perfeita e macia. Ela brilhava à suave luz lançada pelo notebook. Lá no fundo, Isaac sabia que era obcecado por Stephen, e essa obsessão era destrutiva e perigosa, mas ele não suportava ficar separado dele. Não aguentava acordar e ter o outro lado da cama vazio.

Stephen franzia a testa enquanto digitava.

– O que você está fazendo, Stevie?

– Só uma pesquisazinha. Estou numa sala de bate-papo, discutindo métodos de suicídio – explicou ele, antes de levantar o olhar para Isaac. – É pesquisa para o livro novo, caso você esteja preocupado.

– As pessoas discutem métodos de suicídio online? – perguntou Isaac, fazendo uma bola com as embalagens de chocolate e espiando a tela.

– Discutem. Existem salas de bate-papo para todo tipo de peculiaridade e fetiche... não que suicídio seja necessariamente um fetiche. Essas pessoas estão discutindo com seriedade sobre métodos de acabar com tudo... as maneiras mais bem-sucedidas de se fazer isso, sem que os incomodem. Escute isso...

– Não quero ouvir – disse Isaac. – Já vi casos de suicídio demais: overdoses, enforcamentos, pulsos cortados, envenenamentos pavorosos. Os piores são as pessoas que pulam. Na semana passada, tive que tentar descobrir o que era o quê de uma adolescente que saltou do viaduto Hammersmith. Ela bateu na calçada com tanta força que o osso maxilar foi parar no cérebro dela.

– Jesus – disse Stephen, levantando o olhar para ele novamente. – Posso usar isso?

– O quê?

– Isso é muito bom. Posso usar isso no meu livro.

– Não! – Isaac sentiu-se incomodado.

Stephen voltou a digitar e disse:

– Ah, e não olha o histórico de pesquisa do meu Google. Está cheio de perguntas do tipo: *quanto tempo leva para a pele putrefazer quando um cadáver é enterrado em um caixão forrado com chumbo?*

– Eu posso te responder isso.

– Você acabou de dizer que não quer falar de trabalho!

– Eu posso te ajudar. Não falei que não ia te ajudar. Só não quero conversar sobre isso *agora*.

Stephen suspirou e pôs o notebook na mesinha de cabeceira.

– Vou fumar um cigarrinho – disse ele pegando o maço antes de se levantar e seguir na direção da porta da varanda.

– Se você vai lá fora, veste uma roupa – disse Isaac, olhando para a pequena cueca que Stephen estava usando.

– Por quê? Está tarde. Está escuro.

– Porque... isto aqui é Blackheath. Os meus vizinhos são respeitáveis.

Aquilo não era exatamente verdade. Um jovem bonito tinha se mudado para a casa ao lado e Isaac suspeitava que ele era gay. Sentia-se aterrorizado com a possibilidade de o vizinho e Stephen se encontrarem. Afinal de contas, Stephen já o tinha abandonado uma vez.

– Do lado de fora eles podem ser respeitáveis. Quem sabe o que acontece a portas fechadas? – provocou Stephen.

– Por favor... – pediu Isaac, inclinando-se para abraçá-lo. Stephen revirou os olhos e escapuliu, vestindo uma camiseta. Ele colocou um cigarro na boca e seguiu na direção da porta. Isaac ficou observando-o sair até a varanda: seu corpo alto e atlético, o cigarro pendurado nos lábios mal-humorados, o modo como a cueca estava colada nas nádegas musculosas.

Em sua vida profissional, Isaac era inigualável: um patologista forense brilhante, com uma carreira ilustre. Tinha o controle de todos os aspectos de sua profissão e não se submetia a ninguém. Em sua vida particular, no entanto, era um incompetente. Stephen Linley tinha virado seu mundo de cabeça para baixo, controlando o relacionamento dos dois e as emoções de Isaac. Isso o deixava, ao mesmo tempo, excitado e nervoso.

Ele esticou o braço e pegou o notebook de Stephen. Viu que o texto da sala de bate-papo aparecia aos blocos e ia subindo na tela. Ele minimizou a janela, que foi substituída pelo texto do novo livro que Stephen estava escrevendo. Seus romances eram sombrios e violentos. Isaac achava desagradável lê-los, mas era atraído por eles e tinha vergonha de admitir que se sentia excitado pela violência sombria e pela maneira como Stephen conseguia habitar nas mentes de *serial killers* sádicos e brutais.

Ele estava prestes a começar a ler quando se deu conta de que tinha prometido que não leria até que estivesse pronto. Isaac colocou o notebook novamente no lugar e foi para a varanda, como um cachorro ansioso sentindo falta do dono.

CAPÍTULO 17

A Laurel Road estava tranquila e silenciosa quando Erika enfiou a chave na fechadura da casa de Gregory Munro e puxou a fita de isolamento da porta. Ela girou a chave e deu um empurrão na porta, descolando o resto da fita. Entrou no corredor e um bipe frenético brilhou no escuro. Era a caixinha do sistema de alarme.

– Merda – murmurou Erika.

Ela não previu que depois de a perícia completar o trabalho, o alarme da casa seria ligado. Erika olhou fixamente para a tela, ciente de que tinha apenas alguns segundos antes de a polícia ser acionada, o que geraria um mundo de documentos em que teria que justificar sua presença naquele local. Ela digitou a senha 4291 e o alarme foi desativado. Era o número quase sempre usado para desativar os alarmes em cenas de crime. Podia não ser o jeito mais seguro de se fazer as coisas, mas economizava uma fortuna em custo com prestação de serviços.

O calor era sufocante, e o rançoso fedor da carne do cadáver de Gregory Munro ainda pendia vagamente na escuridão. Erika apertou um interruptor e o corredor se iluminou, com a luz se extinguindo à medida que os degraus se erguiam na direção da escuridão. Ela se perguntou qual seria a sensação que aquela casa daria em alguém que não soubesse que ela era uma cena de crime. Para a detetive, a violência ainda estava ali.

Ela passou pela escada, foi até a cozinha, acendeu a luz e encontrou o que viu na foto: um quadro de cortiça ao lado da geladeira. Pregados nele, havia vários cardápios de comida delivery, uma lista de compras escrita à mão e um panfleto de uma empresa de segurança: ALARMES GUARDHOUSE.

Erika pegou o folheto no quadro de cortiça. Ele parecia profissional, mas tinha sido impresso num papel comum de impressora jato de tinta. O fundo era preto e sobre ele estava escrito "Alarmes GuardHouse" em vermelho. O "H" de "House" elevava-se, transformando-se na imagem de um feroz pastor alemão. Debaixo da ilustração, havia um telefone e um e-mail. Erika virou o panfleto. Estava escrito com caneta esferográfica azul na parte inferior: *Mike, 21 de junho, 18h30.*

Erika pegou o celular e ligou para o número. Houve silêncio, em seguida um sinal agudo e uma gravação eletrônica informavam que o número não existia mais. Erika foi até a grande porta de vidro de correr nos fundos da casa e, depois de pelejar na maçaneta, a porta abriu, soltando um som abafado. Ela saiu para o terraço. Na parede atrás da casa, acima do vidro, ficava a caixa do sistema de alarme em que estava escrito SEGURANÇA HOMESTEAD em letras vermelhas, igual à da parede do seu apartamento.

Erika voltou para dentro e ligou para Crane. Quando ele atendeu, ela escutou o som de uma televisão berrando ao fundo.

– Desculpe por te ligar tão tarde. É a Detetive Foster. Você pode falar? – perguntou ela.

– Espere aí – disse ele. Depois de um sussurro, abaixaram o som da televisão.

– Me desculpe, liguei numa hora ruim, Crane?

– Não, tudo bem. Você acabou de me salvar de *The Real Housewives of Beverly Hills*. Karen, minha namorada, é louca por esse programa, mas eu já tolero gente irritada o dia inteiro no trabalho. Não gosto de assistir mulheres irritadas quando eu chego em casa. Enfim, o que posso fazer por você, chefe?

– Gregory Munro. Analisei os registros telefônicos dele. Há uma ligação para uma empresa de segurança – Alarmes GuardHouse Limitada... no dia 19 de junho.

– Espere aí, vou ligar meu notebook. Isso, Alarmes GuardHouse. É um dos telefones que rastreei hoje de manhã.

– E aí?

– Deixei uma mensagem, depois um cara retornou à ligação e confirmou que alguém chamado Mike tinha feito uma visita. Ele conferiu o equipamento e todos os sistemas de alarme e luzes de segurança estavam funcionando direitinho.

– Como era a voz dele?

– Não sei... normal. Bem... normal não significa muita coisa hoje em dia. Ele tinha mesmo uma voz meio fanhosa, um tipo meio *se achando*, que pensa que sabe tudo. Por quê?

– Acabei de ligar para o número e ele não existe. Está cancelado – disse Erika.

– O quê?

Houve uma pausa e ela escutou Crane digitando depressa no teclado. Depois um barulhinho agudo.

– Acabei de mandar uma mensagem para o e-mail do panfleto e ele foi devolvido. Não pode ser entregue – disse Crane.

Erika voltou ao quintal escuro e levantou o olhar para a escuridão na parede onde estava fixada a caixa da SEGURANÇA HOMESTEAD.

– Jesus, chefe. Você acha que era o assassino?

– Acho. Esse folheto deve ter sido entregue em mãos, e provavelmente Gregory Munro entrou em contato com o número para agendar a vinda do Mike...

– Mike foi convidado para entrar, fez o reconhecimento do local, teve acesso ao espaço, ao sistema de alarme, às luzes de segurança, a tudo – finalizou Crane.

– E é bem provável que você tenha falado com Mike hoje. Ele te retornou à ligação da Alarmes GuardHouse.

– Merda. O que você quer que eu faça, chefe?

– Precisamos rastrear o telefone e o e-mail o mais rápido possível.

– Aposto com você que é pré-pago, mas vou tentar rastrear o aparelho.

– Nós precisamos interrogar os moradores da Laurel Road de novo e conseguir os detalhes sobre todas as pessoas que foram vistas distribuindo panfletos por aqui, principalmente descobrir se viram esse Mike no dia 21 de junho.

– Okay, chefe. Posso começar a tomar algumas providências pelo computador agora. Te mantenho informada.

– Obrigada – disse Erika.

A linha fez um click quando Crane desligou. Ela caminhou até a cerca nos fundos pisando sobre a grama quebradiça. Estava tranquilo e silencioso. Um carro fazia barulho ao longe e grilos cantavam. Ela deu um pulo quando o trem invadiu o silêncio ruidosamente, retumbando ao passar pelos trilhos que ficavam depois do quintal.

Ela aproximou-se ainda mais da cerca, agachou embaixo da árvore e examinou o lugar em que a cerca foi cortada cuidadosamente. Erika empurrou o arame para o lado e se arrastou pelo buraco. Atravessou uma grama alta e seca e saiu numa trilha. Erika permaneceu por um momento no calor da noite, deixando os olhos se acostumarem com o escuro. Atravessou a estreita trilha de terra, passou por um vão entre as árvores altas, saiu na linha do trem e observou os trilhos se estenderem até desaparecer. Ela voltou para a trilha, pegou o celular, acendeu a lanterna e apontou para a esquerda e para a direita. A trilha ficava iluminada por alguns metros e desaparecia em meio às árvores e à escuridão. Erika agachou-se debaixo da árvore na ponta do quintal e olhou para a casa. Parecia encará-la de volta: as duas janelas do andar superior eram como olhos.

– Você olhou daqui? – se perguntou em voz baixa. – Quanto tempo ficou aqui? O quanto você enxergou? Você não vai escapar. Eu vou te pegar.

CAPÍTULO 18

Mal tinham chegado à metade da manhã e o sol já castigava. Os gramados dos jardins ao longo de uma fileira de casas geminadas de tijolos vermelhos estavam queimados em variados tons de amarelo. A hora do *rush* já tinha terminado, e com exceção de um avião riscando seu caminho através do limpo céu azul, a rua estava tranquila.

Simone tinha parado no supermercado ao voltar do turno da noite no hospital e, curvada, caminhava pela calçada devido ao peso de várias sacolas de compras. O plástico cravava nas palmas das mãos de modo quase insuportável, e ela estava ensopada de suor por baixo da grossa jaqueta. A pele da cicatriz em sua barriga estava dolorida e inflamada por causa do suor e do uniforme que roçava. Ela chegou à casa estropiada que ficava no fim de uma fileira de residências geminadas e deu um empurrão no portão, que prendeu na entrada de concreto. Ela jogou seu peso furiosa contra o portão, uma, duas vezes, antes de ele ceder inesperadamente e ela sair cambaleando, quase perdendo o equilíbrio.

Simone se apressou na direção da porta, resmungando palavrões, antes de soltar ruidosamente as sacolas no chão. Levantou as mãos com sulcos vermelho-escuros e esfregou uma na outra. Uma vizinha saiu da casa ao lado. Era uma idosa de vestido elegante. Ao trancar a porta, ela olhou para Simone, que procurava as chaves nos bolsos do casaco. Os olhos da vizinha saltaram para a cerca detonada entre os jardins delas e para o gramado queimado de Simone, que tinha uma máquina de lavar velha, latas de tinta vazias e uma pilha de arbustos apodrecidos. Os olhos dela voltaram-se para Simone, que estava imóvel, encarando-a.

– Ah, bom dia, Srta. Matthews – cumprimentou a vizinha. Simone não respondeu; simplesmente ficou encarando-a com grandes e frios olhos azuis. Aquele olhar deixou a vizinha perturbada. Eram olhos mortos, sem emoção e um pouco separados demais um do outro. – Dia adorável...

Simone encarou a vizinha com hostilidade até ela ir embora apressada.

– Piranha intrometida – murmurou Simone, antes de se virar, enfiar a chave na fechadura e abrir a porta. O corredor era sombrio e tinha pilhas de jornais velhos. Simone arrastou as sacolas de compra para dentro, jogou as chaves na velha mesa de madeira do corredor, virou-se e fechou a porta. Aquela porta tinha sido bonita, com vidro colorido em forma de diamante. Em dias ensolarados, lançava um mosaico de cores suaves no carpete claro do corredor. Ela agora estava coberta com tábuas e apenas alguns dos diamantes eram visíveis na parte superior, acima do pedaço de madeira que estava pregado no batente da porta.

Depois de fechá-la, Simone se virou e sua garganta travou de medo. Havia um homem parado no meio do corredor. A boca estava aberta e os olhos eram de um branco anuviado. Ele estava nu e a água pingava de sua pálida pele pastosa.

Ela começou a cambalear para trás, sentindo a maçaneta da porta pressionar suas costas. Simone fechou os olhos e os reabriu. Ele continuava ali. A água escorria agora em filetes, sobre o inchaço de sua enorme barriga cabeluda e o pequeno e pálido toco de suas genitálias. O carpete era um círculo escurecido por causa da água que tinha começado a escorrer mais depressa dele. Simone fechou os olhos com força e os abriu novamente. Ele estava se aproximando, cambaleante, com duas compridas e amarelas unhas dos pés agarrando no carpete. Ela podia sentir seu bafo: cebola rançosa com birita estragada.

– NÃO! – berrou ela, fechando os olhos e esmurrando o rosto com os punhos. – VOCÊ NÃO PODE ME MACHUCAR, STAN! VOCÊ ESTÁ MORTO!

Simone abriu os olhos.

O corredor estava como antes: imundo e soturno, porém vazio. Ela ouvia o som abafado de outro avião riscando o céu e a própria respiração ofegante.

Ele tinha ido embora.

Por enquanto.

CAPÍTULO 19

Convocaram Erika para participar de uma reunião na Lewisham Row sobre o andamento da investigação no caso do médico. Era uma tarde quente e úmida, uma semana depois da descoberta do corpo de Gregory Munro. A investigação tinha empacado, a convicção em suas habilidades estava abalada, e ela compareceu sem um pingo de confiança.

O encontro aconteceu na luxuosa sala de conferência no último andar, e estavam presentes o Detetive Superintendente Chefe Marsh, Colleen Scanlan, a matrona assessora de imprensa da Polícia Metropolitana, Tim Aiken, um jovem psicólogo criminal, e o Comissário Assistente Oakley, que se sentou imperiosamente à cabeceira da comprida mesa de reunião. Oakley nunca tentou esconder sua antipatia por Erika. Ele tinha traços precisos e maliciosos, e seu cabelo cor de aço estava sempre arrumadíssimo, o que fazia Erika se lembrar de uma raposa elegante. Entretanto, naquele dia, o calor tinha tirado um pouco de sua elegância. O cabelo geralmente imaculado estava empapado de suor, e ele foi obrigado a tirar o blazer com as dragonas costuradas com o ornado símbolo de sua patente da Polícia Metropolitana. Oakley estava sentado com as mangas da camisa dobradas.

Erika abriu a reunião detalhando como o caso tinha progredido até então:

– Impulsionados pela descoberta de que o assassino arquitetou uma pré-visita à casa de Gregory Munro, meus policiais têm trabalhado dia e noite examinando centenas de horas de filmagens de câmeras de segurança de dentro do Honor Oak Park e de outras posicionadas ao redor dele. Os moradores da Laurel Road foram interrogados novamente, mas ninguém se lembra de ter visto um representante da fictícia Alarmes GuardHouse. A empresa não existe. O e-mail no folheto era falso, e o número do celular era de um pré-pago irrastreável.

Olhando ao redor da mesa, Erika percebeu que a reunião era uma oportunidade de manter a grande quantidade de mão de obra que ela tinha conseguido para o seu departamento. Além da pressão que sentia, o ar-condicionado estava quebrado, o que deixava a atmosfera desconfortável e pegajosa.

Ela prosseguiu:

– Estou buscando ferozmente todos os detalhes da vida pessoal de Gregory Munro. Acredito que ele conhecia ou já tinha se encontrado com o agressor, e que a vida privada dele pode revelar a identidade do assassino. Porém, num caso com esse nível de complexidade, precisarei de mais tempo.

– O cunhado da vítima, Gary Wilmslow, também está sob investigação por outros crimes, que fazem parte da Operação Hemslow – interrompeu Oakley. – Estou confiante de que as duas investigações permanecerão separadas e de que os policiais envolvidos no assassinato de Munro serão mantidos afastados da Operação Hemslow, correto?

– Sim, senhor. Isso tudo está sob controle – disse Marsh, dando uma olhada para Erika. Houve silêncio quando todos os olhos ao redor da mesa a encararam. Marsh mudou de assunto. – O que nos diz sobre a presença de pornografia gay na cena do crime? Soube que Gregory Munro baixou um aplicativo de encontro gay no celular, correto?

Marsh já tinha discutido isso com Erika, que percebeu que ele estava fazendo aquela pergunta por causa de Oakley.

– Sim, senhor. Havia algumas revistas pornográficas gay e ele tinha baixado o aplicativo Grindr, mas sem ativá-lo. Não havia nenhum contato nem mensagem – respondeu Erika.

– Então provavelmente a vítima tinha comportamentos homossexuais e encontrava-se com homens? – questionou Oakley.

– Além de algumas revistas de pornografia gay amassadas, não há evidência alguma que comprove que Gregory Munro estava agindo de acordo com algum impulso homossexual – respondeu Erika.

– Por que vocês não consideraram investigar as áreas frequentadas por gays em Londres? Banheiros públicos? Parques? – pressionou Oakley.

– Eu as considerei, senhor. Nós conhecemos várias áreas, porém elas não são cobertas pelas câmeras de segurança. Meus policiais já estão no limite, trabalhando com as evidências que *temos*, sem sair para ficar fazendo perguntas genéricas por aí...

– Ele era um homem casado que tinha desejos homossexuais. Não entendo por que essa não foi a sua principal linha de investigação, Detetive Foster.

— Como eu disse, senhor, temos várias linhas de investigação. Eu precisaria de mais policiais se fosse começar a...

— Você já tem uma equipe grande, Detetive Foster. Talvez precisemos conversar sobre a forma como está usando seus recursos antes de você vir aqui mendigar mais, não?

— Posso garantir ao senhor que todos os meus policiais estão sendo usados de acordo com as melhores habilidades de cada um deles.

Oakley pegou uma das fotos da cena do crime de Gregory Munro, analisou-a e disse:

— A violência na comunidade gay está frequentemente ligada de maneira intrínseca ao desejo sexual. Homens como este procuram encontros clandestinos? Convidam homens perigosos para irem às suas casas?

— Nós obviamente conhecemos tipos diferentes de homens gays, senhor — rebateu Erika.

Houve silêncio ao redor da mesa.

— É o calor; está afetando todos nós, senhor — disse Marsh, encarando Erika com raiva.

Oakley fechou a cara, tirou do bolso um lenço impecavelmente dobrado e o pressionou no rosto, limpando a suada linha do cabelo. A maneira delicada com que levantou a franja fez Erika se perguntar se ele usava peruca. *Será que ele era careca?* Ela se lembrou de uma brincadeira com as palavras que Mark tinha feito na primeira vez que foram a Londres e viram um cara calvo com o cabelo comprido atrás. Ele comentou que o sujeito era *cabereca*... aquela palavra a tinha feito rir muito.

— Está achando graça de alguma coisa, Detetive Foster? — perguntou Oakley, ao enfiar o lenço de volta no bolso.

— Não, senhor — disse Erika se contendo.

— Bom, porque além da questão da quantidade de mão de obra, temos o problema do seu fracasso em encontrar um suspeito, e a mídia está usando isso para reclamar sem parar da Polícia Metropolitana. Primeiro os jornais locais, agora os nacionais — ele apontou para os jornais no centro da mesa de reuniões, que apresentavam as seguintes manchetes: — "**SUPERCLÍNICO GERAL MORTO NA CAMA**" e "**POLÍCIA AINDA CAÇA ASSASSINO DO MÉDICO TOP**". Você está muito quieta, Colleen, o que nos diz sobre isso?

— Estou trabalhando... — começou Colleen e parou.

Ela ia falar robustamente, pensou Erika.

— Estou trabalhando duro para que minha equipe conduza a imprensa na direção correta. É claro, há pouca novidade em relação a evidências para passar a eles — acrescentou ela, tentando jogar a culpa de volta em Erika.

— Não é nosso trabalho ficar dando comida na boquinha de jornalistas. Acho que foi um pouco prematuro liberar informações tão cedo — retrucou Erika. — Devíamos estar pelo menos dois passos à frente e prontos para dar as informações. Agora eles foram lá e fizeram exatamente o que achei que iriam fazer, inventaram a própria perspectiva e ligaram esse caso aos cortes austeros do governo.

— Isso mesmo, e onde eles conseguiram esta declaração, Detetive Foster? — perguntou Oakley, pegando um dos jornais. — "Por toda a Londres, 14 mil câmeras de segurança não estão mais sendo usadas; a polícia não tem mão de obra necessária para manter os moradores da capital em segurança com eficiência." Você foi bem eloquente sobre a falta de câmeras de segurança, não foi?

— Está sugerindo que eu venho passando informações para a imprensa sobre esse caso?

— Não, o comissário assistente não está sugerindo isso — interrompeu Marsh.

— Ei, Paul, eu posso falar por mim mesmo — ralhou Oakley. — O que estou dizendo é que não dá para começar a incitar o medo, Detetive Foster. Você comanda e influencia um grande número de policiais. Sua equipe recebeu uma quantidade significativa de mão de obra para a investigação deste assassinato. Só não acho que é bom para o moral você ficar o tempo todo reclamando daquilo que não tem. Quantos policiais mais você acha que precisa?

— Senhor, não estou sendo negativa, e não reclamo — disse Erika.

— Quantos?

— Cinco. Eu preparei um documento para o senhor que detalha exatamente como eu os usarei...

— Uma semana se passou desde o assassinato de Gregory Munro, e preciso ter certeza de que a mão de obra está sendo empregada adequadamente — interrompeu Oakley.

— Sim, senhor, mas...

— Vou te dar um conselho, Detetive Foster, redirecione a sua investigação e trabalhe com a suposição de que Gregory Munro convidou um homem para ir à casa dele, e esse homem o matou. Um crime passional.

– Um ataque homofóbico? – questionou Erika.

– Não gosto dessa expressão, Detetive Foster.

– Mas a imprensa adora. E a comunidade gay vai, sem dúvida, sofrer negativamente se dermos essa perspectiva à investigação. Também encontramos evidências de que a entrada foi forçada pela janela da cozinha e que a cerca nos fundos da propriedade foi cortada. Não parece que Gregory Munro convidou para ir à sua casa quem quer que tenha feito aquilo com ele. O folheto falso da empresa de segurança é a nossa melhor pista. Estamos nas férias de verão. Ainda não falamos com todos os moradores da Laurel Road, porque alguns ainda estão viajando. Além disso, ainda vamos investigar a lista de pacientes que reclamaram de Gregory. Isso leva tempo.

– Algum desses reclamantes merece ser investigado?

– Até o momento, nenhum, mas...

– Eu gostaria de saber a opinião do nosso psicólogo criminal – disse Oakley, cortando-a mais uma vez. – Tim?

Tim Aiken, o psicólogo criminal, permaneceu em silêncio até o momento. Ele tinha um cabelo desgrenhado, barba curta desenhada e, apesar de estar de camisa social e gravata, usava pulseirinhas de tecido de várias cores no pulso. Ele levantou o olhar do caderno em que rabiscava uma série de cubos.

– Acho que o homem que estamos procurando é um indivíduo bem-controlado. Ele planeja todos os movimentos com muito cuidado. Fisicamente, ele é forte. Gregory Munro não era um homem pequeno e há pouca evidência de que houve luta.

– Gregory Munro estava drogado; ele tinha uma enorme dose de flunitrazepam no corpo, que é usada como droga do estupro. Quem quer que tenha invadido a casa teve tempo de drogá-lo, e depois esperou fazer efeito – acrescentou Erika.

– Sim. Também é muito comum o uso do flunitrazepam na comunidade gay por curtição, para se conseguir uma *onda* sexual – acrescentou Tim.

– Duvido que alguma pessoa que já teve a droga colocada sorrateiramente no seu copo num bar achou que o que aconteceu foi uma *curtição* – disse Erika.

Tim prosseguiu:

– O assassino pode ter sido muito intuitivo, usando o folheto da empresa de segurança como isca para fazer a vítima ligar para ele. Aliado ao uso de sedativo, não podemos descartar a possibilidade de existência do elemento homossexual.

— Gregory Munro não sofreu agressão sexual — contestou Erika.

— Verdade, mas o nosso assassino pode ter tido problemas com masculinidade e experiências anteriores ruins com homens tipo A, ou machos alfa. Ele pode querer eliminar homens.

— Que inferno. Quanto ele está custando pra gente? — perguntou Erika depois que aqueles longos e desconfortáveis quarenta minutos de reunião terminaram. Ela estava descendo a escada da sala de reuniões com Marsh.

— Não acredita muito nos perfis da psicologia forense?

— Acho que podem ser úteis, mas é muito comum chamar esse pessoal e achar que são fazedores de milagres. Os psicólogos forenses não pegam criminosos, *nós* pegamos.

— Não reclame. Ele trabalha pra você, lembra? Ele convenceu Oakley a não cortar o seu orçamento.

— Só porque o cegou com ciência.

— Você não parece satisfeita.

— Vou ficar satisfeita quando pegarmos quem fez isso — disse Erika. — Tim não disse nada que já não soubéssemos, apesar daquele negócio todo sobre machos alfa ser uma teoria interessante. Mas como fazemos bom uso disso? É tão amplo. Não temos como vigiar todo macho agressivo dominante. O mundo está cheio deles.

Marsh revirou os olhos e disse:

— Você podia fazer um favor a você mesma e criar canais de comunicação com Oakley.

— Eu não repreendi a atitude homofóbica dele, isso é um começo. E, na verdade, pra quê? Ele nunca vai gostar de mim, senhor. Nunca vou estar na lista de cartões de natal dele.

Eles chegaram ao andar do escritório de Marsh.

— Me mantenha informado, okay? — disse ele, virando-se para entrar pela porta dupla.

— Antes de o senhor ir, tem mais alguma notícia sobre a vaga de superintendente?

Marsh parou e se virou novamente para ficar de frente para ela.

— Eu já disse que vou te indicar, Erika.

— O senhor já informou a Oakley que tem intenção de me indicar?

– Já.
– E o que ele falou?
– Não posso entrar em detalhes sobre o processo, você sabe disso. Tenho que ir – disse Marsh se virando novamente para a porta.
– Só mais uma coisa, senhor. O que tem a me dizer sobre Peter Munro estar morando sob o mesmo teto que Gary Wilmslow? Estou preocupada com o bem-estar dele.

Marsh parou e virou-se novamente.
– Na última semana, Peter só saiu de casa com a mãe para ir à escola. Temos escutas em vários cômodos da casa. De acordo com o que sabemos, ele está bem. E Gary Wilmslow é da velha-guarda da classe trabalhadora. Ele fala em honra, família e essas coisas todas. Não ia deixar ninguém encostar num dos seus.
– Você está assistindo *EastEnders* demais, senhor. Vamos torcer para que esteja certo.
– Eu estou certo – disse Marsh, de um jeito frio, e desapareceu pela porta dupla de sua sala.
– Sou *tão* querida por todo mundo. E tudo o que estou querendo fazer é a droga do meu trabalho – murmurou Erika consigo mesma ao descer os outros lances de escada.

Quando chegou à sala de investigação, os ventiladores do teto estavam fazendo hora extra, mas parecia que eles só circulavam o ar quente e o cheiro de café e de odores corporais.
– Chefe, acabei de receber a notícia de que os vizinhos de frente do Gregory Munro chegaram das férias – disse Peterson, desligando o telefone.

Moss, sentada em frente a Peterson e com o rosto vermelho de calor, desligou o telefone e disse:
– Era Estelle Munro. Ela disse que o registro no Conselho de Medicina do Gregory Munro desapareceu da casa dele.
– Quando a gente devolveu a casa para a família? – perguntou Erika.
– Ontem. Já olhei os arquivos da perícia e tudo que pegamos. Não existe nenhuma menção a esse registro.
– O que significa que o assassino deve ter pego. Merda. Como a gente pode ter deixado isso passar batido?

CAPÍTULO 20

Quando Erika, Moss e Peterson chegaram à Laurel Road, ela estava tranquila e o clima mais ameno. O sol tinha baixado o suficiente para deixar as casas do lado da de Gregory Munro na sombra.

Um grupo de homens e mulheres com roupas de escritório contornava o final da rua com rostos ruborizados. Os homens, com as mangas dobradas, carregavam seus blazers. Era 5h30 da tarde e Erika se deu conta de que aquela era a primeira leva de pessoas voltando do trabalho no centro de Londres.

Ela tocou a campainha no número 14. Momentos depois, Estelle Munro abriu a porta. Ela estava de calça larga clara, uma camisa elegante coberta com estampas de rosas e sapato de couro preto com saltinho.

– Olá, Sra. Munro. Estamos aqui por causa do registro médico – disse Erika.

– Sim – foi somente o que ela disse, em seguida deu um passo para trás e os policiais entraram. Erika reconheceu o cheiro ardido de produtos de limpeza com aroma de limão, que se misturava à predominante fragrância de flor sintética. Entretanto, dentro da casa estava fresco. Com todas as janelas fechadas, o ar-condicionado zumbia por toda parte.

– Ele ficava no escritório do Gregory – informou Estelle, fechando a porta da frente e trancando-a. Erika percebeu que ela tinha trocado as fechaduras: uma reluzente Yale e duas trancas.

Eles seguiram Estelle até o andar de cima, movimentando-se lentamente atrás dela, que respirava de maneira ofegante.

– Como estão as coisas? – perguntou Erika.

– Eu ainda estou limpando a bagunça que o seu pessoal deixou – ralhou Estelle.

– Nós tentamos tratar a cena do crime com o maior respeito que conseguimos, mas são muitas pessoas envolvidas, todas entrando na propriedade ao mesmo tempo – disse Moss.

— E esse pessoal todo conseguiu chegar perto de achar quem matou meu filho?

— Estamos seguindo várias pistas – respondeu Erika.

Eles chegaram ao topo da escada. Estelle parou para recuperar o fôlego, apoiando a mão com luva de borracha no quadril. As cortinas pesadas que cobriam a janela do corredor tinham sido retiradas e o patamar estava bem mais claro.

— Quando vão liberar o corpo do meu filho, Detetive *Fosset*? – perguntou Estelle.

— É Detetive Foster...

— Porque eu tenho um funeral para organizar – disse Estelle tirando as luvas, dedo por dedo.

— Infelizmente temos que conferir quem é o nosso primeiro contato na família antes de passarmos algum detalhe – respondeu Moss.

O rosto de Estelle anuviou-se ainda mais.

— Gregory era meu filho. Eu o carreguei na barriga durante nove meses. Vocês vão ligar para *mim* primeiro, entenderam? Penny só estava casada com ele há quatro anos. Fui mãe dele durante 46... – disse Estelle, respirando fundo para se recompor. – Ela me ligou, a Penny, exigindo saber quando *o corpo* ia ser liberado. "O corpo"! Não "o Gregory" ou "o Greg"... ele odiava ser chamado de Greg. Penny quer contratar um time de futebol, o Shirley, para o velório. Um time de futebol! É claro que Gary e os amigos *hooligans* dele iriam *achar uma beleza.*

— Sinto muito, Sra. Munro.

Estelle entrou no banheiro e enfiou as mãos debaixo da torneira. Depois voltou enxugando-as numa toalhinha.

— Gary me ligou hoje e me ameaçou.

— Te ameaçou? – perguntou Erika.

— Gregory alterou o testamento dele quando se separou da Penny. Acabamos de descobrir que deixou a casa para mim, e as propriedades alugadas para o Peter.

— E Penny?

Estelle disparou o olhar na direção de Erika e disse:

— E ela? Ela vai ficar com a casa de quatro quartos em Shirley. Ela vale muito. Gary estava injuriado no telefone, falou que Penny tinha direito a *esta* casa e que eu tinha que passá-la para o nome dela *senão...*

— Senão o quê? – perguntou Erika.

– Oh, use a sua imaginação, Detetive *Fosset*. Senão ele ia dar um jeito em mim. Ia mandar os rapazes aqui. Um carro pode passar por cima de mim quando eu estiver voltando das compras. Imagino que vocês já deram uma lida na ficha criminal do Gary.

Erika, Moss e Peterson entreolharam-se.

Estelle prosseguiu:

– Eu troquei as fechaduras, mas ainda estou preocupada.

– Posso garantir à senhora que Gary Wilmslow não vai lhe causar nenhum dano – afirmou Erika.

Os olhos de Estelle encheram-se de lágrimas e ela ficou passando as mãos pela roupa em busca de um lenço. Peterson estava atento e de novo tirou um pacotinho do bolso.

– Obrigada – disse ela, agradecida.

Erika sinalizou para Moss e elas deixaram Peterson confortar Estelle. Percorreram o corredor até o quartinho que Gregory Munro usava como escritório.

Uma mesa pesada de madeira escura tinha sido enfiada ali dentro e posicionada em frente à janela. Do lado oposto a ela, havia um conjunto de prateleiras também de madeira escura e com o mesmo acabamento. Erika notou que nas prateleiras havia uma mistura de livros médicos e romances em capa dura. Erika viu que Gregory Muro tinha três romances policiais do DCI Bartholomew escritos por Stephen Linley.

– Merda! – xingou ela.

– O que foi, chefe?

– Nada... – Erika se lembrou da conversa com Isaac na semana anterior e que tinha combinado de jantar com ele nessa noite. Olhou para o relógio e viu que já eram quase 6 horas.

Estelle entrou no cômodo arrastando os pés, seguida de Peterson.

– Era aqui – disse Estelle, apontando para a parede atrás da mesa onde havia dois porta-retratos dourados. Um estava cheio de fotos: Gregory e Penny cortando o bolo de casamento; Penny segurando óculos escuros colocados no indiferente gato deles; Penny numa cama de hospital, segurando um bebê. Devia ser no nascimento de Peter, pois Gary, Estelle e a mãe de Penny, que usava óculos, estavam em pé, desajeitados, dos dois lados dela. A outra moldura estava vazia.

– Perguntei à Penny se estava com ela. Mas pelo menos desta vez eu acho que estava falando a verdade, e me respondeu que não – disse

Estelle, apontando para a moldura vazia. – Se fosse a televisão ou o DVD, ela teria pegado, mas isso, não.

Erika aproximou-se da moldura vazia, colocando um par de luvas de látex. Tirou-a da parede e descobriu que era muito leve e feita de plástico.

– A senhora encostou nisto em algum momento, Sra. Munro?

– Não, não encostei – respondeu ela.

Erika virou a moldura, mas não viu nada.

– Nós temos que chamar um perito para procurar impressões digitais. As probabilidades são pequenas, mas...

– Okay, chefe – disse Moss. Ela pegou o rádio e fez uma chamada; uma voz respondeu que não havia ninguém disponível.

Erika pegou o rádio.

– Aqui é a Detetive Inspetora Chefe Foster. Preciso de alguém hoje, agora, o mais rápido possível. Trata-se de uma evidência nova que encontramos na cena do crime da Laurel Road, número 14, código postal SE23.

Houve uma pausa e alguns bipes.

– Uma perita está terminando o serviço num arrombamento em Telegraph Hill, vou passar um rádio e pedir para ela ir ao local assim que finalizar lá. Mas você autoriza a hora extra? – perguntou a vozinha pelo rádio.

– Autorizo a hora extra, sim – zangou-se Erika.

– Okay – finalizou a voz.

Erika recolocou a moldura na parede, tirou a luva e disse:

– Okay, então a gente vai ter que esperar um pouco. Moss, você vem comigo. Vamos conversar com o vizinho que voltou das férias. Sra. Munro, tudo bem se o Detetive Peterson esperar com a senhora?

– Tubo bem. Você quer uma xícara de chá, querido? – ofereceu Estelle.

Peterson aceitou com um gesto de cabeça.

Os vizinhos eram um casal beirando os 40 anos: uma mulher branca chamada Marie e um homem negro chamado Claude. A casa, em frente ao número 14, era elegante e descolada, e eles tinham um estilão urbano. A entrada ainda estava cheia de malas coloridas e brilhantes, e eles conduziram Erika e Moss até a cozinha. Marie pegou alguns copos e os encheu de água e gelo tirados de um local na porta da grande geladeira de inox. Ela deu um copo para Moss e outro para Erika, que deu um longo gole, saboreando o frescor.

— Ficamos chocados ao saber do Dr. Munro – disse Marie, quando acomodados ao redor da mesa da cozinha. – Sei que esta área não é das melhores, mas assassinato!

Claude sentou-se ao lado da esposa, que estendeu o braço e segurou sua mão. Ele respondeu apertando a mão dela de um jeito tranquilizador.

— Compreendo o quanto isso deve ser angustiante. Apesar de enfatizarmos isso, estatisticamente, casos de assassinato ainda são bastante raros – acrescentou Erika.

— Bom, estatisticamente, um camarada ser morto na cama a algumas casas da nossa é só mais um entre muitos! – disse Claude, revirando os olhos.

— É claro – disse Erika.

— Nós temos que perguntar se vocês não notaram alguém diferente andando por aqui – disse Moss. – Qualquer coisa, por menor que seja... Em particular, no dia 21 de junho entre 17 e 19 horas.

— Não é esse tipo de rua, meu amor – disse Marie. – Estamos todos muito ocupados trabalhando e vivendo para ficar espiando nossos vizinhos pela janela.

— Vocês estavam em casa nesse dia, entre as 17 e 19 horas? – perguntou Erika.

— Isso foi umas quatro semanas atrás... – enfatizou Marie.

— Sim... foi uma quinta-feira – disse Moss.

— Eu devia estar no trabalho. Sou contadora, trabalho no centro – disse Marie.

— Eu saio do serviço mais cedo, trabalho aqui na região, na prefeitura – falou Claude. – Se era quinta-feira, eu estava na academia. Na Fitness First, descendo a rua, em Sydenham. Eles podem confirmar, temos que passar cartão para entrar.

— Está tudo bem. Vocês não são suspeitos – disse Erika. – Conheciam bem Gregory Munro?

Eles negaram com a cabeça.

— Mas ele era sempre agradável e educado – acrescentou Claude. – Era o nosso clínico geral, só que a gente nunca precisava ir. Acho que o vimos uma vez, alguns anos atrás, quando fizemos nosso cadastro lá.

Erika e Moss trocaram um olhar desanimado.

— Tem uma coisa – começou Claude. Ele deu um golinho na água gelada e ficou mexendo a boca pensativo. Gotas de condensação pingavam do copo na mesa de madeira.

– Qualquer coisa, por menor que seja – disse Moss.

– Ah, é – concordou Marie. – É, eu vi também.

– Viu o quê? – perguntou Erika.

– Parece que alguns homens jovens e bonitos andaram entrando e saindo da casa do Dr. Munro nas últimas semanas – disse Claude.

Erika olhou para Moss e perguntou:

– Dá para serem mais específicos?

– Vocês sabem, tipos musculosos – disse Marie. – Achei que o primeiro era algum trabalhador braçal estrangeiro que o Dr. Munro tinha contratado, mas aí no dia seguinte um jovem diferente bateu na porta e entrou. Ele era muito bonito. Tipo bonitão mesmo, se é que você me entende.

– Tipo garoto de programa?

– Isso. E parece que eles só ficavam uma hora ou coisa assim – completou Claude.

– Em que horário acontecia isso?

– Os dois primeiros foram durante a semana. Não me lembro quais dias. Eu estava voltando do trabalho, então lá pelas 7h30... Dr. Munro meio que puxou o primeiro cara com força para dentro quando me viu passando, só deu um *oi* rapidinho. Aí, mais ou menos uma hora depois, a gente tinha acabado de jantar, eu estava na sala e o vi ir embora – disse Marie.

– E os outros? – perguntou Erika.

– Teve um no sábado de manhã, eu acho. Você não o viu sair de manhã, Claude? – perguntou Marie.

– Vi, a janela do banheiro do andar de cima dá vista para a rua; eu estava fazendo xixi quando vi esse rapaz saindo cedo, lá pelas 7 horas da manhã de um sábado – disse Claude.

– E vocês não acharam isso estranho? – questionou Moss.

– Estranho? Estamos em Londres, e foi antes de sabermos que ele tinha se separado da esposa... podia ser um amigo, um colega, um estudante de medicina, um garoto trabalhando de babá – disse Claude.

– Vocês acham que um desses homens, é... o matou? – perguntou Marie.

– Vou ser honesta com você: não sabemos. Esta é uma entre várias pistas.

As palavras ficaram pairando no ar por um momento. Marie ficou esfregando a condensação em seu copo. Claude passou o braço de forma protetora ao redor dela.

— Vocês fariam um retrato falado para a polícia? Uma imagem desses jovens pode ser muito valiosa — disse Erika. — Podemos mandar alguém vir aqui hoje à noite, para que façam isso no conforto de casa?

— Podem, é claro — disse Claude. — Se isso ajudar a pegar quem fez aquilo.

Moss e Erika voltaram para a rua escaldante e atravessaram para o lado que já estava na sombra.

— Isso é o que chamo de tiro certo — disse Moss.

— E, com alguma sorte, vamos conseguir um retrato falado hoje à noite — concordou Erika. Ela pegou o celular e ligou para Peterson para saber como andavam as coisas.

— Nada ainda, chefe — informou ele. — A perita que vem verificar as digitais ainda não terminou em Telegraph Hill. Estelle Munro saiu para comprar mais leite... não fiquei com a chave deste lugar, então não tenho como trancar.

— Okay, a gente está a caminho — disse Erika, desligando, enfiando o celular de volta na bolsa e olhando para o relógio. Já passava das 7 horas.

— Você tem que ir a algum lugar, chefe?

— Marquei de jantar com Isaac Strong.

— Posso ficar aqui com Peterson se você quiser se mandar. Parece que vai ser uma noite longa e chata. Duvido que a gente vá conseguir alguma impressão digital naquela moldura, mas te informo assim que souber de alguma coisa, e te mantenho atualizada sobre o retrato falado.

— Você não quer ir para casa, Moss?

— Estou bem. Celia vai levar Jacob para a natação, então estou tranquila à noite, sei que você não sai... — a voz dela desvaneceu.

— Você sabe que eu não saio *muito*?

— Não foi o que eu quis dizer, chefe — argumentou Moss, ficando ainda mais vermelha do que já estava.

— Eu sei. Tudo bem — Erika mordeu o lábio e olhou para Moss com os olhos semicerrados por causa do sol.

— É sério, chefe, no milissegundo em que a gente estiver com a imagem, eu te ligo. E o retrato falado deve levar algumas horas. O que Isaac está preparando?

— Não sei.

— Na hora em que vocês estiverem comendo o que quer que seja, a gente já vai ter algumas respostas.

— Okay. Obrigada, Moss. Fico te devendo essa. Me telefone no segundo em que alguma coisa acontecer, por menor que seja?

— Eu prometo, chefe – disse Moss. Ela ficou observando Erika voltar para o carro e arrancar, desejando que encontrassem algo que pudessem investigar.

A Detetive Inspetora Chefe Foster precisava fazer algum progresso.

CAPÍTULO 21

Na semana que vem, teremos o dia mais longo do ano, depois as noites vão começar a ficar mais compridas – disse Simone.

A enfermeira estava em pé em frente à pequena janela no quarto de Mary. Ela dava vista para um conjunto de latões de lixo industrial e um incinerador. As paredes de tijolo dos prédios ao redor agigantavam-se, cercando-as, mas uma lasca prateada da linha do horizonte de Londres ardia por uma fenda na alvenaria. A esfera amarela em volta do sol dava a impressão de estar prestes a ser espetada pela ponta da torre em cima da estação King Cross.

Simone aproximou-se da cama onde Mary estava deitada com os olhos fechados. O cobertor puxado até o queixo mal se movia por causa da sua respiração fraca, e seu corpo parecia nada debaixo dele. O turno de Simone tinha terminado uma hora atrás, mas ela decidiu permanecer. Mary definhava rápido. Não demoraria muito.

Ela pegou a foto em preto e branco de Mary e George no armarinho e a apoiou no jarro de água.

– Olhe só, estamos todos juntos. Eu, você e George – disse Simone, enfiando o braço na grade de segurança para pegar a mão de Mary. – Você está tão feliz na foto, Mary. Gostaria que pudesse me falar sobre ele. Me parece um rapaz e tanto... Nunca tive uma amiga com quem conversar. Minha mãe nunca conversou sobre sexo, a não ser para me falar que é um negócio imundo. Sei que ela estava errada. Não é imundo. Quando partilhado com amor, deve ser perfeito... Era perfeito com George?

Simone se virou para a foto. George semicerrava os olhos em seu belo rosto por causa do sol; seu braço forte agarrava a cintura fina de Mary.

– Você gostava das noites em que saíam? Ele te levava para dançar? Ficava te olhando no escuro até você entrar em casa?

Simone pegou uma escova e começou a pentear gentilmente o cabelo de Mary com movimentos carinhosos.

– A escuridão me deixa com medo, Mary. É o momento em que me sinto mais sozinha.

O som da escova percorrendo o fino cabelo prateado de Mary era reconfortante. A pele dela era clara, quase translúcida, e uma fina veia azul atravessava-lhe a têmpora até a linha do cabelo. Simone levantou a cabeça da velha para alcançar a parte de trás com a escova.

Whoosh, whoosh, whoosh.

– O meu casamento não é feliz. As coisas nunca foram boas, mas alguns anos atrás elas pioraram, então me mudei para outro quarto...

Whoosh, whoosh, whoosh.

– O que não o fez parar. Ele vem até mim à noite. Tentei fazer uma barreira na porta, mas ele entra à força.

Whoosh, whoosh.

– Entra em mim à força.

Whoosh.

– Aquilo machuca. Ele me machuca...

Whoosh, whoosh.

– Ele gosta de me machucar, e ele nunca para. Nunca. Para. Até. Que ele esteja. Satisfeito!

Um ritmado e opaco golpe surdo ressoava pelo quarto. Simone levou um tempo para reparar que a escova estava agarrada em uma mecha embaraçada. A cabeça de Mary batia no metal da grade de segurança da cama a cada escovada furiosa.

A enfermeira a soltou e deu um passo para trás. O sangue jorrava da cabeça, e suas mãos tremiam. Mary estava atordoada ao lado dela, uma pálpebra meio aberta no local pressionado contra o metal da grade de segurança.

– Oh, Mary! – Simone inclinou-se sobre ela e desprendeu a escova do emaranhado de cabelo na parte de trás da cabeça de Mary. Rolou delicadamente a cabeça da velha para que voltasse à posição normal e enfiou o cobertor de novo em volta dela. Um pequeno hematoma formava-se debaixo da fina pele de sua têmpora.

– Me desculpe. Oh, Mary, sinto muito – disse Simone, passando os dedos gentilmente sobre o hematoma. – Por favor, me perdoe... – ela arrumou os cobertores novamente. O sol havia baixado atrás dos prédios do hospital, e o quarto agora estava frio e na penumbra. – Eu faria qualquer coisa por você... E para te provar o quanto significa para mim, quero te mostrar uma coisa...

Simone foi até a porta, abriu-a e conferiu se o corredor estava vazio. Ela curvou-se e agarrou a bainha de seu uniforme de enfermeira. Lentamente, suspendeu-o, por cima da meia-calça, expondo grossas coxas escuras. A pele clara e carnuda brilhava através do tecido. Ela continuou a levantar o vestido, até a cintura, onde, acima da calcinha, terminava a meia-calça que lhe sulcava a pele clara do abdômen. Ela se mexeu, levantando ainda mais o vestido, até que o pano estivesse enrolado acima dos seios. Uma cicatriz rosa irregular na pele irritada começava ao redor do que havia sido o umbigo e espalhava-se sob suas costelas, enrugando e tingindo a pele. Ela desaparecia sob o macio e acinzentado sutiã. Simone aproximou-se da senhora, pegou sua mão bamba e a pressionou num redemoinho de cicatriz, fazendo-a acariciá-la.

— Está sentindo, Mary? Ele fez isso comigo. Ele me queimou... Do mesmo jeito que você precisa de mim, eu preciso de você.

Simone ficou parada por um momento, sentindo o ar refrescar sua pele arruinada e cicatrizada e a mão quente de Mary em seu corpo, depois soltou a mão dela e baixou novamente o vestido, ajeitando-o. Simone pegou a bolsa no chão ao lado da cama e retirou dela um envelope.

— Quase me esqueci. Comprei um cartão para você! Posso abrir? – Simone enfiou o dedo dentro do envelope grosso, o rasgou e pegou o cartão. – Olha. É uma aquarela, de uma amoreira... acho que a árvore que faz sombra onde você e George estão sentados é uma amoreira. Quer ouvir o que escrevi nele? "Para a minha melhor amiga, Mary, melhore logo, com amor, da Enfermeira Simone Matthews."

Simone posicionou o cartão sobre o armarinho ao lado da foto e do jarro e acendeu o abajur acima da cama. Ela recostou-se e tomou a mão de Mary nas suas.

— Sei que você não vai melhorar. Tenho certeza disso. Mas é o pensamento que conta, não é? – Ela deu um tapinha na mão de Mary. – Aí. Estamos todos confortáveis de novo. Vou ficar aqui com você mais um pouquinho, se não tiver problema. Não quero ir para casa. Não até ter certeza de que ele saiu para passar a noite fora.

CAPÍTULO 22

Isaac atendeu a porta de short e camiseta. Um cheiro delicioso de comida flutuou para fora.

– Uau, quem é essa mulher elegante e bonita que vejo diante de mim? – disse ele, ao receber Erika, com seu vestido comprido, cabelo arrumado e longos brincos prateados.

– Desse jeito parece que estou sempre vestida igual a um mendigo – disse ela.

– De jeito nenhum, mas hoje você está toda produzida – sorriu ele. Eles se abraçaram e ela entrou, entregando-lhe uma garrafa de vinho branco gelado. Eles foram até a cozinha e ela ficou aliviada ao ver que era a única convidada para o jantar.

– Stephen está escrevendo... Ele mandou um beijo e pediu desculpas. O prazo para a entrega do livro novo está apertado – disse Isaac. O som que a garrafa de vinho fez quando a rolha saiu foi agradável. – Que tal a gente tomar a primeira taça com um cigarrinho na varanda?

Eles foram para a varanda com o vinho e acenderam os cigarros. O sol estava baixo no céu, lançando compridas e amenas sombras sobre a cidade na direção contrária ao local em que estavam.

– Ah, isso é lindo – elogiou Erika, dando um golinho no vinho.

– Antes que eu me esqueça, Stephen me pediu para te entregar uma coisa – disse Isaac. Ele desapareceu pelas portas da varanda e retornou com um livro. – É o último dele. Bom, é o último que foi publicado...

– *Das minhas mãos mortas e frias* – disse Erika, lendo o título. A capa tinha uma mão de mulher pálida levantando a tampa de um caixão. Na mão, havia uma carta pingando sangue.

– É o quarto romance do Detetive Inspetor Chefe Bartholomew, mas eles são todos independentes, então você não precisa ter lido os anteriores. Ele autografou – disse Isaac, pegando a taça de vinho dela, para que pudesse abrir o livro.

— "Das minhas mãos quentes e vivas, para você, Erica, tudo de bom, Stephen" — leu ela. Ele tinha escrito o nome dela com "c", não "k". Ela suspendeu o olhar para Isaac e estava prestes a falar alguma coisa quando viu o desespero dele para que ela aceitasse o presente e para que ela e Stephen se tornassem amigos. — Que bacana. Não vou me esquecer de agradecer quando o encontrar de novo — disse Erika, enfiando o livro na bolsa e pegando a taça de vinho de volta.

— Está tudo bem? No jantar da semana passada, eu fiz merda, e...

— Você já pediu desculpa três vezes. Está tudo bem — ela estava prestes a falar mais alguma coisa quando o celular tocou.

— Um segundo... me desculpe — disse ela, inspecionando a bolsa e pegando o aparelho. Viu que era Marsh e falou — Tenho que atender.

— Vou te deixar sozinha — Isaac voltou lá para dentro.

— Senhor? — ela disse.

— Quem deu autorização para Peterson prender Gary Wilmslow? — berrou ele.

— O quê?

— Peterson prendeu Gary Wilmslow há uma hora, e o levou para a delegacia, cacete! Woolf já documentou a entrada dele e Gary está numa porcaria de uma cela esperando o advogado!

— Onde ele o prendeu? — perguntou Erika, com o sangue gelado.

— Na Laurel Road...

— Eu estava lá há pouco tempo.

— Bom, você devia ter ficado, cacete! Aparentemente, Gary Wilmslow entrou na casa, falando que tinha que recolher algumas coisas. E Peterson acabou descobrindo um estoque de cigarro.

— Cigarro?

— É... delito pequeno, coisa de mercado negro.

— Merda!

— Erika, se ele for preso por causa de uns cigarros falsificados, a nossa conexão direta com a Operação Hemslow já era... Meses de trabalho, porra!

— Sim, senhor. Eu sei.

— Acho que não sabe, não! Pra começar, por que Peterson prendeu o sujeito? Você escutou Oakley na nossa reunião. A sua investigação é sobre o assassinato de Gregory Munro, e Gary Wilmslow não tem nada a ver com aquilo! Estou voltando de uma conferência em Manchester. Vá lá agora e controle a porcaria dos seus policiais. Libere a fiança dele ou, melhor ainda, dá um jeito de dar uma prensa nele, depois solta o cara! – desligou Marsh.

– Problema? – perguntou Isaac, voltando à varanda segurando um grande prato de porcelana com uma bela decoração de queijos e azeitonas. Erika olhou para aquilo com ansiedade.

– Era Marsh. Problema com Peterson. Tenho que ir à delegacia resolver isso – ela deu um último golinho no vinho e devolveu a taça a ele.

– Agora?

– É... são as alegrias que o trabalho me dá. Me desculpe. Não sei quanto tempo isso vai levar. Te ligo. – disse ela e correu para o carro.

Isaac ficou na varanda olhando para a cidade, pensando que provavelmente não receberia notícias dela tão cedo, a não ser que houvesse um cadáver.

CAPÍTULO 23

Quando Erika chegou à Lewisham Row, a área da recepção estava vazia. Woolf mastigava comida chinesa ruidosamente ao balcão.

— Você se embonecou toda para Gary Wilmslow? — brincou ele, olhando para o vestido dela e chupando espaguete.

— Onde ele está? — vociferou ela.

— Sala de interrogatório três.

— Abre a porta para eu entrar.

Woolf apertou o botão para destrancar a porta e observou Erika entrar apressada na parte principal da delegacia, notando pela primeira vez que ela tinha curvas e que, de vestido, suas pernas ficavam bonitas.

Erika passou pela pesada porta de aço que separava o bloco de celas do restante da delegacia e foi para a sala de observação, onde encontrou o Detetive Warren e um guarda em frente a várias telas de vídeo. Uma delas exibia, de um ângulo superior, acima de uma mesa e duas cadeiras, a imagem do pequeno interior da sala de interrogatório três. Peterson estava sentado em frente a Gary Wilmslow que, de braços cruzados, tinha uma expressão presunçosa no rosto. Outro policial, uma mulher jovem que Erika não conhecia, estava sentada em uma cadeira num canto atrás de Peterson.

— Quem é ela? — perguntou Erika.

— É a Detetive Ryan — respondeu Warren.

— Anda, Gary. Onde você conseguiu os cigarros? — perguntou Peterson na sala de interrogatório. A voz dele saía metalizada pelos alto-falantes da sala de observação.

— Não são meus — Gary deu de ombros. As luzes hostis fizeram a cabeça clara e careca dele brilhar.

— Você sabia que eles estavam lá, Gary.

— Eles não são meus.

– Gregory Munro ganhava mais de duzentos mil por ano. Além disso, ele ainda tinha renda com aluguel de imóveis.

– Eles não são meus – repetiu ele, com ar entediado.

– Munro não arriscaria a carreira dele mexendo com cigarro falsificado...

– Eles. Não. São. MEUS – repetiu, cerrando os dentes.

– Foi por isso que você foi até a casa? Você soube que ela foi transferida para o nome de Estelle Munro?

Gary manteve os braços cruzados e ficou olhando para a frente.

– Anda, Gary, você está ficando descuidado. Nós te escutamos lá de cima, ameaçando Estelle. É esse mesmo o seu estilo, ameaçar velhinhas? – perguntou Peterson.

– Eu não estava ameaçando ela – disse Gary fechando a cara. – Estava protegendo.

– Protegendo de quê?

Gary riu e se inclinou para a frente.

– De você, jovem pervertido. Conheço o seu tipo. Ficam iguais a cachorro no cio quando veem mulher branca. Mesmo velhinhas ranzinzas e pelancudas como Estelle – ele recostou-se e abriu um sorriso. Peterson dava a impressão de que perderia o controle.

– Onde você conseguiu os cigarros, Gary? – gritou Peterson.

– Sei lá do que é que você está falando.

– Escutamos claramente que você estava lá para pegar *seus* cigarros. Depois a gente achou duzentos mil Marlboro Light espanhóis no sótão. Empacotados com plástico.

– Dei sorte de poder passar algumas férias na Espanha – disse Gary, com um sorriso insano no rosto. – Isso não tem nada a ver com os cigarrinhos, só estou tendo uma conversa educada.

Peterson se inclinou e ficou encarando Gary muito de perto, a ponto de os narizes quase se encostarem.

– Sai de perto da minha cara... Sai de perto da minha cara...

Peterson continuou encarando Gary.

– Sai de perto da minha cara, porra! – Gary inclinou o pescoço para trás e deu uma cabeçada em Peterson.

– Jesus! – gritou Erika, saindo depressa da sala de observação e correndo até Moss no corredor.

– O que diabos você está fazendo? Por que não está lá dentro?

– Estou esperando o advogado do Wilmslow... – começou Moss.

Erika avançou trombando em Moss e abriu com um puxão a porta da sala de interrogatório três. Peterson e Wilmslow estavam no chão. Wilmslow por cima, dando murros no rosto de Peterson. Peterson empurrou Gary e o socou na parede. Gary se recuperou rápido e disparou para cima do outro novamente. A Detetive Ryan viu Erika e foi ajudar.

— Anda! A gente precisa de reforço. Vem pra cá agora! — berrou Erika, olhando para a câmera no alto.

Erika, Moss e Ryan tiraram Gary Wilmslow de cima de Peterson e conseguiram algemá-lo. Seu lábio estava cortado e ele cuspiu no chão. Mais três guardas apareceram de repente à porta.

— Acordaram, né? Anda! Coloquem Gary numa cela — ordenou Erika.

— Quando quiser, jovem pervertido — disse ele, dando um maníaco sorrisão ensanguentado para Peterson enquanto o puxavam para fora. Peterson levantou-se lentamente do chão emplastado. Faltavam dois botões na camisa e seu nariz sangrava.

— Que diabos você estava fazendo? — questionou Erika.

— Chefe, ele...

— Cale a boca e vá se limpar. Depois a gente conversa.

Peterson limpou a boca com as costas da mão e saiu da sala de interrogatório.

— Chefe, ele tinha milhares de cigarros... — começou Moss. Erika levantou a mão para silenciá-la.

— Eu sei o que aconteceu. O que *não sei* é porque dois dos meus melhores policiais não estão seguindo o protocolo.

— Eu estava esperando o advogado dele.

— Do lado de fora — disse Erika, notando que as câmeras ainda estavam gravando a conversa deles.

Quando chegaram ao corredor, Erika continuou:

— Você sabe que Peterson tem uma rixa com Wilmslow. Ele é um escroto, mas tem um álibi no caso de Gregory Munro. O trabalho de vocês é investigar esse assassinato. Não começar a prender pessoas a deus-dará.

— Não prendemos ninguém a deus-dará, foi...

— Vá para casa, Moss. Eu resolvo isso.

— Mas...

— Vá para casa. Agora!

— Sim, chefe — obedeceu Moss, enxugando o suor da testa antes de sair caminhando, deixando Erika sozinha no corredor. Ela permaneceu ali iluminadíssima pela luz fluorescente.

Uma hora depois, Erika se encontrou com Peterson no vestiário no porão da delegacia. O lugar fedia a cera e odor corporal. Peterson estava sentado em uma fileira de bancos, encostado nos escaninhos. Uma das portas de metal em frente a ele estava amassada, e Peterson tinha um pano ensanguentado enrolado na mão.

— Ele estava pedindo para ser preso, chefe — justificou Peterson, levantando o olhar para ela. — Ele invadiu a casa, derrubou Estelle. Mandou a gente se foder.

— Ele é um escroto, Peterson. Mas se eu prendesse todo mundo que manda eu me foder, o sistema prisional já tinha entrado em colapso.

Não havia janelas, e as luzes estavam todas apagadas, exceto aquelas sobre uma fileira de pias, que lançavam um brilho sinistro pelo local. Erika sentia-se exposta com aquele fino vestido, e os longos brincos prateados batiam em suas bochechas. Ela cruzou os braços.

— Então, para que exatamente vocês o prenderam, Peterson?

— Ele queria vender cigarros ilegais!

— E que prova a gente tem de que ele iria vendê-los?

— Qual é, chefe. Eram milhares!

— E se ele estava com a intenção de vendê-los, em que parte da nossa investigação de assassinato isso se encaixa? — questionou Erika.

— Chefe, Wilmslow está em condicional — disse Peterson. — Isso tem que valer alguma coisa. Nós ainda não sabemos se ele foi o responsável pela morte do Gregory Munro. Com isso ganhamos tempo para investigar melhor.

— Ele não é o responsável pela morte de Gregory Munro! — vociferou Erika.

— Nós não sabemos disso, chefe. O álibi dele são a irmã e a mãe, que...

Erika foi até a pia, abriu a água fria. Molhou o rosto, juntou um pouco nas mãos e deu um longo gole. Em seguida, fechou a torneira e enxugou a boca com uma toalha de papel.

— Peterson...

— O quê?

— Gary Wilmslow está sendo investigado por produção e distribuição de pornografia infantil. Ele é provavelmente uma peça-chave numa gigantesca rede de pedofilia. Ele está sendo vigiado. Por causa disso, eles *sabem* que não foi ele que matou Gregory Munro. O álibi dele é sólido.

Peterson levantou o olhar para ela em choque e perguntou:

— Você está falando sério?

— Estou, estou falando sério, sim, e eu não devia estar te contando isso, droga.

Peterson desmoronou para a frente e apoiou a cabeça nas mãos.

— Você *não pode* deixar idiotas como Wilmslow te tirarem do sério. Você conhece o tipo. Ele sabe como infernizar as pessoas. Faz isso desde pequeno. Eu achava que você era mais inteligente do que isso. Rixas pessoais embaçam o julgamento.

— Estavam perto de fazer alguma prisão? — grasnou Peterson contendo as lágrimas.

— Eu não sei. Marsh me informou há alguns dias quando eu queria ir atrás de Wilmslow. O nome da investigação é Operação Hemslow. Eles acham que existe uma fábrica prensando DVDs e que estão... fazendo *upload* de centenas de horas de filmagens.

As frases ficaram pairando no ar. Peterson se recostou e pressionou a palma das mãos contra os olhos.

— Não, não, não, não... — disse ele. Erika ficou chocada com a forma de Peterson encarar tudo aquilo. Ele não estava tentando se livrar da culpa nem se defender. O detetive tirou as mãos do rosto e perguntou:

— O que vai acontecer agora?

— Ignorância não é desculpa, e você é um idiota do cacete... Só que não sabia dessas coisas sobre Wilmslow. Você estava fazendo seu trabalho, ainda que estivesse agindo de modo errado. Você deu sorte, porque foi Wilmslow que começou aquilo lá na sala de interrogatório. Vou falar com Marsh que te dei o maior esporro do mundo.

Ele levantou o olhar para ela, surpreso até mesmo com o tom de Erika.

— Eu estava me referindo ao que vai acontecer com a Operação Hemslow.

— Não sei.

— Você não quer o meu distintivo? — perguntou ele em voz baixa.

— Não, Peterson. Você não me parece alguém que vai encarar isso tudo de forma leviana.

— Não vou, não.

— Agora, vai nessa. Vá para casa. Te vejo aqui amanhã, com a cabeça no lugar. Você vai receber uma advertência formal. Por sorte, é a sua primeira.

Peterson levantou-se, pegou sua jaqueta e saiu sem falar mais nada. Erika ficou olhando para a porta depois que ele saiu, preocupada. Ela passou mais uma hora na delegacia, colocando as coisas em ordem, enquanto Gary Wilmslow era formalmente advertido por linguagem abusiva e racista contra um policial.

Erika estava fumando um cigarro nas escadas da delegacia quando Gary apareceu com seu advogado, um homem num terno risca de giz caro. Gary parou no alto da escada. Quando o advogado dele se afastou o bastante para não conseguir escutá-lo, ele falou:

— Obrigado por me ajudar a sair. E por falar em sair, o que é que está tramando? Você está gostosa pra caralho.

Erika se virou e levantou o olhar para o lugar de onde ele encarava maliciosamente a parte da frente do vestido. Ela subiu os degraus e ficou no mesmo nível que ele.

— Tentativa de estupro é o máximo que você vai conseguir comigo, e eu sei que é só assim que você consegue mulher — disse ela, inclinando-se na direção do rosto dele.

O advogado encontrava-se no meio do estacionamento quando percebeu que Gary não estava com ele. Então se virou e falou:

— Sr. Wilmslow.

— Piranha — murmurou Gary.

— Só uma piranha reconhece a outra — retrucou Erika, sem tirar os olhos de Wilmslow. Ele se virou e desceu a escada para se juntar ao advogado.

O carro de Marsh parou ao lado dos degraus e ele desceu. Não parecia satisfeito.

— Precisamos conversar. Minha sala. Agora! — vociferou ele, passando como uma tempestade ao lado dela.

Erika observou Gary e seu advogado saírem do estacionamento em uma BMW preta. Ela estava com a terrível sensação de que tinha colocado algo perigoso em liberdade no mundo selvagem.

CAPÍTULO 24

Mas que droga, Erika, você tem que controlar os seus policiais. O que fez você deixá-los na cena? – interrogou Marsh, andando de um lado para o outro em sua sala. Ela permanecia em pé.

– Não existia cena nenhuma quando fui embora, senhor. Peterson e Moss com Estelle Munro estavam esperando pelo perito que ia verificar se havia impressões digitais... Wilmslow invadiu a casa depois.

– É, eu acabei de levar um esporro do Oakley no departamento de Operações e Crimes Especializados.

– Aquele departamento sabe que eles têm um conflito em potencial com o nosso caso.

– Sim, e graças ao detetive Peterson, os dois acabaram de entrar em choque.

– Senhor, nada foi mencionado ao Wilmslow nem ao advogado dele sobre isso. Então Peterson foi...

– Um grande idiota. Isso que ele foi.

– Adverti Wilmslow e o coloquei na rua – falou Erika.

– E você acha que ele não vai suspeitar disso? A gente tem pegado pesado com o mercado negro de cigarro e evasão fiscal. Nós o prendemos com milhares de cigarros, e ele deu uma cabeçada num policial. Você acha que ele não vai ficar desconfiado de ter sido liberado só com um puxão de orelha?

– Não tenho como te falar o que Gary está pensando, mas ele tem uma longa carreira criminosa. Esse pessoal passa a vida inteira oscilando entre paranoia e euforia.

– Erika, Wilmslow é o único membro dessa rede de abuso infantil que conseguimos chegar perto. Gastamos milhões na Operação Hemslow, e se o perderem...

– Não vão perder Wilmslow, senhor.

– Você está comandando a Operação Hemslow agora, está, Erika?

– Não, senhor. Ainda estou esperando ser promovida...

Marsh andava de um lado para o outro. Erika mordeu o lábio. *Por que eu não fico calada?*, pensou ela.

– Que progresso você teve no caso do assassinato de Gregory Munro? – perguntou Marsh, por fim.

– Estou esperando para ver se encontramos impressões digitais numa moldura da casa do Munro. Parece que o registro dele no Conselho de Medicina desapareceu durante a invasão. Isso só foi relatado quando devolvemos a casa para Estelle Munro depois que finalizaram a perícia. Além disso, os vizinhos de frente voltaram de férias. Durante as duas semanas que antecederam o assassinato, eles testemunharam alguns jovens entrando na casa de Munro. Pareciam garotos de programa. Devo ter os retratos falados amanhã.

Marsh refletiu por um momento e olhou para ela.

– Quero que você prepare esse caso para ser entregue para uma das Equipes de Investigação de Assassinatos especializadas em crimes com motivação sexual.

– O quê?

– Temos pornografia gay na cena do assassinato, um aplicativo de encontro gay no telefone da vítima, e agora sabemos que vizinhos viram garotos de programa entrando e saindo...

– As identidades dos jovens ainda não foram confirmadas – argumentou Erika, arrependida de ter dito que eles pareciam garotos de programa. – Se passarmos o caso para a frente, ele vai ficar perdido em meio a um mar de outros casos. Estou tão perto...

– Tão perto de estragar uma vigilância secreta multimilionária?

– Senhor, isso não é justo.

Marsh parou de andar de um lado para o outro e sentou-se à mesa.

– Olha, Erika. Estou te aconselhando a largar esse caso e o encaminhar para outro departamento. Eu garanto que isso não será visto como incompetência da sua parte.

– Por favor, senhor, deixa...

– Não estou mais discutindo isso. Quero tudo o que você tem sobre o caso de Gregory Munro pronto para ser despachado amanhã na hora do almoço.

– Sim, senhor.

Erika pensou em falar mais alguma coisa, mas achou melhor ficar calada. Ela colocou a bolsa com força no ombro e saiu da sala, se segurando para não bater a porta.

Erika entrou no estacionamento ao lado de seu apartamento e desligou o carro. A ideia de entrar a deixou ainda mais deprimida. Abaixou o vidro, acendeu um cigarro e fumou escutando o som do trânsito vindo da London Road e o canto dos grilos nos arbustos. Algo naquele caso estava lhe escapando. Tinha sido Gary Wilmslow? Tinha sido um dos garotos de programa que foram à casa de Munro? Gregory tinha algo contra Gary, e por isso ele foi despachado? Parecia que a resposta estava logo ali, bem ao seu alcance. Era algo simples, ela sabia disso. A pista era sempre algo pequeno, como um fio solto em um cobertor. Só precisava encontrar essa pista, agarrá-la e a coisa toda se desvendaria.

Ela odiava não ser mais a pessoa que encontraria o assassino de Gregory Munro. Teria que voltar ao trabalho no dia seguinte e informar à equipe que o caso estava sendo transferido, bem no momento em que as coisas estavam ficando interessantes.

CAPÍTULO 25

DUKE: O negócio chegou?

NIGHT OWL: Chegou. Acabei de buscar. Ah, se eles soubessem o que tem dentro.

DUKE: Estava lacrado?

NIGHT OWL: Estava.

DUKE: Tem CERTEZA?

NIGHT OWL: Estava muito bem lacrado. Tive que abrir o envelope com faca.

DUKE: OK.

NIGHT OWL: Está apreensivo.

DUKE: Claro! Você acha que eles abrem coisas?

NIGHT OWL: Quem?

DUKE: O correio.

NIGHT OWL: Não. É ilegal. A não ser que você seja terrorista.

DUKE: OK.

NIGHT OWL: Eu sou terrorista?

DUKE: Claro que não.

NIGHT OWL: Exatamente. O que eu faço é para o bem da sociedade.

DUKE: Eu sei disso. E as pessoas ficarão agradecidas. Eu me sinto assim.

DUKE: Mas eles podem ter aberto e lacrado de novo?

NIGHT OWL: Sou eu que estou fazendo isso, NÃO VOCÊ.

DUKE: Mesmo assim. É um risco pra mim. É o meu nome que está na fatura.

NIGHT OWL: Jesus, Duke. Deixa de ser maricas.

DUKE: Não sou maricas!

NIGHT OWL: Então cala a boca.

Houve uma pausa. O texto ficou pendendo na tela por um momento.

NIGHT OWL: Ainda tá aí?

DUKE: Sim. Não fica achando que não existe perigo nenhum. Toma cuidado.

NIGHT OWL: A hora dele está chegando.

DUKE: Está.

NIGHT OWL: O meu ódio está mais intenso, virou um negócio pavoroso.

DUKE: Você me inspira.

NIGHT OWL: Ele vai ter pavor de mim.

DUKE: Você me conta, quando terminar?

NIGHT OWL: Você vai ser o primeiro a saber.

CAPÍTULO 26

As ruas estavam desertas quando Night Owl percorreu a Lordship Lane, uma afluente área de South London, passando em frente a uma fileira de lojas banhadas pela escuridão. Estava tudo silencioso, salvo o tique-taque das rodas da bicicleta e o distante zumbido da cidade.

Meia-noite se aproximava, mas o calor ainda subia forte do asfalto e Night Owl suava debaixo do moletom preto. Um carro teria sido mais rápido, porém havia câmeras de segurança em toda esquina, fotografando pessoas e placas. Era arriscado demais.

Tinha sido fácil encontrar o endereço do homem: apenas uma busca na internet. Ele era bastante conhecido e gostava de ficar tagarelando sobre a própria vida nas redes sociais. Night Owl sorriu e deixou exposta uma fileira de dentes tortos.

Ele se expôs muito mais do que devia.

Como a próxima vítima era uma figura pública – e frequentemente polêmica –, Night Owl tinha se preocupado com a possibilidade de a casa ter um excelente sistema de alarme, mas uma simples visita num dia quente e ensolarado na semana anterior tinha sido o suficiente – uma visita surpresa com um folheto muito bem feito da SEGURANÇA BELL SAFE. Foi um choque ver o rosto dele de tão perto. Difícil mascarar o ódio e manter a naturalidade.

Night Owl saiu da Lordship Lane e parou ao lado de um muro alto. Os freios da bicicleta fizeram um som agudo, destacando-se na silenciosa rua.

O muro demarcava a lateral de uma longa fileira de quintais. As casas ali eram requintadas e elegantes. Night Owl enfiou a bicicleta atrás de uma caixa postal posicionada perto do muro, e depois subiu nela para escalá-lo. Quatro casas tinham alarme de segurança. O muro alto estendia-se por todos os seis quintais e do outro lado dele havia um terminal rodoviário.

O primeiro quintal foi fácil. Uma idosa morava na grande casa. As janelas estavam escuras e o mato alto. Night Owl o atravessou com um farfalhar sussurrante e pulou a cerca baixa para o quintal seguinte.

De novo, nenhuma luz acesa, porém o dono do imóvel tinha ampliado muito a casa, reduzindo o quintal a uma faixa estreita de grama diante do alto muro dos fundos. Uma das janelas no térreo estava escura, mas a segunda tinha uma abertura de alguns centímetros e por ela escapuliam suaves brilhos coloridos. Era um espaçoso quarto de bebê, sem móvel algum, salvo um grande berço de madeira perto da janela.

Uma criancinha de olhos vivos e descabelada penugem preta estava em pé no berço, agarrando a lateral da grade com as mãos gordinhas. Ela podia ver o quintal iluminado pelo suave brilho emitido pela luz noturna, que girava lentamente.

Night Owl moveu-se perto da janela e sussurrou:

– Olá.

O bebê se virou um pouco, agarrando a borda do berço. Era uma menina. Ela usava um macacãozinho e um casaquinho de tricô rosa. O ar estava quente e o calor emanava da alvenaria.

– O calor está te incomodando? – sussurrou Night Owl, sorrindo. A menininha sorriu e deu uma balançadinha sem sair do lugar. Ela deu um puxão no casaquinho e gemeu.

Night Owl ainda tinha que atravessar mais três quintais, mas sentiu pena daquela inocente menininha, assando lentamente naquele quarto quente. A janela abriu com facilidade. Night Owl suspendeu uma perna, colocou-a lá dentro e entrou. A menininha suspendeu os grandes olhos castanhos sem saber quem era a pessoa que tinha entrado em seu quarto.

– Está tudo bem... está tudo certo – sussurrou Night Owl. – Você é inocente. Ainda não pode causar nenhuma confusão no mundo.

Movimentando-se rapidamente, Night Owl suspendeu a menininha e ela deu uma risadinha. Colocando-a de volta no berço, desabotoou depressa os botões do casaquinho, segurando-a para que ela não se desequilibrasse, depois soltou um bracinho de cada vez e tirou a blusa.

– Aí sim! Está melhor? – sussurrou Night Owl, enquanto suspendia a menininha e a deitava no pequeno colchão. O tecido era branco e tinha estampa de elefantes. Ela estendeu os braços quando Night Owl deu corda devagar no móbile dependurado sobre o berço.

Quando a suave melodia de "Brilha, Brilha, Estrelinha" começou a tocar, Night Owl retirou-se do campo de visão da menininha.

No terceiro quintal, havia uma luz de segurança instalada na parede de trás, por isso, atravessá-lo era uma tarefa difícil, pois era preciso se afastar bastante para evitar a parte iluminada.

O quarto quintal era um pouco descuidado, a grama estava alta e os canteiros transbordavam de flores. Night Owl passou por um balanço de plástico e um tanque de areia cheio de mato, antes de se agachar ao lado da porta da área de serviço.

Night Owl suspendeu o capuz de modo que apenas o brilho de seus olhos ficasse visível. Escutando à porta, sacou lentamente um longo e fino pedaço de arame e o inseriu na fechadura.

CAPÍTULO 27

Quando o apresentador de TV Jack Hart saiu do elegante bar na Charlotte Street, no centro de Londres, parou para desfrutar da noite quente de verão. Apesar de já ser muito tarde, um grande número de fotógrafos o aguardava na calçada e os flashes das câmeras começaram a disparar freneticamente quando Jack desceu um curto lance de escadas e se aproximou deles.

Jack era magro e bonito, tinha cabelo na moda branco-gelo, raspado dos lados e atrás, com um topete estiloso em cima. Os dentes eram tão brancos quanto o cabelo, e o terno sofisticado era feito sob medida para se ajustar perfeitamente a seu corpo alto. Ele ficou satisfeito ao ver jornalistas da BBC, ITV e Sky News aguardando-o, juntamente com a habitual turma dos tabloides – alguns dos quais eram ex-colegas. Jack, contudo, não expressava esse prazer no rosto bonito, e sim um ar sério.

– Você assume a responsabilidade pela morte de Megan Fairchild? – gritou o repórter de um jornal importante.

– Você acha que vão tirar o seu programa do ar? – berrou outro.

– Qual é, Jack. Você matou, não matou? – resmungou um dos paparazzi, aproximando-se e fazendo sua câmera disparar um enorme flash.

Jack ignorou as perguntas, avançou entre eles e entrou em um táxi preto aguardando ao meio-fio. Ele bateu a porta e o veículo saiu lentamente, as câmeras mantinham o ritmo, as lentes batiam na janela e preenchiam o interior do táxi com flashes. Assim que viraram na esquina da Charlotte Street, o motorista conseguiu acelerar.

– Minha esposa adora o seu programa, parceiro – disse o motorista, olhando-o pelo retrovisor. – Só que é tudo inventado, né não?

– É ao vivo, tudo pode acontecer – disse Jack, usando o bordão que usava no início de todo programa.

– Ouvi falar que a menina que estava no seu programa, aquela tal de Megan, a que se matou, tinha uma porrada de problemas mentais.

Aposto que ela ia fazer aquilo de um jeito ou de outro, parceiro – disse o motorista, novamente capturando os olhos de Jack pelo retrovisor.

– Está tudo bem. Eu vou te dar uma boa gorjeta de qualquer maneira – disse Jack, recostando-se e fechando os olhos. O suave balanço do carro o acalmava enquanto rodavam pelo centro de Londres.

– Como quiser, parceiro – murmurou o motorista.

The Jack Hart Show era transmitido ao vivo cinco vezes por semana e tinha conquistado muita audiência no ano anterior – porém ainda tinha um longo caminho antes de conseguir bater seu rival *The Jeremy Kyle Show*.

Jack Hart se orgulhava do fato de o programa ser transmitido ao vivo. Isso dava a ele força e o mantinha na mídia. Cinco dias por semana, seus convidados, como na grande tradição do *The Jerry Springer Show*, lutavam por cinco minutos de fama ao lavar a roupa suja diante das câmeras, e as pessoas adoravam aquilo.

Jack tinha começado sua vida profissional como jornalista na Fleet Street, e aprendeu seu sombrio ofício de jornalista investigativo expondo tórridos casos entre celebridades, políticos pilantras, e histórias de "interesse humano". Ele frequentemente descrevia o *The Jack Hart Show* como um tabloide transmitido pelas lentes das câmeras.

Megan Fairchild era um bom exemplo. Ela estava grávida de seu companheiro, que dormia com o pai da própria Megan. No entanto, os produtores do programa falharam quando não descobriram que o pai da garota tinha abusado sexualmente dela na infância. No dia seguinte que o controverso programa foi ao ar, Megan bebeu um litro de herbicida, tirando a própria vida e a do filho que estava para nascer.

Publicamente, Jack mostrava-se arrependido, demonstrando não ter um coração tão frio a ponto de não se entristecer com as mortes. No entanto, secretamente, ele e seus produtores adoravam a exposição na imprensa, desejando que a tempestade na mídia fizesse com que chegassem ao primeiro lugar nos índices de audiência.

Ele abriu os olhos, pegou o celular e entrou no seu Twitter. Ficou mais tranquilo ao ver que as pessoas ainda estavam conversando sobre a morte de Megan e que havia mais alguns ótimos comentários de *pseudo-celebridades* desejando que ela descansasse em paz. Ele as compartilhou e depois entrou na página *Go Fund Me*, que tinha uma campanha para levantar fundos em homenagem a Megan. As doações acabavam de atingir £100 mil. Ele compartilhou a informação com uma mensagem de agradecimento, depois se recostou, cantarolando a melodia de "And the Money Kept Rolling In", de seu musical favorito, *Evita*.

Quarenta e cinco minutos depois, o táxi parou em frente à grande e bela casa de Jack em Dulwich. Ele agradeceu o motorista, sentindo-se em parte aliviado, em parte desapontado por não haver mais fotógrafos aguardando por ele do lado de fora. Só contou cinco. *Eles devem ter conseguido o que queriam em frente ao bar e não precisaram atravessar o rio,* pensou Jack, descendo do carro e pagando o motorista pela janela do passageiro. Os fotógrafos começaram a tirar fotos e o flashes ricocheteavam no táxi preto e nas casas.

Ele avançou em meio ao pequeno grupo e abriu o portão que dava acesso à porta da casa, imaginando que aquela cena bizarra em um canto tranquilo de Dulwich, em South London, poderia em breve estar estampada na mídia de todo o país.

– Você tem uma mensagem para a mãe de Megan Fairchild? – perguntou um dos fotógrafos.

Jack parou à porta e se virou.

– Por que você não toma conta da sua filha? – disse ele, e em seguida ficou em silêncio com os olhos arregalados encarando as câmeras, que não paravam de fotografar. Depois deu meia-volta, destrancou a porta e entrou, fechando-a contra os flashes.

O alarme começou a tocar e ele apertou com força a senha de quatro dígitos. A tela ficou verde e o barulho silenciou. Jack tirou o blazer, pegou a carteira e as chaves e as colocou na mesa da entrada. Ele foi até a enorme sala que dava vista para o quintal escuro. Quando acendeu as luzes, o amplo espaço vazio o encarou de volta. Foi até a geladeira e parou por um momento para observar os desenhos grudados à porta, que tinham sido pintados por seu filho e sua filha. Abriu a porta e pegou uma garrafa de Bud. A tampa saiu sem emitir som algum e retiniu ao saltitar pela bancada.

Jack deu um golinho. Ela estava gelada, mas um pouco sem graça. Voltando à geladeira, viu que aquela era a última garrafa. Tinha certeza de que restavam três... Ele pensou nisso por um momento, apagou a luz e subiu.

A sala ficou em silêncio por um momento. Do banheiro no andar de cima ressoaram alguns barulhos, em seguida o chuveiro começou a funcionar e uma pequena e compacta figura de preto, banhada pelas sombras, saiu sorrateiramente da área de serviço. Movendo-se com agilidade, atravessou a cozinha e subiu a escada, com os pés bem separados, pisando nas laterais dos degraus para evitar que rangessem.

O patamar estava na escuridão e um feixe de luz do banheiro estendia-se pelo carpete. Night Owl movimentou-se para perto da porta; não passava de um par de olhos brilhando através da abertura no capuz.

Jack era másculo, forte e ágil. Night Owl o observava ensaboar-se no chuveiro, a espuma branca do xampu em seu cabelo. Um fio de água com sabão escorria por suas costas musculosas e entre as nádegas. Durante o banho, Jack, desafinado, começou a cantarolar uma melodia baixinho.

– Você me dá nojo – sussurrou Night Owl. A cantoria parou quando Jack enfiou a cabeça debaixo da água, deixando o cabelo molhado bem liso.

Era inebriante ficar em pé ali e observar, às escondidas. Pensar que todos no país estavam falando sobre aquele homem... aquele filho da mãe arrogante e egoísta. Depois de um rangido metálico, a água parou e Night Owl abaixou-se rapidamente na sombra.

Jack saiu do chuveiro e passou pelos quartos do filho e da filha. Ele mantinha as portas dos quartos vazios fechadas. Dessa maneira, podia passar por elas todas as noites sem estremecer de arrependimento e saudade. Andou silenciosamente até o elegante quarto principal, com a garrafa de Bud em uma mão e a tolha na outra, secando o cabelo. Sentou-se nu na beirada da cama e largou a toalha no carpete. Rapidamente a Bud estava ficando quente e sem gosto, então ele bebeu ruidosamente o restante e colocou a garrafa vazia na mesa de cabeceira, do lado que não era ocupado por ninguém.

Pensou no corpo quente e confortável da esposa, em como ela, na maioria das vezes, estava sentada, fingindo ler um livro, quando ele chegava em casa tarde. O livro sempre foi um artifício, uma desculpa para ela estar acordada e poder encenar sua decepção.

Jack quis descer e beber mais alguma coisa, mas sua cabeça ficou pesada de repente, assim como seus membros, sentindo-se exausto. Ele se deitou e foi se arrastando de modo que a cabeça ficasse no travesseiro. Estendeu o braço na direção do controle remoto na mesa de cabeceira e ligou a TV. Uma filmagem dele saindo da boate na Charlotte Street uma hora antes estava sendo transmitida pela Sky, com uma faixa vermelha na parte inferior que dizia: **NOTÍCIAS DE ÚLTIMA HORA: OFCOM[1] INVESTIGARÁ CONTROVÉRSIA DE JACK HART**.

Ele olhava ao redor do quarto e as luzes pareciam sair da televisão em listras. Jack suspendeu a cabeça e o quarto girou violentamente. Ele despencou de volta no travesseiro tremendo, apesar do calor. Jack conseguiu tirar o edredom debaixo do corpo e se cobrir, apreciando o calor.

— Espera, espera... — murmurou ele, mal distinguindo as palavras que moviam-se ao longo da tela. O som da televisão rolava sobre ele e o quarto girava. Jack sacudiu a cabeça quando uma mancha preta pareceu se mexer ao lado da cama, um vulto perto da porta que desapareceu logo em seguida. Em um lugar no fundo da mente, Jack se deu conta de que algo não estava certo. Talvez estivesse com algum tipo de gripe fortíssima. *Espera aí, eu devia ligar para alguém, já que estou sendo investigado pela OFCOM*, pensou ele.

Night Owl trabalhou rápido. Desceu para o andar de baixo, trancou a porta da frente, depois pegou uma tesoura para podar plantas e cortou os cabos do modem da internet e do telefone. As luzes no modem deixaram de piscar. Night Owl moveu-se na direção do blazer que Jack tinha pendurado na entrada, pegou o celular no bolso, tirou rapidamente o chip, largou o aparelho no chão, pisou nele com um calcanhar e quebrou a tela.

A tarefa final era cortar a eletricidade. O painel de segurança soltou um bip, Night Owl digitou a senha, depois absorveu o silêncio. Um fraco som de gemido lá de cima flutuou até o andar de baixo. Night Owl pôs uma mão no corrimão e começou a subir a escada lentamente.

Jack estava deitado na cama e sentia o quarto girar violentamente. Ele levou alguns segundos para se dar conta de que a televisão estava escura e silenciosa, assim como o quarto. O pânico parecia ser algo muito distante de seu alcance, um sentimento nebuloso e bem longínquo. Sua mente retornou para a esposa, Claire. Ele estendeu o braço para encostar no lado dela da cama no escuro e sentiu-se confuso. Onde ela estava?

Sentiu o colchão se mover e ao seu lado; alguém tinha subido na cama. Jack estendeu o braço e sentiu um corpo quente.

---

[1] OFCOM é acrônimo de *Office of Communications*, agência regulatória britânica que fiscaliza as empresas de comunicação. [N.T.]

— Claire? — grasnou no silêncio. Ele tateou ao redor e sentiu que havia carne debaixo de um tecido fino. — Claire? Quando você veio para casa? — Apesar da droga no sangue, ele se lembrava que ela tinha ido embora, que o tinha deixado, mudando-se com as crianças. Ele enrijeceu o corpo e tentou se afastar.

— Shhhhhh... Relaxa — disse uma voz. Não era a voz de Claire. Era desafinada e tinha um estranho tom agudo.

A cama balançava e se inclinava debaixo de Jack, que tentou fugir. Seus membros não tinham força nem coordenação. Ele agarrou o telefone fixo na mesinha de cabeceira e o jogou no chão. Então sentiu a pessoa subir em suas costas e virá-lo de frente. Jack tentou lutar, mas seus membros balançavam inúteis. Mãos ligeiras e fortes juntaram e seguraram seus pulsos depois viraram o corpo novamente.

Jack tentou gritar, mas sua boca estava frouxa; a voz saía ininteligível e fraca:

— *Sssquem é vozê?*

— Só alguém que quer 15 minutos de fama — riu a voz. Jack escutou o som de um zíper e um estalo, depois um saco plástico passou lentamente por sua cabeça. As mãos movimentaram-se rápido, puxaram o que lhe pareceu ser um cordão, e Jack o sentiu agarrar e apertar seu pescoço. Ele começou a respirar mais rápido, o plástico crepitava e aproximava-se de seu rosto, ficando cada vez mais agarrado em sua pele. Um olho ficou fechado, mas o outro permaneceu aberto colado no plástico. E então não havia mais ar para respirar.

Night Owl segurou o saco plástico com firmeza, desfrutando dos sons: os engasgos ofegantes e as ânsias de vômito. Jack continuou esperneando, sua força aumentava juntamente com sua vontade de viver. A cabeça dele deu um solavanco para cima e bateu no rosto de Night Owl, que sentiu uma explosão de dor e aumentou a pressão, puxando a corda com mais força ao redor do pescoço de Jack. Depois, levantou um punho e, de cima pra baixo, esmurrou aquele rosto esmagado e contorcido.

Um dos últimos pensamentos de Jack foi o de que os fotógrafos ainda deviam estar ali do lado de fora, e que aquela seria uma história e tanto.

Finalmente, depois de estremecer e soltar um gemido, Jack ficou imóvel. Night Owl permaneceu junto ao corpo de Jack por vários minutos, observando, respirando com euforia, tremendo de entusiasmo.

Night Owl levantou-se silenciosamente e escapuliu da casa como uma sombra.

CAPÍTULO 28

Na manhã seguinte, apesar de ser bem cedo, a onda de calor tinha se intensificado, como se tivesse penetrado nas paredes da delegacia Lewisham Row. Mesmo com os ventiladores no máximo, a sala de investigação parecia um forno. Moss estava em pé em frente aos quadros-brancos, falando com Erika e a equipe.

— Não encontraram digitais na moldura da casa do Dr. Munro, mas conseguimos identificar um dos jovens que os vizinhos de frente viram — informou ela. — Ontem à noite, Marie e Claude Morris fizeram retratos falado para nós.

Erika e o restante dos policiais observavam o rosto que tinha se juntado às fotos de Gregory Munro e Gary Wilmslow. Era de um jovem de cabelo escuro penteado para trás. Ele tinha uma testa grande, um rosto magro e bonito.

Moss prosseguiu:

— Detetive Warren decidiu ampliar seus horizontes e passou boa parte da noite vendo perfis em sites de garotos de programa...

Várias pessoas começaram a assobiar, *fiu-fiu*, Warren corou e revirou os olhos.

— E nós agora temos isto...

Moss colou a foto de um perfil do site chamado *RentBoiz*. Era impressionante como ele era parecido com o retrato falado. O jovem que olhava para a câmera tinha olhos verdes e uma barba curtinha e estilizada. Moss ficou em silêncio por um momento, enxugou a testa com a manga dobrada da camisa e chamou Warren com um gesto de cabeça.

Ele se levantou, com certa timidez.

— Hum, okay. O nome dele no perfil é JordiLevi. De acordo com o site, ele tem 18 anos, mora em Londres, cobra £250 por hora e parece que faz quase tudo, se pagarem bem. É claro que não fornece o nome verdadeiro nem o endereço. Entrei em contato com o administrador do site, e ele disse que o registro é anônimo, então não consegui nada, mas vou continuar trabalhando nisso.

Moss deu uma piscadinha e Warren sentou-se.

— Acho que nós todos concordamos que eles parecem ser o mesmo cara — disse ela apontando para o retrato falado e a foto no perfil. — Acho que esta pode ser uma grande descoberta para nós.

Os presentes na sala aplaudiram. Erika se levantou de onde estava, ao lado das impressoras, com o coração apertado.

— Moss e Warren, foi um ótimo trabalho, obrigada. No entanto, depois de uma cuidadosa revisão com o Superintendente Marsh e o Comissário Assistente, foi decidido que esse caso deve ser passado para uma das Equipes de Investigação de Assassinatos especializada em crimes com motivação sexual — explicou Erika. — Quero que todos vocês preparem seus arquivos e os dados recolhidos até agora, pois esta tarde o caso será transferido.

— Chefe, você não está enxergando a magnitude disso? Se conseguirmos localizar JordiLevi, ele pode ser o nosso link direto para o assassinato de Gregory Munro. Ele pode ter testemunhado alguma coisa! — argumentou Moss.

— A gente só precisa de tempo, chefe — acrescentou Crane —, e nem precisamos de muito. Vamos fazer um perfil de usuário falso no *RentBoiz* e marcar um encontro com JordiLevi. Talvez ele faça um retrato falado de alguém que possa ter estado na casa de Gregory Munro e pronto, nós temos um suspeito.

— Sinto muito, isso não está mais em discussão — disse Erika.

Moss recostou-se frustrada na cadeira e cruzou os braços.

— Eu também não gosto nem um pouco disso, pessoal. Por favor, deixem todos os seus relatórios e os dados relativos ao caso prontos hoje ao meio-dia.

Houve um coro de protestos e Erika saiu da sala de investigação. Foi até a máquina de café no corredor, inseriu o dinheiro trocado, pressionou o gasto e apagado botão do cappuccino, mas não aconteceu nada. Erika deu um murro na máquina, depois bateu de novo, uma vez mais, descarregando toda a sua frustração. Ela não escutou Moss se aproximar.

— Tudo certo, chefe? Está tendo um ataque por falta de cafeína?

Erika se virou e fez que sim com um gesto de cabeça.

— Se afaste um pouco.

Erika deu um passo para trás, Moss ergueu o pé e meteu um chute com a sola da bota debaixo da foto de uma xícara de café fumegante que enfeitava a frente da máquina. Ela apitou, de repente um copo caiu e começou a encher.

– Você tem que mirar no pires – disse Moss.

– Um trabalho brilhante, detetive – brincou Erika. – Não existe limite para os seus talentos?

– Olha que isso funciona para o chá também e, às vezes, você escolhe a sopa.

– Tem sopa?

– Tem, sopa de rabo de boi. Eu não arriscaria.

Erika deu um sorriso sem graça e pegou o café.

– Posso te perguntar uma coisa, chefe? Você acha mesmo que esse caso vai ficar melhor com outra equipe?

Erika soprou o café e respondeu:

– Acho, sim.

Odiava não poder conversar com Moss sobre aquilo. Ela sempre foi leal e uma ótima ouvinte.

– Ouvi falar que estão com uma vaga de superintendente aberta – comentou Moss. – Não tem nada a ver com você querer se livrar desse caso, tem?

– Achei que você me conhecesse, Moss. Não é meu estilo.

– Ótimo. Então por quê? Você não desiste fácil de um caso. Você é bem Charlton Heston nesse sentido.

– O quê?

– *Das minhas mãos mortas e frias* – disse Moss, com um péssimo sotaque americano. Houve um momento de silêncio. – Qual é, chefe, depois de ter ficado dando cabeçada na parede por tanto tempo, a gente está perto pra cacete.

– Moss, já disse tudo o que quero sobre isso. Essa é a minha decisão final.

– Okay, okay. Você não pode falar sobre o assunto. E se você piscar uma vez para sim e duas para não?

– Moss... – disse Erika, balançando a cabeça.

– Se você não pode me contar o que está acontecendo, eu posso pelo menos te contar o que eu *acho* que está acontecendo?

– Eu tenho escolha?

– Acho que estamos sobrecarregados e Marsh está sendo pressionado para dar uma melhorada nos resultados dele. Este caso está ficando mais complexo, e meio que se transformando numa batata quente. Então ele está se livrando...

— Moss...

— Acho que a única maneira de encontrarmos um motivo para o assassinato é quando surgir um padrão. Para que surja um padrão, é preciso aparecer outro corpo.

— Faz sentido.

— E sei o que vai acontecer quando este caso não estiver mais nas nossas mãos. Se aparecer outro corpo, ele vai ser classificado como ataque homofóbico, aí não vão parar mais com o alarmismo e os debates sobre a comunidade gay. Na comunidade heterossexual, a quantidade de assassinatos é 10 vezes maior. Quando um homem estupra e mata uma mulher, as pessoas pensam que ele é mau. Mas quando uma pessoa gay faz a mesma coisa, o fato é visto como uma extensão da sexualidade dela! Do estilo de vida dela como um todo!

Em silêncio, Erika observava Moss ficar cada vez mais alterada.

— Desculpe, chefe. É que... estou de saco cheio disso. Estamos só começando. Se a gente está sobrecarregada, então as coisas não serão diferentes em alguma outra Equipe de Investigação de Assassinatos. E eu sabia que este caso estava em boas mãos com você. Já posso ver as manchetes: "Ataque Homofóbico no Subúrbio", "Terror Gay nos Arredores de Londres!".

— Eu não sabia que isso era tão pessoal para você.

— Não diretamente... Semana passada, Jacob fez um exercício na escola para o Dia dos Pais e a idiota da professora, que por acaso também é casada com o pastor, não conseguia botar na cabeça que ele tinha duas mães. Ela mandou o garoto fazer um cartão para o papai dele que está "em algum lugar lá fora". A Celia teve que me conter porque eu ia lá estapear a mulher.

— Sinto muito.

— Merdas acontecem. É que eu queria solucionar esse caso e queria que *você* fizesse isso. Você não aceita palhaçada e sempre sabe quando fazer a coisa certa. Bom, até...

Erika percebeu que Moss tinha se segurado antes de dizer "até agora". Elas ficaram em silêncio por um momento.

— Você sabe onde Peterson está hoje? – perguntou Erika.

— Ele ligou avisando que estava doente, chefe.

– Disse qual era o problema?

Moss ficou calada tempo suficiente para mostrar a Erika que sabia de algo, depois falou:

– Não, chefe, não disse. Vou lá me certificar de que todo mundo esteja com os relatórios prontos ao meio-dia.

– Obrigada – disse Erika.

Percebendo que ambas queriam falar coisas que não podiam, ela ficou observando Moss percorrer todo o caminho de volta até a sala de investigação.

CAPÍTULO 29

O restante da manhã passou em uma névoa deprimente da sala de investigação superaquecida e do desmantelamento de uma investigação que tinha tirado Erika do sério.

O que Moss havia dito continuava se repetindo na cabeça de Erika. *Das minhas mãos mortas e frias...* Ali estava ela, com uma pista incrível sobre o assassinato de Gregory Munro, uma equipe pronta para ralar pra cacete, mas tinha que desistir do caso! Um pouco antes de uma hora da tarde, Erika ainda estava sentada à sua mesa, olhando para a tela do computador, quando Moss se aproximou.

– Chefe...
– Sim?
– Você já mandou os arquivos sobre o caso?

Erika suspendeu a cabeça, olhou para ela e respondeu:
– Não, por quê?
– Acabamos de receber o chamado de uma viatura. Homem branco encontrado nu e asfixiado na cama numa casa em Dulwich. Nenhum sinal de entrada forçada nem de luta. De acordo com a identificação preliminar, é Jack Hart.
– Por que eu conheço esse nome?
– Ele é o apresentador do *The Jack Hart Show*, tabloide de TV para os desempregados e os pais que não trabalham fora. A Celia assiste.
– E o policial acha que é o mesmo cara que matou Gregory Munro?
– O policial está esperando alguém do departamento responsável pela investigação de assassinato, mas pelo que tudo indica, é obra da mesma pessoa. O caso ainda é nosso?
– É. Oficialmente, a investigação ainda é nossa. Vamos dar uma olhada lá – disse Erika.

CAPÍTULO 30

A casa de Jack Hart ficava numa área sofisticada de Dulwich, em South London. Era em uma rua que tinha uma subida íngreme e depois se transformava numa descida acentuada. A polícia havia colocado o cordão de isolamento para fechá-la. Dentro dele havia cinco carros, uma ambulância e duas grandes vans de apoio bloqueando a rua. Erika estacionou perto de três guardas que tomavam conta do cordão de isolamento. Na calçada em frente, uma aglomeração de pessoas com câmeras e celulares levantados não parava de aumentar.

— Jesus, a notícia corre rápido — comentou Erika, quando ela e Moss saíram do carro. Avançaram em meio à multidão composta por um grande grupo de adolescentes, um aglomerado de idosas e uma mulher carregando um bebê bem pequeninho de cabelo escuro.

— É Jack Hart? — gritou um rapaz ruivo.

— Aquela casa é do Jack. Eu já o vi por ali — acrescentou uma garota com piercing no lábio.

— Isto é uma cena de crime, desliguem as câmeras dos celulares — disse Erika.

— Não é ilegal filmar em público — retrucou uma menina pequena de cabelo acinzentado com uma bolsinha rosa felpuda, e para enfatizar, suspendeu o celular até o rosto de Erika. — Sorria, você está no YouTube.

— O que me dizem de ter algum respeito? Isto é uma cena de crime — repreendeu Moss, equilibradamente. As mais velhas permaneceram em silêncio, apenas observando.

— Ele era um verdadeiro filho da mãe, Jack Hart. Praticamente matou a tal da Megan Fairchild. Ele explora as pessoas, então por que eu não deveria explorar ele? — perguntou um garoto com a cabeça raspada.

Encorajados pelo discurso dele, mais adolescentes começaram a suspender seus celulares.

– Leva esse pessoal bem lá para trás – disse Erika para um dos policiais.

– Mas a fita de isolamento está aqui – respondeu ele.

– Então use o seu bom senso: leve a fita mais para trás! – vociferou Erika.

Naquele mesmo momento, uma van da Sky News chegou com uma grande antena parabólica empoleirada no teto e parou no lado oposto da rua.

– Se você precisar de mais policiais, não tem problema. Mas faça isso – ordenou Erika.

– Sim, senhora – disse o policial.

Erika e Moss assinaram um papel, mergulharam sob a fita e seguiram em direção à casa.

As duas foram recebidas por um guarda, que as levou para dentro. A temperatura no corredor da entrada estava mais amena. O lugar era decorado com bom gosto, tinha um grande espelho dourado na parede e um carpete creme que levava a uma escada com corrimão de madeira polida. Elas seguiram o policial escada acima e chegaram a um patamar comprido por onde o carpete avançava. A casa estava misteriosamente silenciosa. Erika percebeu que a acústica deveria ser muito boa para bloquear os sons do caos da rua lá fora. O quarto principal estava no final do patamar. A luz do sol atravessava a porta aberta e partículas de poeira giravam preguiçosamente no ar.

– Jesus – disse Moss quando entraram pela porta do quarto. O corpo nu da vítima estava estirado no colchão. Ele era alto, pele clara e macia, com pouco pelo. Deitado de costas, ele tinha um saco plástico sobre a cabeça, bem apertado ao redor do pescoço. A boca estava aberta, assim como o olho que tinha a pálpebra esmagada pelo plástico. O outro olho estava ferido e fechado de tão inchado. Os lábios repuxavam, como se ele estivesse mostrando os dentes.

– Quem encontrou o corpo? – perguntou Erika.

– Uma produtora do programa – explicou o policial. – Ela escalou por fora e quebrou a janela que está atrás de você para conseguir entrar.

Elas se viraram e viram a grande janela que dava vista para o quintal. Havia um buraco no vidro, rodeado por rachaduras em forma de teia de aranha. O carpete creme debaixo dela estava lotado de cacos de vidro.

– Então ela confirmou que este é Jack Hart? – perguntou Erika.

– Sim. – O policial acenou com a cabeça.

– Eu pensei que o programa dele era ao vivo todos os dias da semana. Hoje é sexta-feira – disse Moss.

Eles refletiram sobre aquilo por um momento.

– OK. Precisamos trazer a perícia para cá rápido – disse Erika, pegando o celular.

Isaac Strong e a equipe de peritos chegaram rápido e começaram a trabalhar com seus macacões azuis. Duas horas depois, Erika e Moss voltaram ao quarto no andar de cima também vestidas com macacões azuis. Uma fileira de caixas de metal tinha sido colocada ao redor da cama para que os policiais subissem nelas e, assim, evitassem contaminar qualquer evidência.

– Okay, Isaac. Você acha que esse é o mesmo assassino que matou Gregory Munro? Um homem sozinho, nu e com um saco plástico – começou Erika.

– Vamos evitar essa hipótese por enquanto – disse Isaac, erguendo a cabeça na direção dela e de Moss do outro lado da cama de casal. Um fotógrafo pericial inclinou-se entre eles e tirou uma foto do corpo. – Ele está morto há menos de 24 horas. Nós ainda conseguimos identificar evidência de *rigor mortis* nas mãos cerradas, na boca e nos olhos. A casa fica de frente para o leste e este quarto, em particular, se beneficia da sombra ao longo do dia, então a temperatura possibilitou uma decomposição lenta. Ele foi fotografado chegando em casa tarde ontem à noite, então isso está mais para bom senso do que para ciência. O saco plástico estava amarrado debaixo do queixo... – Isaac apontou para o local em que o cordão estava amarrado com força e tinha sulcado a pele. – É possível que tenha ocorrido luta, o olho esquerdo está muito machucado devido a um golpe com um objeto sem ponta, talvez uma mão ou punho. Havia uma garrafa vazia de cerveja na mesinha de cabeceira, nós a levamos para o laboratório, para que sejam feitas análises toxicológicas. Há pouco sinal de luta ao redor da cama e no quarto, estava tudo muito arrumado e organizado. A vítima podia estar incapacitada... dominada por quem quer que tenha feito isso. Não há sinal de agressão sexual. Como sempre digo, saberei mais depois que eu o abrir.

– O que é isso no lençol? – perguntou Erika, apontando para um resíduo banco acinzentado que cobria o lençol azul-escuro da cama. Ela se agachou e havia um par de meias e uma grossa camada de poeira tinha sido mexida.

– Poeira – disse ela, respondendo à própria pergunta. – Ela foi agitada debaixo da cama e trazida para cima do colchão.

– Nossa, tinha alguém debaixo da cama – disse Moss.

O fotógrafo pericial inclinou-se para tirar uma foto do corpo da vítima, disparando flashes brilhantes. De repente, um flash reluziu atrás deles. Erika se virou e viu um homem agachado no telhado plano do lado de fora da janela do quarto. Era magro e tinha um corte de cabelo moicano, pintado de azul claro. Ele enfiou as lentes da câmera pelo buraco e tirou mais duas fotos.

– Ei! – gritou Erika, abaixando sua máscara protetora. Ela foi até a janela, mas o homem, que estava de short jeans e camiseta preta do AC/DC, se abaixou e tirou mais algumas fotos por entre as pernas dela. Ele se movimentou rápido até a ponta do telhado plano e, com o barulhinho de vidros se quebrando, começou a descer, dependurando-se em uma planta que crescia enroscada em um cano.

– Merda, quem é aquele cara? – perguntou Erika.

– Parece paparazzi – respondeu Moss.

Elas olharam pela janela lá para baixo e viram o homem chegando ao gramado. Não havia policiais no quintal. Erika olhou para Moss e elas saíram em disparada do quarto.

CAPÍTULO 31

Erika e Moss correram até a escada, evitando trombarem com um técnico em perícias que segurava uma delicada bandeja com material ensacado que serviria de evidência na investigação. Desceram a escada e chegaram na ampla sala. Elas foram até a janela de vidro do chão ao teto que dava vista para o quintal, e Erika tentou abri-la. O fotógrafo com o moicano azul estava seguindo na direção da cerca no lado direito do quintal.

— Preciso que abram isso! — berrou Erika, incapaz de distinguir o rosto dos técnicos que viraram a cabeça para elas dentro de seus macacões azuis que deixavam expostos somente os seus olhos.

— Chefe, aqui! — gritou Moss, reaparecendo por uma porta ao lado de uma geladeira de aço em estilo americano. Erika a seguiu. A porta levava a uma área de serviço onde havia uma máquina de lavar grande e uma secadora. Uma janela comprida dava vista para o quintal com plantas muito bem cuidadas, mas não havia sinal do fotógrafo. Moss forçou a maçaneta de uma enorme porta de madeira.

— Está trancada! E esta droga está sem chave! – gritou Moss. Elas olharam pela janela para o quintal e viram que o fotógrafo já estava subindo na cerca. Acima das máquinas de lavar e secar, havia prateleiras com produtos de limpeza. Erika viu uma chave pesada de metal na prateleira de baixo, pegou-a e tentou abrir a porta depressa. Ela abriu e as duas irromperam no quintal. Erika correu para a direita, se agarrou à parte de cima da cerca de madeira e a pulou, seguida de perto por Moss. Ela aterrissou na grama queimada do outro lado e pegou o rádio apressadamente enquanto atravessava o quintal correndo.

— Ele vai sair na Dunham Road – gritou Moss atrás da chefe.

— Temos um suspeito saindo do quintal que faz fronteira com a Dunham Road, em Dulwich. Preciso de reforço lá agora – Erika chegou ao lado oposto do segundo quintal, subiu, pulou o muro e aterrissou com facilidade do outro lado. Ela viu que o fotógrafo ainda estava distante, pois seu moicano desapareceu atrás da cerca seguinte. *Não posso deixar esse cara fugir com fotos da cena do crime – ele pode publicá-las na internet em questão de minutos,* pensou Erika.

Ela disparou pelo quintal seguinte, dando a volta em um balanço de plástico e pulou a cerca. Aterrissou ruidosamente num lago em que afundou até os joelhos e sentiu dor.

– Ei, isso é invasão! Tem carpa aí! – berrou uma mulher jovem de vestido curto e óculos escuros que apareceu em uma varanda.

– Sou policial! – gritou Erika, saindo encharcada do lago e seguindo na direção da próxima cerca. Ela viu que se aproximou do fotógrafo: ele tinha chegado à cerca na beirada do quintal seguinte, e estava passando a perna por cima dela.

– Parem esse homem! – berrou Erika. E ainda que fosse algo válido a se dizer, aquilo soou ridículo. Ela se virou e viu Moss desmoronar da cerca atrás dela e cair de cara no lago, fazendo um barulhão e espirrando água para todo lado. A mulher na varanda gritava ainda mais alto. O calor estava esmagador, e Erika sentia-se exausta e superaquecida com toda aquela roupa e o macacão por cima. Moss saiu da água com mato do lago agarrado no cabelo.

– Estou bem, chefe, VAI! – gritou ela. Erika continuou, subiu e pulou a cerca seguinte, sentindo farpas atravessarem suas roupas e o macacão na parte de trás das pernas. Ela viu que o fotógrafo tinha chegado à beirada do último quintal, que era cercado por um muro alto de tijolo claro.

– Parado aí! – gritou ela.

O fotógrafo olhou para ela com o rosto vermelho, seu moicano azul continuava saliente como uma barbatana. Ele pendurou a câmera no ombro, mostrou o dedo do meio, pulou, agarrou a parte de cima do muro e suspendeu o corpo.

Erika correu pelo último quintal vazio e empoeirado e passou por um conjunto de tijelinhas de passarinho cobertas de lodo. O fotógrafo escorregou um pouco para baixo, tentando chegar ao topo do muro, então Erika conseguiu agarrar em uma das suas pernas. Ele deu um chute, acertando o rosto dela, e apesar de ele estar de tênis de corrida, a dor espalhou-se pela parte da bochecha atingida. Ela agarrou a perna do fotógrafo, conseguindo arrancar um tênis, mas ele se soltou e escapuliu por cima do topo arredondado do muro. Ela ouviu um baque surdo e um grito quando ele aterrissou do outro lado.

Satisfeita por ser alta, Erika subiu com facilidade. Ao se sentar lá em cima com o muro entre as pernas, viu que a calçada do outro lado era mais baixa. Com apenas um tênis, o fotógrafo tinha caído de mau jeito com o pé descalço, e desajeitado com sua câmera, fugia mancando. Erika deu um pulinho para descer, aterrissando na calçada, conseguindo se movimentar mais rápido do que ele, agarrando-o. O fotógrafo lutou, tentando fugir.

– Não... nã... o... – disse ela, sem fôlego. Momentos depois, Moss apareceu no topo do muro. Desceu-o deslizando, aterrissou na calçada e disparou na direção dos dois. Ela conseguiu juntar as mãos do fotógrafo nas costas e algemá-lo enquanto Erika as segurava.

– Suas putas do cacete! – gritou ele.
– Você precisa se acalmar – disse Erika.
– Por quê? Vocês estão me prendendo?
– Estamos detendo você – esclareceu Moss.
– Com que justificativa?
– Essa é fácil... você não parou, fugiu da cena quando a única coisa que queríamos era conversar. Você chutou o rosto da minha colega – explicou Moss.
– Tirar fotos não é ilegal! – afirmou ele, tentando desvencilhar-se.
– Era a cena de um crime – contestou Erika.
– Bom, tirar foto em cena de crime também não é ilegal!
– Sim, mas estou confiscando a sua câmera como prova. Ela pode conter informação útil para o nosso caso – falou Erika, tentando recuperar o fôlego. Ela nunca tinha visto Moss com tanta raiva. Seu cabelo e macacão estavam ensopados de suor. Erika pegou a câmera, que ainda estava pendurada no ombro do fotógrafo por uma alça, abriu a aba na lateral e olhou lá dentro.

– *Cadê* o cartão de memória? – reclamou ela.
– Sei lá – O fotógrafo a encarou desafiadoramente com seus olhos redondos e brilhantes.
– *Cadê* o cartão de memória? Você o descartou? Porque a gente pode mandar fazer uma busca naqueles quintais – disse Moss.

Ele sorriu com malícia e deu de ombros antes de afirmar:
– Vocês não vão achar.
– Qual é o seu nome?

Ele deu de ombros. Erika enfiou as mãos entre os braços algemados do fotógrafo e tirou a carteira do bolso de trás. Ela a abriu, pegou a carteira de motorista e disse: "Mark Rooney, 35 anos". Para quem você trabalha?

– Sou freelance.

– Por que você estava tirando fotos?

– Que pergunta mais idiota. Aquele lá é *Jack Hart*. Eu não sabia que ele estava morto.

– Como podemos ter certeza de que você não foi o responsável? Isso ainda não foi noticiado. Não houve identificação formal.

– Já te falei, eu não sabia que ele estava morto. O cara estava ótimo ontem à noite.

– Você estava aqui ontem à noite? Por quê? – perguntou Erika.

– Ele está o tempo todo na imprensa desde que aquela garota se matou.

– Do que foi que você tirou foto ontem à noite?

– Dele chegando em casa de táxi, depois tirei algumas fotos dele no quarto.

– Que horas foi isso? – perguntou Moss.

– Sei lá. Meia-noite e meia, uma.

– E você ficou lá a noite inteira?

– Não.

– Por que não?

– Me deram uma dica. Uma das Kardashian está em Londres, eu soube que ela tinha saído e que ia ficar até tarde na bebedeira. Fotos dos Kardashian valem muito mais dinheiro do que do Jack Hart...

– Okay, a gente já bateu um papo legal. Agora preciso que você me entregue o cartão de memória – disse Erika.

– Já te falei, não está comigo!

– Você estava com ele cinco minutos atrás.

Ele deu um sorriso malicioso e disse:

– Nossa, devo ter me esquecido de colocar na câmera. Acontece. Cartões de memória são uns trocinhos complicados. Na verdade, agora eu lembrei, foi isso mesmo, passei batido. Me esqueci de colocar o cartão nela.

– Quer saber de uma coisa? Estou de saco cheio disso – apelou Moss. Ela soltou os braços algemados do fotógrafo, abriu o zíper do macacão e tirou uma luva de látex da calça. Dobrou a manga do macacão e pôs a luva. Com a mão livre, agarrou o moicano azul do cara e puxou a cabeça dele para trás.

– Ei! O que você está fazendo? Ai! – gritou ele. Moss meteu dois dedos na boca do rapaz e cutucou sua garganta. Ele caiu de frente e vomitou na calçada. Erika e Moss deram um pulinho para trás.

– É cada coisa que a gente tem que fazer – reclamou Moss, enquanto ele tossia, vomitava e cuspia. Erika girou o rapaz e o deixou virado para o muro.

– Como eu imaginava. Você o engoliu, seu filho da mãe descarado – xingou Moss, recolhendo um pequeno, preto e melequento cartão de memória de um monte de vômito na calçada e o ensacou cuidadosamente num saco plástico transparente de evidência. – Antes fora do que dentro, como minha mãe costumava dizer.

– Sua piranha! Eu vou te processar por brutalidade policial – berrou Mark, encostado no muro, ainda tossindo.

– Deixa de criancice, usei luva limpa – disse Moss, tirando-a e jogando-a em uma lata de lixo ali perto. Uma viatura virou na esquina com a sirene ligada e parou ao lado deles no meio-fio.

– Já era hora, cacete – disse Erika, assim que dois policiais que estavam no cordão de isolamento saíram do carro.

– Desculpe, chefe, a gente não sabia que uma das ruas era contramão – começou um deles.

– Elas me agrediram, brutalidade policial! – berrou Mark.

– Leve-o para a estação de trem mais próxima e largue lá.

Os policiais o empurraram para dentro do carro e saíram, deixando Moss e Erika ali ainda ofegantes.

– Bom trabalho – elogiou Erika, pegando o envelope de evidências com o grudento cartão de memória e segurando-o à luz.

– Eu exagerei? Ao enfiar o dedo na goela dele? – perguntou Moss.

– Não sei do que você está falando – disse Erika. – Agora, vamos voltar lá para a casa.

CAPÍTULO 32

A multidão havia aumentado no topo da rua quando Erika e Moss retornaram à cena do crime. Elas viram que equipes de reportagem da BBC e da ITN tinham se juntado à van da Sky News. As duas foram recebidas pelo responsável pela cena do crime, Nils Åkerman, que deu a elas novos macacões azuis.

— As linhas telefônicas foram cortadas, do mesmo jeito que na cena do crime da Laurel Road — informou ele, enquanto Erika e Moss se trocavam.

— É o mesmo assassino, só pode ser — disse Moss, fechando o zíper do macacão azul e colocando o capuz. Erika fechou o zíper do seu, em silêncio por um momento. Elas entregaram os macacões molhados e enlameados para um técnico, que os colocou em um saco plástico de evidências.

— Preciso que você veja o que consegue arrancar daqui — disse Erika, entregando a Nils o saco que continha o cartão de memória. — Ele foi engolido, mas não por muito tempo.

— Deve dar para recuperar — disse ele. — Mas antes, preciso que vocês vejam uma coisa.

Elas o seguiram para dentro, percorreram o corredor com carpete creme, ainda cheio de peritos de macacão azul, chegaram à ampla sala e entraram na área de serviço que dava vista para o quintal. A porta estava aberta. Eles saíram e foram envolvidos pelo sol. Ao longe, um cortador de grama zumbia.

— Nós conferimos todas as janelas da casa. Elas são feitas com uma mistura de plástico PVC e vidro triplo que é muito difícil de abrir à força, a não ser que você a quebre. Estão todas trancadas por dentro, com exceção da janela do quarto, aquela que a colega do Jack Hart quebrou quando descobriu o corpo — disse Nils. Erika e Moss acompanharam o olhar dele, levantando a cabeça na direção da janela quebrada nos fundos da casa. — Não existe nenhuma digital nem outra marca qualquer de entrada forçada.

— E a porta da frente? — perguntou Erika.

— As duas fechaduras estavam trancadas por dentro — respondeu Nils. — Por isso só nos resta esta, a porta da área de serviço, que acredito ter sido o local da invasão.

A porta era feita de madeira maciça e foi pintada com uma tinta esmaltada azul-escuro. A maçaneta era de ferro pesado, e a chave de metal resistente que Erika tinha encontrado na prateleira estava na fechadura por dentro.

— Estava trancada. Tive que destrancar quando saímos para perseguir o fotógrafo — disse Erika.

— Vou chegar a essa parte daqui a pouco — disse Nils, fechando a porta. — Se olharem com bastante atenção aqui do lado de fora, vão ver uma tira minúscula de madeira na parte inferior com uma camada de tinta mais antiga.

Eles se agacharam na grama e notaram que havia um centímetro verde-claro ao longo da parte inferior da porta.

— Colaram um adesivo veda-porta aqui quando ela era verde, e o removeram recentemente; nós o encontramos atrás da máquina de lavar e secar — informou Nils, abrindo a porta e entrando novamente na área de serviço para pegar uma tira de borracha comprida e fina em cima da máquina. Ele a colocou por cima da tira verde na parte inferior da porta, depois a retirou novamente. — Vocês estão vendo o lugar de onde foi retirado? Ele deixou uma fresta de pouco mais de 60 milímetros debaixo da porta.

Erika olhou para Moss.

— Isso não explica como a pessoa entrou, a não ser que seja um boneco de papel — disse Moss.

— Vou mostrar a vocês — disse Nils. Ele gesticulou para um dos técnicos periciais, que saiu da cozinha e se aproximou deles com um comprido pedaço de arame e uma folha de jornal. Em seguida, fechou a porta e a trancou, deixando-os no quintal. Nils ajoelhou-se, desdobrou a folha dupla de jornal e a deslizou pela fresta de pouco mais de 60 milímetros debaixo da porta. Em seguida, pegou o arame, o enfiou pelo buraco da fechadura e com delicadeza começou a empurrar e torcer o arame. Erika e Moss ficaram observando pela janela e viram a chave balançar, sair da fechadura e fazer um barulhinho ao cair no jornal. Nils o puxou cuidadosamente por baixo da porta, trazendo a chave. Depois, enfiou na fechadura e a abriu.

— *Voilà!* — sorriu ele, triunfante.

Elas ficaram olhando-o por um instante. Um pequeno cano ao lado da porta fez um barulho de borbulhas.

– Você está sendo desperdiçado na perícia forense. Devia ter o seu próprio espetáculo de mágica – brincou Moss.

– É brilhante, mas como você sabe que foi assim que ele entrou? – questionou Erika.

– Achamos um pedaço de arame quebrado dentro da fechadura, e um pedacinho de jornal ficou agarrado na madeira debaixo da porta – disse Nils e, gesticulando como um mágico, retirou um plástico de evidência do bolso. Ele continha um toco de arame prateado e um fragmento de jornal rasgado.

Uma imagem surgiu na mente de Erika: um banheiro cheio de vapor. Mark usando somente uma toalha ao redor da cintura, pressionando um fragmento similar de papel higiênico, empapado de sangue, por causa de um corte feito ao se barbear.

O zumbido do cortador de grama recomeçou, trazendo Erika de volta à realidade.

– Havia alguma impressão digital no veda-porta? – Moss perguntou. – Se o assassino entrou usando esse artifício do jornal debaixo da porta, como ele saiu de novo... trancou a porta e deixou a chave na prateleira?

Nils abanou a cabeça.

– Não saiu. Igualzinho na casa de Gregory Munro, ele pode ter feito uma visita antes, pegou a chave, fez uma cópia, depois a devolveu – disse Moss.

– Faz sentido. É um pouco exagerado, mas faz sentido. Só que isso se sustenta no tribunal? – questionou Erika.

– Sim, junto com a impressão que conseguimos do lado de fora da porta, aqui embaixo – disse ele, apontando para uma parte da porta pintada de azul esmaltado.

– Você conseguiu uma impressão digital? – perguntou Erika.

Nils chamou de novo o técnico pericial antes de explicar:

– Não é a digital de um dedo... – Ele mostrou a elas um cartão branco com o contorno exato de uma orelha. – Ele encostou a orelha na porta, para escutar – disse Nils.

A impressão da orelha era pequena, quase superficial. Apesar do calor sufocante no quintal, aquilo fez Erika sentir um calafrio.

CAPÍTULO 33

Erika e Moss foram para dentro de um dos grandes veículos de apoio estacionados perto da casa. Sentada em uma das pequenas mesas de plástico estava Danuta McBride, a mulher que havia encontrado o corpo de Jack Hart. Um guarda se aproximou com três copos de plástico de chá e os colocou na mesa. Todas elas pegaram um copo e deram um golinho.

Erika calculou que Danuta beirava os 50 anos. Estava pálida e em choque. Seu cabelo escuro era liso e comprido, com uma franja reta. Usava um vestido reto cobrindo seu grande corpo, apertado na cintura com um cinto grosso. Ela tinha um smartphone em um cordão ao redor do pescoço, e nos pés usava um daqueles tênis que separam os cinco dedos.

– De onde você conhecia Jack? – perguntou Erika.

– Hum, sou a produtora executiva do programa dele. Nós éramos sócios na HartBride Media. Nossa empresa é que faz o programa.

– Você o conhecia há muito tempo?

– Conhecia. Nós estudamos juntos na universidade. Fizemos jornalismo – respondeu Danuta olhando para elas com descrença nos olhos. – Posso fumar um cigarro? Há umas duas horas que estou pedindo para os seus colegas – disse ela apontando para os guardas à porta.

– Claro. Eu também vou fumar um – disse Erika, pegando o maço e o isqueiro.

– Desculpe, não pode fumar aqui... saúde e segurança – disse um dos guardas, um rapaz de cabelo escuro.

– Bom, você pode respirar para lá e nós prometemos que não vamos queimar a mobília – disse Erika, colocando um cigarro no canto da boca e oferecendo o maço para Danuta. Agradecida, ela pegou um. Quando Erika acendeu os dois cigarros, o guarda ia falar alguma coisa, mas deixou pra lá.

– Você consegue pensar em alguém que quisesse fazer isso com Jack? – perguntou Erika, colocando o maço de cigarros sobre a mesa.

Os ventiladores de teto estavam no máximo lá dentro, porém ainda fazia calor.

— Isso é o que não falta — respondeu Danuta, soprando a fumaça e baixando o olhar para a pequena mesa de plástico.

— Você tem que ser mais específica — disse Moss.

— Ele era o rei da encenação... Amado por milhões e odiado por outros, em igual medida. Ele foi jornalista investigativo do *The Sun* durante anos, depois do *The Mirror*, do *The Express*, do *News of the World*. E o cara era bom pra cacete. Fazia tudo que fosse preciso e sempre conseguia a matéria. Ele tinha se separado da mulher há alguns meses, depois que ela o pegou transando com uma das nossas pesquisadoras. Ou seja, ele fez muitos inimigos no percurso até o sucesso, mas quem não fez? Não consigo pensar em ninguém que faria... *aquilo*... — os olhos de Danuta se encheram de lágrimas por um momento e ela os limpou com as costas da mão. — Desde que Megan Fairchild cometeu suicídio, ele vinha recebendo muitas mensagens de ódio. Bom, eu falo mensagens de ódio, mas a maioria é de *trolada* na internet.

— Como ele se sentia em relação à morte da Megan?

— O que você acha? — disse Danuta nervosa. — Nós dois ficamos arrasados. O mais maluco é que Megan *escreveu pra gente*. Ela veio a Londres para fazer teste. Duas vezes. Nós sempre explicamos a todo mundo como é o programa. Avisamos sobre a cobertura de imprensa, sobre a possibilidade de intromissão na vida das pessoas, mesmo assim elas queriam os 15 minutos de fama. Jack costumava dizer que queria que Andy Warhol ainda estivesse vivo pra ver o que esses malucos estão dispostos a fazer para aparecerem na TV.

— Que horas você veio para a casa do Jack?

— Sei lá, por volta das 11. Era para ele ter ido a uma reunião tensa com os produtores e o canal sobre esse negócio todo com Megan.

— Achei que o programa fosse ao vivo todos os dias, às 9 horas da manhã. Hoje é sexta-feira — disse Erika.

— Só é ao vivo de segunda a quarta. Nós gravamos outros dois programas "como se fosse ao vivo" na quarta-feira, depois do programa ao vivo. Assim a gente economiza dinheiro com estúdio.

— E você não viu ninguém por aqui?

— Não... vi o quarto e pirei, depois desci de novo para o quintal e liguei para a polícia.

— Você conhece a esposa do Jack?

– Conheço. Claire; ela o deixou alguns meses atrás. Levou as crianças.

– Quantos anos têm as crianças?

– Nove e sete.

– Li na imprensa que ela foi diagnosticada com câncer – disse Moss.

– Ela recebeu o diagnóstico um mês depois que o deixou. Jack falou para ela voltar, tentou se reconciliar, mas ela recusou. A imprensa não contou essa parte; eles preferem pintá-lo como vilão, falando que a traía enquanto ela estava doente. Claire está com a mãe no litoral, em Whitstable.

– Você já teve algum envolvimento amoroso com Jack? – perguntou Erika.

– A gente transou algumas vezes quando éramos estudantes. Estou casada agora, e Jack era como um irmão para mim.

O cigarro de Danuta tinha queimado até o final. Erika empurrou um copo de plástico para o centro da mesa para usarem como cinzeiro.

– Como entrou na casa? Você disse que escalou? – perguntou Moss.

– Isso. Escalei até a janela do quarto nos fundos.

– Você faz isso normalmente?

– Não. Bom, só uma vez, quando ele dormiu demais num dia de programa ao vivo. Isso aconteceu no dia seguinte à maratona de 24 horas que ele ficou apresentando aquele programa de arrecadação de fundos. Ele estava morto... Ou melhor, ele estava dormindo. Escalei até lá em cima e esmurrei a janela até acordá-lo.

– E hoje você quebrou a janela?

– Isso.

– Por quê? Você achou que ele ainda estava vivo?

– Não... sim... não sei. Ele estava com um saco na cabeça. Achei que podia conseguir salvá-lo. Havia um cinzeiro de pedra pequeno no telhado. Jack costumava ir ali para fumar e o usei para quebrar o vidro. Aí, quando entrei, vi que já não tinha como ajudar...

– Você achou que ele estava tentando se matar?

– Não.

– O que você achou que era, então?

– Não sei...

– Jack era heterossexual? – perguntou Moss.

– É claro que era heterossexual, cacete! E não era homofóbico. Nós temos homossexuais trabalhando no programa e ele se dá bem com todos. Se *dava* bem.

– Ele bebia demais, usava droga?

Danuta olhou para fora pela janelinha da van e viu peritos entrando e saindo da casa.

– O que estamos perguntando aqui é confidencial. Vai ajudar na investigação – justificou Erika.

– Ele gostava de fumar...

– Marijuana?

Danuta confirmou com um gesto de cabeça e disse:

– E ele tomou *bala* uma vez, há muitos anos, quando fizemos um documentário sobre o *Burning Man*... mas todos nós tomamos. Ele gostava de sair para beber, mas eu não diria que ele tinha problemas com bebida ou drogas.

– Okay.

– A casa é dele? – perguntou Moss.

– É.

– Existe mais alguma coisa que você possa nos falar?

– Sejam delicados quando contarem isso à mulher dele, okay? Ela tem passado por muita coisa.

Erika fez que sim com um gesto de cabeça. Elas olharam pela janela quando o saco com o corpo foi retirado da casa em uma maca e colocado numa ambulância. Bem no alto da rua, a multidão tinha aumentado ainda mais. Flashes de câmeras disparavam como minúsculas alfinetadas. Bateram na porta de trás da van, e Crane botou a cabeça para dentro da porta.

– Tudo certo, chefe? Podemos dar uma palavrinha?

– Obrigada, Danuta. Vamos providenciar um carro para te levar para casa – disse Erika. Danuta concordou com um débil movimento de cabeça. Erika e Moss pediram licença e saíram da van.

– Uma vizinha quer conversar com você. Ela disse que alguém entrou na casa dela ontem e roubou uma roupa de bebê – informou Crane.

– Como ela pode ter certeza? – perguntou Erika.

– Ela foi tirada do corpo do bebê.

CAPÍTULO 34

E não roubaram mais nada? – perguntou Erika, caminhando na direção da janela do quarto do bebê, que ficava no andar térreo e dava vista para um gramado amarelado com canteiros de flores cheios de mato. O sol entrava pela janela e lançava dois quadrados brilhantes em um novo carpete bege. As paredes tinham sido pintadas recentemente de branco, com uma borda decorada de elefantes marchando de várias cores.

– Não. Nada... – respondeu a mulher que morava a duas casas de Jack Hart. Ela estava pálida, com uma aparência exausta e segurava com força sua pequenina filha de cabelos volumosos e grandes olhos castanhos contra o peito.

Moss saiu de perto do berço que ficava isolado no centro do quarto e foi até uma cômoda na parede à esquerda. Em cima dela, havia um trocador, um pote grande de creme e uma babá eletrônica.

– Esta babá eletrônica estava ligada na hora? – perguntou Moss.

– Sim.

– A babá eletrônica ficou ligada a noite inteira, Sra. Murphy? – perguntou Erika.

– Por favor, me chamem de Cath. Sim. Ficou ligada a noite inteira. Nosso quarto é aqui do lado. Vira e mexe eu dou uma olhada na Samantha.

– Com que frequência faz isso?

– A cada três horas. Ponho o despertador.

– Você sabe que horas a roupinha desapareceu?

– Não tenho certeza. Não percebi até hoje de manhã.

– E você não ouviu nada incomum pela babá eletrônica, nada que lhe pareça estranho? – perguntou Moss, aproximando-se com o dedo levantado. A menina o agarrou com a mão minúscula e deu uma risadinha.

– Não. Samantha é um bebê muito tranquilo. Não liguei uma coisa com a outra até ver a agitação lá fora. É verdade que encontraram Jack

Hart estrangulado? De um jeito muito parecido com aquele médico que morreu umas duas semanas atrás?

– Não podemos comentar o caso – disse Erika.

– Esta casa é minha! Tenho o direito de saber!

– Estamos tratando a morte dele como suspeita. É só o que podemos dizer.

– Ele era um cara legal. Jack Hart. Uma das únicas pessoas na rua que sempre falava oi. Ele parava para perguntar da Samantha. Colocou um cartão dando os parabéns por baixo da porta. Não era nada parecido com o homem na televisão.

– Alguém ficou rondando por aqui nas últimas semanas, visitando as casas e perguntando sobre sistemas de segurança? – disse Moss.

– Não, que eu saiba. Posso perguntar ao meu marido quando ele voltar.

– Quando ele volta?

– Tarde, à noite. Ele trabalha no centro.

– Okay. Alguma janela estava aberta ontem à noite? Não há sinal de arrombamento.

Demonstrando sentir-se culpada, ela disse:

– Estava. Mas só abri um pouquinho. Esta área é geralmente tão segura, e a gente está enfiado aqui no meio das casas. A noite estava tão quente. Eu não sabia o que fazer. Queria que ela ficasse quentinha, mas que não sentisse calor demais. É tanta coisa conflitante que a gente escuta sobre os bebês... – ela começou a chorar e agarrou a menininha com mais força.

– Samantha é a sua primeira? – perguntou Moss. A menininha ainda estava segurando o dedo dela.

Cath fez que sim com um gesto de cabeça.

– É difícil ser mãe – comentou Moss. – Todo mundo quer ter filho, mas ninguém admite o quanto é difícil. E estou falando como policial.

Cath relaxou um pouco e sorriu. Erika olhou ao redor do quarto pintado há pouco tempo, deixando de prestar tanta atenção na conversa sobre crianças entre Moss e a vizinha. Ela arrancou da mente seus sentimentos maternos, foi até a janela e ficou espiando a grama do outro lado.

– E você tem certeza de que nem o seu marido nem a babá colocou o casaquinho para lavar?

– Não temos babá. Procurei pela casa e na área de serviço. Sou a única que acorda por causa dela à noite, e Samantha é pequena demais para desabotoar a blusa inteira. – A voz de Cath falhou novamente e ela segurou forte o bebê. – Por que alguém faria isso? É doentio! É espalhar o medo deliberadamente. Vou trancar todas as janelas. Nunca mais vou abrir nenhuma delas!

Erika e Moss saíram da casa alguns minutos depois.

– Quero que procurem impressões digitais em cada centímetro daquele quarto, e que passem um pente fino em todos esses quintais – disse Erika. – Quem quer que tenha feito isso vai ter que cometer algum deslize em algum lugar, mais cedo ou mais tarde. Ele matou duas pessoas.

– Então a gente está falando de um *serial killer* agora? – perguntou Moss.

– Não sei. Por que então pegar a roupa do bebê e não machucar a criança? Isso não faz sentido. Ele também foi à casa das vítimas antes, em plena luz do dia, e nós não temos nada.

– Temos a impressão da orelha – disse Moss.

Erika pensou na impressão da orelha novamente, em seu contorno preto no papel. Isso a fez gelar.

CAPÍTULO 35

Era tarde quando Erika chegou ao seu apartamento. Quando destrancou a porta, se sentiu esmagada pelo calor e escuridão. Apertou o interruptor na entrada, mas a luz não acendeu. Ela ficou parada no escuro por um momento, em seguida a luz do corredor, que funcionava com timer, apagou, mergulhando-a na escuridão.

O rosto de Jack Hart apareceu em sua mente. Os olhos abertos presos debaixo do plástico. Um grito silencioso.

Erika respirou fundo várias vezes, voltou para a entrada do prédio e pressionou o interruptor do timer. Depois que as luzes se acenderam, ele começou a emitir um tique-taque baixinho. Ela voltou à porta do apartamento, pegou o celular e acendeu a lanterna, lançando um brilhante arco de luz no interior. Erika entrou cuidadosamente na sala escura e foi até o quarto. Esfregando a parede, achou o interruptor, mas nada aconteceu. Movimentando o braço da esquerda para a direita, iluminou os cantos do quarto, agachou e iluminou debaixo da cama, abriu o guarda-roupas...

Nada.

Mais imagens inundaram sua mente: Gregory Munro, Jack Hart, deitados nus de costas, corpos expostos, cabeças desfiguradas nos sacos plásticos transparentes.

Ela ouviu um clique da porta do apartamento se fechando.

– Merda – xingou entredentes. Seu coração começou a socar no peito. Ela ainda sentia o enjoativo cheiro da água do lago em sua pele suada. Rapidamente, saiu do quarto e, mantendo um olho na porta, esticou o braço para dentro do banheiro em busca da cordinha que acendia a luz. Ela a puxou com força, porém nada aconteceu. Deu a volta na porta do banheiro e apontou a luz do telefone lá para dentro. Estava vazio: privada, banheira e pia brancos. Deu um puxão na cortina do chuveiro. Nada. O reflexo da luz do celular no espelho a deixou com a vista momentaneamente ofuscada. Sacudiu a cabeça na tentativa de livrar-se da dolorosa sensação e da mancha brilhante em sua vista quando saiu apressada do banheiro, chegou à sala e se aproximou da porta do apartamento.

Ela apertou o interruptor, mas, de novo, nada. O apartamento estava exatamente como ela o tinha deixado: bagunçado. Alguns mosquitos zumbiam acima das canecas de café velho na bancada da cozinha. Erika relaxou um pouco. O apartamento estava vazio. Ela voltou para a porta da frente, passou a correntinha na tranca e voltou para a sala. Agarrou a cordinha da grande persiana da janela que dava para o pátio, puxou-a e a abriu ruidosamente.

A silhueta de um homem alto estava diante da janela. Erika gritou e saiu cambaleando de costas, caindo na mesinha de centro, espatifando as canecas no chão.

Ela deixou o celular cair, mergulhando a sala de volta na escuridão.

CAPÍTULO 36

Enquanto Erika estava deitada no chão, a silhueta alta permaneceu imóvel por um momento, depois oscilou um pouco e falou, através do vidro:
– Chefe? Você está aí? Sou eu, Peterson – ele colocou as mãos curvadas contra o vidro e espiou lá dentro. – Chefe?
– O que diabos você está fazendo no meu apartamento? – perguntou Erika, levantando-se e abrindo a porta do pátio. A luminosidade no céu banhava Peterson com um brilho alaranjado.
– Desculpe, não consegui achar a porta. Não sabia que ela ficava na lateral do prédio.
– Falou como um verdadeiro detetive – disse Erika. – Espere aqui um segundo.
Ela recuperou o celular nas sombras debaixo da mesinha de centro, acendeu a lanterna de novo e pegou uma cadeira para conseguir alcançar o quadro de energia que ficava no alto da parede acima da televisão. Abriu-o, desligou e ligou a chave principal. Todas as luzes do apartamento se acenderam, com exceção da lâmpada acima da porta na entrada.
Erika enxergou Peterson na porta do pátio. Estava de calça jeans azul, camiseta da Adidas velha e a barba de uns dois dias por fazer. Ele esfregou os olhos injetados.
– A lâmpada já era – comentou ela, não para dar alguma explicação a Peterson, mas sentindo-se aliviada. Ela desceu da cadeira e ajeitou o cabelo, se dando conta de que devia estar com uma aparência meio desvairada. – Onde você estava hoje? – acrescentou ela, olhando Peterson de cima abaixo e sentindo cheiro de bebida.
– Posso entrar para conversar? – perguntou ele.
– É tarde.
– Por favor, chefe?
– Okay.

Ele entrou na sala. Uma brisa leve soprou para dentro do apartamento.

– Isto aqui é... legal – comentou ele.

– Não é, não – disse Erika, movimentando-se na direção da cozinha. – Você quer beber alguma coisa?

– O que você tem?

– Você não vai beber nada com álcool. Pelo seu cheiro, já bebeu o suficiente.

Ela deu uma olhada rápida em seus armários quase vazios. Tinha uma bela garrafa de Glenmorangie, fechada. Na geladeira, havia uma garrafa velha com um restinho de vinho branco. A jarra de café estava quase vazia.

– É água da torneira ou... *Um Bongo* – disse ela com frieza, pegando duas caixas do suco debaixo de uma alface mofada na gaveta de verduras.

– O suco, obrigado – disse Peterson.

Erika fechou a geladeira e passou uma das caixas de suco para ele. Pegou o maço de cigarro na bolsa e os dois saíram para o quadradinho cimentado no pátio. Não havia cadeiras, por isso eles se sentaram no murinho que cercava a grama.

– Eu não sabia que ainda vendiam *Um Bongo* – comentou Peterson, tirando o plástico do canudo e enfiando-o no buraquinho tampado com papel-alumínio.

– Minha irmã e as crianças ficaram aqui alguns meses atrás – disse Erika, acendendo um cigarro.

– Não sabia que você tinha irmã.

O cigarro não acendeu direito e ela deu algumas puxadas na tentativa de fazer a ponta brilhar. Soltando a fumaça, fez que sim com um gesto de cabeça.

– Quantos filhos ela tem?

– Dois. E mais um a caminho.

– Meninos ou meninas?

– Um menino, uma menina e um bebê... ela não sabe o sexo.

– E o menino e a menina são pequenos?

– Que horas são? Merda, eu queria ver o jornal da noite – reclamou Erika. Ela levantou num pulo e entrou novamente pelas portas do pátio. Peterson entrou em seguida e a encontrou procurando algo no sofá debaixo das almofadas.

– Está aqui – disse ela, tirando o controle de dentro de uma caixa de comida delivery na mesinha de centro. Erika o pegou e ligou a TV.

O jornal da ITV exibia a placa giratória da Scotland Yard e o finalzinho de uma entrevista com Marsh, que parecia cansado.

– ...A *unidade de Homicídios e Crimes Graves fez disso a nossa prioridade máxima* – ele estava dizendo. – *Estamos seguindo várias linhas de investigação.*

A imagem foi cortada para um vídeo do *The Jack Hart Show*. A câmera movimentava-se por uma plateia turbulenta, que estava em pé, vaiando, gritando e assobiando. Depois mostraram uma jovem no palco com um rapaz de moletom e boné de basebol. A legenda na parte inferior dizia: **ABORTEI TRIGÊMEOS FERTILIZADOS IN VITRO PRA FAZER UMA PLÁSTICA NOS SEIOS.**

– *A vida é minha... posso fazer o que eu quiser* – disse a garota, determinada.

Em seguida a câmera cortou para a imagem de Jack Hart, sentado ao lado do jovem casal, com a testa convenientemente franzida. Estava imaculado e bonito de terno azul.

– *Mas não é só a sua vida. O que me diz das crianças que não puderam nascer?*

Então, uma voz começou a falar ao fundo:

– *Jack Hart era uma figura controversa, idolatrado e odiado na mesma medida, e hoje ele foi encontrado morto em sua casa, em Dulwich, South London. A polícia não liberou mais nenhuma informação, mas confirmaram que estão tratando a morte dele como suspeita.*

– Jesus, alguém o matou? – perguntou Peterson.

– Onde você ficou o dia todo? – Peterson ficou em silêncio. – Ele foi morto exatamente do mesmo jeito que Gregory Munro... bom, ainda estamos esperando o exame toxicológico.

Na tela, a plateia no estúdio estava entoando:

– *Assassina! Assassina! Assassina!*

O rapaz de boné de basebol levantou e começou a ameaçar as pessoas na primeira fila.

– Quanto tempo você acha que nós temos até que a imprensa descubra que esse assassinato está ligado ao de Gregory Munro? – perguntou Peterson.

– Não sei. Talvez 24 horas, mas espero que demore um pouco mais.

– Você conversou com Marsh?

– Conversei, passei as informações para ele algumas horas atrás – respondeu Erika.

O jornal passou a exibir filmagens feitas mais cedo: pessoas se aglomerando no cordão de isolamento do lado de fora da casa de Jack Hart, em seguida mostrou uma embaçada foto do saco com o corpo, sendo retirado da casa sobre uma maca, tirada com lentes de longo alcance.

– Isaac Strong está fazendo a autópsia hoje à noite. Teremos o resultado em algumas horas.

O noticiário terminou e apareceu na tela a previsão do tempo. Erika abaixou o volume e virou-se para Peterson, que assistia à TV em silêncio com o canudo preso no canto da boca, chupando o resto do suco na caixa.

– Peterson, você apareceu no meu apartamento e ficou espiando pela janela. O que está acontecendo? Onde você esteve hoje?

Ele engoliu e respondeu:

– Eu tinha que pensar.

– Você tinha que pensar. Okay. E você tinha que fazer isso às custas do dinheiro do contribuinte? É para isso que servem os fins de semana.

– Desculpe, chefe. Aquele negócio todo com Gary Wilmslow me detonou...

Erika acendeu outro cigarro. Os acontecimentos com Gary Wilmslow pareciam tão antigos; tanta coisa tinha acontecido nos últimos dias.

Peterson continuou, com a voz falhando um pouco de emoção.

– A ideia de que comprometi uma investigação gigantesca de pedofilia... E se aquilo o tiver deixado com medo? E se eles simplesmente juntarem tudo e desaparecerem, continuarem abusando de crianças, fazendo aqueles filmes doentios? Isso quer dizer que sou indiretamente responsável por aquelas crianças, todo aquele abuso horrendo – ele colocou as mãos nos olhos e seu lábio inferior começou a tremer.

– Ei, ei! Peterson... – Erika colocou um braço ao redor dele e ficou acariciando seu ombro. – Agora, já chega. Você me ouviu?

Ele respirava fundo e enxugava os olhos com as costas das mãos.

– Peterson, ele ainda está sendo vigiado. O disfarce da polícia não foi descoberto. Vou ver se consigo mais alguma informação amanhã – Erika o encarou por um momento. Os olhos dele ficaram vidrados. – Peterson, o que foi?

Ele engoliu em seco e respirou fundo:

– Abusaram da minha irmã, quando éramos pequenos. Quer dizer, ela era pequena, e eu velho o bastante para não... despertar *interesse*.

– Quem foi?

— Foi um cara que administrava a escola dominical, o Sr. Simmonds. Um branco velho. Minha irmã só contou para nós no ano passado, depois de ter tentado se matar. Ela tomou uma porrada de comprimidos. Minha mãe a encontrou na hora certa.

— Pegaram o cara?

Peterson abanou a cabeça:

— Não, ele está morto. Ela ficou com muito medo de contar para alguém. Ele falou que se a minha irmã contasse, ele a mataria. Falou que dava um jeito de entrar no quarto dela e cortar sua garganta. Durante anos ela fez xixi na cama. Eu costumava tirar sarro dela por causa disso. Ah, se eu soubesse. Quando Sr. Simmonds morreu, meus pais foram ao grande velório que fizeram para ele na igreja lá de Peckham. Uma homenagem ao excelente serviço que ele prestou à comunidade.

— Sinto muito, Peterson.

— Minha irmã tem quase 40 anos. Ela nunca conseguiu superar o que ele fez com ela. E o que eu posso fazer?

— Você pode voltar ao trabalho, ser o melhor policial que conseguir... existe um monte de outros filhos da mãe lá fora que você pode pegar.

— Eu ia adorar pegar aquele filho da mãe do Gary Wilmslow – disse Peterson, com os dentes cerrados. – Se eu pudesse ter uma hora numa sala com ele...

— Você sabe que isso não vai acontecer, não sabe? E se tentar fazer isso... Bom, Peterson, você não quer seguir esse caminho. Acredite em mim.

— É que eu estou com raiva pra cacete – xingou ele, dando um soco na mesa.

Erika não recuou. Ficaram sentados em silêncio por um momento, escutando os grilos cantando no escuro ao lado da macieira. Erika levantou-se, foi até o armário da cozinha e pegou copos e a garrafa de Glenmorangie. Serviu uma dose generosa em cada um deles e retornou para onde estavam. Entregando um a Peterson, ela voltou a sentar-se ao lado dele.

— É uma das emoções mais prejudiciais, a raiva – disse Erika, colocando o copo de lado e acendendo outro cigarro. – O nome Jerome Goodman ainda faz o meu sangue ferver. Passei horas tramando formas elaboradas e dolorosas de matá-lo. Minha raiva é quase ilimitada.

— Ele é o...

— O homem que matou meu marido e quatro colegas nossos. Ele é o homem que destruiu a minha vida. Minha antiga vida, na verdade. O homem que quase me destruiu. Mas não conseguiu. Não vou deixar que ele faça isso.

Peterson ficou em silêncio.

— O que estou querendo dizer é que pessoas más estão em todo lugar. O mundo está cheio de gente boa, mas está igualmente inundado de pessoas más. Gente que faz coisas horríveis e malignas. Você tem que se concentrar naquilo que *pode* fazer, naquilo que você *pode* influenciar. Naqueles que você pode caçar. Sei que parece simplista, mas eu levei muito tempo para me dar conta disso, e foi o que me deu alguma paz.

— Onde está Jerome Goodman? – perguntou Peterson.

— Desapareceu da face da Terra, depois do tiroteio... Eu não sei se ele teve ajuda interna ou deu sorte. Mas não o encontraram. *Ainda*.

Ela prosseguiu:

— Acredito em destino. Sei que algum dia no futuro verei Jerome Goodman de novo, e vou pegá-lo. E ele vai ficar preso para o resto da vida – ela enfatizou a última parte com um punho cerrado.

— E se não acontecer?

— Não acontecer o quê?

— Se não pegá-lo?

Erika se virou para ele. Os olhos dela estavam arregalados e não piscavam:

— A única coisa que vai me impedir de pegá-lo é a morte. A dele ou a minha – ela desviou o rosto e deu uma longa golada no uísque.

— Sinto muito. Sinto muito por isso ter acontecido com você, chefe... Erika...

— Sinto muito pela sua irmã.

Ela se virou para ele e seus olhos se prenderam por um momento. Então ele se inclinou para beijá-la. Erika colocou a mão sobre a boca de Peterson.

— Não.

Ele recuou o corpo.

— Merda, me desculpe.

— Não, não se desculpe. Por favor, não se desculpe – pediu ela, levantando-se e saindo, depois voltou com um cobertor e um travesseiro.

— Você devia dormir aí no sofá. Não dá para dirigir assim.

— Chefe, me desculpe mesmo.

— Peterson, por favor. Você me conhece. Está tudo bem entre a gente, okay?

Ele fez que sim com um gesto de cabeça.
— E muito obrigada por ter me contado sobre a sua irmã. Sinto muito. Mas você me ajudou a entender algumas coisas. Agora, durma um pouco.

Erika ficou deitada sem sono durante muito tempo, sozinha na cama e olhando para a escuridão. Pensou em Mark e se forçou para visualizar seu rosto, para mantê-lo vivo em sua memória. Esteve tão perto de aceitar o beijo de Peterson, mas Mark a fez recuar. Parte dela desejava um homem em sua cama, um corpo quente para abraçá-la, mas sentiu que era um passo muito grande.

Um passo que a distanciaria demais de sua vida com Mark.

CAPÍTULO 37

Erika acordou um pouco antes das 6 horas. O sol entrava vigoroso pelas janelas. Quando chegou à sala, Peterson já tinha ido embora, mas deixou um bilhete grudado na geladeira.

> OBRIGADO, CHEFE - DESCULPE SE FUI UM IMBECIL
> + OBRIGADO POR ME DEIXAR CAPOTAR NO SOFÁ
> VEJO VC NO TRABALHO - JAMES (PETERSON)

Ela ficou satisfeita por ele não ter terminado o bilhete com um beijo e queria que a situação não ficasse tensa entre eles. Já havia tensão suficiente no trabalho sem o envolvimento de sua vida pessoal.

Erika caminhava pelo longo, fresco e tranquilo corredor que levava às portas do necrotério. Ela apertou o interfone e levantou os olhos para a pequena câmera sobre a porta. Depois de um bipe, a grande porta de aço abriu automaticamente soltando um chiado. O ar frio lá de dentro ondeou para fora em forma de vapor.

– Bom dia – cumprimentou Isaac, encontrando-a à porta. Ele ainda estava com a roupa de cirurgia azul, que se encontrava ensanguentada em algumas partes.

Eles atravessaram a ampla sala de autópsia. O chão era ladrilhado com um padrão geométrico vitoriano preto e branco em forma de diamante. O teto era alto, mas não havia janela, e as paredes eram azulejadas de branco. Uma fileira de portas de metal ladeava um lado, e no centro da sala havia quatro mesas de aço inox. Três delas cintilavam vazias sobre as fortes luzes fluorescentes e na mais perto da porta, estava o corpo de Jack Hart.

Uma das assistentes do necrotério, uma pequenina e jovem chinesa, estava fechando a incisão em forma de Y que começava abaixo do umbigo.

Metade do trabalho já estava pronta, pois já tinha chegado ao peito. Ela costurava a pele delicadamente, na direção do local em que a incisão se separava e seguia na direção dos ombros. Os pontos eram impecáveis, mas grandes e proeminentes.

– Como no caso de Gregory Munro, havia níveis altos de flunitrazepam no sangue dele – disse Isaac. – Foi ingerido de forma líquida. Isso coincide com a garrafa de Bud que encontramos na mesinha de cabeceira. Ela continha grande quantidade de resíduo de flunitrazepam.

– Então ele foi drogado? – perguntou Erika.

– Os níveis eram maiores do que os que encontramos no sangue de Gregory Munro. Não tenho como afirmar se isso foi acidental ou planejado. Diferentemente de Gregory Munro, Jack era mais jovem e estava no auge de sua condição física: pouquíssima gordura corporal e músculos bem-desenvolvidos.

– O assassino pode ter achado que precisava de uma dose maior para derrubá-lo – palpitou Erika. Eles olharam para a assistente do necrotério costurando o peito, bem no momento em que ela puxava os músculos peitorais bem-desenvolvidos e os juntava novamente.

– Então você acha que foi a mesma pessoa que fez isso?

– Não foi o que eu disse. As similaridades são extraordinárias, mas é seu trabalho descobrir isso.

– Ok. Causa da morte? – perguntou Erika.

– Asfixia com saco plástico amarrado ao redor da cabeça.

– O rosto dele está diferente do rosto de Gregory Munro. Está coberto de marcas vermelhas e a pele tem uma tonalidade esquisita.

– Gregory Munro asfixiou mais rápido; levou só um ou dois minutos. Com Jack Hart, a força de seus pulmões deu a ele a possibilidade de reter oxigênio sob estresse, por isso os sinais de asfixia e os sintomas foram severos. Essas pintinhas vermelhas no rosto são hemorragias internas. E a tonalidade azulada é causada pela cianose, o que faz com que a pele fique descolorida devido à má circulação. Os órgãos internos também estão cheios de pontos hemorrágicos.

– Então quanto tempo você acha que ele demorou para morrer?

– Quatro, cinco... talvez seis minutos. As mãos dele estavam amarradas, mas ele deve ter esperneado violentamente e resistido, motivando o assassino a agredi-lo. O olho esquerdo machucado é compatível com um golpe no rosto e há contusões nos lábios e nas gengivas, sugerindo que foi aplicada pressão no rosto. Você tem que ver mais uma coisa. – Isaac aproximou-se do corpo. A assistente do necrotério deu um passo para trás, e Isaac abriu a boca delicadamente.

– Jesus – disse Erika.

– Ele quase rompeu a língua com uma mordida – disse Isaac. – Foi uma morte extremamente longa, lenta e dolorosa.

– Algum sinal de agressão sexual?

– Não.

Isaac fez um gesto de cabeça e a assistente voltou para continuar a costura. O corpo flácido movia-se um pouquinho quando a agulha dava voltas através da pele e apertava os pontos. Erika achou que as abas de pele abertas pareciam mais com plástico pintado do que com carne humana.

– Quero te mostrar mais uma coisa, vamos dar um pulinho na minha sala – disse Isaac.

A sala dele era quente em comparação ao restante do necrotério. O sol a inundava por uma janela no alto da parede. Ela era repleta de prateleiras abarrotadas de livros médicos. Um iPod brilhava em uma caixa de som da Bose. A mesa estava arrumadíssima, a proteção de tela do notebook era um cubo que ficava quicando pra lá e pra cá.

– O saco usado para asfixiar Gregory Munro e Jack Hart são do mesmo tipo – disse Isaac, pegando um saco plástico de evidência na mesa. Ele continha o saco amassado e manchado com sangue seco e um resíduo leitoso. O cordão também estava coberto de sangue seco.

– O que você quer dizer? Do mesmo supermercado? – perguntou Erika, pegando o saco da mão dele.

– Não, esses sacos são produzidos para ajudar pessoas a cometerem suicídio. São conhecidos como sacos "de suicídio" ou sacos de "saída". Eu devia ter percebido isso no caso de Gregory Munro. Foi só quando vi de novo no Jack Hart que percebi.

– Mas como isso ajuda uma pessoa a cometer suicídio? Por que não usar um saco plástico comum?

– É muito difícil simplesmente enfiar um saco na cabeça e esperar sufocar. Nosso instinto não nos deixa sufocar. Chamamos isso de resposta respiratória à hipercapnia. Quando a pessoa é privada de oxigênio, ela rasga o plástico em pânico. Então alguém veio com essa ideia do saco de suicídio. Como você pode ver, o saco é comprido... ele não fica bem encaixado na cabeça, há um espaço em cima. A ideia é que você coloque o saco na cabeça e enfie um cano de plástico debaixo do cordão antes de apertá-la ao redor do pescoço... mas não com muita força, porque pelo cano você enche o saco com algum gás inerte, como hélio ou nitrogênio. As pessoas compram um botijão de hélio daqueles usados para encher balões. Elas respiram o gás, o que evita o pânico, a sensação de sufocamento e a tentativa desesperada de tirar o saco durante a inconsciência.

– Então a pessoa que fez isso tem que ter comprado esse saco? – perguntou Erika.

– Isso.

– Onde?

– Dá para comprar pela internet, em sites específicos, acredito eu – respondeu Isaac.

– Então existe a possibilidade de conseguirmos uma lista de pessoas que compraram um desses sacos? – perguntou Erika.

– Isso agora é com você – disse Isaac.

Quando terminaram, Isaac caminhou com Erika até a entrada do necrotério.

– Você devia dormir um pouco. Está acabado – comentou Erika.

– Vou fazer isso – Isaac apertou um botão e a porta de metal se abriu. – Humm, sei que na semana que vem é o aniversário de dois anos que Mark...

Erika parou e se virou.

– Morreu – completou ela, encarando-o.

– Isso, que Mark morreu. Se quiser fazer alguma coisa, vou estar por aqui. Se não quiser, tudo bem do mesmo jeito. A gente pode sair, ficar em casa. Só não quero que você fique sozinha.

Ela sorriu:

– Espero estar resolvendo esse caso. Isso vai ocupar a minha cabeça.

– Com certeza. Só para você saber que estou aqui.

– Obrigada. Como estão as coisas com Stephen?

Isaac baixou o olhar para o chão sentindo-se culpado e disse:

– Bem. Ele vai morar comigo.

Erika apenas gesticulou com a cabeça.

– Não me julgue – acrescentou ele.

– Sou a última pessoa que te julgaria – afirmou ela suspendendo as mãos. – A gente se vê – despediu-se com um sorriso e saiu caminhando pelo comprido corredor.

CAPÍTULO 38

Erika convocou sua equipe para uma reunião no início da manhã. Ela ficou de pé em frente aos quadros-brancos com as fotos das cenas dos crimes de Gregory Munro e as recém-adicionadas de Jack Hart. Estavam todos se acomodando quando Peterson chegou.

– Peterson voltou e trouxe café decente – avisou Moss, observando-o entrar com uma bandeja grande de cafés.

– Pegue um, chefe – disse Peterson, oferecendo a Erika a bandeja grande com copos da Starbucks.

– Onde você estava ontem? – perguntou ela, pegando um copo.

– Uma comida chinesa não me fez muito bem – respondeu ele, sem pestanejar.

– Okay, bom, estou contente por estar de volta – disse ela, dando um sorriso.

– Obrigado, chefe – agradeceu ele, aliviado, em seguida movimentou-se pela sala distribuindo cafés aos outros policiais.

– Então... onde foi que conheceu a chinesa que você comeu? – perguntou Moss com um sorrisão safado, inclinando-se para pegar um copo na bandeja que esvaziava-se rapidamente.

– Foi um Frango Kung Pao – disse Peterson.

– Sabe até o nome dela! A moça deve ter classe: tem dois sobrenomes.

– Sai fora, Moss – disse ele dando uma gargalhada.

– Okay. Certo, vamos nos concentrar – começou Erika. Todos na sala se acomodaram para escutar. – Então, aqui estamos nós de novo. Agora temos dois assassinatos, com duas semanas de diferença entre eles. As duas vítimas vivem dentro de um raio de 25 quilômetros. Posso afirmar que os dois foram mortos do mesmo jeito: drogados e asfixiados com um saco plástico.

Ela ficou em silêncio quando um murmúrio percorreu a sala.

– Um era um clínico geral. O outro era um dos rostos mais conhecidos da televisão britânica, então, como sempre digo, vamos voltar ao início. E não existe pergunta idiota.

– Os dois são do sexo masculino – disse Detetive Warren.

– Sim, podemos confirmar isso pelas fotos das cenas dos crimes – concordou Erika, apontando para os dois homens deitados nus nas camas. – E?

– Eles foram *derrubados* por uma droga do estupro misturada em bebida alcoólica dentro da casa deles, o que facilitou o sufocamento com saco plástico – continuou Singh.

– Isso, e foi usado o mesmo tipo específico de saco nos dois assassinatos. Saco "de suicídio" ou "de saída". Eles podem ser comprados em sites específicos na internet. Então temos que confirmar quais sites vendem isso e conseguir um histórico de compradores, uma lista de transações com cartão de crédito e endereços.

– Ambos tinham altura similar – disse Moss. – Gregory Munro era mais velho e não estava tão em forma nem tão saudável quanto Jack Hart.

– O assassino ajustou a dosagem de acordo com o tamanho das vítimas. Jack Hart recebeu uma dose maior do que Gregory Munro, ou seja, é provável que ele tenha estudado os dois a distância.

– Alguém ficou à espreita dos dois à noite – acrescentou Peterson.

– Por que você usou *espreita*?

– O assassino já podia estar dentro das casas quando eles chegaram... Ele provavelmente ficou à espreita pela casa, observando as vítimas. Pode não ter sido a primeira vez – disse Peterson.

– Sim, foi planejado. Ele ficou à espreita, observando as casas antes. Forjou o panfleto de uma empresa de segurança falsa para Gregory Munro; ele sabia como entraria na casa de Jack Hart – acrescentou Moss.

– Talvez seja um ex-militar. Ele praticamente não deixou evidência com DNA – disse Singh.

– Ou trabalha num hospital, numa farmácia... Ele conseguiu acesso a flunitrazepam e seringa... nós encontramos a tampa de uma seringa debaixo da cama de Jack Hart. Bem... hoje em dia, você consegue comprar esse tipo de coisa até pela internet – comentou Detetive Warren.

– Isso pode ligá-lo a Gregory Munro – disse Peterson.

– Mas como isso liga a Jack Hart? – perguntou Erika.

– Não existe histórico nenhum de relacionamento gay nem de que Jack tenha um passado gay? – perguntou Peterson.

– Não que nós saibamos – respondeu Erika. – A esposa dele vai fazer a identificação formal do corpo mais tarde hoje, mas é obvio que temos que tratar esse assunto com cuidado quando perguntarmos a ela. Gregory Munro tem um filho; Jack Hart tem dois filhos pequenos. Nos dois casos, as mães levaram os filhos embora. Alguém tem algo a dizer sobre isso?

Houve silêncio.

– Tem que haver um motivo para esse cara ter mirado nesses dois homens! – disse Erika, fazendo um grande círculo preto ao redor das fotos das duas vítimas no quadro-branco.

– Mas que diabos um clínico geral tem em comum com um apresentador de programa sensacionalista? – perguntou Moss.

– Bom... temos que descobrir, e rápido – disse Erika. – Essa ligação vai nos levar ao assassino. Quem quer que seja essa pessoa, *escolhe* as vítimas, vigiando-as nos dias que antecedem os assassinatos. Não recolhemos nenhuma impressão digital em nenhuma das cenas de crime, nem da vizinha de Jack Hart, que teve o quarto de bebê invadido, mas conseguimos a impressão de uma orelha na parte de fora da porta dos fundos da casa de Jack Hart. Já recebemos alguma notícia, Crane, do... de onde mesmo?

– Centro Nacional de Treinamento para Apoio Científico à Investigação de Crimes – respondeu Crane. – Acabei de saber que eles estão prestes a conferir o banco de dados, que contém mais de duas mil impressões de orelhas. Então devemos receber uma ligação a qualquer momento.

– Não estou com muita esperança, mas duas mil orelhas... a probabilidade é maior do que eu pensava – comentou Erika.

– Acabei de receber as fotos do cartão de memória que confiscamos do jornalista – disse Moss, olhando para seu computador.

– Por que demorou tanto? – perguntou Erika.

– Os contatos metálicos estavam empenados; o fotógrafo provavelmente os entortou quando arrancou o cartão com força da câmera e o engoliu – explicou ela.

– Okay, vamos projetá-las – disse Erika.

Detetive Warren pegou um projetor multimídia em uma prateleira nos fundos da sala de investigação, foi até o PC de Moss e o ligou. Depois de alguns minutos fazendo os ajustes, imagens foram projetadas no quadro-branco.

Erika apagou as luzes, mergulhando a sala na escuridão, então a imagem de um carro em uma rua movimentada, rodeado de pessoas, apareceu na parede dos fundos.

– Okay, chefe. Vou passar por elas – disse Moss, clicando com o mouse. Uma série de fotos similares foram aparecendo, depois algumas de celebridades desconhecidas saindo do restaurante Ivy em um carro com vidros escuros.

– Aí estão. Essas são da casa de Jack Hart.

A primeira foto era de Jack Hart chegando em casa na noite de seu assassinato. Moss foi passando as imagens rapidamente, quase como uma animação. Jack saiu do táxi preto, caminhou até o portão, abriu-o, parou por um momento para se virar e falou alguma coisa. Em seguida, caminhou até a porta de casa, enfiou a mão no bolso, tirou a chave, enfiou-a na fechadura e entrou.

– Os paparazzi do lado de fora o pegaram entrando em casa – disse Moss. – O horário nesta última foto é... 12h57 da madrugada.

Ela continuou passando as fotos e a perspectiva mudou para o quintal da casa de Jack Hart. Ela parou em uma foto tirada de baixo para cima da janela do quarto de trás que estava com as luzes acessas.

– Jesus. Aquele safado do fotógrafo estava no quintal antes de Jack Hart ser assassinado – disse Erika.

A projeção saltou para fotos tiradas do telhado plano, exatamente em frente à janela do quarto. A cortina estava aberta e havia uma imagem lateral da cama. Em seguida, novamente como animação, a figura nua de Jack Hart entrou. Ele estava com uma toalha numa das mãos e uma garrafa de cerveja na outra. Movimentou-se até a mesinha de cabeceira na janela do lado oposto à frente da casa, colocou a garrafa e sentou-se na beirada da cama.

– Pare! O que é aquilo?! – gritou Erika. – Volte, duas fotos.

– Puta merda, olhem! Ali, debaixo da cama – disse Peterson.

Jack estava sentado na cama de costas para a câmera. Era possível distinguir a nítida silhueta de uma figura arrastando-se debaixo da cama.

– Espera aí, eu consigo ampliar – falou Moss, clicando e movimentando rapidamente o mouse. A foto aumentou de tamanho e foi deslocada, de modo que o quadro-branco ficasse preenchido pela imagem escura e granulada de uma figura arrastando-se debaixo da cama. Era possível distinguir duas mãos, os dedos esticados no carpete, e a metade de baixo do rosto tinha sido capturada pela luz, deixando expostas a ponta do nariz e a boca.

Foi a boca o que mais perturbou Erika. Estava com um sorriso enorme com os dentes à mostra.

— Jesus Cristo. Ele já estava dentro da casa, esperando Jack — disse Erika.

Quebrando o silêncio que se seguiu na sala de investigação, um celular começou a tocar. Crane atendeu na mesma hora e começou a falar em voz baixa.

— Você consegue ampliar mais, Moss? — perguntou Erika.

Ela aumentou a parte da foto em que a figura estava debaixo da cama, mas a imagem ficou muito borrada e granulada.

— Vou mandá-la para o pessoal do crime cibernético e ver se eles conseguem dar uma melhorada nela — falou Moss.

— Chefe, você vai gostar de ouvir isso — disse Crane, entusiasmado, ao acabar de desligar o telefone.

— Por favor me diga que recebeu alguma coisa... algum tipo de evidência sobre o homem que está fazendo isso — desejou Erika.

— É evidência. Só que não é um cara.

— O quê?

— Nils Åkerman estava analisando aquela pequena quantidade de DNA que conseguiu colher da impressão da orelha na porta dos fundos da casa de Jack Hart e algumas amostras de células de pele encontradas na parte externa do saco de suicídio usado para matá-lo. É uma mulher.

— O quê?

— É de uma mulher branca. Nils verificou o DNA no Banco Nacional de Dados Criminais, e não encontrou compatibilidade, nenhuma condenação prévia... mas o DNA é de mulher. É uma mulher que está fazendo isso.

O burburinho tomou conta da sala de investigação.

— Mas e o fato de que nós conectamos os dois assassinatos? — questionou Peterson.

— *É verdade*, nós conectamos os dois assassinatos — concordou Erika. — E daí? As conexões agora são postas em dúvida por que é uma mulher?

— Merda. Quem quer que ela seja, enganou a gente direitinho. Estávamos procurando um cara — disse Moss.

Eles ficaram pensando naquilo por um momento. Erika retornou ao quadro-branco e olhou para a figura debaixo da cama, a parte de baixo do rosto emergia das sombras, deixando exposta a fileira de dentes de seu sorriso.

– Okay. Então nós voltamos ao início. Vamos reexaminar todas as evidências. Rever os interrogatórios dos moradores. Além disso, tragam aquele safado daquele fotógrafo aqui para ser interrogado. Estamos procurando uma mulher. Uma *serial killer*.

CAPÍTULO 39

Simone chegou em casa depois de um longo período no trabalho e fechou a porta, absorvendo o silêncio no soturno corredor. Arrastando seu casaco, foi até o computador, que ficava enfiado no vão debaixo da escada. Ela o ligou, entrou na sala de bate-papo e começou a digitar.

NIGHT OWL: Oi, Duke. Tá aí?

Alguns momentos se passaram, e DUKE começou a digitar.

DUKE: Oi, Night Owl. E aí?
NIGHT OWL: Eu o vi de novo. Stan. Meu marido.
DUKE: Sério? Você está bem?
NIGHT OWL: Na verdade, não. Eu sei que ele não era real, mas estava ali, tão real quanto qualquer outra coisa.
DUKE: Vc começou a tomar o remédio novo?
NIGHT OWL: Comecei.
DUKE: Qual?
NIGHT OWL: Halcion.
DUKE: Qual a sua dosagem? 0.125 mg?
NIGHT OWL: Sim.
DUKE: Distúrbios visuais são um dos efeitos colaterais.
NIGHT OWL: Eu que o diga!
DUKE: Já passei por isso, sei como é. Chegaram a me dar 0.5 mg, mesmo assim não adiantou nada: intermináveis dias sem dormir... O que você manda?

Simone olhava fixamente para a tela; estava embaçando um pouco, e ela esfregou seus olhos cansados e irritados. Sofria de insônia há anos.

Aquilo começou quando foi levada para o orfanato e passou a ter medo de fechar os olhos depois que a colocavam na cama à noite.

Ao longo dos anos seguintes, pelo menos vinte, ela tinha aprendido a lidar com a insônia, com a sensação de estarrecedora exaustão e de que seu corpo apodrecia lentamente de dentro para fora, aprendendo a agir como uma pessoa normal.

Ela desejava dormir – isso ocupava seus pensamentos constantemente –, porém, quando chegava a *hora de dormir*, essa frase soava como uma piada de mau gosto toda vez que a escutava, e seu corpo entrava num pânico gelado, por saber que dormir era algo fora de seu alcance, que ela passaria intermináveis horas deitada na cama observando o brilho vermelho do relógio digital, com pensamentos tresloucados rodopiando sem controle em sua cabeça.

O medo, Simone sabia, era particularmente maior à noite. Quando todo mundo parece ter partido do mundo, os insones estão sozinhos, encalhados à meia-luz. A insônia a tinha levado a um relacionamento abusivo, uma gravidez não planejada, a perda do bebê logo depois do casamento forçado com Stan. Era comum, dizia o médico. Muito comum perder o bebê na primeira vez que se engravida. Mas ela não achou nada *comum*. Ela ficou arrasada. Simone achava que sua vida finalmente havia entrado nos eixos, e ela tinha ficado muito empolgada para conhecer a pequena criatura que crescia dentro dela.

Recém-casada, Simone imaginava que compartilhar a cama poderia ajudá-la com a insônia, mas ela continuou encarando o escuro. Observava Stan mover-se pelos estágios do sono: o delicado subir e descer de seu peito, o movimento rápido de suas pálpebras enquanto seus olhos se mexiam embaixo delas.

Às vezes, sem aviso, o ritmo da respiração ofegante era quebrado, Stan acordava e a encarava com olhos famintos e vagos. E então, no momento da noite em que Simone sentia-se mais vulnerável, exausta e nada atraente, ele subia nela sem falar uma palavra e abria-lhe as pernas com as costas da mão – com total indiferença, como se suas pernas fossem um tedioso obstáculo àquilo que ele realmente queria.

No início do casamento, ela tolerava. O sexo era quase sempre bruto. Ele a deixava dolorida, mas Simone achava que era o desejo que o marido sentia por ela que fazia com que perdesse o controle. Além disso, considerava que aquela era sua atribuição como boa esposa: fazer os barulhos certos e fingir que estava gostando. E, depois de tudo o que aconteceu, ela desejava ser recompensada novamente com um bebê; ter uma outra chance de ser mãe.

Então, uma noite em que o marido estava dentro dela, ele lhe mordeu o seio. Aquilo a chocou tanto, que quase se sobrepôs à dor. Ele levantou a cabeça com o sangue dela brilhando nos dentes e continuou de onde tinha parado.

Stan pediu desculpas arrependido na manhã seguinte, chorou e fez promessas de que nunca mais faria aquilo, e durante um tempo o sexo tarde da noite cessou. Depois, lentamente, as coisas foram voltando. Aquilo coincidiu com um período em que Simone não estava dormindo nada, nem mesmo alguns poucos minutos. Ela se sentia fraca, desesperada e deixava que ele fizesse aquilo. Passaram-se meses, depois anos, ela perdia todas as brigas, o que parecia incendiar os desejos mais sombrios do marido. Simone se perguntava como sua vida ia acabar daquele jeito. Ela não tinha sonhos? Não queria nada para sua vida: viajar, fugir, tornar-se outra pessoa?

Seu salvador seria um bebê, ela tinha certeza – mas o bebê nunca vinha, e uns exames finalmente mostraram que ela era incapaz de conceber, resultado das complicações de sua primeira gravidez. A desolação piorou os problemas no casamento e a raiva chegou ao ápice. Simone era estuprada frequentemente, e depois largada dolorida no escuro. Todas as vezes, Stan a deixava e voltava para a terra do sono.

Às vezes, ela achava que conseguiria lidar com a violência e o abuso se ao menos dormisse. A falta de sono era uma grande parte da tortura. Era anônima, malévola. As substâncias químicas em seu cérebro conspiravam para mantê-la no mundo, enquanto os outros podiam sair e desaparecer em seus sonhos.

Quando Simone fez 35 anos, o marido estava bebendo demais e os dois enfrentavam problemas financeiros. Mais ou menos na mesma época, eles contrataram um serviço de internet e durante as noites em que não dormia, Simone descobriu uma luz no fundo do túnel: salas de bate-papo on-line. No princípio, ela gravitava por grupos de apoio e conversava com outras esposas espancadas e abusadas cuja única fuga para seus medos era expressar suas experiências. Mas ela via sua própria situação refletida em seus posts e, de fora, a achava patética.

Então conheceu Duke.

Assim como ela, Duke tinha insônia. Escutando-a sem julgar, os dois também conversavam sobre coisas normais: programas de TV de que gostavam, fatos divertidos que aconteciam com eles e flertavam.

Duke se descreveu como alto, moreno (o que Simone duvidava), e ela se descreveu como alta e loura (o que também era mentira). Eles saiam da sala de bate-papo e conversavam em particular, em espaços virtuais reservados, e às vezes as coisas ficavam quentes. Duke descrevia o que queria fazer com Simone sexualmente. Ele a fazia sentir-se amada e desejada.

Ela se abriu e revelou sua situação. Contou sobre os abusos do marido, sem jamais dizer o nome dele. Contou tudo a Duke, seus mais profundos segredos, desejos e fantasias. E ele fez o mesmo. A única coisa que não revelaram um ao outro foram o local em que moravam e seus verdadeiros nomes. Ele era DUKE, ela, NIGHT OWL.

Ela não conseguia se lembrar do momento exato em que a conversa tomou um rumo sombrio. Aconteceu numa noite depois de ela ter sido estuprada. Simone começou a se referir àquilo como *estupro*, não como sexo. Ela vinha reclamando que seu médico tinha prescrito outro punhado de comprimidos, que não estavam reduzindo nem um pouco sua insônia. E Duke escreveu:

DUKE: Talvez os comprimidos funcionem melhor no seu marido!

Ela ficou olhando para a tela por um longo tempo, e então continuou a conversa.

Simone precisou de mais duas noites para arrumar coragem. Preparou espaguete à bolonhesa para o marido, e quando o molho de tomate parou de borbulhar no fogão, ela abriu uma das cápsulas de Zopiclona, o último remédio que lhe tinha sido prescrito. Simone se lembrava de ter separado a cápsula e de ter ficado segurando as duas metades acima da grande panela fumegante... E então, jogou o pó branco na comida.

Nervosa, ela ficou observando Stan comer um prato bem cheio e depois, quando terminou, ir para o sofá com uma cerveja e colocar a cabeça para trás. Ele apagou em minutos.

A euforia de Simone por aquilo ter funcionado foi substituída pelo medo e pela constatação de que tinha sido estúpida. Não pensou no que fazer depois de apagá-lo. E se ficasse no sofá a noite inteira? E se acordasse de manhã ainda ali? Ele desconfiaria.

Seria necessário a força de um super-homem para levantar Stan e carregá-lo lá para cima como um bêbado. Ela se convenceu de que tinha estragado tudo e, observando-o a noite inteira, o medo a fez sentir náusea. Pensamentos estranhos passaram por sua mente: fugir ou tirar a própria vida. Então o sol nasceu, ele acordou irritado, desagradável, mas foi trabalhar sem dizer nada além do comentário de estar cansado.

É tão fácil assim?, pensou ela.

Um mês se passou e o abuso foi aumentando. Em uma noite angustiante, eles estavam assistindo à TV e sem motivo algum Stan explodiu e disse que a odiava, que ela tinha arruinado a vida dele. Stan começou a bater em Simone, que conseguiu fugir e se trancar no banheiro.

Ela ficou sentada, encolhida na banheira, escutando o marido xingar e derrubar tudo na cozinha. Depois, ele arrombou a porta, entrando no banheiro com uma panela na mão. Stan arrancou a roupa da mulher e a segurou na banheira enquanto jogava água fervendo em seu corpo nu.

Simone ficou terrivelmente queimada no peito e no abdômen. As queimaduras infeccionaram muito e ela sentia tanta dor que Stan não teve outra alternativa a não ser levá-la ao médico. Ela viu a situação como uma oportunidade de contar a alguém sobre o abuso que sofria. Mas Dr. Gregory Munro pensou que aquilo tinha sido um sintoma de paranoia e psicose ligado à insônia. Ele achou que Simone estava mentindo! Stan tinha representado bem o papel de marido preocupado.

Sim, ela já tinha perdido a noção da realidade no passado, teve alucinações e contou ao Dr. Munro as coisas que via e ouvia, mas naquele momento, diante das queimaduras e das lágrimas, o médico não acreditou nela. Simone confiou no médico, mas ele jogou tudo de volta na cara dela, ficando do lado do marido, quase sentindo dó dele por ter uma esposa tão louca e internando-a em um hospital.

Simone recebeu alta depois de uma semana e durante um tempo depois desse episódio a violência cessou. Mas ela ainda tinha muito medo de deixá-lo, se desesperava e sentia que não havia maneira de fugir daquela situação.

Ela o drogou de novo, desta vez com dois comprimidos na cerveja que ele bebia na cama. Minutos depois, ele estava apagado. Ela chegou até mesmo a tentar acordá-lo – cutucando-o, sacudindo-o –, mas nada.

Stan acordou novamente sem entender nada e reclamando, como sempre, que se sentia grogue.

Nessa época, Duke tinha parado completamente de dormir. Ele começou a falar sobre o quanto queria acabar com sua própria vida e detalhava como faria aquilo.

DUKE: Vou usar um saco de suicídio.

NIGHT OWL: O que é saco de suicídio?

DUKE: Também o chamam de saco de saída...

NIGHT OWL: ???

DUKE: É um saco plástico grande com um cordão. Você o usa pra cometer suicídio.

NIGHT OWL: Parece doloroso.

DUKE: Não se vc usar com um gás, como hélio ou nitrogênio. Hélio é mais fácil. Dá para comprar botijões de hélio para a festa de aniversário de criança. Coloca o saco na cabeça e começa a enchê-lo de gás... isso evita que entre em pânico, aí vc pega no sono. O sono eterno. Felicidade.

NIGHT OWL: É fácil assim?

DUKE: É, com um desses sacos de suicídio é. Andei entrando num desses fóruns on-line sobre suicídio. Você sabia que se o saco for retirado, se não houver luta, é difícil determinar como a pessoa sufocou e até mesmo como ela morreu?

NIGHT OWL: Por favor, não faça isso.

DUKE: Por quê?

NIGHT OWL: Preciso de você.

DUKE: Precisa?

NIGHT OWL: Preciso... Estava lendo sobre mitologia oriental...

DUKE: Isso! Continua falando! Estou finalmente pegando no sono!

NIGHT OWL: Ha ha. É sério. Estou lendo tudo sobre Yin e Yang. Dois opostos que se encaixam. E se a gente for pra cama juntos?

DUKE: Estou escutando. A gente vai ficar nu?

NIGHT OWL: Talvez... Mas eu estou falando sobre dormir. E se nós formos pra longe daqui e dormirmos juntos na mesma cama?

DUKE: Onde?

NIGHT OWL: Não sei. Algum lugar longe. Nós nos abraçaríamos e simplesmente adormeceríamos.

DUKE: Eu ia adorar isso. Imagina, acordar revigorado.

Foi então que Simone teve uma revelação. Ela decidiu que não queria morrer. Não queria ser vítima. Ela conversou mais com Duke sobre o saco de suicídio, depois limpou o histórico de seu computador. Ele comprou um para Simone e mandou entregar em sua nova caixa postal.

O saco de suicídio não era para ela, claro. Era para Stan. Simone tinha se dado conta de que não precisaria de gás hélio: ela tinha um suprimento interminável de comprimidos para dormir.

A última vez que Stan a estuprou foi particularmente violenta, como se, de alguma maneira, ele soubesse que seria a última. Aquilo solidificou a determinação dela.

Na manhã seguinte, quando Stan estava tomando banho, Simone decidiu que agiria naquela noite, quando o marido chegasse em casa do trabalho. Ela estava no andar de baixo fazendo chá, de olho na caixa de comprimidos em cima do micro-ondas, quando escutou o baque alto e abafado vindo do andar superior. Ela correu lá para cima e encontrou Stan estatelado no banheiro, debaixo da água corrente. Ele estava branco. Ela ligou para a ambulância, quase como um reflexo. Declararam-no morto na chegada. Ele teve um ataque cardíaco aos 37 anos.

A vida mudou, e Simone tornou-se a viúva de luto. E morto, seu marido tinha se tornado o trágico herói. Ele nunca pagou pelo que fez. Ela devia ter se sentido liberta, mas as semanas passavam e Simone só sentia raiva. Um nó de ódio que não parava de crescer pelo fato de um homem ter lhe roubado tantos anos. Simone ficou obcecada, parou completamente de dormir e perdeu toda a energia. Ela gostava de fingir que Stan ainda estava vivo. Dessa maneira, não tinha como sentir compaixão alguma por ele.

Simone se deu conta de que tinha divagado. Ela voltou a enxergar a mancha na tela do computador. Duke tinha perguntado várias vezes para onde ela tinha ido.

DUKE: Night Owl?
DUKE: Tá aí????
DUKE: ???????
NIGHT OWL: Desculpe, Duke, estava sonhando acordada.
DUKE: Então? O que acontece agora? Finalmente vou poder te conhecer? Vou poder deitar com você na cama? Num lugar muito, muito distante?

NIGHT OWL: Em breve. Muito em breve. Só preciso lidar com o próximo nome da minha lista.

Simone pensou na lista. Ela não existia em lugar algum, a não ser em sua cabeça. Ainda assim, ela era muito real. Quando matou Dr. Gregory Munro – o médico que tinha acreditado em Stan e não nela –, passou um risco preto e grosso no nome dele. Ela fez o mesmo, também, com Jack Hart. O apresentador tinha sido mais difícil de perseguir. No passado, quando ele escreveu sobre a cruel e negligente mãe de Simone, Jack era um jornalista ambicioso, transformando a história numa matéria muito proveitosa de tabloide sensacionalista. Aquilo o ajudou a subir alguns degraus na carreira... Jack Hart a separou da mãe e Simone acabou no orfanato, totalmente sozinha, diante de um novo cenário de horrores.

Simone pensou em sua próxima vítima e sorriu consigo mesma. Seria a melhor de todas.

CAPÍTULO 40

Erika chegou à delegacia Lewisham Row às 7h30 na manhã seguinte. Ela tinha sido convocada para outra reunião estratégica, marcada às pressas no momento em que ela relatou a Marsh no dia anterior que ainda estava trabalhando no caso – e que eles tinham uma mulher *serial killer*.

Ela estacionou, saiu do carro e foi envolvida pelo calor da manhã. Os guindastes zumbiam ao redor dos prédios altos em construção, e o céu estava pesado e úmido. Uma nuvem baixa formava-se e reluzia como aço à luz do sol. Erika trancou o carro e foi até a entrada principal. Uma tempestade estava se formando, tanto fora quanto dentro de sua vida profissional.

— Bom dia, chefe — cumprimentou Woolf quando Erika entrou na recepção. Ele estava curvado sobre o jornal matinal e tinha uma rosca doce meio demolida na mão esquerda. Uma matéria sobre Jack Hart no *Daily Star* estava polvilhada de farelo. A manchete era a seguinte: "**CHOQUE: JACK HART MORTO POR *SERIAL KILLER***".

— Merda — xingou Erika, curvando-se sobre o balcão para dar uma olhada no artigo.

— Olha, eles até fizeram um suplemento — disse Woolf mostrando um caderno preto do jornal com uma foto gigante de Jack Hart olhando para a câmera. "Descanse em Paz" estava escrito acima da cabeça dele. — É impossível encostar nisso sem sujar as mãos — queixou-se Woolf, mostrando a ela a parte em que a tinta preta tinha deixado um resíduo escuro em sua mão.

— Talvez isso seja uma metáfora — comentou Erika, ao passar seu cartão na porta.

— Você acha mesmo que uma *mulher* o matou? — perguntou Woolf, franzindo a testa.

— Acho — respondeu Erika, abrindo a porta e movendo-se delegacia adentro.

O ar-condicionado da sala de reunião tinha sido consertado, o que somente piorava a gélida atmosfera. Ao redor da comprida mesa, sentaram-se Erika, o Superintendente Chefe Marsh, Colleen Scanlan, Tim Aiken, o psicólogo criminal, e o Comissário Assistente Oakley.

Oakley foi direto ao ponto:

— Detetive Inspetora Chefe Foster, estou preocupadíssimo com o fato de que você chegou à conclusão de que esses assassinatos foram cometidos por uma mulher.

— Senhor, existem *serial killers* mulheres — retrucou Erika.

— Eu sei disso! Mas a evidência neste caso é muito frágil. Nós temos o DNA da impressão de uma orelha na porta dos fundos da casa de Jack Hart...

— Senhor, nós também conseguimos coletar células de pele no saco sobre a cabeça de Jack Hart. Ele levou sete minutos para asfixiar. E nós acreditamos que ele esperneou bastante e acertou o rosto do assassino.

Oakley inclinou a cabeça de lado e ficou em silêncio. Erika sabia que permanecer em silêncio era uma técnica dele. Isso sempre fazia com que a pessoa que ele estava interrogando se expressasse de forma confusa ou deixasse escapulir algo que Oakley pudesse usar para reforçar seu argumento. Erika permaneceu em silêncio.

— Eu gostaria de ouvir o que Tim tem a dizer — disse Oakley. Tim estava escrevendo em seu bloco de anotações e suspendeu o olhar. Ele estava descabelado e não fazia a barba há vários dias.

— A única evidência convincente de que é uma mulher vem de duas fontes: impressão da orelha na porta dos fundos e o saco plástico. Isso pode ser explicado de muitas maneiras. A porta foi repintada recentemente, seis meses antes do assassinato. A impressão pode ter sido deixada por um dos trabalhadores. Há alguns anos, num julgamento sobre a invasão de uma casa que levou ao assassinato de um homem e sua esposa, usaram a impressão de uma orelha para acusar um homem que, descobriu-se mais tarde, tinha trabalhado no imóvel como encanador.

— E como você explica o saco plástico? — perguntou Erika.

— A área de serviço é o local em que Jack Hart guardava suas ferramentas e o material de jardinagem. O relatório sobre a cena do crime declara que havia duas gavetas com sacos de lixo, sacos plásticos para serem usados em freezers e jornais velhos. É possível que a mesma pintora/decoradora tenha aberto essas gavetas e contaminado o saco plástico com DNA.

— A arma do crime não era um saco plástico comum. Era um saco de suicídio, ou saco de saída. Um item específico que tem que ser comprado pela internet.

— Sim, e o saco de suicídio é bem parecido com o plástico industrial e os sacos com fecho que são usados na casa e ficam junto com as ferramentas. Deixando as evidências físicas de lado por um momento, o perfil está mais alinhado ao de um assassino homem. Não devemos nos esquecer de que com a primeira vítima, Gregory Munro, havia um elemento homossexual envolvido no assassinato... E as duas vítimas foram encontradas nuas na cama. Não quero recorrer a estereótipos, mas *serial killers* mulheres são raríssimas, e nós precisamos de mais evidências concretas antes de abandonar a teoria de que se trata de um homem branco solteiro.

— Então você está falando que nós devemos ignorar a evidência forense e nos concentrar em estatísticas? — questionou Erika.

— A cobertura na mídia é abrangente — interrompeu Colleen, que tinha uma pilha de jornais do dia na frente dela. — Precisamos fazer uma declaração, e isso é o que eles chamam de entressafra de notícias na imprensa. Não há muitas outras coisas acontecendo além da cobertura dessa onda de calor. Essa história de *serial killer* vai dar o que falar.

— Acredito que uma mulher seja responsável por esses assassinatos — afirmou Erika. — Se a impressão da orelha do lado de fora da porta dos fundos fosse a única evidência de DNA, eu iria propor que fossemos cautelosos. Mas o DNA feminino está no saco usado para matar Jack Hart, e muito em breve receberemos mais informações sobre o fornecedor desses sacos, de um site que concordou em nos dar os detalhes das compras. Temos uma chance muito maior de pegar o assassino se focarmos nossa investigação numa mulher. Minha sugestão é que façamos uma reconstituição. Eu gostaria que Colleen entrasse em contato com o *Crimewatch*, da BBC. O programa mensal deles vai ao ar em alguns dias. Podemos fazer uma reconstituição dos últimos movimentos de Gregory Munro e Jack Hart, que antecederam os assassinatos.

Houve silêncio. Colleen ficou olhando para Marsh e Oakley.

— Você está muito quieto, Paul — disse Oakley a Marsh.

— Eu apoio o posicionamento da Detetive Foster — opinou Marsh. — Acho que este é um caso singular e, com a evidência do DNA, seria prudente nos concentrarmos em achar essa mulher. Com uma condição... eu sugeriria a Erika que perseguíssemos a linha de investigação de que essa mulher pode estar trabalhando em conjunto com um homem. Podemos pedir à população que também leve isso em consideração.

— Mas este caso praticamente não tem precedente. Em todos os meus anos de trabalho na polícia, nunca lançamos uma caçada a uma *serial killer* mulher — contestou Oakley.

— O senhor devia andar mais por aí... — alfinetou Erika. Marsh disparou o olhar na direção dela.

— A decisão é sua, Erika. Porém, acompanharei isso muito de perto — alertou Oakley.

Erika saiu da reunião e desceu a escada até a sala de investigação, animadíssima por sua vitória. Ela escutou a porta se abrir no andar de cima, olhou, viu que era Marsh e parou para que ele a alcançasse. Eles se encontraram no lugar onde uma enorme janela de vidro dava vista para o extenso alastramento urbano da Grande Londres. Nuvens escuras formavam-se no horizonte.

— Obrigada pelo apoio, senhor. Vamos ter que trabalhar na reconstituição para o *Crimewatch*.

— É uma grande oportunidade, uma reconstituição na televisão. Não estrague isso.

— Não, senhor.

— Erika, estou dividido em relação ao assassino ser mulher, mas, como eu costumo dizer, a decisão é sua.

— O meu histórico é bom, senhor. Você sabe que eu raramente estou errada sobre esse tipo de coisa. Sempre liquido a fatura.

— Eu sei.

— Então, por falar no meu histórico, alguma novidade sobre a promoção?

— Pega essa vadia maluca, aí a gente conversa sobre a promoção — disse Marsh. — Agora, tenho que ir. Me mantenha informado.

Ele deixou Erika ali, olhando para a cidade lá fora através da janela de vidro.

É engraçado o quanto nós temos em comum, a assassina e eu, pensou Erika. *Estão duvidando das nossas habilidades por sermos mulheres.*

CAPÍTULO 41

Alguns dias depois, Erika e Moss estavam na Laurel Road, vendo como a reconstituição para o programa de televisão *Crimewatch* estava sendo filmada. A onda de calor tinha acabado naquela manhã e a chuva torrencial martelava estrondosamente o teto de duas grandes vans da BBC estacionadas no topo da rua.

Erika e Moss abrigaram-se em frente a uma das vans debaixo de um guarda-chuva gigante e observavam o ator escalado para interpretar Gregory Munro ensaiando caminhar pela rua e entrar no número 14 da Laurel Road. Um cinegrafista seguia atrás dele embrulhado em um enorme poncho de plástico transparente, com uma câmera presa ao corpo por uma couraça preta de metal. O restante da equipe de televisão estava amontoado debaixo de guarda-chuvas em um muro em frente, e os vizinhos que não estavam trabalhando observavam curiosos debaixo dos telhados de suas varandas, abrigados da chuva.

No final da rua, tinham erguido uma barreira, e uma fila de jornalistas e curiosos observavam os procedimentos.

A produtora e o diretor disseram às detetives que era preciso uma chuva forte para aparecer na câmera, mas quando Erika e Moss observaram o ensaio, a água escorria rua abaixo, espirrando por cima do meio-fio e fazendo os bueiros transbordarem.

– Não me parece que isso vai estimular a memória das pessoas para se lembrarem de uma noite quente de verão – desconfiou Erika, dando um trago no cigarro.

Um assistente, também com um enorme poncho transparente, aproximou-se delas segurando uma prancheta. Ele estava acompanhado de uma garota baixa, cabelo escuro, usando calça de moletom. Os dois se apertavam debaixo de um grande guarda-chuva.

– Oi, qual de vocês é a Detetive Foster? – perguntou o jovem.

– Eu! – disse Erika. – Esta é a Detetive Moss.

Todos deram apertos de mão.

– Sou Tom, e esta é Lottie Marie Harper, contratada para interpretar a assassina.

A garota era pequenina, tinha traços compactos e cabelo lisíssimo. Ela tinha uma boca pequena que, quando sorria, deixava exposta a fileira de dentes inferior.

– Isso é muito esquisito – disse Lottie, falando com um sotaque refinado. Ela levantou o braço e conferiu se o cabelo ainda estava preso no alto da cabeça. – Nunca interpretei um assassino real. O que mais vocês podem me contar? Meu agente não entrou muito em detalhes...

Erika olhou para o jovem assistente.

– Está tudo bem, ela já assinou a cessão de direitos e o termo de confidencialidade – informou ele.

– Okay – disse Erika. – Ela é muito metódica. Nós acreditamos que prepara tudo muito detalhadamente e investiga as residências que têm em mira com antecedência. Ela invadiu as casas nas duas ocasiões e ficou aguardando pacientemente pelas vítimas, depois esperou que elas bebessem e comessem algo que batizou com um sedativo.

– Você está brincando! – espantou-se Lottie, colocando uma mãozinha com as unhas muitíssimo bem-feitas sobre a boca.

– Infelizmente, não – disse Moss.

– Eu sequer consigo pensar em alguém invadindo meu apartamento, muito menos em alguém fazendo isso várias vezes para descobrir coisas sobre mim...

Moss pegou um plástico debaixo do braço e mostrou a foto da assassina sob a cama de Jack. Ela tinha sido manipulada digitalmente, de modo que mostrasse a melhor imagem possível da figura arrastando-se no chão. Era arrepiante. A parte de baixo do rosto dela era visível, mas do nariz para cima, desaparecia sombra adentro. A boca era pequena e quase idêntica à da jovem atriz.

– Eles encontraram a parte de baixo do rosto certa – disse Erika, segurando a foto ao lado de Lottie. – Imagino que vocês vão fazer alguns *closes*.

– O diretor vai fazer, sim – disse o jovem assistente.

Lottie pegou a foto e, por um momento, olhou para ela em silêncio. A chuva crepitava ao bater no guarda-chuva.

– E tudo aconteceu, de verdade, naquela casa – disse ela, olhando sobre o ombro para o número 14.

– Aconteceu. E nós vamos pegá-la com a ajuda que você vai nos dar hoje – afirmou Moss. – Tem certeza que consegue fazer isso? Você me parece doce e gentil demais para ser uma assassina.

– Estudei na Academia Real de Artes Dramáticas – afirmou Lottie, com um pouco de desdém, devolvendo a foto à Moss. Houve um silêncio constrangedor, quebrado somente quando o diretor se aproximou. Ele era um homem alto com o rosto vermelho.

– Okay, estamos prontos para começar – disse ele. – Temos três horas e, em seguida, movimentamos a unidade para Dulwich para filmarmos a sequência do segundo assassinato.

Eles saíram, deixando Erika e Moss debaixo do guarda-chuva. O som da chuva aumentou na van atrás delas.

– Pensar que a nossa assassina é alguém daquele tamanho te incomoda? – perguntou Moss. – Você viu o que eles estão escrevendo na imprensa?

– Só acho estranho que, se estivéssemos investigando um estupro ou assassinato cometido por um homem, não estariam questionando nada. Homens estupram mulheres... e matam também... e as pessoas parecem não achar que eles precisam tanto assim de um "motivo" para isso... Mas se uma mulher faz a mesma coisa, a sociedade começa a fazer esse exame de consciência todo, um sem-número de opiniões sobre os porquês e os para quês...

Moss concordou com um gesto de cabeça e disse:

– E esse se encaixa no perfil de uma *serial killer*. O assassinato cometido por mulher tende a ser bem mais premeditado e planejado. Além disso, o envenenamento é quase sempre uma estratégia usada pelas mulheres que cometem múltiplos assassinatos.

– Embora essa junte o envenenamento com violência e espreite as vítimas à noite – acrescentou Erika.

– A "Sombra"... Isso estava no *The Sun* hoje.

– Eu vi – disse Erika, virando-se e olhando para Moss.

– Isso é bom. Eu gostaria de ter tido a ideia – sorriu Moss.

– É, tá, vou te lembrar disso no futuro quando essa coisa voltar para *assombrar* a gente – disse Erika.

Elas olharam para o final da rua quando um trovão distante começou a ribombar e Lottie ensaiava com o cinegrafista e o diretor. Lá atrás da barreira, a multidão de fotógrafos tinha dado o fora, e os curiosos observavam de forma estúpida, apontando as câmeras de seus celulares. Aquilo, juntamente com os atores sósias e a equipe de filmagem, deixava tudo com um aspecto ridículo, algo reduzido à pantomima.

— Te preocupa a possibilidade de estarmos erradas? – perguntou Moss.

— Preocupa – respondeu Erika. – Mas *tudo* me preocupa. É o meu instinto que tenho que escutar, e ele me diz que essa pode ser a nossa assassina. E se ela assistir ao programa na televisão isso poderá instigá-la a fazer algo estúpido e a cometer um deslize...

O celular de Erika tocou. Ela o tirou da bolsa e atendeu.

— Chefe, é Crane... Você tem um minuto?

— O que foi?

— Você se lembra do garoto de programa que visitou Gregory Munro, o JordiLevi?

— Lembro.

— Bom, fui em frente, entrei em contato com um dos investigadores que trabalha disfarçado pela internet e ele se cadastrou com um perfil falso no RentBoiz, fingindo ser um cliente. Os dois vinham trocando mensagens e ele marcou um encontro. Hoje.

— Onde?

— No pub Railway, em Forest Hill, às 4 horas da tarde.

— Ótimo trabalho, Crane. Te encontro lá às 3h45 – disse Erika desligando o celular e passando a informação a Moss.

— Eu fico aqui e supervisiono a nossa *serial killer* – disse Moss, olhando para Lottie, que naquele momento estava debaixo de um guarda-chuva sendo maquiada por uma senhora de poncho.

— É... aposto que vai – sorriu Erika revirando os olhos.

CAPÍTULO 42

O Railway em Forest Hill era muito perto de onde a mãe de Gregory Munro, Estelle, morava. A ironia não passou despercebida para Erika, quando parou no estacionamento. Era um pub antiquado, coberto de azulejos de porcelana, com lamparinas de latão polido em todas as janelas e uma placa balançava bem acima da porta.

Uma área externa suspensa estendia-se pelo estacionamento, e ela viu Crane sentado sozinho em uma das mesas, tentando permanecer imperceptível em meio aos grupos de pessoas curtindo uma bebida no fim da tarde.

— Ele acabou de entrar há alguns minutos — informou Crane, levantando-se quando ela se aproximou da mesa.

— Ótimo. Eles usaram a foto de quem? Com quem ele acha que vai se encontrar? — perguntou Erika, enquanto caminhavam desviando-se das mesas até a entrada principal.

— Do Detetive Warren... achei que precisávamos de alguém mais bonitinho do que eu!

— Não se subestime — disse Erika. — Como meu marido costumava dizer, toda panela tem uma tampa.

— Vou considerar isso um elogio... eu acho — sorriu Crane.

O interior do pub era todo original, mas as paredes haviam sido pintadas de branco, instalaram uma iluminação mais branda e havia um cardápio caro acima do balcão do bar. Não havia muitas pessoas lá dentro e Erika viu o jovem rapaz na mesma hora, sentado a uma mesa no canto, diante de metade de uma cerveja e um *shot*.

— Como a gente faz isso? — sussurrou Crane.

— Na maciota, bem na maciota — respondeu Erika. — Estou satisfeita por ele ter escolhido uma mesa no canto.

Caminharam até onde o rapaz estava sentado e ficaram em pé, um de cada lado da poltrona, de modo que não pudesse fugir. Ele estava usando um brilhante moletom vermelho e preto, tinha o cabelo na altura dos ombros, repartido desleixadamente ao meio.

Eles mostraram seus distintivos.

— JordiLevi? — perguntou Erika. — Sou a Detetive Inspetora Chefe Foster e este é o Sargento Crane.

— O quê? Estou tomando uma. Não tem nada de ilegal nisso...

— E você está esperando este cara, com quem combinou de se encontrar — disse Craig, mostrando a foto de Warren.

— Você não pode saber disso...

— Sei, sim. Fui eu que marquei o encontro — revelou Crane.

O garoto travou os lábios e mandou o *shot* para dentro.

— Bom, não tem nada de ilegal em encontrar alguém num pub — defendeu-se, batendo o copo na mesa.

— Não, não tem — disse Erika. — Só queremos conversar com você. O que você está bebendo?

— Vodca dupla. E vou querer uma Kettle Chips.

Erika acenou com a cabeça para Crane, que foi ao bar. Ela sentou-se.

— Jordi... Você sabe por que nós queremos conversar com você?

— Acho que dá para imaginar — disse ele antes de virar a cerveja e colocar o copo de volta na mesa.

— Não somos do departamento que se interessa pelo que você faz para viver — explicou Erika.

— O que eu faço para viver! Não sou qualquer um...

— Estou investigando o assassinato de Gregory Munro, um médico. Ele foi morto 10 dias atrás — Erika tirou uma foto de Gregory Munro da bolsa. — Este é Dr. Munro.

— Bem, não tenho nada a ver com isso — alegou Jordi, mal olhando para a foto.

— Não achamos que foi você. Só que um vizinho te viu saindo da casa dele alguns dias antes de ele morrer. Você confirma que esteve lá?

Jordi recostou-se e deu de ombros:

— Eu não tenho agenda, os dias todos se borram num só.

— Só queremos saber o que aconteceu e se viu alguma coisa. Isso vai ajudar a investigação. Você não é suspeito. Por favor, olhe a foto de novo. Você o reconhece?

Jordi baixou os olhos na direção da foto e confirmou com um gesto de cabeça antes de dizer:

– É, reconheço, sim.

Crane voltou com a bandeja de bebidas, entregando a vodca dupla e a batata para Jordi, e dando a Erika um dos copos de coca. Crane se sentou na poltrona do lado oposto. Jordi pôs o cabelo atrás das orelhas e abriu o pacote. Ele emanava um cheiro de suor e as unhas estavam imundas.

– Okay. Precisamos saber se você foi à casa de Gregory Munro entre segunda-feira, dia 21, e segunda-feira, dia 27 de junho – disse Erika.

Ele deu de ombros:

– Acho que sim.

Erika deu um golinho na coca e perguntou:

– Na sua opinião, Gregory Munro era gay?

– Ele nunca me falou qual era o nome dele de verdade, e sim, ele era gay – respondeu Jordi, com a boca cheia de batata.

– E você tem certeza disso?

– Bom, se ele não era, não sei o que o meu pau estava fazendo nele...

Crane suspendeu as sobrancelhas na hora.

Erika prosseguiu:

– Como foi que você o conheceu?

– *Craigslist*. Coloquei um anúncio lá.

– Que tipo de anúncio?

– O tipo de anúncio pra eu me encontrar com caras, e eles fazem *doações* pra mim. Fazer doações não é ilegal.

– E Gregory Munro fez uma *doação* pra você?

– Fez.

– Quanto?

– Cem contos.

– E você ficou a noite inteira?

– Fiquei.

– Sobre o que vocês conversaram, Jordi?

– Pouca coisa. Durante muito tempo a minha boca estava cheia... – riu maliciosamente.

Erika tirou uma das fotos da cena do crime de sua bolsa e a colocou sobre a madeira polida da mesa em frente a Jordi.

– Você acha que isso é engraçado? Olhe. Gregory está deitado na cama, com as mãos atadas e um saco plástico amarrado na cabeça.

Jordi engoliu em seco quando viu a foto e a pouca cor que tinha no rosto desapareceu.

– Agora, por favor. Isso é muito importante. Me conte o que você sabe sobre Gregory Munro – pediu Erika.

Jordi deu uma golada na vodca:

– Ele era igual a todos os outros caras casados que se sentem culpados. Fica louco para levar uma bela de uma trepada, depois fica todo culpado e choroso. Na segunda vez que fui, ele estava todo nervosinho. Ficou perguntando se eu tinha pegado a chave dele.

– Que chave?

– A chave da casa dele.

– Por quê?

– Ele achou que eu fosse um putinho ladrão... muitos deles acham que você vai roubar... mas depois me perguntou se eu tinha entrado na casa quando ele estava fora.

Erika olhou para Crane.

– Você entrou na casa quando Gregory estava fora?

Jordi abanou a cabeça e disse:

– Ele falou que tinham mexido nas coisas dele.

– Que coisas?

– As cuecas tinham ficado espalhadas pela cama... Ele estava surtando de verdade por causa daquilo.

– Ele estava se divorciando – informou Erika, com o entusiasmo crescendo dentro dela. – Você acha que pode ter sido a mulher dele?

– Ele falou que não podia ter sido ela. Tinha acabado de mandar trocar todas as fechaduras. Uma mulher de uma empresa de segurança tinha ido lá para conferir tudo.

Novamente, Erika e Crane trocaram um olhar.

– Você viu essa mulher?

– Não.

– Ele falou como ela era?

– Não.

– Okay, você consegue se lembrar se ele mencionou *quando* essa mulher foi à casa?

Jordi prendeu os lábios enquanto pensava:

– Sei lá. Espera aí; foi na segunda vez que ele me chamou. Ela tinha acabado de ir lá. Ele parecia aliviado por ela ter conferido tudo.

– Você consegue se lembrar se foi numa segunda-feira? Se foi, isso teria acontecido no dia 21 de junho.

Jordi fez uma careta para a foto novamente e mordeu o lábio.

– Hum, foi... foi, sim, tenho certeza que foi numa segunda-feira.

Erika remexeu na bolsa, pegou três notas de 20 libras e estendeu o braço na direção de Jordi.

– O que é isso? – perguntou ele, olhando para o dinheiro.

– Uma *doação* – disse Erika.

– Combinei 100.

– Você não está em posição de negociar.

Jordi pegou o dinheiro, passou a mão numa mochila que estava debaixo da mesa e saiu pelo espaço apertado.

– Estamos perto pra cacete – disse Crane, alguns minutos depois que Jordi tinha ido embora. – Você acha que ela encenou uma invasão, depois voltou lá fingindo ser alguém da Alarmes GuardHouse no dia 21 de junho?

– Acho. Droga! Se pelo menos Jordi a tivesse visto, nós poderíamos divulgar um retrato falado no *Crimewatch* junto com a reconstituição – reclamou Erika. A porta do bar abriu e ela endireitou o corpo no assento na mesma hora. Gary Wilmslow entrou com um homem alto de cabelo escuro, calça jeans e camisa do Millwall. Um garoto pequeno os acompanhava, e Erika viu que era Peter, filho de Gregory Munro.

– Nossa. Era tudo o que a gente precisava – reclamou Crane.

Eles foram até o balcão e Gary os notou. Ele disse alguma coisa ao homem de cabelo escuro e aproximou-se com Peter.

– Boa tarde, policiais – cumprimentou com escárnio.

– Oi – disse Erika. – Olá, Peter, como você está?

O garotinho levantou o olhar para Erika, estava com o rosto pálido e cansado.

– Meu pai está morto... ontem eles cavaram um buraco no chão e colocaram ele lá dentro – disse o garoto, com um tom de voz monótono.

– Esse é o seu namorado? – perguntou Gary, inclinando a cabeça na direção de Crane.

– Não, sou o Sargento Crane – disse o policial, mostrando seu distintivo.

– Eita! Qual é a do distintivo? – questionou Gary.

– Você acabou de perguntar quem ele era – justificou Erika.

A situação ficou tensa. Gary encarou os dois.

– Então, o que dois policiais andam fazendo por aqui? Estão tomando uma na minha área?

— Existem muitos lugares aqui na sua área, Gary – disse Crane.

— Quem é o seu amigo? – perguntou Erika quando o homem ao balcão estava pagando uma rodada de bebidas.

— Parceiro de negócios... agora eu vou voltar pra lá.

— Você está bem, Peter? Está tudo bem? – perguntou Erika sem pensar, olhando para o indiferente garotinho.

— O pai dele acabou de morrer. Que pergunta idiota do cacete – disse Gary.

— Ei, pega leve – alertou Crane.

— Estou pegando leve – disse Gary. – Fui!

Ele saiu andando, puxando Peter. Erika quis agarrar o garotinho e tirá-lo dali, mas sabia que isso seria uma loucura. Como ela podia explicar uma atitude como essa sem estragar a importante investigação da Operação Hemslow?

Erika e Crane saíram do bar e foram envolvidos pelo sol. As mesas na área externa estavam cheias. Erika reconheceu um homem alto e magrelo sentado com uma mulher magra curvada sobre seu celular, digitando. Ela estava com uma camiseta regata, tinha um nariz proeminente e seu cabelo louro estava preso num rabo de cavalo. O homem era branco, tinha o rosto cheio de cicatrizes de acne e seu cabelo preto oleoso penteado para trás deixava exposta sua testa alta. Usava uma camiseta sem estampa e short bege.

Ao caminharem em meio às mesas, Erika permaneceu na frente de Crane e seguiu em linha reta na direção deles.

— Detetive Inspetor Chefe Sparks? – disse ela ao se aproximarem da mesa.

— Detetive Inspetora Chefe Foster – falou ele, demonstrando surpresa. A mulher com ele endireitou o corpo e os olhos dela dispararam na direção da janela do pub.

— Está de folga? Tomando uma? – perguntou Erika, acompanhando o olhar da mulher.

— Hum, mais ou menos isso – respondeu Sparks. Crane alcançou Erika.

— Puxa, Sparks, quanto tempo... onde você está trabalhando agora? – perguntou Crane.

— Hum, estou liderando minha própria Equipe de Investigação de Assassinatos, lá em North London – respondeu ele, olhando para Erika e Crane. – Essa é a Detetive Inspetora Powell – apresentou ele. Todos cumprimentaram-se.

– Crane, tudo bem se eu te encontrar lá no carro? – perguntou Erika.

– Okay – disse Crane. Ele deu uma olhada estranha para Erika e saiu.

– Então, vocês dois estão aqui, num dia de semana, tomando uma em South London, tentando ser imperceptíveis. Isso tem alguma coisa a ver com Gary Wilmslow? – perguntou Erika quando Crane já não podia mais escutá-la.

– Com licença, quem é você? – perguntou a mulher.

– Detetive Inspetora Chefe Erika Foster, uma ex-colega do Sparks aqui – respondeu Erika, em voz baixa. – Você tem dois caras envolvidos até o pescoço com produção de vídeos de abusos de crianças naquele pub, com um garotinho e o deixam sem vigilância.

– Nós sabemos... – começou a mulher.

Sparks inclinou-se sobre a mesa:

– Você precisa dar meia-volta e ir embora, Foster. Isto aqui é vigilância secreta.

– Operação Hemslow, né? – disse Erika.

Sparks e Powell trocaram um olhar.

– Isso. Erika, nós fomos recrutados, eles precisavam de mais mão de obra – disse Sparks, olhando a janela do pub. – Agora você tem que ir embora, antes que estrague o nosso disfarce.

– Ah tá, só que está escrito na cara de vocês dois que são policiais. Têm ideia do quanto aquele garotinho está vulnerável agora? Peter, é o nome dele.

– Nós sabemos, e se não sair imediatamente daqui você vai estragar nosso disfarce, e eu com certeza vou falar com o seu superior – ameaçou Sparks.

Erika encarou-os demoradamente depois foi para o carro.

– O que foi aquilo lá, chefe? – perguntou Crane, quando ela entrou.

– Nada – desconversou Erika. Ela ainda estava tremendo.

– Não via o Sparks desde que você o dispensou do caso do assassinato da Andrea Douglas-Brown... Não é o melhor policial do mundo, né? Não é o que se poderia chamar de um grande exemplo de policial.

– Não, não é – concordou Erika.

– Aquela lá era a namorada dele?
– Acho que não.
– Eu já imaginava. Ela é muita areia para o caminhãozinho dele, apesar de a maioria das mulheres serem – disse Crane. – Enfim, conseguimos mais uma pista sobre a identidade da mulher na casa de Gregory Munro. Isso é o que eu chamo de acertar na mosca!
– É mesmo...
Quando estavam indo embora de carro, ela pensou no pequeno Peter lá dentro com Gary Wilmslow e no seu "parceiro de negócios", e se sentiu impotente.

CAPÍTULO 43

Na noite seguinte, depois de uma longa semana de trabalho, Isaac Strong estava deitado no sofá com Stephen Linley. Ele tinha terminado seu romance novo e enviado para o editor. Isaac fez um jantar para comemorarem.

– Quer mais um pouco de champanhe, Stevie? – perguntou Isaac.

– Você está se referindo ao champanhe no balde de gelo com o guardanapo de pano ao redor do gargalo? – perguntou Stephen, erguendo a cabeça, que estava aconchegada no peito de Isaac.

– O que tem de errado em fazer as coisas direito? – murmurou Isaac, plantando um beijo na testa de Stephen.

– Não conheço mais ninguém que serve champanhe em casa como se estivesse num restaurante – riu Stephen. Ele virou para que Isaac pudesse se levantar. – E onde conseguiu isso? – perguntou esticando o braço e apontando a taça para o balde de gelo, que estava apoiado em um suporte de metal ao lado do sofá.

– No catálogo da Lakeland – disse Isaac, suspendendo a garrafa, o que fez o gelo tilintar. Ele encheu as taças dos dois.

– E o suporte?

– Ele é do necrotério. Geralmente deixo minha serra de osso nele e meus bisturis... achei apropriadamente macabro para comemorar seu livro novo.

– O Sr. Puritano roubou no trabalho! Estou honrado – brincou Stephen, dando um golinho no gelado e refrescante champanhe. Isaac voltou e foi se deitar no sofá. Um timer disparou na cozinha e ele se levantou novamente para desligá-lo.

– É mais um prato? – gemeu Stephen.

– Não, eu programei por que está na hora do *Crimewatch*.

– Ai, que inferno. Não é o programa daquela policial terrível, daquela sua amiga que tem o humor deste tamanhinho... e um cabelo menor ainda?

— Erika não tem o humor desse tamaninho aí. E o cabelo também não é tão curtinho.

— Bom, aquele cabelo com certeza é funcional. Ela é lésbica?

Isaac suspirou:

— Não. Ela era casada, eu já te contei... ela é viúva.

— Ele se suicidou, não foi?

— Ele morreu no cumprimento do dever...

— Ah é – recordou-se Stephen dando outra golada de champanhe. – Agora me lembrei, a batida para pegar o traficante de drogas. Ela foi a responsável pela morte dele e de mais quatro membros da equipe... Quer saber... isso dá um bom enredo.

— Stephen, você está sendo cruel. E eu não gosto disso.

— Foi isso que você escolheu – sorriu Stephen. – Sou uma vadia brutal... Mas eu mudaria o nome dela.

— Você não vai colocar isso num livro... E a gente vai ver *Crimewatch*. Eu trabalhei nesse caso. Tenho interesse profissional, assim como pessoal.

Isaac pegou o controle e ligou a televisão. A apresentação de *Crimewatch* começou.

— Então, é um duplo assassinato, um *serial killer*. Certo?

— Isso.

— Foi uma história chocante. Jack Hart, não foi? – perguntou Stephen.

— Shhh! – fez Isaac. Eles ficaram assistindo em silêncio ao apresentador de *Crimewatch* explicar o caso:

— *A primeira vítima foi o Dr. Gregory Munro, um clínico geral de Honor Oak Park, em South London. Ele foi visto pela última vez voltando para casa por volta das 19 horas do dia 27 de junho...*

Na tela, o ator representando Gregory caminhava na direção da casa na Laurel Road. Ainda estava claro, e um grupo de criancinhas brincava de pular corda na rua.

— Isso não está certo. Quem deixa os filhos brincarem na rua hoje em dia? – começou Stephen, dando um golinho de champanhe. – Elas ficam todas trancafiadas. Os pais as deixam em casa, com seus computadores e telefones... E qual é a estratégia mais usada pelos molestadores de crianças? Eles usam a internet, isso é loucura...

— Shush – fez Isaac.

Na tela, a jovem atriz estava vestida de preto e caminhava pela trilha escura no mato atrás da casa. A câmera cortou para um *close* do rosto dela iluminado pelo trem que passava ruidoso sobre os trilhos lá atrás.

— Ela é muito bonita — elogiou Isaac.

— Uma fadinha — concordou Stephen. — Eles acham mesmo que é uma mulher? Ela não passa de uma menininha...

Na tela, surgiu a imagem do quintal da casa, a partir do local na trilha onde a garota estava. Ela esticou o braço para cima e puxou o galho de uma árvore, e eles viram o ator interpretando Gregory Munro movimentando-se pela cozinha. A garota então puxou um capuz, cobriu o rosto, se abaixou, atravessou a cerca e entrou no quintal.

— Como é que eles sabem de tudo isso? — perguntou Stephen.

— Não posso discutir o caso com você — respondeu Isaac. — Você sabe disso.

— A gente está assistindo a isso na BBC com milhões de outros pobres coitados numa sexta-feira à noite. Todo mundo já está sabendo disso — falou Stephen revirando os olhos. — Qual é, vamos colocar um pornô que eu deixo você... Tô uma pervertida bêbada.

— Stephen, eu preciso ver isso!

Eles assistiram à mulher atravessar o gramado, invadir a casa pela janela lateral e entrar na cozinha.

— É uma ideia assustadora — comentou Stephen. — Alguém se aproximar sorrateiramente de você, se movimentar pela sua casa sem você saber...

CAPÍTULO 44

Tinha sido um bom dia para Simone no trabalho. Ela conseguiu passar um período agradável com Mary. O médico a examinou, disse que estava mostrando sinais de melhora e chegou ao ponto de sugerir que pudesse até mesmo acordar. Felizmente, ele não disse nada sobre a contusão na têmpora de Mary. Ele deve ter presumido que aquilo tinha acontecido antes de ela chegar ao hospital. Ou seja, eram só boas notícias. Mary viveria e Simone estaria ali para cuidar dela quando recebesse alta. Simone tinha dois quartos vagos em casa. Ela pintaria os dois com tons pastel, e Mary escolheria um deles, embora a vontade de Simone era de que Mary não melhorasse muito rápido. Sua lista ainda possuía um nome, e ela tinha que fazer os preparativos.

Antes de sair para trabalhar, Simone resolveu fazer sua comida preferida: macarrão com queijo enlatado e cobertura especial – pão velho esmigalhado e um pouco de queijo ralado. Ela carregou a tigela quente e fumegante em uma bandeja até a sala, que estava lotada de jornais e revistas em pilhas altas sobre a mobília caindo aos pedaços. Sentou-se no sofá, ligou a televisão e começou a procurar *Coronation Street*. De repente, Simone parou e ficou olhando fixamente para a tela. Por um momento, pensou que as alucinações tivessem voltado.

Mas aquilo era diferente. As alucinações estavam passando na televisão. Ela assistia com uma fascinação mórbida a uma mulher parecidíssima com ela se movimentando dentro da casa de Jack Hart.

Ela inclinou a cabeça de lado, confusa.

A garota na tela era pequenina, tinha traços delicados e atraentes. Simone, em comparação, era pequena, porém corpulenta. Sua testa era grande, alta, larga e enrugada e seus olhos azuis eram opacos, diferentes dos brilhantes olhos da atriz.

A bela garota na tela espreitava um homem que se parecia com Jack Hart; ele tomava banho e ela o observava através da porta do banheiro. Em seguida, a garota foi para o quarto dele. A cintura dela era fina, ao contrário da de Simone, que era larga, caída e tinha uma leve curvatura na espinha.

A música do *Crimewatch* começou a tocar e a tela cortou para o estúdio de televisão. O apresentador começou a falar.

– *Como eu havia dito, deixamos os elementos mais perturbadores da reconstituição de fora. Temos no estúdio hoje a Detetive Inspetora Chefe Erika Foster. Boa noite...*

Simone inclinou-se para a frente assim que viu pela primeira vez a policial que estava comandando a investigação. Uma mulher. Ela era pálida e magra, tinha cabelo louro curto e delicados olhos castanhos. Por um momento Simone achou que aquilo era bom, que uma mulher poderia entendê-la, compreenderia o que ela tinha sofrido. Porém, ao escutar a Detetive Foster falar, Simone sentiu a raiva crescer, e seu sangue ferveu.

– *Estamos pedindo informação a todas as pessoas. Se você viu essa mulher, ou se estava na área na noite em que esses assassinatos aconteceram, por favor entre em contato. Acreditamos que ela tenha estatura baixa, mas advertimos as pessoas a não se aproximarem dela: trata-se de um indivíduo perigoso e profundamente perturbado.*

Simone sentiu dor, baixou os olhos e viu que estava fechando e abrindo as mãos com força dentro da tigela de macarrão. O molho de queijo escorria vagarosamente entre seus dedos. Ela levantou o olhar e viu a vadia na tela, ouviu-a repetir que estavam procurando uma mulher perturbada que podia sofrer de problemas psiquiátricos. Simone deu um empurrão na tigela para fora da bandeja e ela espatifou na parede.

– Eu sou a vítima! – berrou para a tela, levantando-se. – A VÍTIMA, sua puta do cacete! Você não sabe NADA sobre os anos de abuso. Você não sabe o que ele fez comigo! – Ela apontou o dedo para o teto, na direção do quarto do casal. – Você não sabe de NADA! – gritou ela, e um pouco do ralo molho de queijo acertou o rosto da Detetive Foster.

– *Então, por favor, se souberem de qualquer coisa, liguem ou mandem um e-mail. A sua informação é confidencial. Os contatos estão na parte inferior da tela* – finalizou o apresentador.

Simone ficou parada, tremendo, em seguida foi até o computador no vão debaixo da escada. Ela sentou-se e puxou o teclado para perto de si sem notar que suas mãos estavam emporcalhadas de molho e a pele queimada e vermelha.

Ela digitou no Google: "DETETIVE INSPETORA CHEFE FOSTER" e começou a ler as informações. Sua respiração foi voltando ao normal à medida que um plano começou a se formar em sua mente.

CAPÍTULO 45

Era tarde quando o carro do estúdio de televisão deixou Erika no seu apartamento em Forest Hill. Quando entrou, viu a imagem deprimente da sala. Ela já tinha estado na televisão antes, fazendo apelos, mas aquele foi diferente. Tinha sido em um estúdio de gravação, e ela ficou muito nervosa. Moss sugeriu a ela imaginar que estava conversando com uma família, visualizando estar sentada na sala de casa.

A única pessoa que ela tinha sido capaz de visualizar foi Mark: a maneira como ele costumava ficar largado no sofá e o jeito que ela se encaixava confortavelmente debaixo do braço do marido. Isso foi o que ela visualizou durante a transmissão ao vivo. E agora em casa, percebeu que tinha descoberto mais uma maneira de sentir a falta dele. Sentia falta de chegar em casa e vê-lo no sofá, assistindo à televisão. Sentia falta de ter alguém com quem conversar, alguém para tirá-la de dentro de sua própria mente. Ali, ela só tinha as quatro paredes nuas fechando-se sobre ela.

O celular tocou e Erika o procurou dentro da bolsa para atendê-lo. Era o pai de Mark.

– Você não me contou que ia aparecer na TV – disse Edward.

Sentindo-se culpada, Erika se deu conta de que a última vez que falou com ele tinha sido há algumas semanas. Ela ficou com as emoções presas na garganta por uma fração de segundo. O jeito de Edward falar era tão parecido com o de Mark...

– Foi tudo de última hora... Eu ainda não assisti. Não dei uma de diretora de escola da velha guarda, dei?

Edward deu uma gargalhada:

– Não, moça, você estava ótima. Mas parece que você tem mais um maluco à solta. Espero que tenha cuidado.

– Essa gosta de homens – disse Erika. – Desculpe... eu não quis ser petulante. Até agora, os alvos dela foram homens.

– Sim, eu assisti ao programa – comentou Edward. – Você acha mesmo que uma mulher tem isso dentro dela? Que é capaz de fazer aquilo tudo?

– Você ficaria horrorizado com o estado da psique humana se viesse trabalhar comigo alguns dias...

– Aposto que ficaria. Mas como sempre digo, querida, seja corajosa, mas não estúpida.

– Vou tentar.

– Eu já estava querendo te ligar há um tempo, aí, quando te vi na TV, acabei tomando coragem. Estou querendo o endereço da sua irmã Lenka.

– Espere, está aqui em algum lugar – disse Erika, prendendo o celular debaixo do queixo, indo até as prateleiras e procurando em meio aos panfletos de comida delivery. Ela encontrou sua fina agenda de endereços.

– Para que você quer o endereço da Lenka? – perguntou ela, folheando a agenda.

– O bebê dela não está para nascer?

– Ah é! Quase me esqueci. Vai nascer em algumas semanas.

– O tempo voa quando você está caçando pessoas em fuga! – comentou Edward.

– Engraçadinho! Você devia ser comediante – riu Erika.

– O menino e a menina dela são lindos – elogiou ele. – Não conseguia entender nada do que eles tagarelavam, nem o que a sua irmã falava, mas a gente conseguiu sobreviver!

Quando a irmã de Erika foi visitá-la, Edward fez um passeio de trem com eles até a Torre de Londres. Foi um dia exaustivo. Lenka não falava uma palavra de inglês e Erika acabou tendo que servir de tradutora para ela e seus filhos, Karolina e Jakub.

– Você acha que eles gostaram de lá, da Torre de Londres? – perguntou Edward.

– Não, acho que a Lenka estava um pouco entediada. A única coisa que ela queria fazer mesmo era um estoque novo de roupa na Primark – respondeu Erika, sem pestanejar.

– Mas a Torre não era cara... Fiquei me perguntando com que percentual a rainha fica.

Erika sorriu. Ela sentia falta de Edward e gostaria que ele morasse mais perto.

– Ah, aqui está – falou ela, dando o endereço.

– Obrigado, querida. Vou mandar uns euros, para o bebê, isso se eu conseguir chegar ao correio grande em Wakefield. Você sabia que eles fecharam a casa de câmbio no correio daqui?

– É a era da austeridade – disse Erika.

Houve silêncio. Edward arranhou a garganta antes de dizer:

– Está chegando de novo, não está? – mencionou ele, com a voz suave, referindo-se ao aniversário da morte de Mark.

– Está, sim. Dois anos.

– Você quer que eu dê um pulo aí? Posso ficar com você alguns dias. Seu sofá é gostoso.

– Não. Obrigada. Tenho muito trabalho. Vamos esperar até eu finalizar este caso e depois fazemos alguma coisa. Eu adoraria passar uns dias no norte... O que vocês vão fazer?

– Me pediram para reunir a turma do boliche. Acho que eles sabem que preciso manter a mente ocupada.

– Então você devia fazer isso – disse Erika. – Se cuida.

– Se cuida também, moça – despediu-se ele.

Erika ligou a televisão bem na hora em que estavam reprisando *Crimewatch*. Ela ficou bem horrorizada ao se ver em alta definição: todas as rugas, olheiras e sulcos. Quando um número de telefone apareceu no final, o celular dela tocou.

– Detetive Inspetora Chefe Foster? – perguntou uma voz aguda abafada.

– Sim?

– Te vi falando sobre mim na televisão... Você não sabe nada sobre mim – continuou a voz, calmamente.

Erika paralisou. Sua cabeça começou a zumbir. Ela se levantou num pulo, apagou as luzes e foi até a janela do pátio. Estava escuro lá fora, os galhos da macieira moviam-se com a brisa.

– Você pode ficar calma. Não estou perto de você – revelou a voz.

– Okay. Então onde você está? – perguntou Erika, com o coração disparado.

– Num lugar em que você não vai me achar – respondeu a voz. Houve outra pausa e Erika tentou pensar no que podia fazer. Ela olhou para seu celular, mas não tinha a menor ideia de como gravar ligações.

– Ainda não acabou – alertou a voz.

– O que você está querendo dizer? – perguntou Erika.

— Ah, Detetive Foster. Acabei de fazer uma pesquisa. Você era uma estrela em ascensão na força policial. Você é formada em psicologia criminal. Você tem uma condecoração. E, por último, você tem algo em comum comigo.

— O quê?

— O meu marido também morreu... embora, infelizmente, diferente de você, eu não fui responsável pela morte dele.

Erika fechou os olhos e apertou o celular.

— Você foi responsável, não foi?

— Fui, fui, sim – respondeu Erika.

— Obrigada por ser honesta – agradeceu a voz. – Meu marido era um porco brutal e sádico. Ele gostava de me torturar. Tenho as cicatrizes para provar.

— O que aconteceu com o seu marido?

— Eu planejei matá-lo, e se tivesse tido a oportunidade, nada disso estaria acontecendo. Mas ele morreu, por acaso. Aí eu me transformei na viúva negra.

— O que você quis dizer quando falou que ainda não acabou?

— Eu quis dizer que mais homens vão morrer.

— Isso não vai acabar bem, estou te avisando – alertou Erika. – Você vai cometer um deslize. Temos testemunhas que te viram. Estamos muito perto de descobrir como você é...

— Acho que isso é o suficiente por enquanto, Erika. Tudo o que peço é que você me deixe em paz – disse a voz.

O telefone fez um clique e a ligação caiu.

Erika tentou retornar a ligação para o último número recebido, mas uma voz gravada informou que ele não estava disponível. Ela conferiu se a porta de vidro que dava para o pátio estava trancada, tirou a chave e a enfiou no bolso. Em seguida, foi até a porta da frente e conferiu se tinha passado a tranca. Ela percorreu o apartamento, conferindo e trancando as outras janelas.

Com todas as janelas fechadas, rapidamente o lugar começou a esquentar. Ela estava suando quando ligou para a delegacia Lewisham Row.

Woolf atendeu:

— Oh, é o novo rosto da Polícia Metropolitana. Você mandou bem na TV – comentou ele.

— Woolf, alguém ligou para mim? – perguntou Erika.

—Sim, a *Playboy* já ligou; querem que você faça um pôster gigante na próxima revista. Falei para eles que só se fizerem um bom trabalho. Não quero que as suas partes se percam no lugar onde o papel fica dobrado...

– Woolf, isto é sério!

– Desculpe, chefe, eu só estava brincando. Espere aí... – ela escutou Woolf folheando o registro de chamadas.

– Só aquela produtora do *Crimewatch*. Ela te entregou sua bolsa?

– Eu estou com a minha bolsa – afirmou Erika, olhando para o lugar na mesinha de centro onde ela a tinha jogado.

– Ela ligou falando que você tinha esquecido a bolsa no estúdio, e perguntou se eu podia passar para ela o número do seu celular. Então... você não esqueceu a sua bolsa?

– Não, não esqueci. E não me diga que o número que ela ligou pra você era confidencial...

– Uh, era, sim... – disse Woolf. – Se não era a produtora, quem era?

– Acabei de receber uma ligação da *Sombra* – revelou Erika.

CAPÍTULO 46

Quando Simone chegou em casa, depois de ligar para Erika Foster, um cheiro repugnante atingiu-lhe o nariz. Ela viu que o espelho na entrada e o computador estavam lambuzados de macarrão com queijo. Ela foi até a sala, havia macarrão espirrado por todo lado: na parede, na TV...

Enquanto limpava, ela revirava as coisas em sua mente. Como a polícia sabia que tinha sido ela? Como sabiam que tinha sido uma mulher?

Ela foi tão engenhosa, tão cuidadosa. Ela não passava de uma *sombra*.

Simone estava esfregando o carpete da sala quando viu um movimento com o canto do olho. Parou de esfregar. Escutou passos se aproximando por trás. Segurou com força a escova de madeira e se virou.

Stan estava em pé na porta da sala, pelado, com água escorrendo de sua pele pastosa e pingando no carpete limpo. A boca do marido despencou, deixando à mostra uma fileira de dentes pretos. Simone ficou surpresa por não sentir medo. Levantou-se lentamente com os joelhos estalando.

– Duhu... kah – foi o som que saiu da boca de Stan. Não era exatamente uma voz, mais um suspiro. Um sussurro. – *Duhu... kah, Duhu... kah*. Os braços caíram ao lado do corpo e as laterais da boca abriram num sorriso que ela se lembrava muito bem: faminto, crescendo à medida que se aproximava, carregado de dor. Ele começou a andar na sua direção, com a água escorrendo pelo corpo, ensopando o carpete. Nesse momento ela sentiu medo.

– NÃO! NÃO! – gritou, arremessando a pesada escova de madeira nele. Stan desapareceu e o que sobrou foi apenas o barulho do espelho no hall se quebrando quando a escova o atingiu e os cacos se espalhando pelo chão.

Stan tinha ido embora. O carpete estava seco, e então ela compreendeu o que ele disse.

Duke. Ele tinha dito *Duke*.

Ela correu até o computador debaixo da escada e o ligou.

NIGHT OWL: Duke?

Momentos depois, Duke entrou.

DUKE: Night Owl, oi! Noite difícil?
NIGHT OWL: Por que está perguntando isso?
DUKE: Ei, conheço vc. Mais do que você mesma.

Simone ficou parada com as mãos sobre o teclado.

NIGHT OWL: Sério? Você realmente me CONHECE?

Desta vez houve uma longa pausa. Simone ficou encarando o cursor, que não parava de piscar. Ela se perguntou se Duke estava sentado lá com os dedos suspensos, imaginando o que digitar. Ele tinha ligado as coisas?

Pela primeira vez, ela se perguntou onde Duke vivia. Ela costumava pensar que ele morava ali em seu computador. Ela tinha conversado com ele durante os últimos anos sobre seus planos, sobre o que ela fantasiava, sobre a dor que ela infligiria ao médico, ao homem da TV, aos outros que viriam... Duke sempre a encorajou. E ele tinha falado sobre seus próprios medos – o escuro, suas tentativas de suicídio fracassadas. Ela se lembrou da angustiante descrição de como ele tinha tentado se sufocar com um saco de suicídio sem o gás. Ele o colocou na cabeça, apertou o cordão ao redor do pescoço e depois, quando começou a faltar o ar, entrou em pânico e rasgou o saco com a unha, machucando a pálpebra e lacerando o globo ocular.

Duke disse que morreria sem ela, e Simone acreditava nele.

Ela piscou. O cursor estava movendo-se novamente pela tela.

DUKE: É claro que te conheço, Night Owl. Eu te conheço melhor do que todos eles. Eu te amo. E eu te prometo, os seus segredos morrerão comigo.

CAPÍTULO 47

Erika estava com Crane em uma das apertadas salas técnicas próximas à sala de investigação.

– Okay, aqui está o seu celular novo – disse Crane. – Fique com o antigo, carregue-o normalmente, mas só use se ela ligar de novo. O número agora está sendo monitorado. Se ela ligar, o aparelho de rastreamento vai começar a funcionar automaticamente. Na mesma hora. Só não se esqueça disso... conheço policiais que foram pegos acidentalmente fazendo ligações particulares, e elas foram gravadas.

– Não se preocupe. Não vou me esquecer. Apesar da minha vida particular ser muito chata – falou Erika, pegando os celulares. – Espere aí, isto aqui é *touchscreen* – acrescentou ela, olhando o aparelho novo. – Não tem nada com botões?

– Bom, tecnicamente, é um *upgrade* do aparelho anterior, chefe – justificou Crane.

Bateram na porta e Moss enfiou a cabeça dentro da sala.

– Chefe, você tem um minuto?

– Tenho.

– Vou ver se consigo descolar um Nokia velho – prometeu Crane.

– Obrigada – agradeceu Erika. Ela seguiu Moss à movimentada sala de investigação, até o enorme mapa da Grande Londres colado na parede. Era um quadrado de um metro e oitenta com um labirinto de ruas. As manchas verdes indicavam os muitos parques da capital, mas o mais proeminente era o Rio Tâmisa, uma linha curva azul que entalhava o centro do mapa.

– Ela usou uma cabine telefônica para te ligar – informou Moss. – Nós a rastreamos e descobrimos que é na Ritherdon Road, uma rua residencial em Balham. Fica há uns seis quilômetros do seu apartamento em Forest Hill. A cabine em questão nunca é usada. Foi a primeira ligação feita de lá em três meses. Por causa disso, a British Telecom está planejando removê-la no final do mês.

– Por que uma cabine telefônica? Ela achou que nós íamos pensar que ela não tem telefone? – perguntou Peterson, colocando uma tachinha vermelha na Ritherdon Road, na parte inferior do mapa.

– Não... acho que ela é inteligente – opinou Erika. – Ela sabe que podemos rastrear celulares. Mesmo se ela usasse um pré-pago, nós conseguiríamos rastrear a chamada a partir da torre de celular e pegar o número de IMEI e todas as informações do aparelho. Dessa maneira, ela permanece anônima. Posso me atrever a perguntar sobre câmeras de segurança?

– Okay, então esta é a cabine telefônica – disse Moss, apontando para a tachinha vermelha –, e as primeiras câmeras de segurança ficam a 400 metros. – Ela deslizou o dedo para baixo um pouco mais até o local em que a Ritherdon Road se encontrava com a Balham High Road. – Há um Tesco Metro na esquina com a Balham High Road, também conhecida como A24, e há câmeras de segurança em ambas as direções. Pusemos o Detetive Warren para fazer as ligações necessárias para conseguirmos as filmagens das câmeras de segurança do estacionamento do Tesco e das câmeras ao longo da A24 em ambas as direções...

– Mas olhe onde a cabine telefônica está no mapa. Ela podia ter ido na direção contrária e pegado um caminho para um monte de lugares nesse emaranhado de ruas residenciais, que não são cobertas por câmeras de segurança – argumentou Erika. – Você tem mais alguma coisa?

– Bom... a cabine telefônica era a boa notícia – disse Moss, andando na direção de onde estava Singh, ao lado da bancada de impressoras. – Nós finalmente conseguimos os dados de três sites que vendem esses sacos de suicídio no Reino Unido.

– E?

– E, como você pode ver, é trabalho que não acaba mais. Três mil nomes – informou Singh. – Eles relutaram muito em dar esses nomes. E já vi que alguns foram pagos com PayPal, o que pode fazer as pessoas ficarem mais difíceis de se rastrear.

– Merda – xingou Erika. – Okay, bom, sugiro que comecemos desconsiderando pessoas fora da Grande Londres. Devemos trabalhar na teoria de que ela me viu no *Crimewatch*. Isso a fez ficar com raiva, ir a uma cabine telefônica e me ligar.

– Okay, chefe – disse Singh.

– Qual o retorno do apelo que fizemos na televisão?

– Nada muito significativo – respondeu Peterson. – Estamos trabalhando nas ligações que chegam, mas acho que o programa deixou muita gente assustada. Um homem em North London ligou durante o programa para falar que afugentou uma pessoa que estava tentando arrombar a casa dele por uma janela no térreo, outra mulher de Beckenham acha que viu uma figura pequena andando lentamente pelo quintal dela pouco depois do programa... Uma idosa que mora perto da Laurel Road acordou e afugentou um invasor que tinha entrado no quarto dela depois de subir até a janela... Oh, e agora três moradores na Laurel Road falaram que acham que viram uma mulher pequena, parecida com a da reconstituição, entregando caixas de verduras na área – disse Peterson. – Vamos levar tempo para checar tudo isso.

– Temos uma cópia do vídeo do *Crimewatch*? – perguntou Erika. – Quero assistir de novo. Talvez alguma coisa que eu disse tenha feito essa mulher me procurar, vir atrás do meu telefone e me ligar. Entre em contato com o Tim Aiken para mim. Nunca se sabe, talvez ele tenha alguma coisa interessante para contar pra gente.

Ela voltou a olhar para o mapa de Londres que se estendia pela parede. Lendo seus pensamentos, Moss falou:

– Tantos lugares para se esconder na escuridão.

CAPÍTULO 48

Erika, Peterson, Moss, Marsh e Tim Aiken estavam aglomerados ao redor do monitor da televisão em uma das salas de observação na delegacia. Eles estavam assistindo novamente à participação de Erika no *Crimewatch*.

A detetive odiava se ver na tela: sua voz parecia mais fina, mais estridente. Por outro lado, estava satisfeita que a Polícia Metropolitana não tinha trocado as televisões por aparelhos de alta definição. Esses pensamentos, contudo, eram efêmeros e ficavam em segundo plano em sua cabeça. O que realmente queria saber era, pressupondo que a assassina tinha visto o programa, por que ela tinha reagido daquela maneira?

Eles chegaram ao final da parte em que Erika foi entrevistada no estúdio. *"Acreditamos que ela tenha estatura baixa, mas advertimos as pessoas a não se aproximarem dela: trata-se de um indivíduo perigoso e profundamente perturbado"* – disse Erika na tela.

Em seguida o apresentador começou a ler o endereço de e-mail e o número de telefone para contato, que estavam expostos na parte inferior da tela.

– Então? – perguntou Erika, voltando-se para Tim Aiken.

– Há muitas variáveis – disse ele, esfregando o queixo com a barba por fazer, e as pulseirinhas de tecido de várias cores em seu pulso balançavam ao movimento do braço.

– Se a assassina estivesse vendo, como ela teria reagido ao ver seus crimes serem recriados na tela?

– Isso pode ter atiçado o ego dela. *Serial killers* podem ser indivíduos convencidos e guiados por seus egos – disse Tim.

– Então ela pode ter ficado lisonjeada ao encarar o fato de termos colocado uma mulher jovem e gostosa para interpretar seu papel? – perguntou Moss.

– Depende do que você define como *gostosa* ou atraente – disse Tim.

– Bom, *eu* não a chutaria para fora da cama. Peterson? Senhor? – falou Moss.

Peterson ia abrir a boca, mas Marsh o cortou.

– Não vou entrar num debate sobre o quanto a atriz da reconstituição é atraente – disse ele, irritado.

Tim prosseguiu:

– Ou ela não é atraente e desaprovou a maneira como foi representada. Da mesma forma, ela pode ser uma mulher fisicamente muito mais forte. Pode ter desaprovado o fato de uma garota com corpo de fadinha como essa ter interpretado o papel dela na reconstituição... devemos lembrar que isso não é sobre *ela*, é sobre *o que* ela faz, e *por que* ela faz isso. Ela escolhe e mata homens. As duas vítimas eram altas, fortes e tinham um físico atlético. Ela pode ter sofrido abuso por um homem ou homens, um cônjuge, o pai...

– Você pode providenciar um perfil pra gente? – pediu Marsh.

– Eu já submeti um perfil que sugere que esse é um homem gay predatório...

– Nós já descartamos aquilo, é óbvio – disse Marsh.

– É extremamente raro entrar em contato com *serial killers* mulheres. Fazer o perfil delas é muito difícil. Temos pouquíssimos dados.

– Bom, nós estamos te pagando o suficiente. Tente – ordenou Marsh.

– Tim, você pode nos contar mais alguma coisa a partir do vídeo? – perguntou Erika.

– Pode ser que ela tenha se avaliado, a própria autoestima, em relação a você, Detetive Foster. Ao aparecer no programa, você se apresentou como a pessoa que vai pegá-la, independentemente da equipe que trabalha com você. Ela pode enxergar isso como uma luta por supremacia. Você também a chamou de "indivíduo perigoso e profundamente perturbado".

– E ela pode se ver como vítima – finalizou Erika.

– Sim. E você falou aquilo dela na televisão. Isso a irritaria. Certamente faria com que ela viesse atrás de você.

Quando terminaram, Marsh pediu a Erika que ficasse para conversarem.

– Não estou gostando disso – falou o superintendente. – Já conversei com Woolf sobre fornecer números particulares.

– Ele não sabia.

– Se você quiser, ponho um carro para vigiar o seu apartamento. Algo discreto. Posso disponibilizar uns dois policiais.

– Não, senhor. Ela teve sorte de conseguir meu número, e não quero um carro parado em frente ao meu apartamento. Vou ficar de olhos abertos.
– Erika – insistiu Marsh com uma expressão frustrada.
– Senhor. Obrigada, mas não. Agora tenho que ir. Mantenho o senhor informado. – Erika saiu da sala de observação.
Marsh ficou parado em pé por um momento, olhando para as telas de TV desligadas, sentindo-se incomodado.

CAPÍTULO 49

Simone seguiu o homem de longe durante a maior parte da tarde. A jornada começou em frente ao prédio dele, o Bowery Lane Estate, perto da Old Street, no centro de Londres. Ele saiu logo depois do almoço, caminhou pela área financeira e chegou à estação London Liverpool Street. Simone tinha ficado confusa no início, perguntando-se aonde ele iria sem bagagem nenhuma, só de short jeans estiloso e camiseta regata. Ela o seguia a uma distância de vinte metros. A aglomeração de pessoas tinha ficado maior quando eles se aproximaram das bilheterias e o fluxo quase a carregou, mas ele saiu em outra direção e por um momento Simone o perdeu.

Ela disparou os olhos para as escadas rolantes na distante parede do lado oposto, que levavam para o mezanino com lojas, e lá no alto ficava o teto de vidro da estação. Ela ficou na ponta dos pés, tentando enxergar por cima da multidão, e então o avistou, descendo por uma escada rolante na direção dos banheiros públicos. Simone foi até a grande WH Smith ao lado das escadas rolantes, misturando-se a várias outras pessoas, e ficou dando uma olhada nas revistas, mas observando os banheiros ao mesmo tempo.

Ela esperou examinando os jornais, muitos deles com artigos e matérias sensacionalistas sobre a identidade da *Sombra*. Deu uma guinchada aguda e prolongada ao ver que um jornalista do *The Independent* a chamou de "gênio do subterfúgio". A mulher ao seu lado a olhou de relance e fez uma cara esquisita. Então Simone a encarou até ela recolocar a revista na prateleira e sair apressada com sua mala.

Dez minutos tinham se passado, depois vinte... Simone olhava para a escadas rolantes que levavam aos banheiros. Ele estaria passando mal? Tinha desaparecido? Ela o tinha perdido? Simone lançava os olhos para aquelas escadas rolantes de segundo em segundo, com exceção do momento em que aquela mulher idiota tinha olhado para ela. Foi só então que ela percebeu a quantidade de homens sozinhos que desapareciam pela mesma escada e quanto tempo eles ficavam lá embaixo. Simone se deu conta de que ele estava *à caça*. Tinha ido aos banheiros lá embaixo especificamente atrás de sexo.

Muitas coisas nos homens enojavam Simone: a petulância, o desvio sexual, a maneira como recorriam à violência quando queriam ficar no controle ou não conseguiam as coisas do jeito deles. Aquilo não a surpreendeu – só mais uma coisa para acrescentar à lista – e solidificou sua determinação. Simone investia o tempo que fosse preciso para colher as informações sobre os homens que perseguia. Estava preparada para aguardar semanas, para recostar-se e descobrir pacientemente tudo sobre cada um dos seus alvos. Riscou Gregory e Jack de sua lista usando a mesma estratégia.

Olhou para o *The Independent* em suas mãos novamente e releu a descrição: *gênio do subterfúgio*. Ela tinha que comprar o jornal. Era a primeira coisa boa que escutava sobre si em anos. Estava prestes a ir ao caixa quando ele emergiu na escada rolante com o rosto levemente vermelho, o olhar vidrado e relaxado. Simone pôs o jornal de volta no lugar, deixou-o passar na frente dela, depois começou a segui-lo. Ele foi para o fundo da estação e entrou em uma Starbucks.

Ela ficou esperando alguns minutos e entrou no final da fila, mantendo-o em sua vista periférica e olhando para as guloseimas através do vidro. Era o mais perto que tinha chegado dele até então – apenas três pessoas os separavam.

Sim, ele era jovem, e malhava. Podia ser forte. Embora fosse magro – em vão, claro.

Ela o viu chegar à ponta da fila e flertar com o bonito barista negro, inclinando-se e colocando a mão no braço do jovem, soletrando seu nome, certificando-se de que seria escrito corretamente no copo.

Em breve essa boca de chupar pau vai dar o último suspiro, ela pensou. Em seguida ela sorriu para o barista e pediu uma bela fatia de bolo de frutas e um cappuccino.

– Qual é o nome, querida? – perguntou o barista.

– É Mary – respondeu Simone. – Deve ser bem sem graça, em comparação aos nomes exóticos que você escuta.

– Gosto de Mary – disse o barista.

– Me deram esse nome por causa da minha mãe. Ela também se chama Mary. Está no hospital... muito doente. Sou tudo o que ela tem.

– Sinto muito – falou o barista. – Mais alguma coisa?

– Vou levar uma cópia do *The Independent*. Estou pensando em ler para ela mais tarde. Ela adora saber de tudo o que está acontecendo no mundo.

Simone pegou o jornal, o café e o bolo e foi se sentar.

O tempo todo vigiando sua próxima vítima.

CAPÍTULO 50

A amenizada no clima durou pouco. Ao longo dos dias seguintes, o sol começou a maltratar implacavelmente e o progresso nas investigações empacou.

A reconstituição no *Crimewatch* ficou no iPlayer da BBC durante uma semana, o que aumentava sem parar a quantidade de pessoas que assistiam, telefonavam e mandavam e-mails, gerando ainda mais material a ser analisado.

O restante dos moradores da Laurel Road chegou das férias e a notícia de que a rua deles tinha aparecido em uma reconstituição na TV em rede nacional se espalhou. Vários deles se lembravam de ter visto uma jovem de cabelo escuro entregando folhetos de porta em porta, outros se lembravam de uma garota entregando caixas de frutas e verduras e de uma garota numa van consertando um cano perto da casa de Gregory Munro.

Essa explosão de informações deixou os recursos de Erika ainda mais escassos. Eles conseguiram localizar a encanadora, que na verdade era um homem de aspecto jovem e saudável, e a mulher de cabelo escuro que entregava, semanalmente na área, caixas de verduras de uma loja conhecida. Ambos se apresentaram na delegacia voluntariamente, responderam a perguntas e até forneceram amostras de DNA. Depois de uma nervosíssima espera de 12 horas, os resultados entregues eram negativos. O DNA deles não era compatível com as amostras coletadas na porta dos fundos de Jack Hart nem no saco de suicídio.

Dois moradores de Laurel Road e um dos vizinhos de Jack Hart foram até a Lewisham Row e trabalharam com um policial em retratos falados da mulher que tinham visto entregando folhetos. Erika estava muito esperançosa de que isso levasse a alguma descoberta, mas todas as imagens saíram parecidas com Lottie, a atriz que apareceu em *Crimewatch*.

Entretanto, o trabalho mais deprimente era a localização dos moradores de Londres que haviam comprado sacos de suicídio pelos sites. Uma quantidade muito grande de telefonemas tinha sido atendida por pais e cônjuges aflitos que informavam à polícia que sim, um dos sacos havia sido comprado, e que a tentativa de suicídio tinha sido bem-sucedida.

Na tarde do dia 15 de julho, a atmosfera na sala de investigação era de desânimo. No dia anterior, seis membros da equipe de Erika foram realocados para um caso de tráfico de drogas, e ela tinha acabado de finalizar uma ligação com um nervoso pai de três filhos cuja esposa havia se matado, e cuja filha pequena tinha encontrado o corpo com o saco plástico na cabeça.

Era uma sexta-feira e Erika podia dizer que o que sobrou de sua equipe estava ansiosa para chegar em casa e desfrutar do fim de semana. Ela não podia culpá-los. Eles estavam trabalhando duro, mas tinham pouco para apresentar, e os jornais estavam cheios de fotos de pessoas apinhadas na praia e em parques locais.

Moss e Peterson estavam sentados às suas mesas, junto com Singh. Erika olhava para os quadros-brancos com as fotos de Gregory Munro e Jack Hart pelo que parecia ser a milésima vez. Agora havia também a imagem tirada de um dos sites de suicídio, de um manequim bronzeado e careca deitado em um quarto lúgubre, que servia de demonstração sobre como eram montados o saco de suicídio, o cano e o botijão de gás. As pálpebras estavam sombreadas de roxo e tinham longos cílios pintados.

– Chefe, é Marsh no telefone – avisou Moss, cobrindo o aparelho.

– Você pode falar para ele que eu saí? – pediu Erika. Ela sentia que mais gente da sua equipe estava prestes a ser realocada e não queria encarar outra reunião acalorada.

– Ele falou que quer se encontrar com você na sala dele. Disse que é importante.

– Talvez ele queira te falar que conseguiu um ar-condicionado decente – sorriu Peterson.

– A esperança é a última que morre – disse Erika. Ela enfiou a camisa para dentro da calça, pôs o blazer, saiu da sala de investigação e subiu os quatro lances de escada até a sala de Marsh.

Erika bateu na porta e ele gritou para que entrasse. Ela ficou surpresa ao ver que o superintendente havia arrumado a sala: tinha se livrado da bagunça de pastas velhas, das roupas e do cabideiro destruído. Havia uma garrafa de Chivas Regal 18 anos em cima da mesa.

– Posso te servir uma bebida? – perguntou ele.

– Sim. Já que é sexta-feira.

Marsh foi para o canto da sala, e Erika viu que onde antes havia uma pilha de casacos e documentos, agora ficava uma pequena geladeira. Marsh abriu o freezer e pegou uma bandejinha de cubos de gelo. Ela o observou colocar gelo em dois copos de plástico, e em seguida serviu uma generosa dose de uísque em cada um deles.

– Você bebe com gelo? – perguntou ele.

– Sim, obrigada.

Ele pôs a tampa na garrafa, colocou-a de volta na mesa, depois entregou um dos copos a ela.

– Sei que amanhã é o aniversário de dois anos – comentou ele em voz baixa. – Só queria beber alguma coisa com você. Para que saiba que eu não me esqueci. Para fazer um brinde ao Mark.

Ele levantou o copo e Erika bateu o seu no dele. Os dois tomaram um golinho.

– Sente-se, por favor.

Os dois se sentaram, e Erika baixou o olhar para o líquido âmbar aderindo rapidamente ao gelo que derretia. Ela estava tocada, mas determinada a não chorar.

– Ele era um bom homem, Erika.

– Não consigo acreditar que já faz dois anos – disse ela. – No primeiro ano, eu acordava na maioria das manhãs e quase sempre me esquecia que ele tinha partido. Mas agora me acostumei com o fato de ele não estar por aqui, o que, até certo ponto, é pior.

– Marcie me pediu para mandar os cumprimentos também.

– Obrigada... – Erika enxugou os olhos com a manga e mudou de assunto. – Os retratos falados chegaram. São todos uma reprodução da atriz do *Crimewatch*.

– É, eu vi.

Ela prosseguiu:

– Tenho medo de que a gente só consiga descobrir alguma coisa quando ela matar de novo. Mas vamos continuar trabalhando nisso. Na semana que vem, vou colocar a equipe para revisar todas as evidências. Vamos começar do zero. Sempre tem alguma coisa, por menor que seja...

Marsh recostou-se na cadeira. Ele parecia aflito.

– Você sabe como isso funciona, Erika. Ela pode atacar de novo em algumas semanas, ou dias... ou pode demorar meses. Trabalhei na Operação Minstead. Num determinado momento, o agressor não agiu durante sete anos.

– É assim que você me tira do caso com jeitinho?

– Não... estou satisfeito por te dar mais tempo, mas tenho que te lembrar que os recursos não são infinitos.

– Então para que o uísque?

– É um gesto genuíno. Nada a ver com o trabalho.

Erika deu um golinho e eles ficaram sentados em silêncio por um momento. Ela olhou para a vista atrás de Marsh: o céu azul, as casas distanciando-se ao longe, abrindo caminho para manchas verdes no horizonte.

– O que você vai fazer amanhã? Vai ter alguém com você? – perguntou ele.

– O pai do Mark se ofereceu para vir a Londres, mas eu pensei, com a investigação... – ela esmoreceu.

– Tire o dia de folga, Erika. Você está trabalhando direto, sem descansar, há três semanas.

– Sim, senhor.

Ela tomou o resto do uísque e pôs o copo de plástico na mesa.

– Acho que ela está planejando o próximo assassinato, senhor. Ela não vai hibernar. Não acho que serão sete semanas, muito menos sete anos.

CAPÍTULO 51

Simone seguiu o homem em mais três ocasiões. Ele gostava de passar as tardes em uma sauna gay em Waterloo, encaixada atrás da estação de trem. Duas vezes, ela o seguiu até lá e ficou esperando discretamente em um cyber café um pouco mais adiante na rua. As visitas dele duravam várias horas. Certa manhã, ele pegou o metrô na estação Barbican. Ela se sentou bem no fundo do vagão, enfiada numa fileira de passageiros, fingindo ler o *Metro* enquanto o trem sacolejava pela linha Circle até chegar à estação da Gloucester Road.

Sentiu-se desconfortável seguindo-o em West London. Era uma área desconhecida para ela. Fedia a dinheiro, com sua mistura de elegantes casas georgianas e pessoas exóticas bebendo às mesas dos cafés espalhadas pelas calçadas. Ele apertou o interfone em um escritório elegante numa rua residencial e sumiu lá para dentro sem olhar para trás.

Ela voltou naquele dia para observar o prédio onde ele morava. O Bowery Lane Estate era um grande e gélido bloco de apartamentos de seis andares em forma de U, com um retângulo de grama no meio. Tinha uma arquitetura fria de concreto, construído como prédio de apartamentos populares depois da Segunda Guerra Mundial, quando a maior parte de Londres tinha sido bombardeada. Agora, 60 anos depois, os apartamentos eram cortejados como um local de importância arquitetônica. A estrutura era um prédio tombado e cada apartamento valia meio milhão ou mais – os novos moradores endinheirados topavam desconfortavelmente com o restante dos inquilinos da época em que era um conjunto habitacional.

Antigamente, a entrada principal que dava acesso à escada ficava na rua, porém um assalto a mão armada no final dos anos 1980 fez com que ela fosse fechada com vidro reforçado. Desde então, só se cruza a grande porta de vidro passando por uma entrada vigiada por sistema de segurança com vídeo.

Observando de um cyber café do outro lado da rua, Simone tinha tentado bolar uma maneira de entrar. A forma óbvia seria aguardar a entrada ou saída de alguém que morava lá, mas isso raramente funcionava. Em duas ocasiões, ela tinha visto entregadores serem barrados por moradores idosos quando estavam entrando. Os residentes usavam uma chave eletrônica de plástico, que pressionavam sobre um painel de contato quadrado que ficava debaixo dos interfones, o que destrancava a porta.

Aquilo tinha preocupado Simone. Ela era boa com fechaduras, mas ia ser difícil conseguir uma daquelas chaves eletrônicas sem que lhe fizessem perguntas, ou sem aprontar uma confusão que a obrigaria a dar explicações.

Então, às 2 horas da tarde, ela viu um grupo barulhento de idosas sair pelas grandes portas de vidro, todas segurando uma toalha de banho enrolada. Elas atravessaram com passos mancos o pátio de grama e passaram por uma porta nos fundos do prédio. Uma hora depois, proseando e atravessando lentamente a grama iluminada pelo sol, elas retornaram com o cabelo molhado e usaram as chaves eletrônicas para abrir a porta principal.

Simone pesquisou "Bowery Lane Estate" no Google e viu que havia uma pequena piscina municipal no andar térreo. A natação para os idosos acontecia quatro dias na semana.

Com isso em mente, ela aguardou até que os horários se cruzassem, seguiu o homem até uma de suas sessões regulares de sauna em Waterloo e depois voltou para a Bowery Lane Estate a tempo de pegar as idosas saindo para nadar.

Simone achava que as coisas simples funcionavam melhor, então, com seu uniforme de enfermeira e uma peruca escura curta que tinha pegado no armarinho de uma paciente com câncer que havia falecido recentemente, ela aproximou-se da porta de vidro da frente quando as senhoras saíram.

Ela só precisou de um sorriso e um pedido de desculpa por ter perdido sua chave, e as senhoras a deixaram passar. Às vezes ser comum e desinteressante ajuda bastante.

O apartamento dele era o número 37, no segundo andar. Todos os andares eram um corredor comprido de concreto, aberto, todo pontilhado de portas. Simone movia-se confiante, passava pela janela da frente de todos os apartamentos, se dando conta de que cada uma daquelas janelas dava vista para a cozinha. Em uma delas, uma idosa estava em pé, lavando a louça; em outra, ela vislumbrou uma sala por uma abertura na parede da cozinha, onde duas crianças pequenas estavam sentadas no carpete se divertindo com brinquedos.

Ela chegou à porta do número 37 – o terceiro apartamento antes do final do corredor – com uma chave na mão. Simone podia apostar que a porta tinha uma fechadura de tambor. Ela funcionava com chave fina e era o tipo mais comum de fechadura. Duke tinha lhe ensinado tudo sobre arrombamento. Era possível forçar uma fechadura daquelas com uma chave de formato especial com a borda dentada. O único problema era que aquilo podia ser barulhento. Uma vez dentro da fechadura, a chave tinha que ser puxada para fora muito levemente, depois era só bater com força com um martelo ou um objeto firme. Isso forçava os cinco pequenos pinos que constituíam o mecanismo da fechadura, o que a enganava e fazia com que ela entendesse que aquela era a chave correta.

Duke tinha pedido uma chave micha pela internet, juntamente com os sacos de suicídio. Simone havia praticado com a chave na fechadura da porta dos fundos de sua casa, mas seu coração dava solavancos quando se aproximou da porta do homem. Ficou satisfeita ao ver que a fechadura era de tambor, e inseriu a chave. Na outra mão havia uma pedra pequena e lisa que usou para bater com força na chave... uma, duas vezes... e girou a maçaneta.

O triunfo a inundou quando a porta abriu. Se a fechadura fosse de embutir, aquilo teria sido praticamente impossível, mas a porta abriu e Simone deslizou silenciosamente lá para dentro. Ela conferiu para ver se não tinha alarme e ficou contente ao constatar que não. Parecia que o sistema de vídeo na entrada tinha feito aquele homem pensar que não precisava de segurança extra.

Ela ficou parada por um instante, encostada na porta, esperando a respiração voltar ao normal.

Simone se movimentou depressa pelo apartamento. A primeira porta à esquerda levava à cozinha – era minúscula, mas moderna. A entrada estendia-se à frente até uma grande sala. Através de um janelão de vidro, ela conseguia ver a torre alta do Lloyd's, deixando minúsculas as torres de vários outros prédios. No cômodo, havia uma TV de tela plana e um sofá grande em L. Sobre o sofá, uma foto gigante de um homem nu a encarava malevolamente. Uma parede inteira estava repleta de livros, e a prateleira de baixo era destinada exclusivamente ao álcool: cinquenta garrafas, talvez mais.

Eram muitas garrafas. Ela teria que recorrer ao uso de uma seringa?

No canto de trás, havia uma escada de metal em espiral que desaparecia teto adentro. Simone subiu e viu que o andar de cima também era pequeno: desafiador.

Seu coração começou a bater com agitação e expectativa. Estava mais excitada com este do que com os outros. Ela verificou o local da caixa de distribuição de energia, das linhas telefônicas e, quando se deu por satisfeita, voltou à porta da frente. Na parede ao lado da porta, havia uma ampla sucessão de cabides com casacos: longos, curtos, grossos e finos.

Às vezes as coisas estão simplesmente predestinadas a acontecer, ela pensou, trancando a porta do apartamento depois de sair.

CAPÍTULO 52

Devido ao aniversário da morte de Mark, Moss convidou Erika para um churrasco em sua casa, e disse que tinha convidado Peterson também. Erika ficou agradecida pela preocupação deles, mas disse que queria passar o dia sozinha.

O que a surpreendeu foi Isaac não ter falado nada. Ele estava muito calado há mais ou menos uma semana, e ela percebeu que o tinha visto pela última vez na autópsia de Jack Hart.

Erika acordou cedo, e uma das primeiras coisas que fez foi tirar os relógios da cozinha e do quarto. Ela manteve a TV, o notebook e o celular desligados. 4h30 da tarde era um horário que ficava martelando em sua memória. Foi nessa hora, dois anos atrás, que ela deu a ordem para invadirem a casa de Jerome Goodman.

Era outro dia quente, mas ela saiu para dar uma corrida, forçando-se contra a umidade ao dar passos fortes nas ruas, depois contornou o parque Hilly Fields em meio a cachorros, pessoas jogando tênis nas quadras gratuitas e crianças brincando. Ela parou depois de duas voltas e voltou para casa.

Assim que chegou, começou a beber, servindo-se da garrafa de Glenmorangie que tinha aberto para Peterson.

Sentou-se no sofá, o calor circulava pela casa e o cortador de grama zumbia ao fundo. Apesar de todas as coisas que tinha dito a si mesma sobre seguir em frente, sobre progredir, ela sentia-se puxada de volta para aquele dia escaldante naquela decadente rua em Rochdale...

Erika conseguia sentir o equipamento de proteção policial grudando em sua pele através da blusa. As pontas duras e afiadas do colete à prova de bala encostavam em seu queixo quando ela o suspendeu para se agachar contra a parede baixa da casa.

Havia seis policiais em sua equipe, todos também agachados contra a parede, três de cada lado, com o pilar do portão entre eles. Ao lado dela, estava o Detetive Inspetor Tom Bradbury, conhecido como Brad – um policial com quem ela tinha trabalhado desde que entrou como recruta na Polícia da Grande Manchester. Ele estava mascando chiclete e respirava devagar. O suor escorria aos montes pelo seu rosto e ele se mexia com ansiedade.

Ao lado de Brad estava Jim Black, ou Beamer. Ele tinha um rosto sério, que se transformava por causa do seu enorme sorriso. Por isso o apelido. O fato de ele conseguir ser tão feroz e sisudo em seu trabalho na polícia e, ainda assim, soltar um sorrisão tão deslumbrante, sempre fazia Erika rir. Ela e Mark tinham se tornado amigos próximos de Beamer e sua esposa, Michelle, que era funcionária civil na delegacia deles.

Do outro lado do portão, estava Tim James, uma estrela em ascensão e um membro novo da equipe de Erika. Ele era um policial brilhante. Alto, magro e lindíssimo. Prendia caras de aparência durona de dia e ia a bares à noite para ficar com eles. Tim James tinha ganhado o apelido de TJ ao entrar para a equipe dela e, quando os companheiros souberam que ele gostava de caras, tornou-se BJ, iniciais de Blow Job, ou seja, boquete –, mas era um apelido afetuoso e ele era sensível o suficiente para aceitar aquilo.

Ao lado de BJ, estava Sal, cujo nome completo era Salman Dhumal: um indiano extremamente inteligente, cabelos e olhos negríssimos. Sua família estava em Bradford havia quatro gerações, mas durante as patrulhas ele ainda sofria insultos proferidos por pilantras nas ruas, do tipo "volta para o lugar de onde veio". A esposa dele, Meera, tomava conta dos três filhos, além de ser uma das maiores representantes da Ann Summers, uma das maiores empresas de lingeries, no Noroeste.

E, finalmente, na ponta estava Mark. Ele sempre foi somente Mark. Não que fosse chato ou desinteressante. Ele era amigo de todo mundo, fácil de lidar, tranquilo, e de uma lealdade feroz. Mark tinha tempo para todos, e Erika sabia que era por causa dele que tinha tantos amigos – ele aparou as arestas da personalidade abrasiva da esposa, amaciou a dureza dela, e, em troca, Erika o ensinou a não deixar que tudo recaísse sobre suas costas.

Lá estavam eles, às 4h25 da tarde, no dia 25 de julho, suando, enfileirados do lado de fora da casa do traficante Jerome Goodman. Vigiavam-no há anos, e nos últimos 18 meses ele tinha se envolvido no sangrento assassinato de um importante traficante em um pub em Moss Side. Aproveitando-se do espaço no poder deixado por causa da morte do outro, Jerome se apoderou do fornecimento e da produção de metanfetamina e Ecstasy. E naquele dia escaldante, numa rua decadente de Rochdale, eles aguardavam para invadir uma de suas fortalezas.

Uma ampla rede de apoio na delegacia dava suporte a Erika e sua equipe. A casa estava sob vigilância há semanas, e imagens dela queimavam em sua memória. Fachada de concreto aparente, latões de lixo com rodinhas transbordando, um medidor de gás e de energia na parede com a tampa arrancada.

Um policial disfarçado tinha conseguido plantas do interior da casa. Eles haviam planejado o momento da invasão: entrariam pela porta da frente e subiriam a escada. A porta à esquerda do patamar levava a um quarto nos fundos e acreditavam ser ali o laboratório de metanfetamina.

Nos últimos dias, a vigilância secreta tinha visto uma mulher entrar e sair com um garotinho. Era um risco. Eles tinham que prever a possibilidade de Jerome usar o menino como escudo, um instrumento de barganha, ou, na pior das hipóteses, ameaçar acabar com a vida do menino –, mas estavam preparados. Erika tinha passado e repassado a ação com sua equipe. Eles trabalhavam muito bem juntos.

O medo a atropelou quando o relógio marcou 4h30 da tarde. Ela suspendeu o olhar e deu a ordem. Erika observava os colegas passarem pelos pilares do portão e alcançarem a porta da frente. Algo brilhante atingiu seu olho, ofuscando-a, e ela percebeu que tinha sido o sol cintilando no disco do medidor elétrico que girava. Ele cintilou de novo, e de novo, quase acompanhando o ritmo do baque do aríete na porta. Na terceira tentativa, a madeira estilhaçou e a porta da frente explodiu barulhenta lá para dentro.

Naquela hora ficou claro que Jerome tinha sido avisado. Depois de alguns minutos que provocaram uma reviravolta, Brad, Beamer e Sal estavam caídos, mortos. Um tiro acertou o colete de Erika derrubando-a para trás. Em seguida, uma bala atravessou seu pescoço, sem atingir nenhuma das artérias principais. Mark estava perto quando Erika segurou o pescoço com força e o sangue começou a jorrar entre seus dedos.

Mark olhou para ela, com horror nos olhos ao se dar conta do que estava acontecendo – em seguida a impressão foi de que ele paralisou.

Naquele momento, Erika viu que a parte de trás da cabeça do marido tinha explodido.

Erika e o Detetive Tim James foram retirados da cena de helicóptero, gravemente feridos. Ela deixou seus policiais – amigos e marido – mortos.

Na realidade, aquilo tudo tinha acontecido em minutos, mas desde as 4h30 da tarde daquele dia fatídico, a vida de Erika parecia andar em câmera lenta.

Desde então, ela se sentia caminhando por um pesadelo do qual jamais acordaria.

CAPÍTULO 53

Simone recostou-se, olhando para Mary deitada de forma desajeitada na cama, com apenas metade do corpo dentro da camisola. Ela estava sem fôlego e com raiva.

Simone viu a camisola em um brechó beneficente em Beckenham e decidiu comprá-la para Mary. Era um bom lugar para conseguir barganhas; as pessoas que doavam para brechós beneficentes em Beckenham tinham uma situação melhor que as da área onde ela morava, por isso era possível conseguir coisas bacanas.

A camisola tinha lhe custado 12 libras. Ela hesitou antes de gastar tanto, mas tinha adorado a estampa de cerejas sobre o fundo branco e achou que combinaria muito com Mary.

O problema era que não serviu. Os ombros de Mary eram muito largos e Simone gastou 15 minutos pelejando para enfiar os membros bambos dela nas mangas, mas eles entalaram. A idosa estava deitada com a roupa presa na cabeça e apertando seus ombros, o que, por sua vez, fazia com que seus braços ficassem soltos na frente do corpo.

Simone andava de um lado para o outro no quarto. Faltavam apenas alguns minutos para a hora da refeição, quando as enfermeiras iriam aparecer para alimentar os pacientes. Mary não estava comendo, mas era quase certo que alguém abriria a porta.

— Por que você não me disse que seu número era maior do que 44? – reclamou Simone. – Você não está comendo. Gastei muito dinheiro nisso!

Ela agarrou o colarinho da camisola e puxou. A cabeça de Mary sacolejou para a frente e para trás, sem apoio, já que seu torso estava suspenso do colchão. Simone pelejou com a camisola até que de repente, depois do barulho de algo se rasgando, ela a soltou e Mary desabou de lado, batendo a cabeça na grade de segurança, emitindo um baque surdo.

– Olha o que você fez – disse Simone, segurando a camisola rasgada. – Não posso nem devolver para a loja! – Ela sacudiu a idosa, sentindo o corpo bambo, pequeno e débil, soltando-a em seguida. – Por que é que as pessoas sempre me decepcionam?

Ela enfiou Mary de qualquer jeito na roupa de hospital e a empurrou de volta para baixo do cobertor.

– Vou ficar sem conversar com você por um tempo – anunciou Simone, dobrando a camisola e a enfiando de volta na sacola. – Você me desapontou. Não passa de uma velha gorda e mal-agradecida. Gasto meu dinheiro suado com roupas boas e você não tem nem a decência de servir nelas!

Simone pôs a bolsa no ombro e abriu a porta. Os sons de gemidos ecoavam pelo corredor.

Ela se virou para Mary:

– Não me admira que George tenha te deixado... Tenho que visitar outra pessoa.

CAPÍTULO 54

Erika abriu os olhos na sala escura e sombria. Já tinha anoitecido, e uma brisa entrava pelas portas abertas do pátio. Ela se levantou e sentiu a dor pulsar em sua cabeça: o início de uma ressaca por causa de todo o uísque que tinha tomado.

O vento soprou uma pequena pilha de folhas pela porta do pátio e elas agora reviravam-se pelo carpete. Ela se inclinou para pegá-las. Eram compridas, com uma textura diferente, e Erika reconheceu que eram de eucalipto. Suspendeu-as até o nariz e inalou a mistura de mel e hortelã, um aroma fresco e quente. Sentiu o peito aquecer quando a memória de Mark retornou. Eucalipto era seu perfume preferido. Ela costumava comprar garrafinhas de óleo de eucalipto para colocar na água do banho. Segurou as folhas no nariz, atravessou a porta que levava ao pátio e chegou ao quintal escuro. Frescas lufadas de vento bagunçavam-lhe o cabelo e ela conseguia ver o contorno escuro das enormes árvores lá fora, na rua atrás das casas.

Um trovão estalou, e um grande pingo de chuva atingiu sua perna. Momentos depois, outro, em seguida, outro e então, como um rugido, começou a chover torrencialmente. Ficou parada por um momento, levantou o rosto para a chuva, desfrutando da sensação da água fria escorrer pelo corpo. Trovões estalavam e ribombavam, a chuva ficou mais forte, despencando impiedosa, deixando-a completamente ensopada, lavando as lágrimas e o suor do dia.

Então se deu conta de que a porta do pátio estava fechada quando se sentou no sofá e pegou no sono. Ela virou para trás e olhou para a porta do pátio aberta. Uma abertura negra. Não conseguia enxergar lá dentro. Erika foi até o canto do quintal, pegou uma pedra grande do estreito canteiro de flores que se estendia ao longo da cerca e, suspendendo-a, entrou de volta no apartamento.

Acendeu a luz. A sala estava vazia. Erika se moveu por ela e, segurando a pedra no alto, preparou-se para bater quando acendeu a luz do banheiro. Nada. Chegou à porta do quarto e acendeu a luz. Ele, também, estava vazio. Ela se agachou e conferiu embaixo da cama e, em seguida, viu algo. Um grosso envelope creme em cima de seu travesseiro. Escrito nele, com tinta azul, estava: *DCI Erika Foster.*

Erika olhava fixamente para o envelope, com o coração aos solavancos. Ela se abraçou segurando a pedra e foi para a sala. Fechou com toda força a porta do pátio e trancou-a. Estava escuro do lado de fora e a chuva batia forte no vidro. Ela pegou a bolsa e retirou dela um par de luvas de látex. Foram necessárias várias tentativas para enfiá-las em suas mãos trêmulas. Retornando ao quarto, aproximou-se do envelope cautelosamente e o pegou no travesseiro.

Ela tinha entrado... entrado em sua casa. A *Sombra*, Erika tinha certeza. Ela levou o envelope para a cozinha e o colocou na bancada. A chuva continuava a martelar as janelas. Erika o abriu delicadamente com uma faca e tirou dele um cartão. Tinha a ilustração de um sol se pondo sobre o mar. Ele era como uma grande e ensanguentada gema de ovo, explodindo no horizonte. Ela respirou fundo e abriu o cartão com cuidado. Dentro dele, escrito em azul e com uma caligrafia impecável, estava:

Não chore na minha sepultura.
Eu não estou ali;
Eu não durmo.
Eu sou milhares de ventos que sopram,
Eu sou o brilho do diamante na neve,
Eu sou o sol no grão maduro,
Eu sou a chuva calma de outono.
Quando acordar no silêncio da manhã
Eu sou a pressa inspiradora
De pássaros que voam tranquilos em círculo.
Eu sou as suaves estrelas que brilham à noite.
Não chore na minha sepultura,
Eu não estou ali; Eu não morri.[2]

---

[2] Do not stand at my grave and weep. / I am not there; I do not sleep. / I am a thousand winds that blow, / I am the diamond glints on snow, / I am the sun on ripened grain, / I am the gentle autumn rain. / When you awaken in the / morning's hush / I am the swift uplifting rush / Of quiet birds in circled flight. / I am the soft stars that shine at night. / Do not stand at my grave and cry, / I am not there; I did not die.

Abaixo do poema estava escrito:

Você tem que deixá-lo partir, Erika...
De uma viúva para outra.
                Sombra

Erika largou o cartão na bancada da cozinha e deu um passo para trás, tirando as luvas de látex de suas trêmulas mãos. Percorreu o apartamento novamente, conferindo se as janelas e portas estavam trancadas. A *Sombra* esteve dentro de seu apartamento; entrou quando Erika estava dormindo. Quanto tempo ela tinha ficado ali, observando-a dormir?

Erika olhou ao redor da sala e sentiu um calafrio. A assassina não esteve apenas dentro de sua casa, a sensação era de que agora estava dentro de sua mente. O poema era bonito, dialogava com ela, dialogava com seus sentimentos de perda e privação. Como alguém tão doentio e pervertido podia conectar-se a ela tão profundamente?

CAPÍTULO 55

Simone corria pelas ruas pouco movimentadas, restavam poucas delas no centro de Londres. Chovia torrencialmente e ela sentia o sangue escorrer pela lateral de seu pescoço; sua boca estava dormente e o lábio superior estava dolorido e inchado de sangue. Não tinha acontecido como planejado. Ela tinha ferrado tudo.

O início foi tranquilo. Ela conseguiu entrar novamente no Bowery Lane Estate com seu uniforme de enfermeira. O corredor do segundo andar estava vazio e ela se movimentou furtivamente, passando pelas janelas abertas das cozinhas. Através de uma delas, um homem dormia deitado em frente a uma TV oscilante. Simone parou e ficou olhando-o por um momento. Os pés de lado, um braço atravessado sobre o peito subia e descia à luz tremulante da TV...

Ela se forçou a seguir em frente e atravessar as sombras até chegar ao número 37, a porta do apartamento de Stephen Linley. Pressionou a orelha na tinta vermelha e não escutou nada. Colocou a chave na fechadura e a porta fez um clique suave ao abrir.

Stephen Linley chegou em casa uma hora depois. Ela ficou esperando por ele, no andar de baixo, nas sombras, escutando-o se movimentar pela cozinha. Através de uma parede de vidro na sala de estar, ela o observou servir um copo grande com o suco que ela tinha batizado com a droga do estupro. Ele bebeu depressa, depois encheu outro copo e o levou para o andar de cima.

Ele se aproximou muito de onde Simone o aguardava, atrás das grossas dobras da cortina, em frente à parede de vidro. Ela percebeu o ar se deslocar quando ele passou exalando seu cheiro: um doce e esmagador odor de colônia, suor e sexo. Isso aumentou o ódio que tinha por ele.

Simone escutou o momento em que ele entrou no banheiro. Ela caminhou na escuridão, sem fazer som algum no carpete; ouviu a porta do banheiro sendo empurrada; e escutou o barulho dele soltando o cinto e começando a mijar.

Aproveite, é a última vez que vai usá-lo, pensou Simone, movendo-se até o quarto, abrindo suavemente a fina pochete de dinheiro que usava na cintura e tirando o saco plástico impecavelmente dobrado.

Ela deitou no carpete e deslizou para baixo da cama. Simone gostava dessa parte, de se deitar e esperar, reforçando todos aqueles pesadelos infantis do bicho-papão debaixo da cama, de monstros agachados num armário escuro. Era um monstro, sabia disso, o que a deleitava.

Ela escutou os sons abafados de Stephen no banheiro. O som da água sendo aberta e o roçar da cortina do chuveiro quando ele a puxou.

Minutos depois, ele finalmente apareceu em seu campo de visão, e Simone observou os pés no momento em que, cambaleante, ele dava a volta na cama. O celular de Stephen começou a tocar, e ele xingou, tateando os bolsos da calça. O aparelho fez um clique quando ele cancelou a chamada e, em seguida, caiu no carpete ao lado dela. A tela brilhava. Então, ele perdeu o equilíbrio e desmoronou na cama. Simone se assustou e encolheu-se um pouco mais para dentro das sombras. O colchão balançava acima dela.

— Nossa, quanto foi que eu bebi? — Simone o escutou murmurar.

Ela aguardou mais um minuto antes de se mover para o lugar no carpete onde estava o celular. Ela esticou o braço, o puxou para perto e o desligou. Lenta e suavemente, saiu debaixo da cama. Viu que ele estava deitado de lado, de costas para ela, passando lentamente a mão trêmula pelo rosto. Ela ficou parada em pé observando-o por um momento, escutando os gemidos, depois saiu silenciosamente do quarto e desceu a escada. A caixa de distribuição de energia ficava em um armarinho debaixo da escada em espiral. Ela a abriu e cortou a eletricidade.

Sua visão se acostumou à falta de luz. Olhou para os livros que ele tinha escrito alinhados nas prateleiras: *Descendo na escuridão, Das minhas mãos mortas e frias, A garota no porão.* O que ela mais odiava e temia era a mente de Stephen Linley. O marido gostava daqueles livros, gostava do horror e da tortura. Ela se lembrou de como Stan a tinha segurado e jogado água fervendo em seu corpo nu... como ele tinha retirado a tortura das páginas do livro *Das minhas mãos mortas e frias.*

Ela ficou parada por um minuto absorvendo o silêncio e foi interrompida pelos murmúrios de Stephen no andar de cima.

— Estou indo te pegar. Estou indo te pegar, seu filho da mãe diabólico — sussurrou Simone, movimentando-se depressa, subindo a escada e entrando no quarto.

A cama rangeu e balançou quando ela se sentou ao lado de Stephen. O plástico fez barulho quando Simone esticou os braços e colocou o saco na cabeça dele.

Stephen entrou em pânico, esperneou e acertou o punho na lateral da cabeça de Simone. Ela tentou ignorar a dor e a explosão de estrelas que viu, e puxou o cordão, apertando-o ao redor do pescoço. Ele lutou com mais força e a atacou de novo, acertando um murro na sua boca. A força do soco a surpreendeu; ela imaginava que, naquele momento, ele estaria dominado e enfraquecido pela droga pulsando nas veias. Simone deu um puxão brusco no cordão, que ficou ainda mais apertado, marcando-o na pele do pescoço. Stephen começou a se debater no colchão, procurando afastar-se dela na cama. Simone achou que ele estava tentando fugir e só se deu conta do que ele estava fazendo quando Stephen levantou o braço e algo muito duro a acertou na parte de trás da cabeça. Só que ele não tinha força para dar um golpe certeiro, e o objeto grande resvalou e rolou pelo colchão.

O saco agora estava mais apertado e um vácuo começava a se formar no plástico sobre rosto e a boca que gemia. Simone segurava o saco com uma mão e com a outra procurava o que a tinha acertado, mas Stephen a golpeou com uma dolorosa cotovelada na têmpora. Simone fechou a mão ao redor de um grande e pesado cinzeiro de mármore. Ele arranhava como um louco o plástico sobre seu rosto, sufocando e com ânsia de vômito. Stephen colocou os pés no colchão, deu impulso para cima com as pernas, e Simone sentiu a cabeça dele se afastar. Ela levantou bem alto o cinzeiro e, com toda a força o golpeou. Com um baque surdo e nauseante, a parte da frente de seu crânio afundou. Ela suspendeu o cinzeiro e o golpeou de novo, e de novo. No terceiro golpe, o saco plástico rasgou e sangue e osso mancharam a parede.

Ela ficou sentada no colchão, tremendo. Tinha conseguido. Tinha conseguido. Mas tinha estragado tudo. Foi então que ela saiu do quarto, despencou por metade da escada, continuou correndo e saiu do apartamento. Ela não parou até estar a uma distância segura, envolta pela escuridão e pela chuva torrencial.

CAPÍTULO 56

Erika deu um pulo quando seu telefone fixo começou a tocar, cortando o som da chuva torrencial. Ela não sabia por quanto tempo tinha ficado olhando para a caligrafia impecável no cartão. Pegou o telefone no chão ao lado da porta de entrada do apartamento e atendeu.

— Erika, me ajude, ele está morto! — disse uma voz que ela mal reconheceu.

— Isaac, é você?

— É! Erika, você tem que me ajudar. É Stephen... Acabei de chegar ao apartamento dele, e o encontrei... oh Deus... tem sangue, tem sangue pra todo lado...

— Você ligou para a polícia? — perguntou Erika.

— Não, eu não sabia para quem mais ligar... ele está deitado na cama, está pelado...

— Isaac, escute, você *tem* que ligar para a polícia.

— Erika... Ele está morto e está com um saco plástico na cabeça...

A chuva era torrencial quando Erika chegou ao Bowery Lane Estate. Os limpadores de para-brisa pelejavam contra o dilúvio, as luzes azuis dos carros da polícia aglomerados à entrada pareciam se misturar com a água, formando listras. Ela parou ao lado de uma das vans de apoio, saiu e foi chicoteada pela chuva.

— Senhora, tire o seu carro, não pode estacionar aí! — gritou um guarda correndo na direção de Erika. Ela mostrou o distintivo.

— Sou a Detetive Inspetora Chefe Foster, estou atendendo a um chamado — mentiu ela.

— Você é a oficial responsável por este caso? — perguntou o policial, levantando a mão para proteger os olhos da chuva que estalava ao bater no revestimento à prova d'água de seu capacete.

– Vou saber mais quando vir a cena – respondeu a detetive.

Ele acenou para que Erika passasse. Ela caminhou na direção do cordão de isolamento. Carros de polícia estavam em cima da calçada, e uma ambulância tinha estacionado na grama do pátio com suas luzes somando-se à sinfonia de azul e vermelho que se movimentavam pelo bloco de apartamentos. Erika levantou o olhar e notou que as luzes estavam chegando às janelas. Um guarda gritava para que as pessoas voltassem para dentro, e Erika viu um grupo de jovens meninas de pijama sendo arrebanhadas pela mãe.

Ela mostrou o distintivo quando chegou ao cordão de isolamento.

– Você não está na lista –, o oficial uniformizado gritou acima do barulho da chuva e das sirenes da polícia.

– Estou na primeira equipe responsável pelo crime. Detetive Inspetora Chefe Foster – gritou ela, mostrando o distintivo novamente. Ele entregou a prancheta para Erika assinar, depois suspendeu a fita.

Uma grande porta de vidro estava aberta, ela entrou e subiu uma escadaria rígida. O concreto era cinza e salpicado com manchas muito antigas. O apartamento de Stephen Linley estava lotado quando Erika chegou. Ela mostrou o distintivo e lhe deram um macacão, uma máscara e capas para os sapatos, que ela vestiu apressadamente no corredor. Quando entrou, estavam procurando por impressões digitais em todos os espaços disponíveis do pequeno apartamento, e tirando fotos. Os peritos trabalhavam em silêncio e não prestaram atenção nela subindo a escada em espiral com uma sensação de pavor. Erika podia ouvir murmúrios baixinhos vindos lá de cima, além do clique e do zumbido agudo da câmera do fotógrafo.

O quarto estava pior do que ela imaginava. Um homem nu deitado em um colchão branco empapuçado de sangue. O corpo não tinha marca alguma, porém a cabeça estava irreconhecível dentro do saco plástico. A parede branca atrás estava rajada de vermelho. O quarto, repleto de policiais, e um deles, em particular, chamou a atenção de Erika por ser muito alto. Ao lado dele, havia outro bem mais baixo e mais gordo que estava com uma das gavetas abertas, recolhendo uma seleção de consoles, chicotes de couro e o que pareciam ser máscaras de fetiche. Ele suspendeu uma das máscaras de PVC.

– Parece um daqueles apetrechos de fetiche para controlar a respiração – comentou ele.

– Céus, não é de se estranhar que ele se deu mal – disse o policial alto.

Erika sentiu um aperto no coração ao identificar aquela voz.

– Detetive Foster, o que você está fazendo aqui? – perguntou o Detetive Sparks.

Com luvas nas mãos, o homem gordo ao lado dele colocou a máscara em um plástico de evidência, depois se virou. Suas sobrancelhas eram compridas e crespas sobre os olhos escarpados.

– Eu... recebi uma ligação – respondeu ela.

– De quem? A Polícia da Cidade de Londres é que está responsável pelo caso. Eles mandaram minha equipe para cá – alegou Sparks. – Este é o Superintendente Nickson.

Os dois, Sparks e Nickson, a encararam de trás de suas máscaras. A câmera disparou dois flashes ofuscantes.

– Você está bem longe de casa, não acha? – acrescentou Nickson, com sua voz rude, firme e direta.

– Eu... er... eu recebi uma ligação do patologista forense Isaac Strong – disse Erika, trêmula.

– Eu sou o patologista forense, Duncan Masters – apresentou-se um homem baixo de olhos intensos, trabalhando em um canto. – O Dr. Strong está sendo interrogado por alguns guardas. Ele não está aqui como profissional.

– Olá, Dr. Masters – cumprimentou Erika. – Estou trabalhando no duplo assassinato por asfixia de Jack Hart e Gregory Munro. Também estou aqui como profissional. Acredito que esse assassinato pode ter sido cometido pela mesma pessoa.

– E o que te faz achar isso? Você acabou de chegar à minha cena de crime – questionou Dr. Masters.

– Este homem foi espancado até a morte com um cinzeiro de mármore e está com a bunda cheia de sêmen – disse Sparks. – Parece que é um dos nossos. Nós assumimos isto aqui – ele gesticulou para um policial e continuou:

– Você pode levar essa mulher para um dos veículos de apoio lá fora? Ela precisa ser interrogada sobre o palpite que tem sobre a cena do crime.

– É Detetive Inspetora Chefe Foster – começou Erika, antes de sentir uma mão agarrar seu braço com força. – Okay, okay, não precisa ser grosseiro. Estou vendo a porta. Já estou saindo.

O perito coberto pelo macacão azul a levou para fora. Ainda que somente seus olhos estivessem à mostra, Erika sabia que todos viam que ela se sentia profundamente humilhada.

CAPÍTULO 57

Da mesma forma que médicos renomados não gostam de se tornarem pacientes, a Detetive Foster não aceitava de bom grado ser interrogada por guardas numa van de apoio à polícia. Do lado de fora, a chuva continuava castigando, batendo na capota do veículo, fazendo um barulho muito alto.

Dois policiais, o Detetive Inspetor Wilkinson e o Detetive Inspetor Roberts, sentaram-se em frente a ela em uma mesa, enquanto uma jovem policial, com os cabelos castanhos penteados para trás, a observava pela porta aberta.

— Então, o que fez Isaac Strong te telefonar antes mesmo de avisar a polícia? – perguntou o Detetive Wilkinson. Ele tinha uma cara fina de rato e dentes que combinavam com ela.

— Ele estava aterrorizado. Estava em choque – respondeu Erika.

— Então vocês são próximos? Você tem um relacionamento amoroso com Isaac Strong? – perguntou o Detetive Roberts. Ele era louro e bonito em comparação com o colega.

— Não, ele é só um amigo – respondeu Erika.

— Só bons amigos? – questionou o Detetive Roberts, suspendendo uma sobrancelha. – Mais nada?

— Então esse é o alcance do seu trabalho de detetive, descobrir quem está transando com quem?

— Responda à pergunta, senhorita Foster – insistiu o Detetive Wilkinson.

— Eu já falei duas vezes, é Detetive Inspetora Chefe Foster – disse ela, pegando o distintivo e batendo-o na mesa em frente a eles. – Estou investigando um duplo assassinato em que uma pessoa invadiu residências e asfixiou as vítimas colocando um saco plástico na cabeça delas. As duas vítimas eram homens. Vocês provavelmente ouviram falar disso: as vítimas foram o Dr. Gregory Munro e Jack Hart. Sou a comandante da investigação do caso e o Dr. Strong é o patologista forense. Eu também tenho uma amizade com o Dr. Strong fora do trabalho. Nós nos encontramos de vez em quando, como amigos, e eu sei que ele é gay. Agora, ao que parece, nossas vidas pessoais e profissionais se entrelaçaram visto que o parceiro de Isaac, Stephen Linley, é o homem deitado lá em cima com a cabeça afundada. É compreensível que o Dr. Strong tenha ficado perturbado quando o encontrou, e ligou para mim. Quando escutarem a transcrição do telefonema, vão me ouvir nitidamente dizendo a ele para ligar para a polícia. Em seguida, desliguei o telefone e vim para a cena do crime. Eu afirmo a vocês que o saco usado nos assassinatos anteriores é um item muito específico, e acredito que esse mesmo saco foi usado para matar Stephen Linley. Agora, é melhor vocês começarem a me escutar e a me respeitar um pouquinho, porque em algumas horas, se ainda estiverem neste caso, receberão ordens minhas.

Ela recostou-se e encarou os dois policiais. Eles se entreolharam preocupados.

— Muito bem, senhora — disse Wilkinson, que parecia constrangido.

— Vocês gostariam de me fazer mais alguma pergunta?

— Acho que está tudo bem, por hora — respondeu Roberts.

— Obrigada. Eu gostaria de falar com o Dr. Strong, por favor. Onde ele está? — perguntou Erika.

A policial à porta, que falava no rádio, levantou o olhar para ela e disse:

— Era da delegacia. Acabaram de me falar que o Detetive Sparks deixou o Superintendente Nickson na cena e levou o Dr. Isaac Strong para a delegacia Charing Cross.

— Levou? — perguntou Erika. — Ele foi preso? Ou ele foi por vontade própria?

A policial repetiu a pergunta no rádio, e houve silêncio, o aparelho fez alguns cliques e bipes, em seguida uma voz confirmou que Isaac tinha sido preso como suspeito do assassinato de Stephen Linley.

CAPÍTULO 58

Erika hesitou antes de estender o braço e bater com força a grande tranca na porta. Ela deu um passo para trás e olhou para a parte de cima da casa escura. A chuva foi substituída por um vento frio, e ainda que ela estivesse ensopada, aquela temperatura era uma mudança bem-vinda depois da onda de calor. Erika fechou sua jaqueta jeans e estava prestes a bater de novo quando a janelinha ao lado da porta acendeu.

– Quem é? – perguntou Marsh, bruscamente.
– Chefe, é Erika, Detetive Foster.
– Mas que inferno? – Ela escutou Marsh murmurar, destrancando várias travas, duas fechaduras foram abertas e ele finalmente abriu a porta. Não estava usando nada além de cueca samba-canção.
– Eu tenho um motivo muito bom para fazer isto – disse ela, levantando as mãos.

Vinte minutos depois, a jaqueta jeans de Erika fumegava levemente ao lado do fogão e ela estava sentada com Marsh à comprida mesa de carvalho da cozinha. Ele tinha vestido um moletom, e sua mulher, Marcie, com seu comprido cabelo escuro arrepiado e sem maquiagem, misturava folhas de chá em um bule enquanto a chaleira fervia.

– Jesus – disse Marsh, depois que Erika lhe contou sobre Stephen Linley.
– Me desculpem por ter incomodado vocês dois, mas eu não queria fazer ligações do meu celular – justificou Erika.
– Você não tem um número particular?
– Não.
– E quando você quer fazer uma ligação pessoal?
– Não faço muitas ligações – respondeu Erika. A frase ficou pendendo no ar por um momento. A chaleira ferveu e Marcie colocou água no

bule. – O que eu quero dizer é o seguinte – continuou Erika –, o meu telefonema com Isaac vai ser evidência no nosso caso, agora que ele é suspeito. Só que, senhor, ele não fez aquilo. Eu vi a cena do crime. Foi a *Sombra*, tenho certeza disso.

– Você disse que Stephen Linley levou cacetadas na cabeça com um cinzeiro?

– Era o mesmo tipo de saco plástico, um saco de suicídio; ele estava nu na cama. Alguma coisa pode ter saído errado. Muito provavelmente ele lutou com ela.

– Vocês acham mesmo que é uma mulher? – perguntou Marcie, incrédula.

– Achamos, sim – respondeu Erika. Marcie aproximou-se e pôs xícaras de chá em frente a eles. O celular de Marsh tocou na mesa.

– É o Superintendente Nickson – disse Marsh, olhando para a tela antes de atender.

– Ele estava na cena do crime com o Detetive Sparks – informou Erika.

– Alô. John, é Paul Marsh – ele atendeu, saindo da cozinha e fechando a porta depois de passar. Erika escutava a voz dele afastando-se pelo corredor. Marcie se aproximou e se sentou em frente a ela.

– Quer um? – Ofereceu ela, abrindo uma lata de biscoitos e colocando-a entre as duas. – Você está um pouco pálida.

– Obrigada – agradeceu Erika. As duas pegaram um e mastigaram em silêncio.

– Sei que dia é hoje... o aniversário – disse Marcie. – E sinto muito. Você sabe que sinto. Não é fácil.

– Obrigada – disse Erika, pegando outro biscoito. – Mas acho que hoje à noite eu meio que aceitei... você sabe o que estou querendo dizer? Ainda penso nele o tempo todo, mas eu meio que aceitei que ele nunca mais vai voltar.

Marcie concordou com a cabeça. Erika pensou no quanto ela era bonita sem toda a maquiagem que geralmente usava, ficando com uma aparência mais suave.

– Você está pensando em morar no Sul? – perguntou Marcie, pegando outro biscoito e mergulhando-o delicadamente no chá.

– Não sei. Os últimos dois anos foram como se fossem os dois primeiros da minha vida. Passou o primeiro dia após a morte de Mark, depois uma semana, um mês, um ano...

— Planejar alguma coisa é impossível — finalizou Marcie.
— É.
— Você ainda tem a casa no Norte, na Ruskin Road?
— Tenho.
— É uma casa tão bacana, tão aconchegante.
— Nunca mais voltei lá. Contratei uma empresa para tirar tudo e colocar num depósito. Está alugada — disse Erika, pegando com tristeza mais um biscoito.
— Você devia vendê-la. Lembra da nossa casa no Mountview Terrace? Acabei de ver na internet que ela foi vendida por 500 mil libras! Eu sabia que os preços tinham subido em Manchester, mas isso é loucura. Nós a vendemos por 300 mil seis anos atrás, quando mudamos para cá. Você podia comprar alguma coisa em Londres. Tem umas casas lindas para os lados de Forest Hill...

Erika esforçava-se para escutar o que Marsh dizia no corredor.
— Marcie, não vim aqui pra conversas sobre preço de casas — cortou Erika.

Marcie ficou visivelmente nervosa:
— Mas você veio socar a nossa porta às 3 horas da manhã. O mínimo que pode fazer é ser educada.
— Foi um dia longo e terrível, Marcie.
— Todo dia é longo para você, Erika? — questionou Marcie, levantando-se e arremessando o resto de seu chá dentro da pia, que espirrou no azulejo acima dela.
— Me desculpe...
— Mais ninguém do departamento do Paul acha normal vir aqui ou fazer ligações inapropriadas para cá no meio da noite.
— Isto não...
— O que você tem de tão especial?
— Nada. A gente se conhece há muito tempo, e eu não queria discutir isso pelo telefone — justificou Erika.

Marsh voltou para a cozinha. Ele viu aquele quadro diante de si: Marcie em pé inclinada sobre Erika apontando o dedo, prestes a falar alguma coisa.
— Marcie, você pode nos dar licença?
— É claro. Tudo para os *seus* policiais. Te vejo de manhã — despediu-se nervosa.

Um olhar atravessou o rosto de Marsh. *Eles estão dormindo em quartos separados?*, pensou Erika.

Marsh fechou a porta e recuperou a compostura rapidamente.

– Eles vão manter Isaac na delegacia hoje à noite. Estão esperando os resultados de DNA.

– O quê?

– Parece que Stephen Linley era bem... promíscuo. Ele tinha um monte de acessórios de couro e sadomasoquismo e acharam pornografia da pesada no apartamento.

– Que tipo?

– Nada ilegal, mas coisa de fetiche, algumas delas tinham a ver com sufocamento... Eles escutaram as mensagens no telefone de Linley e parece que o casal estava passando por um período difícil. Isaac deixou várias mensagens dizendo que queria "te matar, desgraçado".

– Eu deixo mensagens assim, senhor.

– Erika...

– Não. O senhor sabe como são essas coisas. Se nos esforçarmos o bastante, enxergamos coisas incriminatórias na correspondência particular de qualquer pessoa. Isaac não fez aquilo.

– E o que você quer que eu diga, Erika? Okay, vamos interromper o procedimento por que você acha que ele é inocente?

– Nós dois sabemos como esse tipo de coisa mancha a pessoa! Ele tem advogado?

– Creio que sim.

– Você consegue me dar acesso a ele? Se alguém vai interrogá-lo, quero que seja eu.

– Nós dois sabemos que isso não vai acontecer...

Erika tirou o cartão da bolsa e estendeu o braço.

– Você tem que ver isto – disse ela empurrando-o, aberto, dentro do saco plástico, pela mesa. Marsh foi pegar os óculos de leitura na bancada da cozinha, voltou e ficou olhando para ele por um longo momento, virando-o e lendo o que estava escrito.

– Onde você conseguiu isto?

– Eu dormi muito hoje à tarde. Quando acordei, a porta para o pátio estava aberta e encontrei isso no meu travesseiro.

– Seu travesseiro! Por que você não me contou?

– Estou contando agora! Eu acordei, encontrei o bilhete, não encostei nele, usei luva de látex para segurá-lo, aí recebi a ligação do Isaac. Fui direto para o apartamento de Stephen Linley de carro e depois vim para cá.

– Isso tudo está saindo do controle – disse Marsh. – Marque uma reunião para o início da manhã. Vou fazer uma ligação. Precisamos mandar a perícia ao seu apartamento.

– Tudo bem.

– Você quer dormir no sofá?

– Não, senhor. São quase 4 horas da manhã. Vou para um hotel, ver se consigo algumas horas de sono.

– Okay. Te vejo na delegacia às 9 da manhã em ponto.

CAPÍTULO 59

Estava chovendo torrencialmente de novo quando Erika saiu do carro e disparou na direção da entrada principal da delegacia Lewisham Row. Woolf estava de serviço e um grupo de jovens mulheres com caras emburradas, sentadas em uma fileira de cadeiras de plástico, ocupava a área da recepção. Duas delas ninavam bebês que choravam em seus carrinhos. Três crianças mais crescidinhas estavam nas cadeiras da ponta: dois meninos e uma menina. Eles batiam os pezinhos descalços nas cadeiras de plástico verdes, riam e desenhavam na janela embaçada. Acima da cabeça deles, fora do alcance, alguém tinha escrito com o dedo engordurado: **TODOS OS PORCOS TÊM QUE MORRER**. As crianças estavam desmazeladas e eram muito barulhentas, mas Erika ficou sensibilizada ao ver que atrás delas, no chão de concreto, havia três pequeninos pares de chinelos muito bem alinhados.

– Bom dia. Marsh pediu para todo mundo se encontrar na sala de investigação – disse Woolf de trás do balcão, levantando o olhar para ela.

– Ele disse por quê? Era para eu fazer a reunião com todo mundo às 9.

Woolf se inclinou para a frente e disse em voz baixa:

– Tem a ver com a prisão do Dr. Strong e por ele ter matado o namorado com um cinzeiro. Eu nem sabia que ele fumava, quanto mais que gostava de levar na bunda!

– Você não tem nada melhor para fazer, sargento, além de ficar fazendo fofoca? E, vem cá, você nunca tira folga? – disse Erika, encarando-o com a cara fechada. Ela passou o cartão para abrir a porta e a bateu depois de entrar.

Woolf a observou marchar pelo corredor na tela do circuito interno de TV.

– Oi! Quanto tempo mais eu vou ter que ficar esperando? – gritou uma das mulheres.

– Você vai se unir ao amor da sua vida muito em breve – disse Woolf. – E o restante de vocês também. Só estão tirando as digitais deles e os enquadrando por lesão corporal grave.

As mulheres o olharam de cara fechada e voltaram a conversar.

– Parece que todo mundo deixou o senso de humor em casa hoje de manhã – murmurou Woolf, abrindo o jornal e dando uma mordida numa rosca doce.

Quando Erika chegou à sala de investigação, estavam todos presentes, sentados em silêncio. Marsh aguardava na frente, bebendo um café.

– Ah, Erika, por favor, sente-se.

– Achei que eu ia *brifar* a equipe hoje de manhã, senhor.

– Eu também, mas as coisas mudaram. Por favor, sente-se.

Erika empoleirou-se na comprida fileira de mesas no fundo, onde as várias impressoras estavam inusitadamente em silêncio.

Marsh começou:

– Ontem à noite, o Dr. Isaac Strong, que trabalhou neste e em vários outros inquéritos conosco como nosso patologista forense, foi acusado do assassinato de seu parceiro, o autor Stephen Linley.

Marsh fez uma pausa enquanto os oficiais absorviam suas palavras.

– Isto nos colocou numa situação muito complicada. Boa parte das evidências forenses da investigação sobre as mortes de Gregory Munro e Jack Hart foi processada pelo Dr. Strong e, nos dois casos, as descobertas dele nos ajudaram a traçar o perfil do assassino. A maneira como Stephen Linley foi morto apresenta muitos traços dos assassinatos de Gregory Munro e Jack Hart. Stephen Linley foi encontrado com um nível alto de flunitrazepam no sangue. Ele também sufocou usando o mesmo "saco de suicídio", mas desta vez parece que lutou com o agressor. A autópsia e o exame toxicológico mostraram que Linley era usuário regular de drogas *recreativas*, benzodiazepina e Rohypnol, as marcas registradas do flunitrazepam, e tinha uma tolerância alta a esse tipo de substância. A única evidência forense de DNA encontrada na cena é do sexo masculino.

Marsh fez uma pausa para que os policiais na sala de investigação digerissem aquilo, então prosseguiu:

– Parece que Stephen gostava de ter muitos parceiros sexuais, e ontem à noite ele tinha ido a uma sauna gay. Câmeras de segurança mostram que ele esteve na sauna gay Chariots, em Waterloo, das 6 da tarde até às 10 horas da noite. Além dessa evidência, o assassinato de Stephen Linley foi no Bowery Lane Estate, na área EC1, o que coloca o caso na jurisdição da Polícia da Cidade de Londres. Ou seja, o ocorrido não apenas aconteceu fora da nossa área, mas também fora da jurisdição da Polícia Metropolitana.

– Senhor, não é possível que eles pensem que Isaac é o *serial killer*! – disse Erika.

– Posso terminar, por favor?

– Eu gostaria que o senhor tivesse me relatado isso antes. Estou no comando deste caso e estou aqui recebendo essa informação toda pela primeira vez.

Os policiais na sala de investigação remexeram-se desconfortavelmente em suas cadeiras.

– Erika, recebi o relatório sobre isso do comissário assistente há 20 minutos – disse Marsh. – Posso continuar?

– Sim, senhor.

– Dr. Strong foi encontrado na cena do crime. A princípio ele foi levado à delegacia para interrogatório de rotina. Ele diz que achou o corpo de Stephen. Depois, os resultados das análises da cena do crime começaram a chegar. Havia uma grande quantidade de fotos no notebook de Stephen Linley, e em algumas delas identificaram JordiLevi.

– É o garoto de programa que nós interrogamos. Ele esteve na casa de Gregory Munro alguns dias antes do assassinato – disse Crane.

– Sim, várias fotos no notebook mostram JordiLevi com Stephen Linley e Isaac Strong: fotos deles fazendo sexo. A polícia fez uma busca na casa do Dr. Strong, e eles encontraram uma pequena quantidade de Ecstasy, marijuana e flunitrazepam, a droga usada nos três assassinatos. Também encontraram vários acessórios de fetiche: máscaras e sacos, o tipo de coisa usada em asfixia erótica ou jogos de controle de respiração, o *quase* sufocamento da pessoa ou do parceiro por prazer sexual...

Erika estava sentada no fundo da sala e seu sangue gelou. Sua mente disparou, pensando nas vezes em que esteve na casa de Isaac. Aquilo poderia ser verdade?

– Bem... como sempre – continuou Marsh –, uma pessoa é inocente até que provem sua culpa, e há um fator delicado a mais neste caso, já que Dr. Strong é um dos nossos, um exímio patologista forense, com uma ficha imaculada. Mas as evidências contra ele amontoaram-se de maneira muito alarmante, por isso a Polícia da Cidade de Londres não teve escolha a não ser prendê-lo pelo assassinato de Stephen Linley. Isaac Strong agora também está sendo visto como suspeito pelas mortes de Gregory Munro e Jack Hart.

– E como nós ficamos? – perguntou Erika.

Marsh fez uma pausa e respondeu:

– Como sabem, precisamos ser transparentes. Todos fizeram um ótimo trabalho neste caso, e agradeço a cada um de vocês. Detetive Inspetora Chefe Foster, você também vinha trabalhando com o Dr. Strong, e nós agora precisamos analisar os relatórios dele e ver se ele pode ter influenciado na investigação. Dr. Strong também ligou para você da cena do crime, antes de alertar a polícia...

Todos os olhos da sala de investigação voltaram-se para Erika.

– Eu convivo com Isaac, Dr. Strong, fora do trabalho – disse Erika. – Ele tinha acabado de se deparar com o namorado assassinado.

– Não estou te acusando de nada, Erika. Mas o Dr. Strong passou do limite quando ligou para você. Não podemos ter a pessoa responsável por um caso de assassinato recebendo telefonemas do suspeito *dentro* da cena do crime. Um de nossos ex-colegas, o Detetive Inspetor Chefe Sparks, apresentou-se no local ontem à noite. Como ele agora chefia uma experiente Equipe de Investigação de Assassinato, acabou assumindo o comando deste caso.

Vários policiais na sala de investigação se viraram e olharam para Erika, que tentou manter a compostura.

Marsh continuou falando:

– Estou aqui para agradecer por todo o trabalho duro, mas preciso que vocês organizem tudo agora de manhã para transferirmos o caso o mais rápido possível. O Detetive Sparks deve manter alguns de vocês na equipe.

Erika se levantou:

– Posso falar com o senhor, por favor?

– Erika...

– Gostaria de falar com o senhor na sua sala. Agora.

CAPÍTULO 60

Erika, sinto muito – disse Marsh.
Ela estava em pé na sala do superintendente, encarando-o.
– Não acredito que me contou tudo aquilo em frente à *minha* equipe, sem me adiantar nada.
– Como eu disse, Oakley me ligou cedinho. Era um negócio irreversível. Simplesmente me informaram a decisão.
– Oakley. Isso faz sentido...
– Não foi pessoal. Você me ouviu lá embaixo, na sala de investigação.
– Você acha que ele fez aquilo, o Isaac? – perguntou ela, sentando-se na cadeira em frente à mesa de Marsh.
O superintendente foi até sua cadeira e também se sentou.
– Não me pergunte. Eu mal o conhecia. Ele é um ótimo patologista forense. Você tinha mais intimidade com ele... o que está achando disso tudo?
– Eu não *tinha intimidade* com ele. Fui jantar com ele algumas vezes. – Erika se deu conta de que estava menosprezando a amizade entre os dois e isso a deixou perplexa. *Eu sou mesmo uma escrota? Ele é um dos meus amigos mais próximos.* Mas ela precisava admitir que as evidências que tinha acabado de ouvir contra ele a deixaram chocada.
– E o namorado? O que você pensou quando os viu juntos? – perguntou Marsh.
– Eu sabia que Isaac tinha uma relação instável com Stephen Linley. Apesar de ele não entrar em detalhes comigo, eu sabia que Stephen o tinha traído e eles terminaram. Aí, do nada, fui jantar lá e Stephen estava de volta. Acho que ele não gostava de mim. É, mas parece que ultimamente as pessoas andam precisando de tempo para gostar de mim.
– Ultimamente? – Riu Marsh e, apesar da situação, Erika sorriu também.
– Você já leu algum dos livros de Stephen Linley? – perguntou Marsh.
– Não – respondeu Erika.

– Marcie baixou um deles, o *Na escuridão da noite*, para ler nas nossas últimas férias... Ela não conseguiu passar do quarto capítulo.

– Por quê?

– Parece que ele gosta de torturar mulheres.

– São livros de suspense e crimes, senhor.

– Foi o que eu falei. Disse que ela devia ficar nas comédias românticas, mas... Tenho que organizar tudo o que pertence aos assassinatos de Gregory Munro e Jack Hart para transferir para o Detetive Sparks e a equipe dele. Vão pedir para outro patologista forense refazer tudo.

Erika levantou-se e olhou para Lewisham lá fora, envolta em nuvens escuras.

– Como o filho da mãe do Sparks acabou pegando meu caso? Isso sim foi um soco na cara!

– Esse é o problema quando cultivamos inimigos, Erika. Eles dão uma desaparecida, começam a conspirar e florescem na sombra. Sparks está mandando muito bem.

– Bem como? – perguntou Erika. – Porque ele com certeza está fazendo um esforço a mais... está comandando a própria equipe, foi chamado para dar uma mão na Operação Hemslow.

Marsh ficou em silêncio.

– Senhor, não me diga que ele está concorrendo à vaga de superintendente também?

– Há muitos outros policiais concorrendo. Não é só você.

– Então como é que eu fico?

– Fora do caso. E a única razão para estar fora, aos meus olhos, é que você tem um conflito de interesse. Você tem uma amizade com o patologista forense que agora é suspeito.

– Se estou fora do caso, me use em algum outro lugar. Eu gostaria de trabalhar na Operação Hemslow. Sparks agora está fora. Eles devem estar precisando de outra pessoa com patente de Detetive Inspetor Chefe.

– O Superintendente Nickson não ficou muito satisfeito com a sua intromissão na cena do crime ontem à noite... nem com a maneira como você lidou com os policiais dele. – Marsh viu a expressão no rosto de Erika e disse – Sim, eu soube do que aconteceu. E Oakley também.

– Senhor, me desculpe, mas acredite em mim, tudo o que sempre faço é para tentar ser a melhor policial que posso. Eu não tenho a intenção de sair por aí deixando as pessoas putas...

– É preciso tempo para gostar de você – finalizou Marsh. – Olha só. Você tem três semanas de férias para tirar. Sugiro que vá tomar um sol. Às vezes é bom dar uma sumida.

– Senhor, não sou do tipo que fica tomando sol na praia.

– É, mas vai tentar. Compre um protetor fator 50 e caia fora para algum lugar legal. E você está se livrando de um problemão ao se retirar do caso dessa *Sombra*, te garanto isso.

– Sim, senhor

– Oh, e Erika, se eu souber que você anda metendo o nariz por aí, pode dizer adeus ao seu sonho de ser promovida a superintendente.

– Não é um sonho...

– Bom, não interessa. Tire férias.

– Ok, senhor – Erika despediu-se de Marsh com um gesto de cabeça e saiu.

A sala de investigação estava vazia. Tinham deixado as luzes fluorescentes acesas. Erika ficou parada em pé por um momento no silêncio, olhando para os quadros-brancos onde o trabalho duro da equipe e todas as evidências das três últimas e frenéticas semanas estavam coladas.

Uma mulher bateu na porta e entrou. Era uma das policiais de apoio, mas Erika não sabia o nome.

– Dá licença, senhora, podemos começar a pegar as evidências para transferir o caso para a outra equipe? – perguntou a mulher, olhando para as mesas vazias.

Erika fez que sim com um aceno de cabeça e saiu da sala. Ela trombou com Woolf no corredor.

– Sinto muito pelo que aconteceu mais cedo, chefe... você conhecia bem o Dr. Strong? – perguntou ele.

– Conhecia, mas agora eu estou achando que não...

– Ah, bom. Lavou, *tá* novo – sorriu Woolf.

– O que esse ditado quer dizer?

– Quem dera eu soubesse. Minha mãe vivia falando isso, que Deus a tenha. Aquela velhota miserável. Enfim, consegui isto aqui para você – ele entregou um aparelho velho da Nokia para ela. – Ainda está funcionando. Na boa...

– Você se lembrou – disse ela, pegando-o.

– Foi a primeira coisa que você me disse quando veio pra Lewisham Row. "Consiga um aparelho de botão pra mim, seu gordo filho da mãe!"

– Eu não falei "gordo filho da mãe"! – sorriu Erika.

– É, isso eu inventei.

Eles olharam pela divisória de vidro e viram os policiais de apoio retirando as fotos das cenas dos crimes do quadro-branco.

– Para onde foi todo mundo? – perguntou Erika.

– Disseram para muitos deles irem para casa e esperar até serem realocados, e é domingo. Acho que eles querem tirar vantagem de um dia de folga inesperado antes que comece mais uma semana agitada.

Erika estava desapontada e sentia-se um pouco abandonada. Ela afastou esses sentimentos, se dando conta do quanto estava sendo idiota. Aquilo era trabalho.

– Então, o que você vai fazer agora, chefe?

– Estou de férias nas próximas três semanas.

– Oh, que maravilha! Nossa, eu mataria alguém agora para conseguir três semanas de férias. Divirta-se!

Woolf deu um tapinha no ombro dela e seguiu para a recepção.

Divirta-se... Erika não conseguia se lembrar da última vez que tinha se divertido. Ela olhou para os quadros-brancos atrás de si, já estavam quase vazios. E pendurando a bolsa no ombro, saiu da delegacia, sem saber o que faria em seguida.

CAPÍTULO 61

Erika passou o restante da manhã andando de carro sem rumo, sentindo-se impotente e frustrada. Passou pela casa de Isaac em Blackheath e viu que estavam fazendo uma busca ali. Havia um policial posicionado à porta da frente e uma fita de isolamento atravessava a entrada. Era estranho ver a elegante casa, com duas plantas nas laterais da porta preta e as janelas brilhando ao sol, sabendo que ele estava preso.

Em seguida, ela dirigiu para Shirley, passando pela casa de Penny Munro. A rua estava tranquila e em várias casas as cortinas estavam fechadas para proteger do calor, pois o sol tinha voltado a aparecer. A casa de Penny destacava-se com seu gramado viçoso e verde. Parecia que Gary ainda estava zombando da proibição do uso da água para regar gramados. Erika queria saber o que mais ele estava fazendo e quase diminuiu a velocidade do carro quando o bom senso assumiu o controle. Ela mudou de direção e voltou para Forest Hill.

Começou a chover novamente quando ela chegou em casa. Perambulou para lá e para cá em busca de algo para beber, mas a geladeira estava vazia, bem como a maioria dos armários.

Ela caminhava pelo apartamento, sentindo-se um animal enjaulado, depois ligou o computador e o deixou na bancada enquanto servia o restinho do uísque. Olhou para o lugar ao seu redor, odiando sua vida, odiando sua carreira, odiando tudo. Estava chovendo mais forte. Ela abriu a porta do pátio e, protegendo-se no umbral, acendeu um cigarro. Atrás dela, o computador fez um som estranho – era o Skype abrindo. Ele começou a tocar, e ela entrou correndo, imaginando que pudesse ser a *Sombra*.

Era sua irmã Lenka, ligando da Eslováquia, e Erika percebeu que estava desapontada.

— Estou ficando louca. Prefiro receber a ligação de uma *serial killer* do que da minha irmã.

Respirou fundo e atendeu:

– *Ahoj zlatko!* – murmurou a irmã. Lenka estava sentada na sala de casa em um grande sofá de couro, coberto com um tapete de pele de carneiro. A parede atrás dele tinha uma tonalidade alaranjada e era pontilhada por várias fotos dos filhos, Karolina e Jakub. Seu comprido cabelo louro estava preso no alto da cabeça com um nó, e apesar de ter uma enorme barriga de grávida, ela estava usando um top rosa de alcinha.

– Oi, Lenka – sorriu Erika, falando em eslovaco. – Parece que você está prestes a estourar.

– É. Agora não demora muito – disse a irmã. – Eu tinha que te ligar. Fiz o último ultrassom e tenho uma novidade. É outro menino!

– Que ótimo, parabéns!

– Marek está entusiasmadíssimo. Ele acabou de me levar a uma joalheria na cidade... você se lembra, daquela chiquérrima na rua comercial... ele comprou uma tornozeleira.

Marek, marido de Lenka, tinha sido preso havia pouco tempo por receptação de bens roubados.

– Como Marek conseguiu isso? – perguntou Erika.

– Ele está trabalhando de novo.

– Trabalhando? Achei que estivesse preso.

– Ele recebeu liberdade condicional há um mês.

– Como conseguiu liberdade condicional assim de repente? Ele foi condenado a quatro anos.

– Erika, eu sabia que você ia reagir assim... Ele se lembrou de algo que a polícia achou útil, aí eles o liberaram. Eu também estou ligando para te falar que não precisa mais me mandar dinheiro. Obrigada.

– Lenka...

– Não, eu estou bem, Erika. Agora que Marek voltou, as coisas estão bem.

– Por que você não abre outra conta no banco? Eu continuo mandando o dinheiro e você o deixa guardado para as *suas* coisas.

– Você não precisa cuidar de mim, Erika.

– Preciso, sim. Você sabe que as pessoas que trabalham para a máfia acabam sendo mortas ou encarceradas para sempre. Você quer ser mãe solteira com dois filhos... três... agora que vai ter mais um?

– Ele tem se esforçado muito para ser bom e conseguiu liberdade condicional – disse Lenka, levantando as mãos com raiva, como se aquele esforço o tornasse melhor que os outros pais. – A vida é diferente aqui, Erika.

– O que não quer dizer que isso é certo.

– Você não entende. Não pode pelo menos ficar feliz? Marek toma conta da gente. As crianças têm roupas legais, eles têm iPhones. Não vai faltar nada para este menininho. A gente vai poder colocá-los em boas escolas...

– Meu Deus, para que é que eles vão passar todas aquelas horas entediantes estudando se Marek pode ir lá e ameaçar meter uma joelhada no professor deles?

– Erika, não quero mais falar sobre isso. Não te liguei pra gente brigar – desconversou Lenka, ajustando o nó no alto da cabeça com um ar decidido. – Enfim, você está bem? Tenho tentado te chamar pelo Skype. Liguei quatro vezes no aniversário da morte do Mark.

– Estou bem.

– Você podia pendurar uns quadros aí – comentou Lenka, espiando pela câmera. – Parece uma cela de cadeia.

– Estou deixando assim para quando você e Marek vierem me visitar. Assim ele vai se sentir em casa.

Apesar do comentário, as duas começaram a rir.

– As crianças mandaram um oi – disse Lenka. – Eles foram à praça com os amigos.

– Mande um beijo pra eles – falou Erika. – E me avise quando entrar em trabalho de parto, okay?

– Okay... Aviso, sim. Te amo.

Lenka pôs os dedos na boca e mandou um beijo. Erika fez o mesmo e a tela ficou preta.

Depois da ligação pelo Skype, o silêncio ficou sepulcral no apartamento. Os olhos de Erika moveram-se pelas paredes nuas e pararam na prateleira de livros, lotada de tralhas. Ao lado do livro *Cinquenta tons de cinza*, estava a obra de Stephen Linley autografada. Ela se levantou, pegou *Das minhas mãos mortas e frias* e começou a ler.

CAPÍTULO 62

Moss aproveitou seu inesperado domingo de folga e ficou feliz de estar em casa na hora do banho de Jacob e de colocá-lo para dormir. Ela tinha acabado de ler uma história e viu que o garoto dormia. Beijou-o no rosto e deu corda na luz noturna para que ela continuasse a tocar a canção de ninar por mais algum tempo.

Quando saiu do quarto, sua esposa, Celia, estava no patamar segurando o telefone.

— É Erika Foster — disse Celia. Moss pegou o telefone, atravessou o patamar e foi até o quartinho que elas usavam como escritório, fechando a porta.

— Me desculpe por ligar para a sua casa, Moss — disse Erika.

— Sem problema, chefe. E aí?

— Todo mundo meio que desapareceu hoje.

Houve um silêncio constrangedor por parte de Moss, que depois falou:

— Foi mesmo. Desculpe. Achei que você ia ficar ocupada com Marsh.

— Ah, fiquei mesmo. O seu dia de folga foi bom?

— Foi, sim. A gente foi ao St. James Park. Foi ótimo.

— Você está podendo falar?

— Estou. Acabei de ler A *lagarta faminta* para Jacob. E agora estou com desejo de comer salada... acho que é a primeira vez que isso acontece.

— Eu estava lendo um dos livros do Detetive Inspetor Chefe Bartholomew, os romances que o Stephen Linley escreve, escrevia...

— E você quer fundar um clube do livro? — brincou Moss.

— Engraçadinha. Não... comecei a ler o *Das minhas mãos mortas e frias* e estou achando muito perturbador...

— Como assim?

— Não tenho problema com cenas sangrentas, mas este livro é um negócio profundo, sombrio. Ele tem um *serial killer* que sequestra mulheres à noite, depois as mantém no porão e as tortura.

— Tipo O *silêncio dos inocentes*?

– Não, *O silêncio dos inocentes* tem uma elegância e uma moderação na descrição da violência. Isto aqui é só pornografia de tortura. Me forcei a ler páginas e páginas de uma longa e contínua série de estupros detalhados e, no meio de tudo, o assassino joga água fervendo nos corpos nus.

– Nossa!

– É quase como se ele ficasse excitado escrevendo aquilo... Isso é um tiro no escuro, mas e se a *Sombra* matou Stephen por causa da atitude dele com as mulheres?

– Eu achei que a nova linha de investigação era que Isaac Strong matou Stephen. E achei que você estava fora do caso.

– Você acredita que Isaac pode ter feito aquilo, Moss?

– Não. Por outro lado, eu não o conhecia tão bem assim.

– Eu estive na cena do crime, Moss, e tudo aponta para o mesmo assassino. Acabei de fazer uma pesquisa sobre Stephen Linley no Google e ele vende uma porrada de livros, só que entra em muita polêmica em eventos literários. Havia uma quantidade bem razoável de pessoas que questionavam o tratamento que ele dava para a violência contra as mulheres. Tinha algo sobre um boicote ao trabalho dele. E se esse for o link? E se este livro inspirou alguém a ser violento com a *Sombra*? Quando ela me telefonou, contou que o marido a torturava, mas que ele tinha morrido antes que ela pudesse assassiná-lo.

– É uma boa teoria, chefe. Ou você está tentando usar o romance de um detetive atrás da identidade de um assassino para descobrir quem é o seu assassino? – perguntou Moss.

– Só estou falando que não olhamos com clareza para a motivação. Nós perdemos tempo achando que tinha sido um amante gay rejeitado no caso de Gregory Munro, e por causa da enorme exposição na mídia do caso de Jack Hart, a gente pode ter focado no ângulo errado.

– Só tem um problema, chefe. *O caso não é mais nosso*. Fui temporariamente realocada para um grupo de gestão de câmeras de segurança – alegou Moss.

– E Peterson?

– Não sei. Ouvi falar que ele ia ser realocado também, mas não sei para onde.

– Bom, eu estou de férias – disse Erika, ironicamente.

– E você sabe o que as pessoas geralmente fazem quando estão de férias? Elas visitam os amigos... Quem sabe você vai lá fazer uma visita ao Isaac. Se não pode ser policial agora, seja uma amiga.

CAPÍTULO 63

Erika entrou na fila do núcleo de visitas da Penitenciária Belmarsh e ficou esperando passar pela segurança. Era um comprido prédio de concreto, baixo e úmido, e o espaço era apertado para as quarenta pessoas aguardando passar pelos detectores de metal. Chovia lá fora, e as janelas altas e estreitas estavam embaçadas. O cheiro de pele suada, os odores corporais e perfume misturavam-se ao fedor do produto industrial usado na limpeza do chão. Havia alguns homens e mulheres sozinhos ali, e parte deles parecia estar em choque por ter que visitar, pela primeira vez, um amigo ou alguém amado. Um grupo barulhento de esposas de prisioneiros e seus filhos aos berros atrasavam o procedimento no detector de metal à frente, e uma mulher rejeitou o pedido do guarda para ver o que havia dentro da fralda do bebê.

Depois que todos passaram pela segurança, houve uma nova espera em uma comprida sala de recepção antes de indicarem a eles um local que parecia um enorme ginásio, onde havia fileiras e mais fileiras de cadeiras e mesas de plástico. Todos os prisioneiros aguardavam sentados e em silêncio quando Erika entrou. Estavam usando cinturões amarelos para que não pudessem se misturar aos visitantes e fugir no final do período de visitas.

Ela encontrou Isaac em uma mesa no final da terceira fileira e ficou chocada com a aparência dele: os olhos estavam vermelhos, com olheiras escuras e profundas. Seu cabelo geralmente impecável estava bagunçado e havia cortes no rosto ao se barbear.

– É tão bom te ver – disse ele.

– Sinto muito pelo Stephen – cumprimentou Erika.

Isaac investigou os olhos dela.

– Obrigado. Por que você veio me ver?

– Estou aqui como amiga – disse ela, esticando o braço e pegando na mão dele. Estava fria, suada e ele tremia. – Me desculpe, eu devia ter vindo antes.

— Este lugar... é como um pesadelo que se sonha acordado. A imundice, os gritos, a ameaça constante de violência e agressão – murmurou Isaac. – Eu não fiz aquilo. Por favor, acredite em mim, eu não fiz aquilo. Você acredita em mim, não acredita?

Erika hesitou:

— Acredito, sim.

— Eu descobri que ele frequentava uma sauna gay em Waterloo. Ele estava transando com caras, no pelo... você sabe, sem proteção. Eu suspeitei, o confrontei e ele me disse que só estava na academia. Aí o idiota deixou o meu iPod num escaninho na sauna, e eles entraram em contato comigo... imagino que você ouviu falar da história sobre o telefonema em que eu digo que vou matar o desgraçado.

— Ouvi, sim.

— Só que eu não fiz isso. Não matei Stephen. Fui ao apartamento para discutir, entrei com a chave que ele tinha me dado e... – Isaac engoliu em seco e seus olhos marejaram. Lágrimas caíram na superfície da mesa fazendo um barulhinho suave. Ele as limpou com a manga.

— Espere aí, você entrou usando uma chave?

— Sim. Nós tínhamos dado um passo no nosso relacionamento. Ele tinha feito um compromisso comigo e me deu uma chave. Foi patético o quanto fiquei agradecido.

— O apartamento dele é no segundo andar. Não tem varanda, tem?

Isaac confirmou com um gesto de cabeça.

— Então não foi invasão, se o apartamento estava trancado quando você entrou. Ou ele deixou a pessoa entrar ou entraram com a própria chave.

— É por isso que você está aqui? Por causa do caso?

Erika contou rapidamente o que havia acontecido, sobre ter sido afastada do caso.

— Então você está investigando isso, sozinha? Você acha que consegue me ajudar?

— Não sei se posso fazer alguma coisa, Isaac.

— Por favor. Eu não consigo... lidar com isso.

Erika viu que já tinha usado 10 minutos de sua preciosa meia-hora.

— Isaac, eu tenho que perguntar: por que Stephen? Você tem uma vida tão organizada: trabalho respeitável, casa, amigos. O que te atraía nele? Stephen usava drogas regularmente, contratava prostitutos...

— Ele me excitava, Erika. Ele era um *bad boy*. Eu era o garoto bonzinho que cresceu usando suspensórios e óculos, que não tinha coordenação nas pernas finas de vareta nas aulas de Educação Física. Eu era virgem até me formar na escola de medicina aos 23 anos. Sempre fiz a coisa certa e trabalhei duro, mas Stephen era sexy, perigoso e imprevisível. Ele tinha uma espécie de graça que incendiava... — Isaac deu de ombros. — Ele era incrível na cama. Eu sabia que ele não era correto e que não se encaixava na minha vida... Mas eu o deixei voltar e isso te afastou. Me desculpe, Erika. Você precisava de mim, não precisava? Eu até me esqueci do aniversário da morte de Mark. Me desculpe.

Erika se inclinou para a frente e segurou com força a mão dele.

— Está tudo bem. Isaac, está tudo bem. Estou aqui, e você é meu amigo.

Ele suspendeu o olhar na direção dela e deu um sorriso débil.

— Olha, tenho que fazer mais perguntas — disse Erika. — Li dois dos livros do Stephen, *Das minhas mãos mortas e frias* e *A garota no porão*...

— Eu sei — disse Isaac, quase lendo a mente dela. — Ele escrevia coisas chocantes.

— Tem tanta tortura em mulheres... e tem o Detetive Inspetor Chefe Bartholomew. Ele é o herói nos livros, mas também bate na mulher.

— Um anti-herói — disse Isaac, dando de ombros. — Stephen costumava dizer que era o trabalho dele... tirar todas as coisas ruins de dentro de si mesmo. Pense na quantidade de escritores de terror que existem por aí... eles não necessariamente traduzem em ações aquilo que escrevem. E pense no que nós fazemos... bom, pelo menos no que *eu* faço. Ganho a vida cortando as pessoas, dissecando seus corpos, cavando seus cérebros. O que eu faço é igualmente invasivo.

— Mas o que você faz é diferente, Isaac. Você ajuda a pegar os bandidos. Stephen os estava criando, ainda que fosse na ficção — argumentou Erika.

— Para os fãs dele, seus personagens eram tão reais quanto eu e você.

— Stephen tem algum fã maluco? Você ouviu falar de alguma correspondência de fãs malucos que ele possa ter recebido?

Isaac limpou o nariz com a manga:

— Não sei. Ele na verdade não recebia muita correspondência. Sei que muitos fãs escreviam na página dele no Facebook.

— O agente do Stephen recebia correspondências de fãs em nome dele?

— Provavelmente sim. O escritório deles é em West London... Eu tinha uma vida, Erika... Você acha que vou poder voltar para ela? Sei como esse sistema funciona. Estou manchado. Ocupo uma posição de confiança que agora foi posta em dúvida.

Ele começou a chorar.

– Isaac, pare, não faça isso aqui – disse Erika, notando que alguns prisioneiros olhavam para ele. – Vou fazer tudo o que puder para te tirar daqui. Eu prometo.

Ele suspendeu o olhar para ela.

– Obrigado. Se tem alguém que pode fazer isso, esse alguém é você – disse ele.

CAPÍTULO 64

A cabine telefônica ficava nos arredores de Londres, em Barnes Common. Simone tinha se lembrado dela. Era parte de algo antigo e feliz, de quando sua mãe a levou a Kew Gardens. Ela tinha que ficar escondida no casaco da mãe até conseguirem passar pelo quiosque de ingressos, mas, uma vez lá dentro, ela adorava as flores e as árvores. Sua mãe tinha ficado desesperada para entrar na casa tropical, uma estufa gigantesca, muito quente e abarrotada de plantas de todas as partes do mundo. "Flora e Fauna Raras", Simone se lembrava de estar escrito na placa.

É claro que sua mãe só ia aos Kew Gardens para se encontrar com seu traficante. Eles iam para os arbustos fazer coisas de adulto. Mas a pequena Simone gostava das horas em que ficava sozinha para passear. E se a mãe estava feliz, ela se sentia da mesma maneira. No ônibus de volta para casa, Simone pressionava o rosto contra a janela e via a cabine telefônica brilhando vermelha em contraste com a área verde do parque ecológico Barnes Common ao fundo.

Ela continuava muito parecida, tantos anos depois. A aridez tinha transformado o verde em amarelo, e a tinta vermelha da cabine telefônica estava descascando, mas não havia nenhuma alma à vista.

Erika Foster atendeu o celular depois de ele ter tocado várias vezes.

– Você recebeu meu cartão, Detetive Foster?

Houve um silêncio.

– Recebi. Obrigada. Mas a maioria das pessoas teria usado a caixa de correio – disse Erika.

– Eu não sou a maioria das pessoas, Detetive Foster – disse Simone. Ela segurou com força o aparelho e olhou através do vidro sujo para o parque ecológico vazio.

– Você acha que é especial? – perguntou Erika. – Você foi enviada para cá com um propósito maior?

– Não... longe disso. Não tenho nada de extraordinário. Não sou bonita nem inteligente, mas sou cheia de raiva e tristeza... A tristeza, em particular, te dá muita energia, não dá?

– Dá, sim – disse Erika.

– Decidi usar essa energia para me vingar... Eu venho lendo sobre você. Sobre como tentou fazer o seu trabalho, como tentou pegar aquele traficante de drogas e como tudo saiu errado e acabou de modo terrível. Você não perdeu só os amigos e o marido, mas até as pessoas a quem você serve te deram as costas. Te culparam.

– E se eu te disser que pode conseguir ajuda se você parar? – interrompeu Erika.

– E se eu te disser que pode conseguir ajuda se *você* parar? – repetiu Simone.

– O que você quer dizer?

– Eu vi o lugar onde você mora, apartamento patético, seus bens materiais que não valem nada. O que sua vida dedicada à força policial te deu? Não seria mais fácil se você parasse de tentar salvar o mundo?

Houve outro silêncio, em seguida Erika respondeu com uma voz trêmula:

– Vou encontrar você. E quando eu fizer isso, vou olhar nos seus olhos e ver o quanto você *acha* que é esperta.

– Me pegue se puder. Ainda não terminei – disse Simone.

Depois de um clique, o telefone ficou mudo.

Simone estremeceu, não de medo, mas de dor. Sorrir fazia doer o local em que tinha sido golpeada com o cinzeiro.

CAPÍTULO 65

Moss estendeu o braço com a mão livre e bateu na porta. Na outra mão ela segurava uma caixa de pizza. Momentos depois, ela foi aberta. Erika ficou parada ali com o cabelo arrepiado.

— Achei que você ia gostar de comer uma pizza — ofereceu Moss, levantando-a. — Pepperoni?

— Obrigada, entre — disse Erika, ficando de lado para deixar Moss entrar. A chuva tinha parado e através da janela do pátio expunha-se um belo anoitecer. O sol afundava lentamente com suaves tonalidades azuis e laranja...

— Acabei de levar Celia e Jacob para nadar em Ladywell. Pensei em dar uma passada aqui para ver como estão as suas férias.

— Acha um lugar aí para pôr a caixa — falou Erika, pegando pratos no armário.

Moss deu uma olhada ao redor e viu que em todos os lugares disponíveis, e em partes do chão, havia a papelada sobre o caso da *Sombra*.

— Eles deixaram você pegar tudo isso?

— Não... baixei para o meu notebook.

— Então, as férias estão boas? — perguntou Moss, empurrando algumas pastas cinza e colocando a caixa de pizza numa ponta da mesinha de centro.

— Recebi outra ligação.

— Da *Sombra*?

— É.

— O que ela falou?

— Ela ligou para me sacanear. Me falou que ainda não terminou.

— Eles conseguiram rastrear?

— Sim. Crane me ligou. Ele foi realocado no caso, a pedido do Sparks. Eles descobriram que a ligação foi feita de uma cabine telefônica em West

London. De novo, nenhuma câmera de segurança... Ele não pôde me contar muita coisa mais. Como ela pode não cometer nenhum deslize? Como? Estou imprimindo tudo deste caso, e isso ajuda. Estou repassando todos os detalhes.

Erika entregou a Moss um prato e um guardanapo. Ela abriu a caixa e o vapor da pizza de massa fina que tinha sido assada com perfeição subiu. Quando começaram a comer, Erika contou o que tinha acontecido quando visitou Isaac e detalhou como ela estava revisando todas as evidências depois daquele telefonema.

– A impressão que tenho é de que nunca descobrimos nada que realmente valesse a pena na investigação dela, da *Sombra*. Olha o cartão que ela me mandou.

Erika entregou a impressão do cartão escaneado e perguntou:

– Por que ela escolheu esse poema?

– Ela é uma *serial killer* maligna pra cacete. Por que ela deveria ser mais criativa do que a gente? – perguntou Moss. – O "Do Not Stand On My Grave And Weep" não é difícil de achar. É o poema óbvio para funerais. É igual aos livros... Nós todos passamos os olhos nas listas de mais vendidos, vemos o que os resenhistas estão sugerindo para ler e compramos os livros para nos sentirmos inteligentes. Eu fui um dos meio milhão de pessoas que leu metade de *O pintassilgo*.

– Foi isso que a *Sombra* disse pelo telefone.

– Que ela só leu metade de *O pintassilgo*?

Erika disparou um olhar para Moss.

– Desculpe, chefe, só estou tentando dar uma melhorada no clima...

– Ela falou no telefone que não era inteligente – disse Erika.

– Mas ela é inteligente. Ou sortuda pra cacete. Três corpos até agora e praticamente nenhuma evidência. Ela entra e sai sem ser vista – comentou Moss, dando uma mordida na pizza.

Erika abanou a cabeça e questionou:

– Por que se dar ao trabalho de achar meu apartamento, invadi-lo e deixar um cartão? E *ainda* assinar *Sombra*?

– Talvez ela te veja como uma nova amiga ou aliada, chefe.

– Então por que não assinou com o próprio nome, se estava tão confiante assim? *Serial killers* geralmente odeiam os nomes que a imprensa dá a eles, achando que isso faz ruir a forma como as pessoas os veem. Eles acham que o que estão fazendo é sério, um ato nobre, ou uma série de atos nobres. Ou um serviço à sociedade.

– Talvez ela só esteja querendo avacalhar o seu raciocínio – palpitou Moss.

– Eu também revisei as vítimas, para tentar ver se elas tinham alguma coisa em comum, mas eram pessoas muitíssimo diferentes. As únicas coisas em comum é que são do sexo masculino e foram mortas exatamente da mesma maneira. Com exceção de Stephen, que teve a cabeça afundada. Também revisei os nomes das pessoas que compraram esses sacos de suicídio pela internet.

– Eu também investiguei esses nomes. Muitas mulheres que moravam em Londres os compraram e agora estão mortas – comentou Moss.

– Isaac me falou uma coisa quando fui visitá-lo. Quando ele descobriu o corpo de Stephen, usou sua chave para entrar no apartamento. A porta estava fechada e trancada. Não forçaram a entrada. O apartamento fica no segundo andar e não tem varanda nem outra porta.

– Então a *Sombra* tinha uma chave? – perguntou Moss.

– Tinha. Estou com o relatório da cena do crime. A fechadura foi arrombada. Ela foi danificada por alguém que usou uma chave micha.

– Elas são bem comuns em arrombamentos, e dá para comprar baratinho pela internet hoje em dia – comentou Moss.

– Exatamente. E tem uma pessoa na lista daquelas que compraram o saco de suicídio pela internet que também comprou uma chave micha – disse Erika.

– Sério?

– É, na verificação dos nomes, chegamos ao ponto de acessar contas bancárias e transações financeiras. Essa pessoa comprou um saco de suicídio há três anos, e depois nos últimos três meses comprou mais cinco. Quem precisa de 5? E também comprou a chave micha pela internet.

– Puta merda! Por que a gente não correu atrás disso? – perguntou Moss.

– Deve ter passado despercebido... não procurávamos por uma chave micha, e estávamos focando em mulheres. Essa pessoa é um homem de 35 anos. Ele está preso numa cadeira de rodas desde a infância. Mora em Worthing, na costa sul, não muito longe de Londres.

– Você contou para o Marsh?

– Ainda não.

– Então o que é que você vai fazer? Passar um dia à beira-mar? – perguntou Moss.

– Você estaria interessada em passar um dia à beira-mar? – perguntou Erika.

Moss refletiu antes de responder:

– Me desculpe, mas tenho que me encontrar com um grupo de gestão de câmeras de segurança amanhã. Não posso... Não posso correr esse risco.

– Não se preocupe – sorriu Erika.

– Mas te dou cobertura. Se precisar que alguma coisa seja feita às escondidas, pode contar com a minha ajuda.

– Obrigada.

– Mas toma cuidado, chefe, tá? Você já irritou gente demais.

– Quase sempre a gente tem que irritar alguém para chegar à verdade, mas não estou fazendo isso pelo meu ego – disse Erika. – Você devia ter visto Isaac ontem. Ele não fez aquilo. E eu vou provar.

CAPÍTULO 66

Simone estava na moita desde que fugiu depois do assassinato de Stephen Linley. Ser atingida pelo cinzeiro a deixou com o lábio muito inchado e uma ferida horrível na lateral da cabeça. Ela também perdeu um dente: o incisivo esquerdo quebrou perto da gengiva. Ela não sabia se o tinha engolido ou se ele havia escorregado para um canto escuro do apartamento da vítima. Os nervos expostos doíam terrivelmente, mas ela estava com medo demais para ir ao dentista. Ele poderia fazer um raio-X dos dentes dela e depois disso sua arcada dentária apareceria nos registros.

Ela tentou se lembrar se haviam tirado raio-X dos seus dentes no passado. Tinha uma vaga lembrança de deixarem-na sozinha em uma sala grande de paredes com isolamento, de mandarem-na ficar deitada bem quieta enquanto sua mãe aguardava do lado de fora. *Aquilo tinha sido raio-X?* Ela não tinha certeza. Sabia apenas que nunca tinham tirado suas impressões digitais nem seu DNA.

A princípio, pensou que seria descoberta. Ela tinha estragado tudo; aquilo não aconteceu como planejado. Ela informou ao hospital que não iria trabalhar, com a desculpa de que estava doente. À medida que os dias e as noites passavam, o sono foi se evadindo dela completamente. Nenhuma quantidade de medicamento a ajudava.

Na terceira noite sem dormir, ela estava deitada na cama depois da meia-noite quando ouviu um barulhinho leve, *pat, pat, pat,* vindo de fora do quarto, como água gotejando no carpete. Ele era acompanhado pelo som de uma respiração ofegante, como se uma pessoa estivesse com o nariz entupido.

Simone deu um pulo da cama e calçou a porta com a cadeira de sua penteadeira. O barulho continuou: *pat, pat, pat, pat, pat... inspira, expira.*

Ela pôs as mãos nas doloridas e latejantes têmporas. *Aquilo não era real.* Mesmo assim, o barulho continuou.

Pat, pat. Inspira, expira. Uma tosse frouxa, catarrenta.

– Você não é real! – gritou ela. – Stan, saia daqui!

Pat, pat, pat, pat, pat... Inspira, expira.

Ela tirou a cadeira do lugar, girou a maçaneta e abriu a porta. Sentiu um aperto na garganta quando viu que não era Stan ali em pé, pingando água. Era Stephen Linley.

Ele estava com tênis de correr, calça jeans, uma camiseta branca e uma jaqueta preta fina. O saco plástico estava apertado ao redor do pescoço e havia um pouco de gosma e sangue dentro dele, que pingava por baixo do cordão, escorria pela roupa e caía no carpete claro.

Pat, pat, pat...

A testa estava afundada no local em que Simone o havia golpeado com o cinzeiro, e o rosto era quase irreconhecível. Lá dentro, encostada no plástico, a boca se mexia. O rosto arruinado estava tentando respirar.

– NÃO! – berrou Simone. – VOCÊ. ESTÁ. MORTO!

A cada palavra, ela avançava na direção do cadáver pavoroso, encurralando-o. Ele deu passos vacilantes para trás, na direção do alto da escada, com os braços agitados.

– VOCÊ MERECEU MORRER! – berrou ela. Eles chegaram ao topo da escada. Simone deu um empurrão no corpo e ele caiu de costas, rolando escada abaixo, dando baques surdos e estalos, e virou um amontoado flácido lá embaixo.

Ela fechou os olhos, contou até dez e os abriu. Ele tinha desaparecido. Tudo tinha voltado ao normal. Ela estava sozinha.

Trêmula, desceu a escada, conferiu a sala e a cozinha. Não havia nada. Foi até o computador e o ligou. Quando terminou de carregar, ela começou a digitar.

NIGHT OWL: Tá aí?

Durante um momento, nada aconteceu. Ela estava prestes a desligar e preparar algo para beber quando Duke apareceu.

DUKE: Ei, Night Owl, o que está pegando?
NIGHT OWL: Senti sua falta.
DUKE: Senti sua falta também.
NIGHT OWL: Estou com medo. Estou vendo coisas de novo.

DUKE: Está tomando remédios novos?

NIGHT OWL: Não, parei de tomar.

DUKE: Eu estava preocupado, achei que tinha acontecido alguma coisa com você.

NIGHT OWL: Estou OK.

DUKE: Deu certo?

NIGHT OWL: Sim, e não. Levei uma surra. Meu lábio está todo inchado.

DUKE: Mentira sua. Você deu um trato nos lábios para quando a gente for viajar juntos! Colágeno. LOL.

NIGHT OWL: É só o lábio de baixo.

DUKE: Muito sensata. Você está economizando para o lábio de cima.

Simone deu uma risadinha e tocou o rosto com as mãos. Continuava sensível. Estava sentindo falta de conversar com Duke. O computador fez um bipe e ela viu texto movendo-se pela tela.

DUKE: Então, Night Owl. Nós vamos?

NIGHT OWL: Vamos pra onde?

DUKE: Fazer a nossa viagem. Já conversamos demais sobre isso. Vamos colocar em prática!

DUKE: Você ainda quer ir, não quer?

DUKE: Night Owl?

NIGHT OWL: Estou aqui.

DUKE: Então?

NIGHT OWL: Ainda tenho um nome na lista.

DUKE: Eu já esperei você lidar com três nomes desses aí. Um a mais vai ser tranquilo. Mas quero saber quando.

NIGHT OWL: Um dia.

DUKE: Um dia!

NIGHT OWL: Não, uma semana. Um ano... Não sei! Não me apressa, Duke, você ouviu?

DUKE: Desculpa. Eu só queria saber...

DUKE: ...mas vai demorar menos de um ano?

NIGHT OWL: Vai.

DUKE: Ufa! ***Enxuga a testa suada***

NIGHT OWL: Eu te aviso em breve. Prometo. E aí a gente pode viajar juntos.

DUKE: OK. Eu te amo.

    Simone ficou encarando a tela por um longo momento. Durante todos os anos em que tinham conversado, Duke disse a ela muitas coisas – seus segredos mais profundos e sombrios –, e ela tinha feito o mesmo. Mas era a primeira vez que ele dizia que a amava. Isso a tornava poderosa.
    Ela saiu da sala de bate-papo e voltou para a cama no andar de cima. Sentia-se muito melhor. Ela voltaria ao trabalho. Depois começaria os preparativos para o número quatro. O quarto, e último.

CAPÍTULO 67

Está certo, chefe, mas para onde estamos indo, exatamente? – perguntou Peterson ao se sentar no banco do passageiro. Estava vestido casualmente, de calça jeans e camiseta, e carregava uma pequena mochila. Eram quase 9 horas da manhã e Erika o pegou em frente ao apartamento dele, um prédio elegante e baixo numa rua tranquila e arborizada em Beckenham. Numa placa no gramado impecável em frente ao prédio estava escrito Tavistock House.

– Worthing – disse Erika, entregando-lhe um mapa dobrado.

Uma cortina na janela do térreo foi aberta e uma jovem delicada, bonita e loura espiou por ela, deixando à mostra somente o rosto e um ombro nu. Ela acenou para Peterson enquanto passava os olhos em Erika. Ele respondeu com um aceno e pegou o estojo de óculos da mochila.

– É a sua namorada? – perguntou Erika.

Peterson limpou um Ray Ban com um quadradinho de tecido cinza e o colocou. A garota ainda estava olhando.

Ele deu de ombros.

– Bora, chefe. Vamos nessa – disse ele, dando a impressão de estar constrangido. Eles se afastaram, dirigindo em silêncio por um minuto, com o reflexo da copa das folhas passando pelo para-brisas.

– Nós temos que pegar a M23 e a A24 – disse Erika, percebendo que Peterson não queria falar sobre a convidada em sua casa.

– Por que você me chamou hoje? – perguntou ele desdobrando o mapa e dando uma espiada por cima das lentes.

– Moss foi realocada, e quando te liguei, você disse que estava livre... Por que você concordou em vir?

– Você me deixou intrigado – sorriu ele. Ela devolveu o sorriso. – Eu também fui realocado.

– Pra onde?

– Operação Hemslow.

Erika se virou para encará-lo e o carro foi desviando para a pista da direita. Peterson inclinou-se para a frente e endireitou o volante.

– Não fique entusiasmada. Estou trabalhando no controle. É muita monotonia, na maior parte do tempo fico observando Penny Munro e Peter.

– E?

– Eles estão seguros... O menino vai para a escola, volta para casa, vai nadar uma vez por semana, gosta de dar comida para os patos... – Peterson inchou as bochechas com ar. – Estão muito perto de prender Gary Wilmslow. Estão se concentrando agora num depósito em Crystal Palace. Eles só precisam pegar Wilmslow mexendo lá. Simples assim, mas muito complicado. Ele está colocando pelo menos três pessoas entre ele e a produção dos vídeos, a seleção de crianças... É o típico caso de quanto tempo podemos esperar antes de a gente agir e acabar com o esquema.

– Vocês *têm* que pegar Wilmslow – disse Erika.

– Não há ninguém que quer ver aquele sujeito cair mais do que eu... você sabe que eu não deveria te falar nada disso, chefe.

– Eu sei. Obrigada.

– Você sabe que Sparks está perto de acusar Isaac pelas mortes de Gregory Munro e Jack Hart, além da do Linley?

– Merda.

– Por que você não contou a eles sobre isto? Sobre o que vamos fazer hoje?

– Porque eu preciso dar uma olhada primeiro. Obviamente eles já tomaram uma decisão. Já decidiram no que acreditar. É mais fácil acusar Isaac... acabar com tudo de uma maneira que julgam satisfatória e caso resolvido.

– Você não acha que foi ele?

Erika olhou para Peterson e respondeu:

– Não, não acho. Eu preciso dar uma olhada nisto. É um tiro no escuro, mas se eu avisar para eles, a informação vai entrar no final da pilha de prioridades e pode ser tarde demais quando alguém chegar a ela. Tudo bem pra você?

Ele deu de ombros e abriu um sorriso:

– Como você disse, chefe. É só um dia à beira-mar.

– Obrigada.

Erika pensou em como as coisas haviam mudado. Ela estava fora. Então, começou a informar Peterson sobre o que tinha descoberto e como gostaria de agir.

Noventa minutos depois eles saíram da estrada em que estavam e se aproximaram de Worthing por uma pista de mão única, complexa e sem graça. Entretanto, quando chegaram na cidade, viram que era pitoresca. A cidade antiga ficava à beira-mar, e no auge do verão parecia mais suntuosa do que decadente. Erika seguiu a estrada ao longo do calçadão. A praia estava abarrotada de pessoas tomando sol e sentadas em espreguiçadeiras em estilo antigo. Ela era ladeada por casas geminadas, apartamentos e uma eclética seleção de lojas. Erika estacionou à orla e eles desceram no movimentado calçadão, onde as pessoas passeavam, tomavam sorvete e desfrutavam do sol.

– Como é que a gente encena isso? – perguntou Peterson, juntando-se a ela no parquímetro ao meio-fio.

– Não temos autoridade para estar aqui, mas ele não sabe disso – respondeu Erika, colocando moedas na máquina. – Tenho esperança de que o elemento surpresa funcione a nosso favor.

Erika pegou o recibo na máquina e eles trancaram o carro. O endereço que estavam procurando ficava um pouco mais adiante na rua, onde as lojas de suvenires e casas de chá rareavam. As casas ali eram bem piores e foram transformadas em apartamentos e quitinetes.

– É aqui – disse Erika, quando chegaram a uma grande casa de cinco andares com um jardim cimentado, onde havia cinco latões de lixo pretos de rodinhas com os números de apartamentos pintados de branco nas tampas. As janelas estavam todas abertas e uma música vinha do último andar.

– Estou sentindo cheiro de erva – disse Peterson, parando para fungar o ar.

– Não estamos aqui por causa de erva. Lembre-se disso.

Eles subiram a escada e Erika tocou a campainha do apartamento do primeiro andar. Aguardaram, a música cessou por um segundo, depois "Smells Like Teen Spirit", do Nirvana, começou a tocar.

Todas as luzes estavam acesas na janela, que dava vista para os latões e estava meio bloqueada por roupas penduradas. Erika tocou a campainha novamente e através do vidro fosco da porta viu uma grande e escura massa movimentar-se nas sombras. A porta abriu alguns centímetros, e em seguida parou. Momentos depois, escutaram um zumbido e a porta foi aberta lentamente.

A massa que Erika viu era uma enorme cadeira motorizada, com rodas resistentes e tanques de oxigênio presos atrás. Um mecanismo em concertina zumbiu e suspendeu o assento em que um homem minúsculo estava sentado. Ele tinha pequenos traços gordurosos, usava grossos óculos e tufos de cabelo acinzentado estavam pregados em sua cabeça careca. Ele usava um tubo de oxigênio debaixo do nariz. Seu corpo era compacto – eles observaram que ele tinha nanismo – e suas minúsculas pernas macilentas chegavam só à beirada do assento, contrastando com seu corpo pequeno. Um de seus braços estava enfiado no lado do assento e o outro estava segurando o pedaço de corda que ele tinha usado para abrir a porta da frente. Ele soltou a corda, agarrou o controle remoto ao lado da cadeira e avançou, bloqueando a passagem.

– Você é Keith Hardy? – perguntou Erika.

– Sou – respondeu com uma voz aguda, com os olhos saltitando entre os dois.

Erika e Peterson mostraram seus distintivos.

– Sou a Detetive Inspetora Chefe Foster e este é o meu colega Detetive Inspetor Peterson. Podemos conversar?

– Sobre o quê?

Erika olhou para Peterson e disse:

– Preferimos conversar aí dentro.

– Bom, vocês não vão entrar.

– Não vamos tomar muito do seu tempo, Sr. Hardy – disse Erika.

– Vocês não vão tomar tempo nenhum.

– Sr. Hardy... – começou Peterson.

– Vocês têm mandado?

– Não.

– Então vão embora e consigam um – disse o homem. Ele esticou o braço e agarrou a corrente atada à tranca de dentro. Erika se inclinou para a frente e a arrancou da mão dele.

– Sr. Hardy, estamos investigando um triplo homicídio. O assassino usou sacos de suicídio... nós acessamos as suas contas bancárias e vimos que você comprou cinco sacos desse tipo e, mesmo assim, ainda está vivo. Trata-se somente de esclarecer qualquer mal-entendido.

Keith franziu o nariz, empurrou os óculos para o lugar, depois deu ré na cadeira de rodas e os deixou entrar.

CAPÍTULO 68

O apartamento de Keith Hardy inteiro tinha um carpete com estampa de hexágonos verde-limão, amarelo e vermelho. Erika e Peterson seguiram-no pelo corredor e só enxergavam os tufos do cabelo por cima do encosto alto da cadeira de rodas que andava zumbindo. O quarto dele ficava na primeira porta à direita; na parede dos fundos, no lado oposto à enorme janela, Erika viu uma grande cama hidráulica de hospital com rodinhas. Ao lado dela, havia uma cômoda antiga de madeira polida com um espelho dobrável de três partes. O móvel estava abarrotado de medicamentos variados: tubos de pomada, remédios e um pacote de algodão. Havia roupas dependuradas no suporte de cortina, e a janela dava vista para o calçadão na orla, onde as pessoas caminhavam e podia-se ouvir o grasnar fraquinho das gaivotas. Uma luz no teto brilhava incandescente, junto com dois abajures, um ao lado da cama e outro na cômoda.

Eles passaram por outro quarto minúsculo, que estava lotado de entulho, incluindo uma antiga cadeira de rodas manual, pilhas de livros e outra cadeira de rodas elétrica com o painel traseiro desmontado, com fios e as entranhas dela expostos. Outra porta à direita do corredor levava a um banheiro grande, especialmente equipado.

Keith estendeu o braço na direção de uma porta com vidro fosco no final do corredor, manobrou a cadeira de rodas e eles seguiram para dentro de uma apertada sala conjugada com cozinha que dava vista para um minúsculo pátio diante de um enorme prédio de tijolos. A cozinha era velha, estava imunda e tinha bancadas muito baixas, especialmente adaptadas para o morador. No ar misturavam-se os cheiros de esgoto e fritura.

Na outra metade do cômodo, três paredes estavam cheias de prateleiras do chão ao teto com centenas de livros, fitas de vídeo e DVDs. Uma pequena lareira a gás encaixava-se a uma chaminé e sobre ela havia mais prateleiras repletas de livros, papéis e uma seleção de abajures que não combinavam uns com os outros e estavam todos acesos, de modo que o lugar, embora pequeno e amontoado, estivesse muito iluminado. Aninhado num canto, havia um PC num velho suporte de metal. Uma série de bolas coloridas saltavam ao redor da tela.

– Não recebo muitas visitas – disse Keith, apontando para uma pequena poltrona coberta de revistas e jornais, ao lado oposto da lareira de gás. – Há algumas cadeiras empilhadas no vão ao lado da geladeira – acrescentou ele. Peterson foi até lá e as pegou.

Keith foi até o computador e, usando o controle, girou a cadeira para ficar de frente para os detetives. Ele empurrou os óculos nariz acima e os observava através das lentes engorduradas, com os olhos grandes mexendo de um lado para o outro. Erika imaginou que, se um mosquito passasse zunindo por ali, aquele homem dispararia a língua para fora e o pegaria.

– Vocês não podem me prender – Keith deixou escapulir. – Nunca saio deste apartamento... eu não fiz nada.

Erika pegou alguns documentos na bolsa, os desdobrou e ficou alisando as páginas.

– Eu tenho aqui o extrato da sua conta corrente. Você pode confirmar se são os números de sua agência e conta?

Ela passou o papel para Keith que olhou rapidamente e o devolveu:
– Sim.

– Aqui mostra que nos últimos três meses você comprou cinco itens num site chamado Allantoin.co.uk. Cinco kits com sacos de suicídio. Eu destaquei as transações no extrato da sua conta...

Erika inclinou-se para a frente para entregá-lo a Keith.

– Não preciso ver isso – disse ele.

– Então você reconhece que este é o extrato da sua conta e que as transações estão corretas?

– Reconheço – respondeu ele mordendo o lábio.

– Você também fez o pedido de algo chamado chave micha. Isso também está destacado no seu extrato...

– Eu comprei no eBay e isso não é ilegal – argumentou Keith, recostando-se e cruzando os braços curtos.

– Não, não é – disse Erika. – Mas realmente temos um problema aqui. Tenho três assassinatos cometidos em Londres e seus arredores por alguém que usou: a) saco de suicídio para asfixiar as vítimas e b) uma chave micha para conseguir acesso a um dos imóveis.

Erika enfiou a mão na bolsa e pegou uma foto de Stephen Linley na cena do crime. Ela a levantou e mostrou para Keith, que estremeceu.

– Como você pode ver, o saco de suicídio estourou neste caso... O intruso usou uma chave micha para entrar no imóvel.

Erika abaixou a foto e pegou outras de Gregory Munro e Jack Hart deitados mortos com os sacos ao redor da cabeça.

– Nestes casos, os sacos permaneceram intactos, só que mesmo assim fizeram o serviço...

Keith engoliu em seco e desviou o olhar das fotos:

– Eu não posso ser a única pessoa que comprou esses itens – disse ele.

– Nós conseguimos a lista de todas as pessoas que compraram sacos de suicídio nos últimos três meses. Muitas delas os compraram com o propósito de acabar com a própria vida e, tragicamente, não estão aqui para falar com a gente. Você é um dos poucos que compraram vários sacos e ainda está aqui para nos contar a história.

– Eu fui suicida – disse Keith.

– Sinto muito por isso. Você tentou tirar a própria vida?

– Sim.

– Você está com os cinco sacos aqui? Se puder mostrá-los, riscamos você da nossa lista.

– Eu os joguei fora.

– Por quê? – perguntou Peterson.

– Sei lá.

– E a chave micha?

Keith enxugou a testa suada:

– Eu comprei para o caso de ficar preso do lado de fora.

– Você acabou de contar pra gente que nunca sai do seu apartamento – contestou Peterson.

– Eu tenho uma cuidadora que vem aqui três vezes por semana. Comprei pra ela.

– Por que não dar a ela uma chave comum? – disparou Peterson. – Ou fazer outra cópia? Por que se dar o trabalho de comprar uma chave micha pela internet?

Keith engoliu em seco e lambeu o suor do lábio superior. Seus grandes olhos atrás dos óculos deslizavam entre os dois agentes.

– No que é que este país está se transformando? Não fiz nada ilegal – disse ele, recuperando repentinamente a compostura. – Nunca saio deste apartamento e vocês não podem provar nada. Vocês estão me ameaçando e fazendo acusações inapropriadas, eu quero que vão embora antes que eu ligue para os seus superiores.

Erika olhou para Peterson e ambos se levantaram.

– Muito bem – disse ela, recolhendo as fotos, os extratos e os enfiando na bolsa. Peterson dobrou as duas cadeiras e as colocou de volta ao lado da geladeira. Keith começou a segui-los e sua cadeira zumbia atrás deles e os forçava a sair da sala, a passar pela porta com vidro fosco e caminhar pelo corredor.

– Posso registrar uma queixa. Vou falar que vocês dois estavam me hostilizando! – ameaçou Keith.

– Como pode ver, nós já estamos indo – disse Erika, parando diante do grande banheiro adaptado para deficientes, abrindo a porta e entrando. Peterson a seguiu.

– O que foi agora? – perguntou Keith, parando em frente à porta. Havia uma grande banheira branca com uma plataforma de suspensão motorizada, uma pia e um espelho baixos, além de uma privada com uma enorme barra de segurança de metal na lateral presa a uma dobradiça na parede que a movimentava horizontal e verticalmente.

– Quem atende se você puxar este alarme? – perguntou Erika, encostando numa cordinha vermelha dependurada no teto ao lado da privada.

– A polícia e o pessoal da assistência social. Ele está ligado a um centro de controle – respondeu Keith. Erika saiu do banheiro e olhou para o quartinho de entulhos em frente.

– O que é isso? – perguntou ela.

– É o quarto que uso como depósito – respondeu Keith.

– Você está dizendo que é um segundo quarto?

– É um quarto que uso como depósito – disse Keith, rangendo os dentes.

– Não... este é um segundo quarto, Keith – afirmou Erika.

– É um quarto que uso como depósito – insistiu Keith.

– Não. Eu definitivamente chamo isto aqui de segundo quarto – disse Peterson, saindo do banheiro e se juntando a eles. Keith estava agarrando os braços da cadeira, agitado.

– Dá para colocar uma cama grande aí... com certeza é um segundo quarto – reafirmou Erika.

– É isso aí, um segundo quarto – concordou Peterson.

— Isso NÃO é um segundo quarto! Vocês não sabem de nada! — berrou Keith.

— Ah, a gente sabe de muita coisa! — disse Erika, aproximando-se de Keith. — Nós não viemos de tão longe para você fazer a gente de trouxa! Eu sei que o governo cortou o seu benefício por invalidez por que você tem um segundo quarto... Nós também sabemos que você não conseguiu alugá-lo, e que não tem como continuar pagando isto aqui por muito mais tempo. Quando eles te despejarem, o que com certeza vai acontecer, para onde você vai? Presumo que o único outro lugar que você pode bancar com a sua deficiência é naqueles imóveis distantes, em algum lugar a quilômetros de lojas, bancos e médicos. Você vai ter que se submeter a elevadores fedendo a mijo e calçadas sombrias cheias de traficantes.

— E a vida nesses imóveis é difícil para qualquer um, ainda mais para alguém como você — instigou Peterson.

— Ou você pode ir para a cadeia por obstrução do curso da justiça, por ajudar e acobertar um assassino. E eu também duvido que a prisão ia ser um bom lugar para você passear — disse Erika, deixando aquilo pender no ar por um momento. — Mas, claro, se você colaborar com a investigação, em vez de mentir, aí, quem sabe, nós podemos te ajudar.

— Está certo! — berrou Keith. — Está certo!

Ele estava aos prantos e puxava desesperado os tufos de cabelo que lhe restavam.

— Está certo, o quê? — perguntou Erika.

— Vou contar pra vocês. Vou contar o que sei... Acho que venho falando com ela pela internet. Com a assassina...

— Qual é o nome dela? — perguntou Erika.

— Eu não... eu não sei o nome verdadeiro dela, e ela não sabe o meu. Ela só me conhece como Duke.

CAPÍTULO 69

Eu me encontrei com Night Owl na internet alguns anos atrás – contou Keith. Eles estavam sentados de volta na apertada e muito iluminadíssima sala do apartamento dele.

– *Night Owl?* – perguntou Erika.

– Sim, esse é o *nickname* dela; o nome que usa nas salas de bate-papo. Eu não durmo muito e entro na internet para conversar com pessoas com ideias em comum.

Ele viu Peterson olhar para Erika.

– Não tenho ideias iguais a pessoas como Night Owl... O que estou querendo dizer é que ela é diferente comigo. Nós nos conectamos num nível profundo. Podemos contar qualquer coisa um para o outro.

– Ela te contou qual é seu nome verdadeiro? – perguntou Erika.

– Não, só a conheço como Night Owl... Mas isso não significa que não somos próximos. Eu a amo.

Erika se deu conta de que estavam lidando com algo muito mais sombrio do que tinham imaginado. Keith estava metido naquilo até o pescoço.

– O que exatamente você conversa com ela? – perguntou Peterson.

– Tudo. Nós começamos só batendo papo, durante meses, na verdade. Sobre o que gostávamos na televisão, comidas favoritas... aí, um dia a sala de bate-papo ficou lotada, outros usuários não paravam de se intrometer, então eu a convidei para conversarmos em particular, para que as outras pessoas na sala de bate-papo não conseguissem ver. E aí as coisas ficaram... pesadas.

– O que você quer dizer com "pesadas"? Sexo virtual? – perguntou Peterson.

– Não diga "sexo virtual"... é muito mais do que isso – discordou Keith, movimentando-se constrangido.

– Eu compreendo – disse Erika. – Mais alguma coisa aconteceu nessa noite?

– Ela começou a falar do marido e de como ele a estuprava.

– Estuprava? Onde?

– Em casa, na cama, durante a noite... ele simplesmente acordava e a obrigava a fazer sexo. Ela disse que muita gente não acha que isso é estupro, mas é, não é?

– É, sim – respondeu Erika.

Keith digeriu aquilo por um momento.

– Eu só ouvia... quer dizer... lia, o que Night Owl escrevia na tela. Ela despejou tudo. Ele era violento e abusava dela, que se sentia presa. O pior era que ela não conseguia dormir. Ela tem insônia como eu.

– Há quanto tempo vocês conversam? – perguntou Erika.

– Há quatro anos.

– Você está conversando com ela há quatro anos? – perguntou Peterson.

– De vez em quando ela dá uma sumida, e isso acontece comigo também, mas a gente se encontra quase toda noite. Vamos ficar juntos. Ela quer fugir comigo... – Keith baixou os olhos por um momento, se dando conta da situação. – Bom, pelo menos esse era o plano.

– O que contou a ela sobre você? – perguntou Erika.

Keith abriu e fechou a boca algumas vezes, incerto sobre o que falar:

– Ela acha que eu sou dono do meu próprio negócio, uma instituição de caridade, que trabalha na produção de água potável. Ela acha que sou infeliz no meu casamento também. Que a minha mulher não me entende como ela.

– E eu suponho que você não seja casado. Nem divorciado – disse Peterson, olhando ao redor da sala minúscula.

– Nenhum dos dois – respondeu Keith.

– Como você se descreveu fisicamente? – perguntou Peterson.

Erika disparou um olhar para o colega; ela não queria que Keith se fechasse para eles. Houve outro silêncio constrangedor.

– Está tudo bem. Você não foi totalmente sincero com ela. O que aconteceu depois?

– Ela me disse que fantasiava matar o marido... nessa mesma época, eu passava por um período muito sombrio da minha vida e estava procurando formas de cometer suicídio. Com a minha condição, não tenho expectativa de viver muitos anos mais... além disso, sinto dores constantes. Então, entrei num fórum que explicava como comprar um desses sacos de suicídio e usá-lo junto com um botijão de gás para se matar. Sem dor, você simplesmente se deixa levar.

Erika e Peterson trocaram um olhar.

– Aí você passou para ela detalhes sobre esse saco e explicou como ela mataria o marido.

Keith fez que sim com um aceno de cabeça.

– E ela te pediu para comprar um saco desses pra ela?

– Sim, mandei para uma caixa postal em Uxbridge, West London. Ela me contou que ia alugar uma caixa postal, para que o marido não descobrisse. Ele não descobriu, porém, antes de ela agir, ele morreu.

– Como? – perguntou Erika.

– Teve um ataque cardíaco. Eu achei que ela ia ficar feliz, mas na verdade Night Owl sentiu que tinham roubado sua chance de fazer aquilo. Então ela ficou muito obsessiva e com raiva, olhando para a própria vida. Ela parecia confusa. Começou a falar sobre os homens que gostaria de matar. Seu médico era um. Ela o procurou uma vez porque o marido tinha começado a abusar dela de outras maneiras. Ele a segurou deitada e jogou água fervendo nela.

– Jesus. Isso é o que acontece em um dos livros de Stephen Linley – Erika comentou com Peterson.

– Por isso que ele foi a terceira vítima dela – explicou Keith. – Ela odiava Stephen Linley. O marido era obcecado pelos livros dele e reproduzia muitas cenas.

– E você não pensou que podia falar com alguém, ligar para a polícia?

– Você tem que entender... estou resumindo anos e anos, horas e mais horas de conversa.

– Keith, qual é!

– Eu a amo! – gritou ele. – Você não entende! Nós... nós íamos fugir. Ela ia me tirar... me tirar... DISTO!

Keith desmoronou, e baixou a cabeça, chorando. Erika aproximou-se e pôs o braço ao redor de seus ombros.

– Keith, sinto muito. Você ainda está conversando com ela?

Ele suspendeu o rosto aos prantos e acenou que sim. As lentes de seus óculos sujos estavam molhadas de lágrimas.

– E então? Vocês estavam prestes a fugir juntos?

Peterson tirou do bolso um pacotinho de lenços e passou um para Keith.

– Obrigado – disse Keith, em meio aos soluços. – Nós íamos pegar o trem para a França. A Eurostar tem acesso para deficientes. Eu verifiquei. Então, nós desceríamos passeando de trem, ficaríamos em castelos franceses, até chegarmos à Espanha para morarmos no litoral.

Erika notou que, coladas acima do computador, havia algumas fotos de Barcelona e de uma cidade litorânea na Espanha.

– Quando vocês estavam planejando ir? – perguntou Peterson.

Keith deu de ombros e respondeu:

– Quando ela acabasse.

– Acabasse o quê? – perguntou Erika.

– Acabasse... com todos os nomes na lista dela.

– Quantos nomes a lista tem?

– Ela disse que tinha quatro.

– E ela te deu alguma ideia de quem será a quarta vítima? – perguntou Erika.

– Não, só sei que, quando ela terminar, nós vamos ficar juntos. – Keith mordeu o lábio e ficou olhando Erika e Peterson. Ele começou a chorar novamente. – Isso é verdade. Ela me ama. Ela pode não saber o que eu sou, mas nós temos uma ligação verdadeira! – Ele respirou fundo algumas vezes, tirou os óculos e começou a limpá-los com a ponta da camiseta.

– Keith, você sabe que agora que você falou com a gente, haverá implicações? Essa mulher é procurada por três assassinatos.

Keith colocou os óculos de volta e seu rosto enrugou.

Com a voz mais suave, Erika perguntou:

– E você tem certeza que em momento algum ela te deu o nome verdadeiro nem o endereço de onde mora... alguma ideia sobre quem ela seja?

Keith abanou a cabeça e informou:

– Ela disse Londres, uma vez. E eu conferi, a caixa postal é anônima.

– Você alguma vez tentou rastrear o endereço de IP dela? – perguntou Peterson.

— Tentei, mas não consegui. Ela provavelmente está usando Tor. Eu uso.
— O que é Tor?
— Software de criptografia para que ninguém te encontre pela internet.
Erika colocou a mão na têmpora e perguntou:
— Você está dizendo então que vai ser impossível rastrear a localização da Night Owl quando ela acessar a sala de bate-papo.
— Isso – confirmou Keith. – Impossível.

CAPÍTULO 70

Erika e Peterson saíram do apartamento de Keith por um momento e atravessaram a rua até o calçadão. As pequenas ondas arrastavam suavemente as pedras da praia e o vento soprava até eles burburinhos e risadas.

– Eu sei que é errado, mas estou com pena dele – disse Peterson.

– O que me dá pena é ver a vida dele acabar desse jeito. Mas ele tem protegido quem quer que essa mulher seja, a Night Owl – disse Erika.

– Não podemos deixá-lo sozinho por muito tempo – disse Peterson, olhando de volta para o apartamento. – Quem sabe o que ele pode fazer?

– Ele não vai rápido a lugar nenhum – comentou Erika.

– O que nós *deveríamos* fazer é passar essa informação para o responsável pelo caso, que é Sparks – disse Peterson.

– Mas Sparks está convencido de que foi Isaac Strong quem matou Stephen, e de que pode ligar Isaac aos dois outros assassinatos – argumentou Erika. – Se eu contar isso para um dos dois, eles podem me falar para não passar isso pra frente ou não seguir essa pista, e aí, se eu a *seguir*, vou contra uma ordem direta.

– Então, agora a gente... – falou Peterson.

– Agora ainda estamos só visitando alguém em Worthing – disse Erika.

– Nosso bom e velho amigo Keith... – finalizou Peterson.

Erika olhou para o Teatro Pavilion, que se erguia como uma gigantesca forma de gelatina, com o píer estendendo-se mar adento atrás dele. Um bando de gaivotas aglomerava-se na ponta, com as cabeças enterradas nas penas.

– E se conseguíssemos arquitetar um encontro entre Keith e "Night Owl"? – perguntou Erika.

– Onde? E como a gente o leva para lá? E se ela o vir, não vai simplesmente dar meia-volta e...

– Não, Peterson. Keith não vai estar esperando por ela. Nós é que estaremos. Junto com metade da Polícia Metropolitana.

CAPÍTULO 71

Mais tarde naquele dia, Erika cobrou um favor que Lee Graham lhe devia, um antigo colega da Polícia Metropolitana que estava agora na Polícia de Sussex. Ele foi até Worthing para dar uma olhada no computador de Keith. Era um jovem, brilhante e levemente agitado perito forense de computadores.

Algumas horas mais tarde, Lee, Erika, Peterson e Keith estavam espremidos na minúscula sala de Keith.

– Okay, agora vocês têm o computador dele... – começou Lee.

– O meu nome é Keith – disse ele, observando Lee com desconfiança.

– Isso, agora vocês têm o computador de Keith conectado em rede com estes – disse Lee, passando dois notebooks para Erika. – Vocês serão capazes de ver o que está acontecendo em tempo real e podem entrar a qualquer momento e digitar. Quem estiver do outro lado não vai sacar nada.

– Obrigada – disse Erika.

– Eu também vou ter acesso e posso monitorar a sala de bate-papo remotamente do meu escritório. Vou tentar rastrear a localização da tal Night Owl, mas se ela estiver usando rede Tor, vai ser praticamente impossível.

– Como essa tal rede Tor funciona? – perguntou Peterson.

– Digamos que você usa a internet normalmente, por exemplo para me mandar um e-mail. Do seu computador, ele passa por um servidor e depois vai para o meu computador. Nós dois conseguimos facilmente descobrir onde a outra pessoa está via endereço de IP. O endereço de IP é uma sequência única de números separada por pontos que identifica qualquer computador que esteja usando Internet Protocol para se comunicar numa rede. Com o software Tor no seu computador, o tráfego é direcionado por meio de uma rede voluntária, mundial e gratuita de computadores. Há mais de sete mil computadores funcionando como transmissores para ocultar a localização de um usuário e não deixar que alguma pessoa que possa estar vigiando uma rede ou uma análise de tráfego descubra seu endereço.

— Eles chamam isso de *onion computing*, pois, assim como uma cebola, existem muitíssimas camadas de transmissão — explicou Keith.

— Isso mesmo. Usar o Tor torna mais difícil rastrear a atividade de um usuário na internet. Isso inclui visitas a sites, posts on-line, mensagens instantâneas e outras formas de comunicação — disse Lee.

— E qualquer um pode baixar esse Tor? — perguntou Erika.

— Pode. Software gratuito disponível on-line — respondeu Lee. — Transforma a nossa vida num pesadelo do cacete.

— Se vocês não conseguem rastrear Night Owl, então por que querem me espionar conversando com ela? — perguntou Keith.

Erika e Peterson trocaram um olhar.

— Queremos marcar um encontro — respondeu Erika.

— Eu não posso me encontrar com ela. Não estou pronto. Quero poder me preparar!

— Você não vai se encontrar com ela de verdade — explicou Erika.

— Não, não, não posso... sinto muito. Não.

— Vai, sim — afirmou Peterson, com um ar de que aquilo era definitivo.

— Estação de trem Waterloo — disse Erika.

— Como vou de uma hora para outra pensar num jeito de me encontrar com ela? — gritou Keith, entrando em pânico.

— Você vai pensar num jeito — falou Peterson.

— Eu vi que você salvou o histórico inteiro de conversas com Night Owl nessa sala de bate-papo — comentou Lee. — Copiei tudo para os seus notebooks — disse ele a Erika e Peterson.

— Mas... aquelas conversas eram particulares! — insistiu Keith.

— Nós temos um acordo aqui. Lembra? — disse Erika.

Keith consentiu com um gesto nervoso de cabeça.

Quando tudo estava definido, Erika e Peterson saíram do apartamento para se despedirem de Lee. O ar estava parado e quente, e, bem distante na praia, conseguiam escutar o som estridente de um espetáculo de marionetes Punch and Judy.

— Também fiz uma cópia do HD dele. Vou verificar se existe alguma coisa suspeita que precisamos saber — revelou Lee, antes de seguir para seu carro, que estava estacionado ao meio-fio. Ele abriu o porta-malas e pôs a bolsa lá dentro. — Às vezes eu queria que a internet nunca tivesse sido inventada. É muita gente com muito tempo para satisfazer suas fantasias doentias.

– Parece que toda vez que te encontro, tenho alguma coisa sórdida para você investigar – disse Erika. – Obrigada por tudo isso.

– Quem sabe da próxima vez a gente não se encontra fora do trabalho – disse ele abrindo um sorriso.

Peterson olhou para eles e viu que Erika ficou vermelha e sem palavras. Finalmente ela disse:

– Obrigada de novo!

– Sem problema. Espero que te ajude a pegar essa vadia sórdida. Manterei contato on-line quando você ligar seu computador – disse ele, depois entrou no carro.

– Não sabia que o conhecia tão bem – comentou Peterson, enquanto observavam o carro de Lee afastar-se ao lado do calçadão.

– E o que você tem com isso? – perguntou Erika.

– Nada – respondeu ele, dando de ombros.

– Bom, vamos voltar lá para dentro. Estou preocupada com a possibilidade de Keith desistir.

CAPÍTULO 72

Simone estava entusiasmadíssima na ida para o trabalho. Ela pegou o ônibus para a King's Cross e estava caminhando pelas ruas pouco movimentadas atrás da estação, na direção do Queen Anne Hospital. Ela gostava de trabalhar à noite, da sensação de ir para o trabalho quando tantos voltavam para casa. Ela era como um peixe nadando contra a corrente. Quando trabalhava à noite, não tinha que passar pelo estresse de não dormir, de ficar em casa sozinha, vulnerável, e de ver coisas.

Era uma noite quente e agradável e enquanto esperava para atravessar a rua, percebeu que estava empolgada para ver Mary novamente. A idosa era uma lutadora e ainda estaria lá. Simone tinha certeza. Ela tinha comprado presentes para Mary: um porta-retratos para a foto com George e uma escova de cabelo nova. Tinha certeza de que o cabelo de Mary estaria embaraçado.

Um quente e repugnante cheiro de urina e fraldas descartáveis atingiu o nariz de Simone quando ela caminhava pelo comprido corredor da ala de Mary. Algumas poucas enfermeiras cumprimentaram-na com acenos de cabeça, aos quais ela respondeu com o mesmo movimento, antes de trocarem amabilidades. Muitas enfermeiras pareciam surpresas ao ver o grande sorriso em seu rosto geralmente taciturno.

Quando Simone chegou ao quarto de Mary, ela o abriu sem bater e ficou chocada ao ver uma mulher elegante sentada na cadeira *dela*, ao lado da cama de Mary. Seu cabelo grisalho era liso e na altura dos ombros e usava uma calça social branca impecável, sapato de verniz preto e uma camisa de seda floral. A cama estava vazia, e Mary, sentada numa cadeira de rodas ao lado da mulher, muito bem vestida com uma calça escura elegante e um blazer de bolinhas. Seu cabelo estava muito bem preso para trás com uma fita vermelha, e a mulher, abaixada, ajudava a idosa a pôr os pés em um sapato novo.

– Quem é você? – perguntou Simone olhando para as duas. A mulher calçou o segundo sapato em Mary e se levantou. Ela era muito alta.

– Oi, enfermeira – cumprimentou a mulher, com um sotaque americano arrastado.

– O que está acontecendo? – perguntou Simone abruptamente. – O médico sabe que você está aqui?

– Sabe, meu bem. Sou Dorothy Van Last, irmã de Mary. Estou aqui para levá-la para casa.

– Irmã? Não sabia que Mary tinha irmã. Você é americana!

– Nasci aqui, meu bem, mas estou fora da Inglaterra há muito tempo. – Dorothy olhou para o sombrio quarto do hospital. – Parece que as coisas não mudaram muito.

– Mas Mary – disse Simone –, você tem que ficar aqui com... com a gente.

Mary raspou a garganta.

– Quem é você, querida? – perguntou ela, analisando o rosto de Simone. A voz dela estava trêmula e muito frágil.

– Sou a Enfermeira Simone. Eu estava tomando conta de você.

– Estava? Meu vizinho contou para a minha irmã que eu estava aqui. Ela pegou um avião lá de Boston e veio para cá. Não sei o que eu teria feito se ela não tivesse vindo – comentou Mary, com a voz fraca.

– Mas você é... minha... Eu ia... – começou Simone, sentindo os olhos começarem a lacrimejar.

– O médico falou que ela teve uma recuperação *e tanto* – interrompeu Dorothy. – Vou ficar com ela até Mary melhorar.

Ela destravou o freio da cadeira de rodas e a conduziu em volta na cama.

– Mas Mary... – disse Simone.

A idosa levantou o olhar para ela da cadeira e perguntou à irmã:

– Quem é essa?

– Ela é enfermeira, Mary. Elas todas ficam muito parecidas depois de um tempo. Sem ofensa, meu bem.

Dorothy passou por Simone empurrando a cadeira e saiu, afastando-se pelo corredor. Simone foi até a porta e observou Mary ser levada embora na cadeira de rodas. A velha sequer tentou virar o rosto para ver Simone. Em seguida, elas fizeram uma curva e desapareceram.

Simone trancou-se em um dos banheiros para deficientes. Ela ficou em pé por um momento, tremendo. Depois abriu a bolsa, pegou o porta-retratos que tinha comprado para Mary e o golpeou várias vezes na pia até estar destruído. Ela encarou seu reflexo, a raiva crescia dentro dela. Tinha sido abandonada. Abandonada de novo.

CAPÍTULO 73

Erika reservou dois quartos num hotel apropriadamente chamado de Sea Breeze. Ele era barato e bom, além de ficar bem perto do apartamento de Keith. Os quartos ficavam ao lado um do outro, eram bem pequenos, simples e davam vista para o pátio dos fundos repleto de latões de lixo. Eles compraram comida no restaurante do andar de baixo, depois voltaram para o quarto de Erika e se prepararam para esperar.

Para matar o tempo até a noite cair, eles começaram a vasculhar a colossal quantidade de arquivos com conversas que Lee tinha baixado do computador de Keith. Havia quatro anos de conversa no total, e ler as páginas e mais páginas era impossível. Depois de dividirem os arquivos de conversas por ano, transformaram cada um deles em um documento de Word. Em seguida, passaram algum tempo fazendo buscas com palavras-chave que poderiam levá-los direto a conversas específicas.

— Esta conversa é perturbadora — comentou Peterson, que estava sentado em uma cadeira à pequena janela. — Acabei de pesquisar a palavra "suicídio", e apareceram páginas e mais páginas em que Keith fala em se matar, e em como exatamente faria isso. Escuta só: *Eu apagaria as luzes do meu apartamento. Seria o único momento em que a escuridão me envolveria. Eu abriria um pouco do gás do botijão, colocaria o saco na cabeça e o encheria de gás para não entrar em pânico. Depois, apertaria o cordão com força e respiraria fundo várias vezes até morrer. Eu simplesmente iria embora, de forma indolor, facilmente... como um sonho que nunca se acaba.*

— Qual é a data disso? — perguntou Erika.

— Três anos atrás, quando começaram a se corresponder — respondeu Peterson.

— Fiz uma pesquisa com a palavra "cadeira de rodas" e "deficiente" — disse Erika, trabalhando em seu notebook. — São só comentários sem importância por parte dela, uma sobre ver um homem deficiente na rua e sentir muita pena, e uma outra menos importante ainda. Ele não contou nada a ela.

— Ela fala aqui sobre ter sido escaldada pelo marido — falou Peterson, depois de um silêncio. — Ele tentou estuprá-la, ela correu e se trancou no banheiro. Ele foi atrás com uma panela de água fervendo, esmurrou o rosto dela, depois a colocou na banheira, meio inconsciente, a despiu e jogou a água fervendo lentamente sobre o corpo nu. Ela diz que ficou com cicatrizes terríveis, mas só foi ao médico uma semana depois, e só porque as feridas inflamaram.

— Ela fala quem ele é? Ela menciona o nome do médico? — perguntou Erika.

— Não, mas disse que o médico não acreditou quando ela falou que o marido a tinha queimado.

Erika suspendeu o olhar para Peterson horrorizada.

— Ela falou que o médico achou que o medicamento que ela estava tomando, juntamente com a falta crônica de sono, estava fazendo com que alucinasse... Ela já tinha ido a esse médico com queimaduras semelhantes quando acidentalmente encheu a banheira com água escaldante e entrou nela. O marido tinha, no passado, revelado ao médico sobre os episódios psicóticos da esposa e que ela já tinha sido internada compulsoriamente.

— Jesus — falou Erika. — Ele acreditou no marido, e não nela...

Já estava escuro do lado de fora e eles conseguiam ouvir, através da janela aberta, o barulho fraquinho das ondas arrastando-se pelas pedras.

— Na imprensa, eles sempre descrevem as pessoas como monstros, e nós usamos esse termo também — disse Erika. — Mas com certeza elas não nascem monstros, não é? Um bebezinho nunca é um monstro. Todo mundo chega bom a este mundo, não chega? É a vida das pessoas e as circunstâncias que as transformam em más?

O notebook que Peterson estava usando fez um bipe.

— É Keith — disse o detetive. — Ele começou a tentar conversar pela internet com Night Owl.

CAPÍTULO 74

Keith se aproximou do computador que ficava em sua minúscula sala. As luzes brilhavam intensamente sobre ele, que estava ensopado de suor, pingando de seus ralos tufos de cabelo no PVC preto do assento. Erika e Peterson sentaram-se nas cadeiras dobráveis atrás dele.

– Não sei o que dizer – alegou ele, virando-se para olhar para os dois.

– Você só precisa conversar normalmente por um tempo. Não queremos que ela suspeite – orientou Erika.

Ele acenou com um gesto de cabeça e começou a digitar.

DUKE: Ei, Night Owl. E aí?
NIGHT OWL: Oi.
DUKE: E aí?

Alguns momentos se passaram. Erika abriu outro botão da blusa e sacolejou o tecido. Ela olhou para Peterson, que também morria de calor.

– Podemos apagar algumas dessas luzes? – perguntou ele, enxugando a testa com a manga da camisa.

– Não! Não, não gosto de escuro. As sombras – disse Keith. – Você pode abrir uma janela, se quiser.

Peterson foi até a pequena cozinha e abriu a janela acima da pia. O cheiro de canos entupidos flutuou pelo carpete espalhafatoso, mas pelo menos o lugar ficou mais fresco.

– Ela não está respondendo – disse Keith, virando-se para os dois.

– Isso é normal? – perguntou Peterson, voltando para a cadeira dobrável.

– Sei lá... geralmente eu não tenho plateia aqui quando estou conversando com ela. Gente fungando no meu pescoço. E se ela souber?

— Ela não sabe — tranquilizou Erika. Eles continuaram sentados por mais alguns minutos.

— Eu vou usar o seu banheiro — disse Erika. Keith fez que sim e virou-se novamente para a tela. Ela saiu da sala e foi para o corredor, onde as lâmpadas brilhavam intensamente e ela conseguia escutar o zumbido abafado da música no andar de cima. Erika entrou no banheiro e fechou a porta.

Ela ficou pairando cuidadosamente acima da privada imunda e fez xixi o mais rápido que pôde. Quando estendeu o braço de lado para ver onde estava o papel higiênico, bateu o ombro na comprida barra de segurança e sentiu muita dor. Erika a empurrou e ficou observando-a movimentar-se para cima, quase como uma bizarra guilhotina ao contrário. Terminou depressa e lavou as mãos. O banheiro era muito deprimente, quase como de hospital. Ela teve que se agachar para enxergar seu reflexo no espelho e se arrependeu de ter feito aquilo. Estava com uma aparência exausta.

Quando voltou à sala, parecia estar ainda mais quente sob as luzes escaldantes. Peterson estava passando os olhos pelas prateleiras de DVDs.

— Espere aí, ela está digitando — alertou Keith, inclinando-se na direção da tela do computador. Erika e Peterson juntaram-se a ele.

NIGHT OWL: Desculpa, estava com comida no fogão.
DUKE: Ooh, o que você está comendo?
NIGHT OWL: Ovo pochê com torrada.
DUKE: Hum. Tem pra mim? Pode besuntar o meu de *brown sauce*?
NIGHT OWL: Posso, comprei um especialmente pra você.

— Isso está bom — comentou Erika, enquanto ela e Peterson espiavam por cima do encosto da cadeira de Keith. Eles permaneceram ali observando a conversa se desdobrar.

— Nossa, é a primeira vez que vejo um *serial killer* conversar sobre como o seu dia no trabalho foi uma merda e explicar como gosta dos seus ovos pochê — murmurou Peterson ao se sentar, sem deixar de olhar para a tela e apoiando o queixo na palma da mão. — Quantas horas?

— Duas horas e trinta minutos — respondeu Erika, olhando para o relógio.

Às 5h30, com o dia começando a clarear, eles ainda estavam conversando. O pátio do lado de fora da janela da cozinha começou a ser iluminado por uma tonalidade azulada.

Erika deu um cutucão em Peterson, que tinha conseguido pegar no sono na cadeira de dobrar, com a cabeça tombada para trás. Ele esfregou os olhos ao acordar.

— Acho que ele finalmente vai entrar no assunto — sussurrou Erika. Eles observavam a tela.

DUKE: Então... Estou querendo te falar uma coisa há um tempo.

NIGHT OWL: Uh-huh?

DUKE: Fui ao médico outro dia.

NIGHT OWL: Ah é?

DUKE: Eu sei que você odeia médico.

NIGHT OWL: Eu abomino esses putos.

DUKE: O meu é mulher. Ela é OK.

NIGHT OWL: Você está me chifrando?

DUKE: Claro que não. Ela falou que estou com o colesterol muito alto. O meu trabalho é muito estressante... Preciso diminuir o ritmo ou eu posso...

NIGHT OWL: Pode?

DUKE: Posso ter um ataque cardíaco. Isso me deixou muito assustado. Me fez colocar as coisas em perspectiva.

NIGHT OWL: Achei que você quisesse morrer. Acabar com tudo.

DUKE: Isso vem e vai. Mas neste momento, o sol está aparecendo lá fora, a vida é curta... E eu te amo.

DUKE: Então, eu queria te perguntar — e sei que é um pedido e tanto — se quer se encontrar comigo. De verdade. Como pessoas de verdade.

Houve uma longa pausa.

— Olhem o que eu fiz. Eu a deixei com medo — disse Keith, com seus olhos cansados começando a demonstrar pânico. — Eu tentei. Vocês viram, fiquei a noite toda tentando!

— Está tudo bem — acalmou Erika. — Olhe.

Keith voltou-se para a tela.

NIGHT OWL: OK, então. Vamos nos encontrar.

– Jesus – disse Keith. Ele começou a digitar.

DUKE: Isso é ÓTIMO!!!
NIGHT OWL: Mas não quero ficar desapontada.
DUKE: Nunca. Nunca. NUNCA!
NIGHT OWL: Onde?
NIGHT OWL: E quando?

– Onde? O que eu devo escrever? – perguntou Keith.
– Diga que você quer se encontrar com ela na estação Waterloo, em Londres – orientou Erika.
– Não, pergunte primeiro, dando essa sugestão – acrescentou Peterson. – E aí, se ela aceitar, marque para as 5 horas, hoje à tarde, debaixo do relógio do saguão.

Keith concordou e começou a digitar novamente.

DUKE: Que tal a estação de trem Waterloo, em Londres?
NIGHT OWL: OK. Quando?
DUKE: Amanhã. Bom, hoje, na verdade. Debaixo do relógio, às 5 da tarde.
NIGHT OWL: OK.
DUKE: YESSSSS! Estou tão feliz!!! Como vou saber quem é você?
NIGHT OWL: Não se preocupe.
NIGHT OWL: Você vai saber.

Ela saiu da sala de bate-papo. Eles ficaram sentados em silêncio por um momento. Keith sorria. Seu cabelo estava ensopado e arrepiado e ele fedia.

– Cinco da tarde é a hora do rush na estação Waterloo – comentou Peterson. – A gente devia ter pedido para ele combinar mais cedo.
– Vai ser muito mais difícil botar as mãos nela – concordou Erika. – Mas a liberdade de movimentação também é menor.
– Chefe, você vai ter que contar ao Marsh. Não existe outro jeito de conseguir autorização para uma operação de vigilância grande... vamos torcer para que ele autorize.

– É – concordou Erika, olhando para o relógio. Eram 5h45. – Vamos comer alguma coisa e dar um tempinho para o Marsh acordar antes de contarmos a ele.

– Tenho que voltar, pego no serviço em duas horas – informou Peterson.

– É claro – disse Erika. – Me desculpe. Pode ir. Não quero arranjar problema para você. E, hum, você não estava aqui. Bom, se a merda for parar no ventilador, você não estava aqui. Se for um sucesso, você estava.

CAPÍTULO 75

Eram 6h30 da manhã quando Erika se despediu de Peterson no calçadão em frente à casa de Keith. Ela ficou surpresa ao perceber o quanto ficou triste ao vê-lo ir embora. Quando o táxi parou ao meio-fio, ele a surpreendeu com um abraço de despedida.

– Abraço rápido! – sorriu ele. – Devo estar fedendo!

– Não... bom, um pouco. Eu também devo estar – disse ela devolvendo o sorriso.

Ele abanou a cabeça:

– Me mantenha informado, chefe.

– Pode deixar – falou Erika. Ele cruzou os dedos para ela, ao entrar no táxi. Erika ficou observando-o ir embora.

Ela atravessou a rua e foi até a praia. Era o começo de um dia bonito e, sob sol do início da manhã, o ar estava fresco e a areia vazia, com exceção de alguns passeadores de cães e um jovem que organizava espreguiçadeiras para alugar. Ela caminhou um pouquinho mais e sentou-se nas pedras, a alguns metros de onde as ondas chegavam mansas à praia, respirou fundo e ligou para Marsh. Tentou o telefone de casa primeiro. Marcie atendeu e não pareceu nada satisfeita ao escutar a voz de Erika. Não a cumprimentou, apenas largou o telefone na mesa e gritou pelo marido, que estava no andar de cima. Ela escutou os passos abafados dele descendo a escada antes de pegar o telefone.

– Erika, espero que você esteja em algum lugar quente e que tenha me ligado por que quer meu endereço para me mandar um cartão-postal – disse ele.

– É... uma coisa o senhor acertou... – falou Erika. – Não estou em Londres. Estou em Worthing.

– Worthing? O que diabos você está fazendo aí?

Erika contou tudo, chegando depressa ao ponto em que ela tinha feito uma grande descoberta no caso da *Sombra* e detalhou o encontro que tinha marcado para mais tarde naquele dia em Waterloo.

— Então você desacatou minhas ordens de novo? – questionou Marsh.

— É só isso que consegue me dizer, senhor? Essa é uma descoberta ENORME! Eu sei que devia ter te contado, mas o senhor sabe que trabalho seguindo meus instintos. Agora, nós precisamos de vigilância no local o mais rápido possível. Acho mesmo que ela vai aparecer e precisamos estar lá para prendê-la. Tenho evidências de conversas dela com este homem, Keith Hardy. Ele usa o apelido de "Duke" nas salas de bate-papo. O dela é "Night Owl".

— Onde estão Moss e Peterson?

— Eles foram realocados. Estou aqui sozinha, senhor.

Houve um longo silêncio.

— Erika, você é tão ingênua. Você age como se não houvesse regras, como se não existisse cadeia de comando.

— Mas, senhor, fiz uma descoberta, e ela é enorme! Quando eu voltar para o quarto do hotel, posso te mandar tudo... os detalhes sobre o encontro, os arquivos das conversas. Nós só identificamos a ponta do iceberg. Este cara, o Keith, ele está conversando com ela pela internet há quatro anos. Temos os arquivos de todas essas conversas. Também acredito que ela foi paciente de Gregory Munro. Ela teve queimaduras terríveis. Podemos usar essas informações para investigar os registros médicos.

— Okay. Você vai mandar isso para mim no momento em que desligar o telefone.

— Com certeza.

— E Erika, estou te dando ordem para tirar férias e pensar de verdade na sua posição na força policial. Se eu te vir perto da delegacia, ou de qualquer outra delegacia por causa desse assunto, você vai ser suspensa, e não pense que vai ser fácil conseguir o seu distintivo de novo pela quarta vez! Se eu a vir perto da estação Waterloo, não vou somente recolher o seu distintivo. Você será demitida. Está me ouvindo?

— Então isso significa que vai seguir em frente? Senhor?

— Eu te ligo – respondeu ele, depois desligou.

Apesar do esporro, Erika tinha percebido o entusiasmo na voz dele.

— Nós vamos te pegar, Night Owl. Nós vamos te pegar – afirmou Erika. Ela recostou-se nas pedras e ficou olhando para a imensidão do horizonte e a adrenalina começou a correr em suas veias.

CAPÍTULO 76

Não vejo por que isso seja necessário – protestou Keith. Erika estava agachada debaixo do suporte do computador dele, arrancando os fios e plugues, conectados a uma extensão. O carpete, com sua estampa de hexágonos coloridos, estava coberto por uma grossa camada de poeira, e boa parte dela agora flutuava pelo ar e grudava em Erika por causa da energia estática.

– Você devia tomar cuidado com esse monte de coisa ligada numa tomada só – alertou Erika, saindo de baixo do suporte do computador.

Com o controle, Keith deu ré na cadeira de rodas, na direção das prateleiras atrás dele, dando espaço para Erika se levantar.

– Não tem perigo – disse ele.

Um relógio acima do fogão engordurado informava que eram 3 horas da tarde.

– Aquele relógio está certo? – perguntou Erika, pegando o celular.

– Está. O que acontece agora? – perguntou ele, levantando a cabeça e olhando-a por trás dos óculos sujos. Ele de repente ficou com uma aparência vulnerável.

– Um policial vai estar pronto para se encontrar com Night Owl e levá-la em custódia para interrogatório...

Erika estava sendo econômica com a verdade. Devido aos arquivos com as conversas que ela tinha enviado por e-mail para Marsh, uma grande operação de vigilância tinha sido organizada às pressas na estação Waterloo para prender Night Owl às 5 horas da tarde. Erika olhou ao redor da sala entulhada e iluminadíssima e tentou dizer a si mesma que ainda fazia parte da operação. Era importante que ela ficasse com Keith, para ter certeza de que ele não avisaria a assassina.

– Eu perguntei o que acontece comigo? – explicou Keith.

– Você será intimado como testemunha. E é bem provável que seja preso por ajudar e acobertar um assassino e também por retenção de provas, só que na sua situação e pelo fato de que você vai cooperar, duvido que a Promotoria Pública vai querer te processar. Desde que você coopere inteiramente. E nós vamos resolver o seu problema de moradia. Pelo menos isso eu quero fazer direito.

– Obrigado – disse ele.

Permaneceram sentados por alguns minutos. O relógio acima do fogão engordurado tiquetaqueava.

– O que você pensa sobre mim? – perguntou Keith.

– Eu não penso nada. Penso nas vítimas. Penso em pegá-la – disse Erika.

– Uma das mais importantes amizades da minha vida foi com uma assassina em série. Estou apaixonado por ela... isso me transforma em quê?

Erika inclinou-se para perto dele e pegou sua mãozinha.

– Um monte de gente foi enganada por amigos, amantes e esposas. Você a conheceu pela internet, onde as pessoas fingem ser alguém que não são. Elas geralmente criam outra vida para si mesmas. Para que possam ser vistas de um jeito diferente.

– Na internet, eu posso ser a pessoa que quero ser. Não fico limitado por... – Keith ajustou o tubo debaixo do nariz e baixou o olhar para a cadeira. – Você quer assistir a um DVD? Vou te mostrar o meu episódio favorito do *Doctor Who*, quando Tom Baker se regenera.

– Quero, sim – concordou Erika. Ainda tinham duas horas, e sabia que elas pareceriam uma eternidade.

CAPÍTULO 77

A Waterloo, maior estação de trem do Reino Unido, fica movimentada desde antes do nascer do dia até tarde da noite. O saguão tem mais de 240 metros de comprimento, contém mais de vinte plataformas, com lojas e um mezanino cheio de restaurantes. Mais de 800 milhões de passageiros passam por suas portas todos os anos.

O Detetive Superintendente Chefe Marsh estava posicionado com o Detetive Inspetor Chefe Sparks na ampla sala de controle onde ficavam as câmeras de segurança. Era um quadrado sem janela, bem no alto da estação. Uma parede com 28 monitores de câmeras de segurança era como um portal que fornecia imagens da estação, cobrindo todos os ângulos. Trinta e cinco policiais tinham sido recrutados – a maioria à paisana – para vigiar as saídas e patrulhar o saguão de um lado para o outro. Veículos de apoio aguardavam nas saídas norte, sul, leste e oeste, cada uma delas com três carros de polícia. Os oficiais dos transportes, alguns deles armados, também estavam fazendo suas rondas regulares nos perímetros da estação.

Às 4h30 da tarde, parecia que 100 milhões de pessoas tinham ido para a estação de uma vez. O chão de mármore do saguão desapareceu sob a multidão de passageiros. Eles emergiam pelas escadas rolantes vindas do subsolo da estação, jorravam aos montes pelas quatro entradas e saídas principais, moviam-se de maneira confusa sob os gigantescos painéis eletrônicos que se estendiam pelas 22 movimentadas plataformas e reuniam-se em frente às lojas ou enfileiravam-se no comprido espaço onde ficavam as bilheterias, no lado oposto ao das plataformas.

– Isso vai ser um inferno do caralho, senhor – reclamou Sparks, se apoiando em um conjunto de telas de computador onde os empregados da Empresa de Transportes de Londres monitoravam a estação. O suor cintilava em seu rosto cheio de cicatrizes de espinhas.

— Não existe nenhum outro lugar em Londres com mais olhos. No momento em que ela se revelar, nós a pegamos — disse Marsh, analisando atentamente a parede de monitores das câmeras de segurança.

— E você acha que o palpite da Detetive Foster está correto, senhor?

— Não é palpite, Sparks. Você viu o material que ela encaminhou — contestou Marsh.

— Vi, sim. Mas em momento algum soubemos o nome dessa mulher ou temos a descrição dela. O que quer que aconteça, isto aqui vai sair caro pra cacete.

— Deixe que eu me preocupo com isso. Faça o seu trabalho — ordenou Marsh.

Um jovem asiático aproximou-se e se apresentou:

— Sou Tanvir. Estou supervisionando a sala de controle hoje. Temos estas quatro telas, que cobrirão a sua área-chave — informou ele. Nesse momento, uma imagem grande do relógio da estação apareceu. Embaixo dele estava o Sargento Crane, de calça jeans e um blazer leve, segurando um buquê de rosas barato.

— Está me ouvindo, Crane? — perguntou Sparks, pelo rádio. — Encoste na orelha para mostrar que está me escutando.

Na imagem grande, Crane parecia normal, mas um close de outro ângulo mostrava que ele tinha inclinado a cabeça na direção da lapela do blazer e estava encostando a mão livre na orelha esquerda.

— Você tem certeza de que eu não estou chamando a atenção? Sou o único aqui de blazer... estou assando! — ressoou a reclamação dele pelo rádio.

— Está tudo ótimo, Crane. O tal do Keith marcou de se encontrar com ela debaixo do relógio em meia-hora. É romântico. A impressão é que ele se arrumou para a ocasião — disse Marsh pelo seu rádio. — E assim você não mostra que está grampeado. Agora chega de conversa... te mantemos informado por rádio.

— Que horas são? — perguntou Crane.

— Jesus, ele está debaixo da porra do relógio — xingou Sparks, agarrando o rádio com força. — São 4h30. Olha pra cima na próxima vez que quiser saber.

Marsh voltou-se novamente para Tanvir e perguntou:

— Que câmera nos dá visão da entrada lateral e do local abaixo do relógio ao mesmo tempo?

— Você pode colocar a câmera dezessete nessas telas? — pediu Tanvir a uma mulher num computador no canto, usando um fone. Apareceu outra imagem, desta vez das costas de Crane, feita por uma câmera no alto de uma escada rolante que levava ao andar de cima, atrás do relógio.

Marsh pegou o rádio novamente:

— Okay, Crane, estamos todos de olho em você. Fique calmo. Vamos te manter informado sobre o horário. Não se aproxime muito, caso ela te aborde antes. Você está coberto de todos os lados. Qualquer coisa que ela fizer, a gente está aí em segundos.

— Que horas são? — perguntou Crane de novo, nervoso.

— Ele está debaixo da porra do relógio — murmurou Sparks.

— Quatro e trinta e três — respondeu Marsh. — Vamos manter contato constante.

CAPÍTULO 78

Erika foi até a parede que ficava ao lado dos latões de lixo e acendeu um cigarro. Keith se recusou a deixá-la fumar lá dentro e ela disse que não o deixaria sozinho, então eles combinaram que ele ficaria na porta do prédio.

– Você gostaria de dar uma caminhada pelo calçadão... quer dizer, dar uma *locomovida* pelo calçadão? O dia está bonito e ensolarado – convidou Erika.

– Não gosto disso, de sair do apartamento – respondeu Keith, suspendendo a cabeça com desconfiança para o limpo céu azul.

Erika continuou fumando e olhou para a água lá fora, que ainda cintilava à luz do sol. Um grupo de crianças fazia castelos de areia na praia, enquanto os pais tomavam conta delas e das espreguiçadeiras. Um trenzinho turístico pintado de rosa e branco passou lentamente, com um sino retinindo acima da cabeça do motorista de aparência infeliz. Grupos de crianças tomando sorvete e comendo algodão doce davam tchau atrás das nebulosas janelinhas de plástico dos vagões.

Keith também deu tchauzinho, o que Erika achou comovente. Em seguida, olhou para seu relógio: eram quase 4h50 da tarde. Conferiu seu celular e viu que o sinal estava ótimo e a bateria carregada.

– É igual vigiar leite no fogo. Nunca ferve – disse Keith.

Erika abanou a cabeça com tristeza e acendeu outro cigarro. Sentiu vontade de gritar de frustração por ter que ficar tão distante da ação. Ela pensou no Detetive Sparks, que estava comandando a equipe, dando as ordens e recebendo a glória.

Assim como estava frustrada, sentia-se roubada.

CAPÍTULO 79

Eram 5h20 da tarde e ninguém havia se aproximado de Crane, que continuava posicionado debaixo do relógio na estação Waterloo.

Marsh e Sparks observavam da sala de controle a multidão crescer ainda mais. Tinha se tornado difícil filmar Crane de perto, por isso eles passaram a usar uma câmera distante, que ficava no lado contrário do saguão e exibia uma imagem gigantesca na tela central da sala de controle.

– Crane, tudo bem? Você precisa permanecer na sua posição. Finca o pé aí – ordenou Sparks pelo rádio. Eles viam na filmagem mais aberta que a multidão trombava nele o tempo todo.

– Sim, senhor – murmurou ele, que parecia em pânico.

Marsh olhava as telas e falou pelo rádio:

– Continuamos com você, Crane. Há cinco policiais à paisana posicionados ao seu redor e que podem chegar até você em segundos. Além disso, há dois guardas aqui da estação atrás de você. Pode ficar calmo... Ela é mulher, simplesmente decidiu seguir a moda e se atrasar – acrescentou ele, tentando aliviar a tensão.

– Ela não vai aparecer, caralho – reclamou Sparks. – Devíamos estar nos concentrando em Isaac Strong, e não ficar jogando recursos fora com encontrinho às escuras. – Marsh disparou um olhar na direção dele. – Senhor – acrescentou Sparks.

Nesse momento, na tela grande, a multidão ao redor de Crane se deslocou e um grupo de mulheres que se aproximava foi empurrado para a frente. Uma caiu no chão do saguão, fazendo com que as pessoas aglomeradas ao redor dela trombassem e se embolassem. Crane foi empurrado e acabou soltando as flores.

– O que está acontecendo aí? – perguntou Marsh. – Crane, fale comigo.

– Espere aí, senhor – disse Crane, enquanto era empurrado pela multidão.

— Olhe! É uma briga, uma porra de uma briga – disse Sparks, apontando para o monitor das câmeras de segurança que mostrava a escada rolante atrás do relógio. Um grupo de rapazes com boné de beisebol apareceu na imagem, gritando, zoando e separando a multidão de passageiros como se fosse o Mar Vermelho. Dois dos garotos, um moreno e um louro, estavam brigando e caíram no chão. O garoto de cabelo escuro acertou um murro no louro, e o rosto dele não demorou a ficar empapuçado de sangue. A multidão afastava-se em todas as direções e a polícia partiu para cima, sacando suas armas, o que gerou ainda mais gritos e tumulto.

Crane tinha conseguido se aproximar da porta de uma loja da Marks & Spencer e observava o local de seu encontro debaixo do relógio ser tomado pela polícia, que restaurava a ordem. Os dois garotos foram algemados e a polícia deu início à laboriosa tarefa de fichá-los.

— Mas que caralho! – berrou Marsh pelo rádio. – Tirem essa porcaria desse pessoal daí, estão estragando o local do encontro.

— Ela não é louca para se encontrar com ele lá, mesmo que apareça! – reclamou Sparks.

— Crane, você está me escutando? – perguntou Marsh, ignorando Sparks.

— Sim, senhor. As coisas ficaram um pouco cabeludas lá – disse Crane, ao sair da Marks & Spencer.

— Nós ainda estamos com você nas telas, Crane. Tudo okay?

— Perdi as flores – falou ele.

— Não se preocupe. Vamos tirar o monte de policiais de lá, aí você volta – disse Marsh.

— Que merda é essa? É a tiazinha da limpeza? – questionou Sparks, olhando para a tela que mostrava o local debaixo do relógio da estação. Uma faxineira mirrada e idosa tinha parado o seu carrinho no lugar em que havia espirrado sangue do nariz do garoto louro e enfiava um esfregão nojento em um balde de água cinza com uma lenta determinação. Um dos garotos sendo interrogados começou a importuná-la, mas ela ou não escutou ou não prestou atenção e começou a esfregar o chão do saguão com a velocidade de uma tartaruga.

— Cadê o Detetive Warren? – perguntou Sparks. O rádio fez um bipe e Warren falou:

— Sim, senhor.

— Qual é a sua posição?

— Estou na WH Smith do outro lado do saguão.
— Tire aquela senhora do caminho. E não deixe ela colocar aquelas placas amarelas debaixo do relógio – ordenou ele.
— Espera aí, espera aí, espera aí – disse Marsh. Ele estava olhando para a tela em que Crane aguardava perto do relógio. Uma mulher pequena de cabelo escuro usando um elegante blazer preto se aproximava dele. Marsh pegou o rádio e disse:
— Merda! Todas as unidades, uma mulher de cabelo escuro está se aproximando do Sargento Crane. Repito, uma mulher de cabelo escuro está se aproximando do Sargento Crane. Atenção, fiquem de prontidão.
— Atenção! Todas as unidades! – disse uma voz através do rádio.
Duas das grandes telas na parede cortaram para a imagem de Crane feita do alto por uma câmera no lado contrário ao local em que ele estava. A mulher conversava com ele, olhando-o inquisitivamente. Eles conversaram por mais um minuto aproximadamente, depois Crane disse algo e ela saiu caminhando.
— Crane, relate, o que diabos está acontecendo? – perguntou Marsh.
— Desculpe, chefe, alarme falso. Ela estava perguntando se eu queria comprar seguro de carro.
— Merda! – xingou Marsh, esmurrando uma das mesas. – Merda! Sparks, mesmo assim quero que interroguem aquela mulher. Faça a abordagem, identifique-a e descubra tudo o que puder.
— Algo me diz que ela não vai bater a meta de vendas – disse Sparks assim que a mulher foi cercada por três policiais à paisana.

CAPÍTULO 80

Às 6h30 da tarde, Erika estava quase subindo pelas paredes no minúsculo apartamento de Keith. Seu celular bipou dentro da bolsa. Ela o pegou. Era uma mensagem de Marsh:

> Estamos nos retirando da Waterloo. Ela não apareceu. Precisamos conversar. Vou ligar para você hoje à noite.

– O que foi? – perguntou Keith, olhando, com desânimo, Erika colocar a cabeça nas mãos.

– Ela não apareceu... Você não recebeu nada dela? Nada na sala de bate-papo?

Keith abanou a cabeça.

– Você tem certeza?

– Tenho. Tenho certeza, olhe, estou logado...

Erika teve a terrível sensação de que seu coração estava afundando, como se uma enorme e pesada bala de canhão empurrasse seu estômago para baixo. Ela esfregou o rosto ensopado de suor.

– Olha, Keith. Nós precisamos apagar algumas dessas luzes. Está insuportável aqui dentro...

– Não! Sinto muito, não. Eu te falei, não gosto de escuro...

Erika olhou a hora, sentindo-se completamente arrasada.

– O que acontece agora? – perguntou Keith.

– Vou esperar o meu superior me ligar... hoje à noite...

– O que acontece comigo?

– Hum, não sei. Mas mantenho o que eu te disse. – Erika olhou para Keith na enorme cadeira de rodas. Há pouco ela o tinha ajudado a trocar o tanque de oxigênio.

Ela tomou uma decisão e avisou:

– Preciso dar uma saída de uma hora mais ou menos. Posso confiar em você aqui? O seu computador ainda está sendo monitorado. Posso confiar que você não vai fugir correndo depois que eu virar as costas?

– O que é que você acha? – disse ele.

– Okay, tome aqui o número do meu celular – disse ela, rabiscando-o num pedaço de papel. – Vou tomar um ar... Você quer comer alguma coisa? Não sei, você gosta de batata frita?

O rosto de Keith iluminou.

– Salsicha empanada, batata frita e purê de ervilha, por favor. O lugarzinho do outro lado do píer é o melhor. Minha cuidadora sempre compra lá.

Erika saiu e foi ao calçadão fresco. O sol estava afundando no mar e uma brisa leve soprava na direção da orla. Ela olhava para o texto de Marsh e tentou ligar para ele. Não conseguiu completar a ligação, que caiu direto na caixa de mensagens.

– Merda – murmurou Erika. Ela foi para um bar um pouco adiante no calçadão, com as janelas abertas, lotado de homens velhos e fanfarrões de rosto vermelho, e mulheres embriagadas. "Macarena" explodia no sistema de som. Erika pelejou para chegar ao balcão e pediu uma taça grande de vinho. Trabalhando apressada, a garçonete bateu a taça no balcão.

– Posso tomar lá na praia? – perguntou Erika. A garçonete não respondeu, só revirou os olhos, pegou um copo de plástico e jogou o vinho dentro dele.

– E você pode por favor pôr gelo?

Erika pegou a bebida, comprou mais cigarro na máquina e desceu de volta para a praia. A maré tinha baixado muito, ela se sentou de novo nas pedras e ficou olhando para a vastidão de areia molhada. Quando estava acendendo um cigarro, seu celular tocou. Ela enfiou o copo de vinho nas pedras e atendeu. Erika arregalou os olhos ao escutar a voz do outro lado da linha.

CAPÍTULO 81

O sol já tinha afundado no horizonte e uma brisa fria soprava pela rua. Simone movia-se rapidamente pela calçada ao lado da fileira de casas. Ela carregava uma pequena mochila e estava com sua roupa preta de correr.

Alguns postes estavam com as lâmpadas quebradas. Ela movia-se mais rápido quando chegava a algum lugar iluminado e relaxava novamente quando estava de volta nas sombras. Sentia-se apreensiva. Era início da noite e a fileira de casas em frente às quais ela passava parecia cheia de vida. Estava repleta de luz e música. Uma briga começava na janela do último andar de uma casa, onde as cortinas estavam abertas e apenas uma lâmpada nua pendia do teto.

Simone manteve a cabeça abaixada quando viu um homem vindo em sentido contrário. Era alto, magro e movia-se depressa. Seu coração começou a bater rápido e ela sentiu a pressão arterial aumentar. Ele aproximava-se dela. Até sua cicatriz começou a pulsar, como se estivesse entupida de sangue. Foi apenas quando chegou praticamente em cima de Simone que ela percebeu que ele também vestia roupa de correr. O sujeito passou trotando sem nem olhar para ela, do fone dele saía uma música bem baixinha. Ela decidiu que tinha que se acalmar, se recompor.

Simone sabia o número da casa que estava procurando e não precisava se esforçar demais para encontrá-lo nas paredes de tijolos. Os números estavam pintados de modo chamativo nos latões de lixo que enchiam as pequenas áreas de concreto na frente das casas.

Ela fazia a contagem regressiva dos números sem sentir os habituais ímpeto, raiva e entusiasmo.

Chegou à casa, aproximou-se da janela, respirou fundo e colocou as pequenas mãos no parapeito. Olhando para os lados, ela suspendeu o corpo.

CAPÍTULO 82

— Erika! O bebê nasceu! Eles erraram. É menina! – gritou a irmã, sem fôlego e exausta. Erika levou alguns segundos para se dar conta de que era Lenka.

— Oh, Lenka! Isso é maravilhoso! O que aconteceu? Achei que fosse daqui a umas duas semanas.

— Eu sei, mas Marek me levou para almoçar e logo depois que fizemos o pedido, minha bolsa estourou. Você sabe como ele é, insistiu que esperássemos até que embrulhassem a comida para a gente levar, mas aconteceu tudo tão depressa... as contrações começaram e não tiveram tempo nem mesmo de aplicar a medicação quando chegamos ao hospital. Ela simplesmente saiu.

— Qual é o nome dela?

— Ela vai se chamar Erika, em sua homenagem. E à mamãe, obviamente – disse Lenka.

Erika ficou tão emocionada que seus olhos se encheram de lágrimas. Ela limpou o rosto com as costas da mão suja de areia.

— Oh, Lenka. Oh, isso é maravilhoso. Obrigada – disse ela sentindo-se inundada por lágrimas e exaustão.

— Queria que a mamãe estivesse aqui, e você, é claro – lamentou a irmã, também começando a lacrimejar.

— É... bem... as coisas saíram do controle aqui...

Depois de um barulho estranho, o cunhado de Erika, Marek, começou a falar no telefone. Eles conversaram durante alguns minutos. Era tão surreal estar sentada numa praia escura enquanto sua família encontrava-se a centenas de quilômetros, comemorando. Lenka pegou o telefone novamente e disse que tinha que desligar.

— Prometo que quando este caso acabar, vou aí ver o bebê – garantiu Erika.

– Você sempre fala isso! Não demora muito – pediu Lenka, cansada. O bebê choramingou e ela desligou.

Erika ficou sentada durante muito tempo fumando e bebendo, um brinde à irmã e à sobrinha. Quando o céu escureceu, o mesmo aconteceu com o ânimo de Erika. Ela era tia, e apesar do fato de ela e a irmã não serem próximas, sentia-se muito feliz por Lenka. Feliz, porém desanimada por suas vidas terem seguido direções tão diferentes.

A brisa fria e o fato de que Keith estava esperando no apartamento foram as duas únicas coisas que a fizeram levantar da areia fria.

Caminhando pela praia, ela observava as fileiras de casas e pousadas estendendo-se até onde ficava seu hotel, no final do calçadão. Erika saiu da praia pela escada e parou em frente à casa de Keith. As janelas lá em cima estavam acesas, e um som fanhoso de cítara mais o cheiro de maconha flutuavam até lá embaixo. Porém as janelas de Keith encontravam-se escuras. Ela estava prestes a entrar quando decidiu recuar. Keith sempre deixava as luzes acesas. Tinha medo de escuro.

Erika retornou pelo curto caminho entre a porta e a rua e foi até o quadrado de concreto cheio de latões de lixo. Ela se aproximou da janela e viu que estava aberta. Espiou escuridão adentro. Um cheiro úmido de desinfetante bafejou lá para fora.

Ela tomou uma decisão, ergueu o corpo até o peitoril da janela e entrou.

CAPÍTULO 83

Erika estava dentro do quarto escuro de Keith. O ar era espesso por causa do calor e da poeira. Ela tentou afastar a música que vinha do apartamento de cima, mas não podia ouvir nada além da porta do quarto. Ela começou a se mover e passou diante da silhueta volumosa da cama de hospital, chegando ao corredor. Uma poça de luz lançava-se através do vidro na porta do apartamento, mas à medida que se movia lentamente pelo corredor, embrenhava-se cada vez mais nas sombras. Passando pela porta do segundo quarto, que estava entreaberta, ela só enxergou as duas cadeiras de rodas, silenciosas e vazias. Elas agigantavam-se nas sombras.

A música parou por um momento, e no silêncio Erika esforçava-se para ouvir algo. Depois, voltou a tocar, numa batida abafada e desafinada. A detetive continuou se movendo, ficou alerta e passou pela porta aberta do banheiro. As luzes da orla penetravam pela janelinha acima da pia, ajudando seus olhos a se acostumarem com as trevas.

Erika parou e enrijeceu o corpo ao escutar uma respiração nervosa e um estalo por cima da batida da música. Continuou avançando centímetro a centímetro na direção da porta de vidro fosco no final do corredor e pegou seu celular. Ao se virar para dentro da sala, acendeu a luz do aparelho.

Erika quase deu um berro. Em pé no centro da sala havia uma mulher. Ela era pequena, sua pele tinha uma palidez fantasmagórica e o cabelo preto desgrenhado estendia-se até a altura dos ombros. Seus olhos eram piscinas negras que, à luz do celular de Erika, contraíram-se imediatamente e ficaram minúsculos. Ao lado da mulher, ela viu Keith curvado para trás na cadeira e com os braços abertos. Um saco plástico estava tão apertado por cima da cabeça dele, que as lentes dos óculos esmagavam suas órbitas oculares.

— Quem é você?

— Meu nome é Simone — fungou a mulher, limpando uma lágrima do olho. — Eu não queria matá-lo.

— Jesus — disse Erika, com a voz tremendo. Ela tirou a luz do corpo de Keith e a apontou direto para o rosto de Simone, na tentativa de ofuscá-la e ganhar tempo suficiente para pensar, mas a enfermeira se movimentou rápido e Erika de repente já estava batendo as costas na parede com uma faca na garganta.

— Me dá o celular — disse Simone com uma voz calma e estranhamente aguda. Erika sentiu o metal frio picar sua garganta. — Você viu o que eu sou capaz de fazer. Não estou blefando.

Erika entregou lentamente o celular. Ela precisou se esforçar para manter os olhos abertos. Simone era pequena, mas a encarava de baixo para cima com uma intensidade arrepiante. A enfermeira trabalhava depressa com a mão livre. A luz do celular apagou e Erika escutou o baque surdo da bateria batendo no carpete. No escuro, as pupilas de Simone dilataram como as de um viciado em drogas enlouquecido. Ela largou o celular e Erika escutou o barulho dele sendo esmigalhado debaixo do pé de Simone.

— Por que você tinha que vir aqui, Erika Foster? Eu ia fazer isso e desaparecer da face da terra. Você nunca mais ouviria falar de mim novamente.

Erika olhou a sala ao seu redor.

— Não, não, não... mantenha os seus olhos em mim — alertou Simone. — Nós vamos pra lá — acrescentou ela, inclinando a cabeça na direção da figura imóvel de Keith. Ela parou de apertar com tanta força, mas manteve a faca na garganta de Erika. Movimentaram-se numa dança mórbida, com passos arrastados, até Erika estar próxima da cadeira de rodas.

— Agora eu vou me afastar de costas, mas se você tentar alguma coisa, eu te retalho, acertando seus olhos e sua garganta. Entendeu?

— Entendi — Erika engoliu em seco. Ela suava e sentia o cheiro de Keith ao seu lado na cadeira, uma mistura fedorenta de odor corporal e merda. Simone voltou até a porta e acendeu a luz. A sala se iluminou e ela voltou, apontado a ponta da faca para Erika.

— Tire o saco da cabeça dele — ordenou Simone.

— O quê?

– Você me ouviu. Tire.

Ela avançou para cima de Erika, a lâmina da faca cintilou sob as luzes hostis.

– Okay, okay – concordou Erika, suspendendo as mãos. Ela ergueu lentamente a cabeça de Keith. Seu pescoço ainda estava molhado de suor, e por um momento ela pensou que ele ainda pudesse estar vivo... porém o rosto estava inchado e tinha uma cor roxa azulada.

– Anda... mais rápido – apressou Simone. Erika começou a desamarrar o cordão que estava ao redor do pescoço dele e, ao soltá-lo, quase entrou em pânico quando ele empacou. Erika foi afrouxando e movimentando o cordão até soltá-lo. A cabeça de Keith suspendeu, e o plástico fez um barulho de sucção quando Erika o puxou com delicadeza. Os óculos saíram junto, deslizando pelo nariz e pela testa. A cabeça caiu para trás na cadeira de rodas. Simone aproximou-se de repente, e Erika encolheu-se quando ela agarrou o saco e o puxou.

– Pega os óculos e põe de volta nele – ordenou Simone. Erika obedeceu e os colocou com delicadeza sobre o nariz de Keith e encaixou as alças atrás das orelhas.

– Por que você o matou? – perguntou Erika.

– Ele teve que morrer porque tinha me descoberto. Ele te contou.

– Keith não me contou. Eu investiguei e descobri.

– Ele quis se encontrar comigo. Ele nunca quis me encontrar... tentei me aproximar dele no passado, mas ele se acovardou. Imaginei que você tinha ligado uma coisa com a outra. A minha paranoia estava correta... Paranoia não funciona num relacionamento – finalizou ela, olhando de volta para Keith.

– Ele te amava – disse Erika, olhando para o corpo dele.

– Oh, então isso é tudo o que eu preciso, do amor de um homem – falou Simone, entortando a boca sarcasticamente.

– Qual é o problema de ser amada? – perguntou Erika, com a cabeça zumbindo. Ela estava tentando descobrir o que a mulher planejava fazer em seguida e, até então, queria mantê-la falando.

– As pessoas certas nunca retribuem o amor! – disparou Simone. – As mães deviam te amar. Maridos. As pessoas em quem você confia. Mas eles te decepcionam! E depois que uma pessoa te desaponta, vira um efeito dominó... você se torna vulnerável, as pessoas te exploram, elas veem uma rachadura no seu casco.

– Sinto muito – disse Erika, vendo a irritação de Simone aumentar perigosamente.

– Não sente, não. Mas aposto que entende, não é? Você sabe como as pessoas ao seu redor mudam quando o seu marido morre. Elas veem a sua fraqueza. Elas te abandonam ou ficam e te exploram.

– Simone, eu entendo.

– Entende?

– Sim.

– Então... você vê porque eu fiz tudo isso. Porque matei o médico que não acreditou em mim quando eu estava sentindo muita dor e aterrorizada; o escritor que, com aquela mente criativa doentia, encontrou maneiras novas e originais de inspirar o meu torturador. O jornalista que foi responsável por me separar da minha mãe quando eu era criança...

– Jack Hart?

– Jack Hart. O homem tem um sobrenome que parece coração em inglês, *heart*, mas isso é coisa que ele não tinha. Eu tive um prazer especial em exterminar aquele jornalista. Ele fez carreira se alimentando da aflição dos outros, fez dinheiro com lágrimas e sofrimento. Ele se achou um herói ao escrever sobre minha mãe... ao expor minha infância... Mas eu sabia como sobreviver com minha mãe, por que no fundo ela me amava, *ela me amava*... E quando as coisas ficavam muito ruins, eu conseguia me conectar àquele amor... Eu nunca mais a vi, e acabei num orfanato! Você sabe o que acontece com as crianças quando elas vão para esses lugares?

– Eu posso imaginar – respondeu Erika, encolhendo-se quando Simone, histérica, golpeou o ar com a ponta da faca.

– NÃO pode, não!

Erika pôs as mãos no rosto e disse:

– Desculpe, não, não posso. Por favor, Simone. Acabou... me deixe conseguir ajuda pra você.

– Eu não preciso de *ajuda*, preciso? Não há nada de errado comigo! Só parei de aceitar toda a merda que jogavam em mim. Não nasci assim! Eu era inocente, mas essa inocência foi arrancada de mim!

– Okay – disse Erika, levantando as mãos para se proteger quando Simone passou a faca mais perto dela.

– Qual é, seja honesta, Erika. Você não adoraria ter a oportunidade de exterminar todos aqueles homens, aqueles que foram os arquitetos do seu futuro? Os homens que moldaram a sua vida pra pior? Jerome Goodman? O traficante de drogas que matou seu marido e os seus amigos? Olha nos meus olhos e fala que não faria com eles o que eu fiz. Assumir o controle e se vingar!

Erika engoliu em seco. Ela sentiu o suor na testa escorrer até seus olhos e ferroá-los.

— Fala, fala que você faria a mesma coisa!

— Eu faria a mesma coisa — afirmou a detetive. Quando aquilo saiu de sua boca, Erika soube que era para permanecer viva, para deixar Simone feliz, mas sabia também que parte dela entendia Simone, o que a fez estremecer por completo. Ela olhou a sala ao redor, tentando descobrir uma maneira de fugir.

— Não tira os olhos de mim! — berrou Simone.

— Desculpe — disse Erika, tentando pensar rápido. Ela sabia que estava próxima de morrer. — Eu sei que ele te queimou, Simone. Seu marido. E estou tentando entender a sua dor e a sua raiva. Me mostra.

Simone começou a tremer e lágrimas lhe escorreram pelas bochechas.

— Ele me arruinou. Ele arruinou meu corpo — lamentou. Ela segurou com muita força a camiseta e a levantou. Erika engoliu em seco ao ver a irritada e espiralada massa de tecido cicatrizado espalhando-se por toda a barriga e costelas. A pele era brilhante e retorcida no local em que um dia tinha ficado seu umbigo.

— Sinto muito, Simone — disse Erika. — Eu entendo. Olhe pra você... Olhe pra você: uma guerreira muito, muito corajosa.

— Sou mesmo, sou corajosa... — choramingou Simone.

— É, sim, você é corajosa. E mostrou as cicatrizes com orgulho — disse Erika.

Simone levantou ainda mais a camiseta, para mostrar o restante. E no exato segundo em que o tecido chegou ao seu rosto, Erika inclinou-se para trás e chutou a massa de tecido vermelho cicatrizado. Simone curvou-se, gritando de dor. Erika conseguiu passar por ela, mas Simone recuperou-se depressa e a agarrou. Elas despencaram na porta com vidro fosco. Chutando e lutando, Erika conseguiu se levantar um pouco e correu metade do corredor antes de Simone alcançá-la novamente.

— Sua piranha! — berrou ela. As duas caíram com força na porta do banheiro. Erika rolou e ficou de costas, mas Simone subiu nela e deu-lhe um soco no rosto. Depois de levar mais um murro, Erika viu estrelas e começou a perder os sentidos.

– Sua puta mentirosa! – xingou Simone entredentes. Erika sentiu seu corpo sendo arrastado pelo chão frio do banheiro e depois, com um puxão, Simone a sentou com a cabeça encostada na porcelana fria da privada. O rosto pequeno e pontudo de Simone estava acima dela. Então, a visão de Erika foi obscurecida pelo saco plástico colocado em sua cabeça. O mesmo saco que Simone usou para matar Keith.

Erika escutou o plástico crepitar por causa de sua respiração, o sangue rugia em suas orelhas. De repente, ela sentiu o cordão apertar seu pescoço. Simone estava sentada na tampa da privada com as pernas ao lado de Erika, puxando o cordão ao mesmo tempo em que prendia os braços da detetive com os pés. Erika começou a engasgar e a ter ânsia quando o plástico formou um vácuo ao redor de sua cabeça.

– Você vai morrer aqui, e eu vou deixar o seu corpo totalmente abandonado – ameaçou Simone entredentes, apertando com força.

Erika abanava inutilmente os braços no chão e esfregava as mãos na parede atrás da privada. De repente, ela sentiu uma tira de tecido grosso balançando ao rodapé. Ela estava presa à enorme barra de segurança. Os dedos a roçaram e Erika conseguiu agarrá-la. Sua visão escurecia rapidamente e, com um surto de adrenalina, ela deu um puxão no corpo para a frente. Simone caiu do assento da privada ao mesmo tempo em que Erika deu um puxão na tira de tecido. A enorme barra de metal desceu com muita força e atingiu a cabeça da enfermeira.

Simone desmoronou no chão e Erika se soltou. Ela agarrou o cordão em volta do pescoço, conseguiu afrouxá-lo, esfregando freneticamente os dedos até tirar o saco da cabeça. Absorvendo pelos pulmões o glorioso ar limpo e frio, ela puxou com força a corda de emergência ao lado da privada e um alarme disparou.

Simone estava caída de frente no chão do banheiro, começando a se mexer e a gemer. Erika deu mais um puxão na cordinha vermelha, que arrebentou. Ela se sentou nas pernas de Simone, juntou as mãos dela nas costas e começou a enrolar a corda com força ao redor de seus pulsos.

– Você está presa, Simone – informou Erika sem fôlego, lutando para falar –, pelas mortes de Gregory Munro, Jack Hart, Stephen Linley e Keith Hardy... E por agredir e tentar assassinar um policial. Você não precisa dizer nada, mas a sua defesa pode ser prejudicada se não responder, quando interrogada, algo a que possa recorrer mais tarde no tribunal. Tudo o que disser pode ser usado como evidência.

Ela se inclinou para trás, sentada nas pernas de Simone, e ficou segurando com força os pulsos amarrados da enfermeira. Seu rosto latejava nos lugares em que tinha levado os socos. Sua respiração estava voltando ao normal quando ouviu o distante som das sirenes.

CAPÍTULO 84

Caía uma chuva fina no quintal, e o cinza dominava o céu da manhã. Moss e Peterson amontoavam-se com Erika à janela do pátio do apartamento, comendo croissants e tomando café.

Os jornais estavam espalhados no chão em volta deles.

— Isso sim é o que eu chamo de verdadeiro verão britânico: preso dentro de casa, olhando para a chuva lá fora e fingindo que está se divertindo – disse Moss. Era a primeira vez que ela e Peterson se encontravam com Erika desde que Simone tinha sido presa quatro dias antes. – A última parte foi brincadeira – acrescentou ela.

— Obrigada por trazerem tudo isso – disse Erika, levantando o copo de café que tinham levado para ela.

— Estamos felizes por você estar bem, chefe – disse Peterson, batendo seu copo no dela.

— Levei umas porradas. Já passei por coisa pior – disse Erika.

— Esse seu olho roxo está bem detonado – comentou Moss, olhando para a grande contusão decorando o olho e a bochecha de Erika.

— Nunca me senti tão perturbada e confusa em relação a um assassino – confessou Erika. – Quando a levaram embora na maca, ela me chamou... seus olhos estavam cheios de medo. Ela queria que eu fosse na ambulância para segurar sua mão. E eu quase fui. Loucura...

Eles deram um golinho no café.

— Bem, estou feliz por não ter feito isso, chefe – disse Moss. – Você se lembra do que aconteceu no final de O Silêncio dos Inocentes? Com aquelas pessoas que entraram na ambulância com o Hannibal Lecter?

Peterson disparou um olhar para ela.

— O quê? Estou tentando dar uma animada no astral aqui – defendeu-se Moss.

Erika sorriu.

— É como se eles estivessem competindo para dar um nome a Simone Matthews — disse Peterson, pegando um dos jornais no chão. "Anjo da Morte"... "Sombra Noturna"... "Coruja Noturna".

— O que havia de angelical nela? — perguntou Moss antes de dar uma golada de café.

— O *The Sun* publicou uma foto dela com uniforme de enfermeira — respondeu Peterson, levantando uma foto de Simone fazendo pose com um grupo de enfermeiras na cozinha dos funcionários. As enfermeiras na frente estavam segurando um cheque gigante de três mil libras, dinheiro que elas tinham recolhido para a campanha de caridade Children in Need. Simone estava à esquerda do grupo, sorrindo e segurando o cheque. — O Serviço Nacional de Saúde está em pânico por causa da possibilidade de ela ter matado pacientes deliberadamente, com muito medo de serem processados. Não tenho dúvida.

— Eu não acho que Simone tenha matado pacientes deliberadamente. Ela estava focada em quem ela queria matar — opinou Erika. Ela pegou o *Daily Express* e olhou para o artigo que mais a tinha perturbado. Era a matéria original de Jack Hart sobre a mãe de Simone, reproduzindo com detalhes a série de assassinatos.

Simone cresceu em Catford, num apartamento miserável no térreo. A mãe dela, que também tinha o nome de Simone, era prostituta e viciada em drogas. Após vários telefonemas feitos por vizinhos preocupados, a polícia invadiu o lugar e descobriu que a mãe de Simone mantinha a filha amarrada ao aquecedor do banheiro. O jovem Jack Hart estava com a polícia quando invadiram o apartamento. A foto que partiu o coração de Erika era de uma pequena garotinha de bochechas ocas, descalça, usando o que parecia ser uma fronha nojenta. Um de seus braços estava amarrado a um aquecedor imundo e amarelado, e ela olhava para a câmera com olhos grandes e confusos.

— Ela não teve chance, teve? Só queria ser amada... ter alguém para amar.

— Qual é, chefe, vai me fazer chorar de novo — disse Moss, pegando a mão de Erika. Peterson enfiou a mão no bolso, pegou um pacote de lenços e passou um a ela.

— Você sempre tem lenço — disse Erika, enxugando os olhos.

— Ele faz isso só para puxar papo com mulheres chorosas.

Peterson revirou os olhos e abriu um sorriso.

— Enfim – disse Erika, recuperando a compostura –, nem tudo é assim tão ruim. Você pegou Gary Wilmslow...

— Eu não o peguei. Eu estava no controle quando aconteceu – disse Peterson. – A polícia armada invadiu o depósito em Beckton. Eles prenderam Wilmslow e seis comparsas prestes a levarem os discos rígidos que continham imagens e vídeos de pornografia infantil nível quatro, e doze mil DVDs também com pornografia infantil nível quatro, prontos para distribuição na Europa.

— Você acha que eles conseguem manter os filhos da mãe presos e condená-los? – perguntou Moss.

— Espero que sim – respondeu Peterson.

— Como você acha que Penny Munro está? – perguntou Erika.

— Não deve estar sendo fácil. Primeiro o marido e tudo aquilo, depois o irmão – disse Peterson.

— E o pequeno Peter? Como isso pode estragar o menino no futuro? – questionou Erika. Eles olharam de novo para as fotos de Simone jovem e adulta.

Moss olhou para o relógio e disse:

— Gente, temos que ir. Não vão querer chegar atrasados para a reunião na delegacia – sorriu Moss.

— Marsh falou alguma coisa sobre por que chamou todo mundo?

— Não, acho que vai ser uma reunião de fechamento do caso de Simone Matthews – comentou Erika.

— Estou com a sensação de que vai ser um pouco mais do que isso, chefe – disse Peterson. – Estou achando que você está prestes a receber um grandiosíssimo tapinha nas costas!

Quando chegaram à Delegacia Lewisham Row, foram avisados para se dirigirem à sala de investigação. Ela estava abarrotada, e Erika, Moss e Peterson só conseguiram dar um oi rápido a alguns colegas de equipe e encontrar um lugar no fundo, antes de Sparks e Marsh aparecerem lá na frente. Por fim, o Comissário Assistente Oakley entrou, com três policiais carregando garrafas de refrigerante e copos de plástico.

— Atenção, POR FAVOR! – gritou Oakley. Ele ficou em pé na frente, imaculado em seu uniforme, com o cabelo impecável e segurando seu quepe junto ao peito. A grande fileira de quadros-brancos atrás dele estava vazia. A sala ficou em silêncio. – Esta foi uma semana e tanto para a Polícia Metropolitana. Gostaria de agradecer a todos vocês por terem conseguido o impossível. Ontem de manhã, policiais que trabalhavam na Operação Hemslow desmantelaram uma das maiores redes de pedofilia do Reino Unido. Mais de 67 mil imagens de crianças abusadas e 12 mil DVDs foram confiscados, juntamente com Gary Wilmslow e seis de seus comparsas que estávamos vigiando há mais de um ano.

Os policiais aplaudiram e gritaram. Moss sorriu e deu um tapa nas costas de Peterson.

– E eu ainda não terminei! – disse Oakley. – Graças ao trabalho duro da equipe do Detetive Inspetor Chefe Sparks, em conjunto com a divisão do Detetive Superintendente Chefe Marsh, nós pegamos a *Sombra*. Simone Matthews foi presa pelos assassinatos de Gregory Munro, Jack Hart, Stephen Linley e Keith Hardy.

Houve uma outra rodada de aplausos dos policiais na sala de investigação. Erika cravou os olhos em Marsh. Ele se inclinou e disse algo a Oakley, que acrescentou:

– E é claro que estamos muito agradecidos à Detetive Inspetora Chefe Foster, que estava no lugar certo, na hora certa, ou devo dizer no lugar errado! Esperamos que continue se recuperando.

Ele deu uma olhada vaga na direção dela. Os policiais na sala de investigação começaram a se virar para Erika, mas Oakley prosseguiu.

– E, finalmente, tenho o prazer de anunciar que à luz desses admiráveis resultados, haverá várias promoções. Primeiramente eu gostaria de apresentar a vocês o nosso novo comandante, o Comandante Paul Marsh!

Todos aplaudiram enquanto Marsh encenava estar com vergonha e murmurava agradecimentos.

Em seguida, Oakley deu um passo à frente novamente.

– Eu gostaria de anunciar mais uma promoção. À luz de suas muitas façanhas, tanto neste caso como em outros, o Detetive Inspetor Chefe Sparks será promovido, e de agora em diante será conhecido como Superintendente Sparks.

Oakley liderou os aplausos, Sparks ficou radiante, deu um passo à frente e soltou uma grande e excessivamente irônica vaia. Enfiaram um copo de plástico na mão de Erika. Ela olhou ao redor da sala, para Moss e Peterson, que pareciam estarrecidos.

— Eu proponho um brinde. Missão cumprida – disse Oakley.

— Missão cumprida – repetiram todos na sala, suspendendo seus copos de plástico.

— Agora convido todos vocês a comer, beber e se divertir! – gritou Oakley. Policiais assobiaram e aplaudiram, porém Erika não se juntou a eles. Estava furiosa. Ela avançou em meio à aglomeração de policiais até onde Marsh estava.

— Senhor, uma palavrinha, por favor – ralhou ela.

— Erika, não dá pra esperar? – perguntou Marsh.

— Não, não dá – disse ela em voz alta.

Oakley e Sparks olharam para eles de onde estavam conversando. Sparks deu um sorrisinho sórdido e levantou o copo para ela.

Marsh seguiu Erika para fora da sala de investigação e entraram em um dos escritórios vazios.

— Que merda foi aquela? – interrogou ela.

— Como é que é?

— Eu levei todos vocês à Simone Matthews. Fiz todo o trabalho externo deste caso. E, se o senhor se esqueceu, o Detetive, desculpe, *Superintendente* Sparks, foi retirado do último grande caso de assassinato por incompetência! *Eu* resolvi o caso!

— Não tenho poder sobre as decisões tomadas pelo Oakley.

— Mas você sabia que uma promoção estava iminente, não sabia? E mesmo assim me deixou de mãos atadas. Me afastou, armou para mim, me colocou para fazer todo o trabalho sujo!

Marsh perdeu a paciência:

— Você sabe o quanto é frustrante ver o jeito que você trabalha, Erika?

— Não me chama de Erika, nós NÃO somos amigos! Eu sou uma policial que...

— Você foi uma excelente policial, Erika, excelente mesmo, no passado. Mas continua a desobedecer às ordens, a não seguir o protocolo... agora você é só...

— Sou só o quê?

Marsh olhou para ela por um longo momento e explicou:

— Você acha que tem um instinto incrível, mas é pura sorte e estupidez. Você não é militar de verdade. E está na corda bamba. Por causa disso, vai continuar Detetive Inspetora Chefe Foster. Com tudo o que aconteceu, a desobediência às ordens, a recusa a sair de férias quando mandei, eu não podia te recomendar para a promoção.

Erika lançou um longo e duro olhar para Marsh e decidiu:

– Bom, eu não vou ficar aqui para receber ordens do Superintendente Sparks. Amanhã cedo a minha carta de solicitação de transferência estará na sua mesa.

– Espere aí... transferência? Erika! – disse Marsh, mas ela se virou, saiu da sala, desceu o corredor e deixou a Delegacia Lewisham Row.

EPÍLOGO

Era um dia quente e ensolarado. Erika desceu do carro, tirou os óculos escuros e olhou para a portinha, dentro de outra porta, depois dos enormes portões vitorianos da Penitenciária de Belmarsh.

Ela se apoiou no teto do carro e viu que era 12h11. Ele estava atrasado.

Momentos depois, a pequena porta rangeu ao ser aberta. Isaac saiu e olhou para os lados, apreciando o limpo céu azul, o silêncio e Erika.

Ele estava com um envelope marrom em uma mão e o blazer por cima do outro braço. Isaac caminhou na direção dela, passou pelo portão e chegou à rua. Eles se abraçaram por um longo tempo sem falarem nada.

— Todas as acusações foram retiradas. Eu te falei – disse Erika abrindo um sorriso.

— Não falou nada – respondeu ele ironicamente. – E por que você demorou tanto?

— Perícia forense. Você sabe como é o seu pessoal. Tudo deles demora uma eternidade. Simone Matthews confessou tudo, mas precisaram se certificar de que o DNA na cena do crime de Jack Hart era dela. Moss e Peterson estavam me mantendo informada.

— Não paro de pensar que alguém vai aparecer e me falar que foi tudo um mal-entendido e eu... – Isaac pôs uma mão no rosto.

— Está tudo bem. Sua ficha está limpa. E continua com a licença para praticar medicina.

Isaac ficou parado por um momento, respirando fundo. Em seguida, ele abriu a porta do carro e entrou. Erika deu a volta até o lado do motorista e fez o mesmo.

— O que você quis dizer com Moss e Peterson estarem te mantendo informada? – perguntou Isaac. – Pensei que você tinha solucionado o caso.

— Solucionei mesmo. É uma longa história. A versão curta é que eu pedi transferência. E vou tirar umas férias.

— Transferência? Pra onde?

— Ainda não sei. Marsh está tentando me convencer a desistir. Por isso as férias... A primeira em anos, eu só quero dar uma desacelerada. Descobrir como é ser uma pessoa normal – disse Erika.

– Me conta quando você descobrir – brincou Isaac.

Eles seguiram em frente em silêncio. Isaac inclinou a cabeça para trás e fechou os olhos. Pouco depois, percebeu que estavam passando pela rua comercial de Shirley.

– Por que estamos passando por este caminho? – perguntou ele.

Erika parou em uma vaga um pouco depois da casa de Penny Munro. No jardim, Penny estava em pé com o rosto branco, observando o pequeno Peter regar o gramado com a mangueira. Ele punha o dedão na ponta e gargalhava de alegria quando a água espirrava de volta nos dois.

– É um menino tão legal. Você acha que ele vai ficar bem? – perguntou Erika enquanto observavam.

– Para ser honesto, quem sabe? Você tem que ter fé de que o bem vai triunfar – respondeu Isaac.

– Ele é tão pequeno para perder o pai, e agora a memória do tio está destruída para sempre.

Isaac pôs as mãos nas dela.

– Você não pode salvar o mundo, Erika.

– Mas eu podia fazer um trabalho melhor nessa tentativa – disse ela, enxugando uma lágrima.

– Você me salvou. E por isso eu vou ser eternamente grato – falou Isaac. Eles ficaram sentados em silêncio por alguns minutos, observando o garoto jogar água em Penny, perseguindo-a pelo jardim, até que ela explodiu em gargalhadas e o agarrou, banhando-o de beijos.

– O que você vai fazer? – perguntou Isaac.

– Estamos com um bebê na família. Tenho uma sobrinha nova.

– Parabéns. Sua irmã na Eslováquia, né?

– Isso. Ela também se chama Erika, como a minha mãe e eu. Estava pensando em fazer uma visita a eles.

– Eu sempre quis visitar a Eslováquia – comentou Isaac.

– Quer ir comigo? – perguntou Erika. – Você pode conhecer a louca da minha irmã e o marido mafioso. Aí, quando a gente já tiver enjoado deles, vamos visitar as Montanhas Tatra, as fontes termais, ficar bêbado e esquecer um pouco das coisas.

– Isso parece o céu – aceitou Isaac abrindo um sorrisão.

Erika engatou a marcha e arrancou, sem pensar no passado nem no futuro. Pelo menos desta vez, estava somente desfrutando do presente.

NOTA DO AUTOR

Primeiro de tudo, quero dizer um enorme obrigado a você, por escolher *Uma Sombra na Escuridão*. Se você gostou, eu ficaria muito agradecido se você pudesse escrever um comentário. Não precisa ser longo, apenas algumas palavras, mas isso faz muita diferença e ajuda os novos leitores a descobrirem, pela primeira vez, um dos meus livros.

Eu escrevi no final do livro anterior da Detetive Erika Foster, *A garota no gelo*, que eu adoraria ouvir vocês. Obrigado por todas as maravilhosas mensagens que recebi. Amei ouvir de cada um de vocês o quanto amaram os personagens e a história e onde gostariam de ver esta série no futuro. Eu particularmente amei a mensagem muito engraçada de uma senhora que disse que ela apreciou muito o livro, mas não gostava do hábito de fumar da Detetive Erika Foster e de apagar a bituca na xícara de café. Neste livro eu tentei garantir que Erika, na medida do possível, usasse um cinzeiro. Continuem me escrevendo. Agradeço muito.

Você pode entrar em contato na minha página do Facebook, através do Twitter, Goodreads ou meu site, www.robertbryndza.com. Eu leio cada mensagem e sempre respondo. Há muito mais livros pela frente, então espero que você fique comigo nesta jornada!

P.S.: Se você quiser receber um e-mail quando o meu próximo livro for lançado no Brasil, você pode assinar o mailing na minha página no site da Gutenberg: www.grupoautentica.com.br/robert-bryndza. O seu endereço de e-mail nunca será compartilhado e você pode cancelar o recebimento a qualquer momento.

www.bookouture.com/robert-bryndza
@RobertBryndza
bryndzarobert
www.robertbryndza.com

AGRADECIMENTOS

Agradeço a Oliver Rhodes e a equipe maravilhosa no Bookouture. Vocês são incríveis, e estou muito feliz por trabalhar com vocês. Agradecimentos especiais também a Claire Bord. Trabalhar com você é uma alegria absoluta. Você retira o melhor em meu trabalho, e me empurra para ser um escritor melhor. E, como um bônus adicional, você sempre recomenda grandes e novos programas de TV para assistir!

Obrigado a Henry Steadman por outra capa deslumbrante, e Gabrielle Chant pela edição do manuscrito com tanto cuidado e um olho afiado para o detalhe. Agradeço a Caroline Mitchell por responder às minhas perguntas sobre o procedimento policial, e a Kim Nash por seu trabalho duro promovendo nossos livros na Bookouture.

Agradecimentos especiais ao ex-Superintendente-Chefe Graham Bartlett da South Downs Leadership and Management Services Ltd, que leu o manuscrito e me deu um feedback tão valioso sobre procedimento policial e me ajudou a pisar a linha fina entre realidade e ficção. Todas as liberdades tomadas com a realidade são minhas.

Agradeço à minha sogra Vierka, que não pôde ler o que escrevi na minha última dedicatória, então isso é para ela: Para minha sogra Vierke, que tem talento para capturar os momentos mais importantes. Quando preciso escrever e trabalhar duro e até tarde da noite, ela aparece na porta com uma excelente comida caseira e amor que sempre encoraja.

Um enorme obrigado ao meu marido, Ján. Eu não poderia fazer nada sem o seu amor e apoio. Você é o melhor. Regras dos Bryndza!

E, finalmente, obrigado a todos os meus leitores maravilhosos, grupos de livros, blogueiros de livros e revisores. Eu sempre digo isso, mas é verdade, a propaganda de boca é uma coisa muito poderosa, sem todo o trabalho duro e paixão vocês, falando e postando em seus blogs sobre meus livros, eu teria muito menos leitores.

LEIA TAMBÉM:

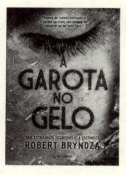

A GAROTA NO GELO
ROBERT BRYNDZA

Seus olhos estão arregalados... Seus lábios estão entreabertos... Seu corpo está congelado... Mas ela não é a única.

Quando um jovem rapaz encontra o corpo de uma mulher debaixo de uma grossa placa de gelo em um parque ao sul de Londres, a Detetive Erika Foster é chamada para liderar a investigação de assassinato.

A vítima, uma jovem e bela socialite, parecia ter a vida perfeita. Mas quando Erika começa a cavar mais fundo, vai ligando os pontos entre esse crime e a morte de três prostitutas, todas encontradas estranguladas, com as mãos amarradas, em águas geladas nos arredores de Londres.

Que segredos obscuros a garota no gelo esconde? Quanto mais perto Erika está de descobrir a verdade, mais o assassino se aproxima dela.

Com a carreira pendurada por um fio depois da morte de seu marido em sua última investigação, Erika deve agora confrontar seus próprios demônios, bem como um assassino mais letal do que qualquer outro que já enfrentou antes.

Este livro foi composto com tipografia Electra Std e impresso
em papel Off-White 70 g/m² na Gráfica Rede.